Xiron Poetry Club

磨铁读诗会

伊 沙——著

冰献给鹰

伊沙的现代诗写作课

四川文艺出版社

自序

今年教师节，我受到了西安外国语大学"从教三十年"的表彰。

不知是有意还是无意，校方忽略了我在院刊编辑部做编辑的最初四年，统称为"从教三十年"。

事实上，到今年，我的工龄可以算三十年，我的教龄只能算二十六年。

在过去的二十六年中，我总共带过《汉语基础写作》（外语专业）、《古诗文选读》（外语专业）、《大学语文》（外语专业）、《汉语实用写作》（外语专业）、《基础写作》（汉语专业）、《中国现代文学》（汉语专业）、《中国当代文学》（汉语专业）、《新闻写作》（新闻专业）、《基础写作》（戏剧文学专业）、《文学创作与批评》（汉语专业）等课程，从"宽"的角度，可谓够"宽"；从"杂"的角度，可谓够"杂"；这是专业定向明确的传统综合性大学中文系教师不可能有的经历，并且也形成了自己的主打课——那就是紧紧围绕着"写作"二字。

在全校教师节表彰大会的现场，一位与我同年来校一起受到表彰的女教师感慨系之："从教三十年是个信号，意味着你的职业生涯开始倒计时了！"——可不是吗？就像长跑比赛最后一圈的铃响了，以我的年龄距退休仅剩七年，如何跑好这最后一圈，真的是个值得思考的问题。

我本来有个目标，就是把自1994年春开始带并且没有中断过的《基础写作》课一直带到退休，创造一门课空前高的课龄，但是在前年，2017年春，它被中断了，因为一学年被压缩成了一学期，于是这项纪录被定格在二十三年。在教学上，我好像一下子失去了一个具体目标。也许是为了找到一个新的目标吧，去年下半年，当我所在的中文学院的庞晨光副院长通过微信问我：想不想开一门新课？我竟在几秒钟后写出了课名：《现代诗写作》。

对于一名已经步入退休倒计时的老教师来说，这是一反常态的：通常大伙儿都会以守成的姿态平稳度过这个阶段，不会冒险开新课，再说人老了适应能力差，也不大适合开新课；但是对于身为中国当代一线诗人的我来说，对于抓住一切机会为诗做事的我来说，又似乎是顺理成章的。

当意识到这门课在中国内地高校属于首创时，我来劲了——至少在此之前，我还不能确定自己开过全国高校的首创课（《文学创作与批评》有可能），《现代诗写作》则可确定无疑，因为中国内地高校只有诗歌欣赏课，没有诗歌写作课，连古诗写作课都没有，更别说现代诗了。

真相是，想到是容易的，得有人带得了。诗歌欣赏课，谁都可以带；诗歌写作课，必须诗人带。

于是在2019年上半年，在西安外国语大学中文学院汉语专业

2016级的三个班，中国内地高校第一例诗歌写作课——《现代诗写作》便开了起来，历时十八周，每周六课时，现已圆满完成。

这是紧张的十八周，也是充实的十八周；这是辛苦的十八周，也是快乐的十八周。在每一周每堂课的现场，陪我一路走来的是西外毕业的90后诗人李海泉，他在西外就读时读的是汉学院，并非我教出的学生，两年前他主动要求来听我的课，已经听过了《基础写作》和《文学创作与批评》，此次自觉担任了《现代诗写作》面向全网的现场直播工作，非常认真，甚至为直播专门添置了设备，堪称我的"战友"——是的，我不是一个人在战斗！

后期文字整理犹如一部电影的后期制作。这时候，另外一位青年才俊加入了进来——河南80后诗评家、诗人李锋。他一申请，我便欣然接受，因为此前我了解到他的文字功底好，校对很厉害，果不其然，他的加入保障了这本书的文字质量。

李海泉的直播，让此课在第一时间直达中国现代诗第一线；李锋的整理，让此课成书，对今后产生更广泛更持久的影响，这便是二李的贡献！

我为此课拟定的教学大纲是：通过对中国当代优秀现代诗及外国现代名诗的讲解，让学生掌握现代诗的写作技能，力争培养出专业的诗歌写作者——诗人。

一个学期下来，在期末考试中无一不及格，平均分数相当高，有二十余人的诗作入选我主持的《新世纪诗典》。正当我准备为圆满完成教学大纲而庆祝之时，发生了一件事（恕不公开），清楚地表明他们中无一人想做诗人，我犹如玩了一把冰桶体验。

身为职业教师，教了二十六载，我也算教明白了：学校教育大不过家庭影响——我整理这三个班出的二十来个《新世纪诗典》诗人的小档案时，发现他们全都出生于三秦大地，我当时就感觉不对劲，心里不踏实，这片古老的黄土地真的已到了诗人辈出的程度了吗？果不其然！幸好我在培养诗人这句话前用的是"力争"，否则我还完不成教学大纲呢！

幸好我们有直播，也有整理，让此举的专业价值与社会价值同时存在。

毫无疑问，此课成了中国一线诗人进入大学课堂的最公平的"直通车"，否则你得熬到死或有幸在活着时被写进文学史。这个黑洞，这个神秘，一夜之间，不复存在。

我只知道，下个学期的课表已经排好，一切还将继续下去。

伊沙

2019.12.22—23 长安

目录

第一讲　导言和西外诗人 1

我们就慢慢聊着开始吧。我记得去年 6 月《文学创作与批评》课结束时，已经跟大家说再见了，没想到变化比计划快，我们又见面了。上学期后半段，庞副院长让我报一个选修课。为什么要鼓励老师报选修课呢？可能是因为我们中文学院最近新来的老师很多，每年以两三个的速度在进人，但本来的课就这么多，为了让大家都有饭吃，就鼓励老师增开、新开选修课。我就报了今天上的这门课——《现代诗写作》。

上学期 12 月的某一天，我有一场面向全校同学的讲座，讲的是《世界名诗鉴赏》，同时做了直播。按照那时候的统计，在线观看的大概有五千人，因为视频一直挂在那儿，现在已经累计到一万多人。能吸引这么多人来听，最后变得场外的人比我们场内的人还要多。当然，课堂肯定首先是为场内的人服务的，包括我讲的一点一滴的东西，都是为场内的人服务的。场外的人，很多都已经大学毕业，很多都是中国的一线诗人，他们听的话，恐怕是取其所需，不是所有东西都是没听过的。我们场内场外需要的东西不一样，对知识的覆盖面也不一样，但首先要照顾场内的人，在这儿也给场外的人说清楚。这首先是大学的一门正式课，只不过利用了先进的传媒方式，能够让更多的人听到。我们也计划，把一个学期积累的东西出一本书，就暂定叫《现代诗写作》。

今天的两节课，第一节是导言课，第二节就正式开始讲了。我们就从这门课的名称说起，像以往的导言课一样。当然，现在已不是大一我带大家《基础写作》课的时候了，当时大家还是新生，我还讲了我们学校的历史、中文学院的历史和汉语专业的历史。你现在回想、验证一下，我当年讲的话哪些是真，哪些是假。我觉得真话率还是很高的，没有骗大家。既然是现代诗写作，那首先就要搞清楚什么叫现代诗，现代诗是怎么划分的。当然，大家还在探索之中，尚未有一个统一的标准。

我觉得有两种界定现代诗的方式。一种是以历史时段来界定，用政治历史的视角来界定。先来看中国社会所经历的时代，中国的历史分为古代史、近代史和现代史，中国的近代史被单独划分出来了。我们近代的开端是 1840 年，这对我们国家来讲，是一个有点耻辱的开端，被强行打开国门的一个开端。然后到 1911 年辛亥革命，中国的帝制完全结束，进入到资产阶级民主共和国的时代，至少名义上是如此。所以，从 1911 年以后，中国就进入了一个所谓的现代社会。这是一种划分的方式。你要是沿用这种大的划分的话，那 1911 年以后出现的诗歌，就应该归入现代诗的范畴了。大家都上过《现代文学史》，应该也清楚，现代文学史的划分并不是从 1911 年，而是把 1917 年的"新文化运动"作为一个起点。中国作为大一统的国家就是这样，任何事情的变化都是自上而下、自大而小的，也就是政治历史要发生变化，国家的政体要发生变化，经济、文化才会发生更新换代的变化。也就是说，1911年帝制结束了，国家翻篇了，但要产生新的文化还需要一点时间，这中间有 1911 年到 1917 年的时间差，给新文化、新文学六年的孕育时间，所以，中国现代文学史是从 1917 年到 1949 年。现代文学史三十二年的界定就是这么来的。诗歌是文学的一部分，也是跟着文学走的，1917 年既然是整个现代文学的开端，那诗歌也免不了。虽然在 1916 年可能就有一些白话诗发表了，但只是个别篇目，真正作为标志的还是 1917 年，这时候白话文写的诗歌开始比较多地发表。

我们大学里对文学史的划分，又把当代拿出来了，即 1949 年迄今，当然它也无法"迄今"，比如说去年发表的作品，不可能马上就进入课本。我觉得在当代文学的保守性上大概有一个十年的余地，也就是说，我们在当代文学课本上学到的最新的东西，有可能是十年前发表的。当然这种保守也是需要的，需要沉淀一下。所以，从当代文学史来说，1949 年到理论上的"迄今"指的就是当代文学。那我们在诗里面，有没有当代诗的叫法呢？当然也有，但我们在这儿说到的现代诗，是把现代文学的现代诗部分和当代文学的当代诗部分给它拉通了，也就是从 1917 年迄今。虽然在中国大陆这边发生了国体的变化——从一个资产阶级的民主共和国变为一个社会主义国家，但是这两种制度跟世界融合的大趋势还是一致的。现代诗只有个别的历史时段发展方向受到了某种限制，比如在 1949 年到 1976 年的中国大陆，那时候当代诗的发展方向肯定跟"五四"以来的方向有偏差。

"五四"的精神是什么？我在课上讲过，就是拿来主义。鲁迅的精神就是"五四"的精神。既然是拿来主义，那就要引进，"他山之石，可以攻玉"，要向外国学习。鲁迅谈到自己学习写小说的方法，说得很明确，在写第一篇小说《狂人日记》前，他看了一百篇外国小说。天才只需要看一百篇外国小说就够了。什么叫"五四"？我的理解是，一个民族在长久失血以后的一次大输血，把从西方买来的洋血注入到自己的血管里。一个民族终于意识到自己再这么封闭，再不接受别人的血液，就没有活力了，所以，"五四"是一次大输血。虽然很快有更大的事情发生了，到20世纪30年代末，我国就进入外敌入侵的战争年代了，但我觉得在文学界，与世界融合、向世界学习的精神没有中断。抗战胜利后到1949年，这四年的文学基本上还是按照"五四"的脉络前进的，而且好像还走得更快了一点，那时候出现了意识流小说，出现了新小说，都是向西方学习。所以，在现代文学范畴内，所奉行的精神就是拿来主义：向西方学习，向世界学习。但是，20世纪50年代开始就不能向外国人学习了。也许在某些时段还允许向某些外国人学习，比如说中苏友好的时候，我们还可以向苏联的一些革命文艺学习，但在"蜜月"结束以后，诗歌就更不主张向外国人学习了，指向非常明确：向民歌和古典诗歌学习。这就是1949年到1976年的状况。

后来的历史大家也都知道，1976年到1978年，这是历史的一个小小的转型时期，1978年确立了改革开放的国策。去年改革开放刚好四十年了。在座的同学是1998年前后出生的，可以说享受到了改革开放的好处，吃到了改革开放的红利，而且因为年轻，你们更多地尝到了改革开放的成果。而像我们这代人是在20世纪六七十年代度过了童年和少年，然后亲眼看着国家从谷底爬起来。大家回家过年，也能从长辈口中听到，那个年代中国人的年是怎么过的，现在我们过年已经到了生怕吃得太多发胖的状态，但是在过去的时代过年，我写了一首诗——

年话

对"二斤带鱼"

没有反应的人

不足与聊过年

我现在说"二斤带鱼"大家肯定没反应，"二斤带鱼"是什么意思呢？过年给大家发二斤带鱼，这是当时的一个典故，我们那个时代的人听到肯定会有反应。所以，现在大家是尝到了改革开放的成果。那么改革开放的精神何在呢？我觉得改革开放的精神，不论在大的文化上还是小的文化上，又有一种重回"五四"的感觉，也就是"拿来主义"。只不过我们在这四十年里看到的更多是经济的状况，向西方学习，引进西方的技术，到西方去学习，培养自己的人才。

改革开放前我们什么东西都没见过，就是想看世界，但是改革开放四十年后，我们也有了别人想看的。

不光是在军事、经济上，在文化上也是一样的。当然，我没办法做平行的比较，因为我没有活在"五四"时代，但我觉得改革开放四十年，我们在文化上急起直追的紧迫感不亚于"五四"，而且至少可以说，怀有这种紧迫感的人在数量上甚至远远超过"五四"。大家知道在"五四"时代中国人受教育的情况，"五四"完全是一场精英运动。现在有人感慨，"五四"运动都过去那么多年了，怎么老百姓还是那么愚昧、那么封建落后？其实就是因为，"五四"运动是一场精英运动。那么，改革开放就是把这种急起直追的心态，推及全体国民，所以，我感觉我们这四十年的状态很像"五四"。

我们的诗歌也在这四十年中受益，重新回到了"五四"那种面向世界、向先进诗歌学习的方向上。至今这种风气都没有消散，甚至没有减弱，仅从我们高校第一次开《现代诗写作》这门课，就有那么多诗人围观，怂恿我们来直播，愿意隔空来听这门课，你就能窥测到中国一线诗人的心态，还是在如饥似渴地学习，找各种渠道了解更多的世界先进的诗歌。在这四十年里，中国的诗歌也取得了不错的成绩。应该讲，在潮流上，在发展阶段上，我们用四十年的时间，追赶上了西方国家用更长的时间（可能一百年以上）才走过的道路。这个追赶当然很快，但这种快里也潜伏着很大的问题，我们不是在自然的节奏下走的，我们太饿了，使劲地吃，就会出现消化不良，也会出现反胃呕吐的现象。

20世纪80年代，我看到翻译的外国诗歌，看什么都新鲜。我当时跟大学时代一起写诗的同学说过这样的话：又被人开眼了！80年代就是永远被人开眼，好像我们就等着翻译家来翻译，一翻译我们就又吃一惊。当然了，我们也是如饥似渴地学习。你可以想象一下，在80年代，我们同学里也分保守的土派和比较激进的洋派。如果那时候，你在大学中文系里读书，你都不是一个如饥似渴地向外国学习的角色的话，基本上是没有前途的，你休想登上中国诗坛。所以，如果同学里面分土派和洋派的话，土派是全军覆没了。那时候就是这样的风气，大家都向西方学习，学习先进的方法，来改良我们的诗歌，来改造我们的诗歌，就是这样的状态，到今天为止依然如此。

刚才讲了现代诗的第一种界定，就是政治历史的宏观视角的界定。现在说第二种界定，是从程度上界定的，也就是诗的程度有没有到达现代。历史发展的阶段到现代了，而诗未必到了现代，而且诗还要沿用世界文学史对诗的界定。世界文学史意义上的现代诗的含义是什么呢？是现代派、现代主义以后的诗歌。不同的国家进入现代的时间点不一样，但是在主流文明世界里，是以现代派诗歌的出现作为界定的。当时首先出现的是现代派，后来意识到，现代派出现以后后延的这个时期，就是现代主义时期。文艺复兴之前是古典主义时期，文艺复兴到现代主义之前就是浪漫主义盛行的时期。大致就是这么划分的。也就是说，现代主义以后的诗，才能叫现代诗。那到底我们达没达到呢？"五四"达到了没有呢？这个我们可以作为一个课题来研究。

比如说，"五四"的新诗第一人是郭沫若，虽然《尝试集》比郭沫若的《女神》出版得要早，但是咱们都以郭沫若的《女神》作为最高成就的代表。其实这样说也没有委屈胡适，因为郭沫若单篇诗歌的发表不比胡适晚，甚至比胡适早，郭沫若1916年就开始发表自由体的诗歌了。但是胡适出版诗集比郭沫若早，在文学史上就排第一位了。大家注意，排第二位的往往更厉害。这话什么意思呢？中国第一部现代小说集是郁达夫的《沉沦》，鲁迅的《呐喊》是第二部，结果《呐喊》就比《沉沦》的成就高。第二部出版的《女神》也比第一部出版的《尝试集》成就高。说到朦胧诗，第一个是食指，但显然北岛代表了最高成就。这就是"第二名现象"，第二要居老大。这有点像长跑的跟随战术，一种很贼的战术，他不领跑，跟随第一名跑在第二位，到最后再冲刺反超。实际上，郭沫若单篇发得一点都不晚，还有就是他的总体成就高。那么，我们就拿郭沫若作为一个例子，郭沫若有没有达到我们说的第二种标准的现代诗呢？那你看郭沫若的诗主要的基因是什么，他的谱系何在？他自己说得很清楚，影响他最大的诗人是惠特曼。惠特曼当然是现代诗了，那么你学惠特曼，你有没有达到现代诗呢？我觉得，实际上是没有达到的。首先，我对惠特曼的译本很怀疑，我自己也译了四首惠特曼的诗，用英语看，我感觉惠特曼其实是很深沉的一个人，怎么在我们的老译本里面却是大喊大叫的呢？我怀疑惠特曼的译本是否准确，调子是否找对了。郭沫若可能也是受到这种译本的影响，才变成一种大喊大叫式的。包括他自己的翻译也是如此，他把惠特曼搞得更像一个浪漫主义诗人，实际上惠特曼是现代主义的。所以，第二种标准很重要。你学西方的诗，学的是浪漫主义的，还是现代主义的？还有，你学现代主义学得是否很到位？这些其实都是可以分析的。

包括我说到的食指和北岛，食指的诗《相信未来》，前几段有些技巧是非常现代主义的，里面最好的一句是，"我要用手指那涌向天边的排浪"。估计在座的有人听不懂。这是一个现代诗的技巧，在这里"手指"是一个名词，手指像不像排浪的形象？这是两个意象的嫁接。实际上，他是说，"手指"和"天边排浪"的相似性，这是一种偏正结构的修饰。当这首诗在1968年的中国出现的时候，在知青中传播的时候，这种技巧，当时的人见都没见过。那食指怎么能写出来呢？那时候有那种灰皮书，有的叫黄皮书，就是把西方的某些现代派的作品，印成批判材料，下发给高干看。这些高干把书带回家，高干子弟也就看到了。像芒克他们都看过《麦田里的守望者》。看到之后，他们就去学这种技巧。"我要用手指那涌向天边的排浪"，就是一个典型的意象派的技巧，而意象派显然是诗歌现代主义时期的一个流派。我们在食指《相信未来》的前三段，看到了现代派的技巧，但是在后三段，他又变成了不光是浪漫主义的东西，而且还有点说教的东西，"坚定地相信未来吧……"就还有一种中学生作文要凸显中心思想那样的东西，所以，在我看来，这首诗就是半首现代诗。所以，这第二个标准很严格，要看一首诗在技术和精神上达没达到现代诗的要求。

今天给了大家两个现代诗的标准，在我们的课堂上，更关心的是第二个标准。可能有些同学会有疑问：老师，你为什么不把这门课扩大成诗歌写作，古体诗、浪漫主义的诗都可以写？我也考虑过，我不主张大家写各种时代的诗。你可以写古体诗，也可以写浪漫主义的诗，你可以写近代的诗，也可以写现代的诗，看起来很自由，实际上这对大家没好处，尤其是你如果不写现代诗。你认为这几个是平等的吗？我认为是不平等的，王国维说过："一时代有一时代之文学。"你活在现代社会里面，干吗不写现代诗呢？你在一个现代社会里面，如果去写古诗，去写近代的诗，你是什么意思呢？当然，如果从学文化、学知识的角度，我不拦着你，学知识当然需要古今中外融会贯通。但是从写作的角度，你干吗要写过去时代的诗呢？你为什么不写你这个时代大家认为主流的诗呢？这个心态就不对。所以我觉得，我们这门课也要树立一个价值观：现代人就该写现代诗。当然你要说写现代诗的同时，也对古诗有兴趣，那你也可以写写。但是，你记住，现代诗才是这个时代的诗。这么说吧，写古体诗根本不可能登上当代诗坛，你不可能成为一个真正的诗人。我很少把写古体诗的一般的写作者说成是诗人，我觉得他就是一个文化消费者，或者说是文化修养比较好的一个体现，如此而已。我刚才说了，我们是在四十年的时间里面去追赶别人上百年走过的道路，所以，在别人一百年偏差的东西，在我们这里可能只有十年偏差。也就是说，我们刚把浪漫主义的课补完，现代主义就来了；现代主义的课刚喘了一口气，后现代就来了。我们是在一个浓缩的、像盆景一样的状态里，就给有些人造成一个错误的认知，以为浪漫主义和现代主义时间上挨得很近。你写浪漫主义的诗还有可能登上当代诗坛，但你不会成为一个重要的诗人。所以，我们从现在社会的存在价值来讲，就应该选择现代诗。

现在我们说后两个字——"写作"。我以往的课基本上都离不开写作，从《基础写作》到《文学创作与批评》，现在又到了《现代诗写作》，刚好构成了一个挺好的系列。我今天还在想，你们是上全了这三门课的第一个年级，因为《现代诗写作》刚开始。你在西外的四年里把写作课这么体系化地上了一遍，我觉得这个学校对得起你。很多百年老校的中文系都没有《现代诗写作》这门课，这是大家的幸运，你一定要利用好。我们这门课一定要体现在"写"上，现在说怎么考试为时尚早，肯定到时候你要交给我诗，我再给你一个分数，关键是我们要把过程利用好。

这门课现在刚开始，上过两三个星期之后，我们每周两节课快下课时留出一些时间，鼓励大家到台上来朗读一下自己写的诗。

如果有我认为特别好的，我直接到最好的平台上给你推荐。如果被我订货的话，你在我这门课上就可以拿到95分，可以免试。也就是说，你如果达到了中国一线诗人的水平，一首诗就够了。这么说主要是强调大家要写起来。这门课和以往的课不一样，允许大家走神，允许大家浮想联翩，因为我现在讲的内容不像以往那样有很强的体系感。我们不再是讲一个文学史，不再是讲一个写作理论，现在我们强调的是，一切都是要刺激你自己写起来。如果我在上面讲一首诗，你突然来了灵感，可以不往下听了，你拿出一张纸就可以写。这就是我期望的，我们的课堂要有一种随时可以写诗的氛围。大家要把写诗当成平常事，不是最后考试的时候交我一首诗的问题，更重要的是把过程利用好，这也是我对每一个同学在诗歌上有没有能力、有多大才华反复认识的过程，我当然希望看到大家的进步和成长。

我还要说的是，在同样一个班里，个体差异却很大。我想象最需要这门课的人是什么样子的，最不需要这门课的人又是什么样子的。我就想象两极的状态。我跟大家讲过这个原理，才能和兴趣是相辅相成的。天才的保护机制，一个是外在的保护机制，你是千里马，你的命里就一定会有伯乐。内在的保护机制是什么呢？你擅长的东西，你必然是爱的；你不爱的东西，你都不擅长。你都这么大岁数了，不爱的东西，你还潜伏着才华，可能吗？我想象最愚蠢的人生就是，一个人行将就木了，再告诉别人："哎呀，我小时候拉过小提琴，我本来是可以成为小提琴大师的。"那你为什么后来不拉了呢？你不爱。可能最讨厌诗歌的人，就是对我这个课需要最低的人，我把你想象成一种存在。我对这一部分人说一句话，你体面地拿走分数。你不要让我照顾你，不要搞得自己很尴尬，最后你给我交的一首诗明明是不及格的水平，我看你听了一学期课很辛苦，让你过关算了，那叫不体面。你应该很正常、很体面地拿走分数。然后，我再说一句好话，你不要让你拿走分数的过程太痛苦，你不喜欢诗歌，但我希望你在这个学期里可能还听出点兴趣来，或者至少不那么讨厌了。这就是我对最不需要我课的人说的话。

对于最需要我课的人，你让我压力很大。我想象中，最需要我课的人，你的最高期待就是成为一个诗人。这样你的压力来了，我的压力也来了。实际上，我们这门课从一开课就是有压力的。第二节课我会讲我们校友诗人的诗。西外不是一张白纸，这门课开设之前，我们有将近十个校友诗人在中国诗坛上存在过。我仔细数了，加上今年，到我退休还有八年。如果我这门课开了之后没有我开之前出的诗人多，当然年限也不一样，剩下的年份短，以前经历的岁月长，但我就害怕出现这种情况，就是我这门课开了以后没有出一个诗人，我回去就扇自己两个耳光。最后别人会说，你前面碰到的诗人都是"瞎猫逮住死耗子"，那是人家天才到了你们学校，不是你们培养的。所以，这门课从它开课而且敢于公开直播就是背负着压力的。对于这一种同学，我和你同样有压力。你肯定对自己的要求是很高的，那好，我们心往一处想，努力来成全你的梦。这是我对最需要我课的同学说的话。

任何事情两极知道怎么办，中间就好调整了。你想象一种中间靠上的状态，比如说读书好的同学，善于应试，准备从现在一直读到博士后，甚至把职业都想得很清楚，进大学当老师，然后当教授。这部分同学，你的专业是文学，你将来要当一个文学教授，你说你会写点现代诗这个事情，跟你是有关系还是没关系呢？所以，中间部分的同学，有些未来的事情你想不到，你可能认为这辈子跟诗没关系，结果却是有关系的。你将来做文学教授，你自己会写的话，起码在讲现代诗的时候，讲得不那么外行，这就变成你的优势了。所以，中间状态的同学不要轻易宣判：我未来的事业和人生跟诗是有关系还是没关系。人生无常，谁知道将来会怎么样呢？

总结一句，在这门课面前不要讲价钱，不要跟知识讲价钱。总之，这门课已经来了，就是要教会你写现代诗。艺多不压身，甭管将来跟你有没有关系，你先把这个能力、这个写作的技艺带走。这就是这门课的目的。

有一句老话叫"熟读唐诗三百首，不会作诗也会吟"，我们现代诗也是一样的，所以我准备的方法就是让大家泡在诗里头。我过去带的一门研究生课叫《现代诗研究》，采用的就是这种方法，结果就泡出诗人来了。从现在这节课开始，每周两节课让大家至少读十首诗，一学期加起来就是将近两百首。而且这个诗的选择跟文学史和欣赏课的选法相反，我们不选《诗经》时代、荷马史诗时代的，而是倒过来，选离现在最近的诗歌，这样来刺激大家写。所以，第二节课我设置了一个单元，一直延续到下一周，这个单元叫"西外诗人"。凡是毕业于我们学校的学生，还有我们的老师，以及在我们学校拿到任何一种文凭的，都可以归为我们学校出现的诗人。我就用这个标准来介绍我们西外培养的诗人，而且里面以我们中文学院培养的为最多。一年级的时候我讲过，我们有两个传统：一个是我们考研很厉害，这是学业上的传统；一个是我们创作很厉害，我们出了诗人，而且在21世纪以后的中国高校里算出诗人最多的之一。这是我们建立的一个小传统：离你近的人干成功的事，你敢去做。包括国家也是这样，谁在哪个方面有了突破，捅破了窗户纸，后面的人跟着就来了。所以，我们首先把目光放在这个小传统上，让大家见识一下，在此之前西外已经有哪些诗人，这些诗人写的诗是什么样子。第三周我们再把范围扩大一点，介绍陕西高校培养的诗人。我们从大家身边出发，从这个角度来刺激大家写诗的勇气和热情。

我们的课本是《新世纪诗典·第七季》，目前最新的一本。任何看起来很宏大的事情，在今天早晨，在这个教室，就这么平平淡淡地发生了。刚才第一节课一上完，我们西外迈出的一小步，就是中国高校迈出的一大步，从此中国高校有了诗歌写作课。我就敢做这样的事情，就像这本《新世纪诗典》，它是由八年前网易微博请我做的一个特色栏目结集而成的。我记得当时新浪微博最火，网易微博想跟新浪微博抗衡，就请某些方面的专家，来做一些特色微博吸引受众。在第一批聘请的作家里面，除了我，还聘请了中国台湾地区武侠小说作家温瑞安，请他做一个武侠的微博，请我做的就是每天推荐一首当代诗的微博。结果我们就做得比较有影响，做了三年，网易微博跟我拜拜了，付了我三年工资做这件事情，它管不到我了，而我们也不需要它了，我们开始独立了。而在这个过程中，我们也吸引了中国最大的民营出版机构——磨铁图书做我们的后盾，每年出一本书，迄今为止出了七本，第八本也马上就要交稿。这也是从当年看起来很小的事情开始，现在已经做得很大了。毫不夸张地说，这本书是中国诗歌选本中销量最高、影响力最大的，所以，你买这本书作为我们的课本不委屈你。如果你达到了登上这本书的水平，我直接给你一个95分以上的成绩，你到期末不用交给我任何东西。也就是说，你就被订货了，我会在每天的推荐中推出去，到了年底就结集成一本书。如果我们同学被订货的话，会赶上第九季，也就是第九本，我希望在第九本书里会有在座同学的作品。

我们所有事情都围绕"写"来展开，所以我这次要反其道而行之，不是一开始就介绍一批大师的作品，把在座的同学吓得口吐白沫，自卑得不得了，根本就不敢写了，再也不敢碰了，灰溜溜地出去了。我要拿既合格又离你们很近的作品，用这样一种亲切感来唤起大家写作的兴趣。下面我们就来讲诗，一首一首讲，每首都有我正式的推荐语，也有我现场即兴的点评。首先我把诗人的名字写在黑板上，这是他们的光荣，这就是报效母校的时候。自己的诗在母校的课堂上，在中国第一次的诗歌写作课上被讲到，这是他们莫大的荣誉。所以，我们要把他们光荣的名字写上。

第一位诗人叫里所，大家一看就知道这是笔名。她的原名叫李淑敏，中文学院汉语专业2004级，08年毕业她去考我母校北师大的研究生没考上，又复习了一年，第二年考上了，在北师大读硕士研究生的时候，导师就是我师兄。读完了硕士以后，她就在磨铁任职，现在已经是诗歌部门的主编了，这七本《新世纪诗典》有一半就是她责编的。这是一种神奇的师生缘分。欢迎大家将来也跟我成为同行，跟我在事业上相遇。所以，里所跟我有着双重的血统关系，一个是我们西外的子弟，先是我的学生，一个是北师大的研究生，又做了我的师妹。这是目前来看写诗最高贵的两种血统的混合，我预料她未来前途一片光明。她除了写诗之外，也在从事翻译。所以，我也提醒大家利用好我们西外的外语环境，把我们的外语水平提高一点，将来有一天你不但能写诗，还可以做诗歌翻译，同时兼得。注意，翻译家不出在外语专业，而是出在了我们中文专业，因为真正要做好翻译，你的中文功底也要非常好。下面我们欣赏里所写她家乡的一首诗——

喀什

里所

牌楼下几个卖旧货的

维吾尔族老人

揣着手蹲坐成一排

黑帽白髯

像几只歇脚的大鸟

尚在隆冬

老城的天空通透如冰块

散射着白色的寒光

不远处的铜匠铺叮当作响

那些挥手嬉戏的小孩

从风中飞落到屋顶的鸽子

猛地回过头来咩叫的

短尾绵羊

都按着某种神秘的旨意

铺排在巴扎之上

喀什的天空是一个巨型的放大镜

这座被太阳和月亮

共同搅拌的城市

一直在飘浮着上升

如那些老者呼出的热气

如必定受难的灵魂

2017/02

当时我的推荐语是：五四青年节，推荐一位很有实力的青年女诗人——她是一位85后，是青年诗人中少有的懂得修内功的一位，这与门风有关。我曾经表达过类似的意思：如果你没有灵感，那就回到故乡去，故乡会赐予你更多的东西。里所第一次上《新世纪诗典》，就是写喀什，当她又一次写到喀什时，她已经来到10.0了，故乡喀什让她拥有了与性别、年龄不相称的成熟、博大、高远、深邃。纵观《新世纪诗典》的诗，有着多么大的方圆，多么大的信息量！

为什么我要用这样的方式来刺激你们写作？其实跟里所当年怎么开始写作也有一定关系。我记得是在实验楼给他们上课的，那是2005年，那一年我编的另外一部诗歌选集《被遗忘的经典诗歌》（上、下册）刚好出版，我就拿到课上来讲，讲到的最后一个诗人，是一个 1984 年出生的女诗人。后来里所告诉我："老师，因为你讲到了她的诗，让我觉得特别亲切，感觉这样的诗我也能写。"如果我在上面讲很老的诗人，讲北岛、讲食指，可能里所不会马上说很有亲切感，说我也能，可讲到一个 1984 年出生的女诗人，1986 年出生的在校生就对自己说"我也可以写"，然后就开始写诗了。所以，我的思路是从以往的教学经验里来的。虽然里所和你们的年龄有点拉开了，但我希望有些同学听了以后会说：我也能写！

第二位要讲到的西外诗人的名字叫李勋阳，这是原名，汉语专业 2000 级的学生。他的年级很有标志性，是我们学院第一届的学生。毕业后他一直在丽江高师当老师，现在不仅是一个知名的诗人，也是个知名的小说家。你看我讲的头两位，里所兼了翻译，李勋阳能兼写小说。所以，目前我们培养的学生里面有没有小说家，李勋阳是一个很大的希望，将来能不能成为大小说家，希望他努力。有这个迹象，他和贾平凹刚好是老乡，是商洛棣花镇人。现在我们来欣赏一下他的诗——

一只母老虎的诞生

李勋阳

从怀胎数月
到儿子出生
媳妇肚皮上的妊娠纹

也从西瓜皮

变成了

虎纹

　　我当时的推荐语是这样写的：现在，在本诗面前，即使有十万首关于母亲的诗，也挡不住本诗被你记住的步伐，它会在一瞬间里钻进你的心，因为它的独特，因为它的作者绰号叫李怪怂。这就是怪怂的巨大优势，这就是《新世纪诗典》的不同凡响。

　　他的外号叫怪怂，大家一听就明白，这个词只会在陕西话里出现。他的怪很自然。他上学的时候，课间我在那儿抽烟，他就喜欢跑来，向我提各种怪问题。后来我说，爱提怪问题的，将来能走上创作；提的问题都很正式的，将来能走向研究。这是一个规律。他的思维很怪，就像怪味豆一样。这首诗怎么分析他的技术呢？从语言的状态看，它像一首口语诗，但实际上，它是由一种意象来构成的。你看，妻子怀孕的过程，妊娠纹由西瓜皮变成了虎纹，写得非常到位，非常合乎科学原理。也就是说，女性在生了孩子以后，她的各种潜能被激发到最大，就变成"母老虎"了。过去我们怎么歌颂母亲、歌颂女性？都是那种很酸的浪漫主义风格，都是直抒胸臆。那种东西好不好？第一个把女人形容成花朵的是天才，后来的都是蠢材，就是我所说的有十万首诗都是这样写的。那你怎么办？你看李勋阳这首，这其实叫"冷抒情"。他当然是在歌颂自己的爱人，生了孩子，这样一个过程、这样一种辛苦，但他是用了这种看起来很怪的、有点像冷眼旁观说怪话一样的方式，有一点后现代的意味。但实际上，他是一种"冷抒情"，一种怪味抒情。所以你看，现代的诗已经不是大家理解的那种。

我还有一个心愿，所有在这个课堂上有了诗歌写作实践的人，以后不要对当代诗人说三道四。有的人还以为诗人只有死了的好，只有自杀的才好，或者以为，诗人只有活得很悲惨才好。实际上，这都是对当代诗人的歧视，你写了以后就不会了，你就知道这有多难。有人说创意写作，这才叫创意写作。传统的浪漫主义诗歌强调"情"，而现代诗越来越偏向"智"，也就是你要表达情感，你要有很高的智性。这是第二首诗，你看，同样是西外诗人，风格却如此不同。当然，成熟的诗人都是一个人一个风格。

第三首的诗人是一个 90 后，离大家的年龄就更近了，她叫蛮蛮，原名倪广慧。前两年她在"包商银行杯"全国大学生征文诗歌组比赛中得了那一年唯一的一等奖，为我们学校争了光。我们看她这首诗怎么写的——

观众

蛮蛮

房东邻居家的老太太死了
她的家人在门前搭起蓝色
过世待客大棚
请来的乐队
在大棚口表演

主唱是一个中年男人

他面向天空　扯着嗓子吼

"我的母亲，我亲爱的老母亲"

声音嘶哑　表情痛苦

在他就要吼不上去的时候

观众中有人

打起了飞哨

2017/01/09

　　我的推荐语是：90后三大诗人的第三位，她与易小倩相似，都是天生与事实的诗意亲近，把没意思的都写得有意思了，加之天生语感好，失手率低——如此天然的诗人，一定要抓住自己的黄金时代，写出一本过硬的诗集；因为这个时期迟早会过去，你还会和大家一样，回到拼综合素质的轨道上，就像80后女诗人闫永敏现在所遇到的困惑与瓶颈。

　　这首诗写出了一个90后女生眼中所看到的荒诞。中国人所说的红白喜事里的白喜事——家里人去世了，很多亲戚朋友来悼念，大家热热闹闹搞一场。从我这个五十岁以上人的角度来看，我可能就不会觉得荒诞，甚至还会认为这是中国人对死亡的另外一种理解。因为我们既然说它叫白喜事，风俗就并不是只有哭天抢地，也可以喝酒，可以划拳，所以，我可能不会觉得太荒诞。但是从一个90后女孩的角度来看，她就觉得很荒诞。不同阅历的人看世界是不一样的。当然，我也很尊重她的看法。一个人在这儿演戏，甚至这种表演、哭坟的人都是可以雇来的。她这首诗跟前两首比起来，更符合大家所说的口语诗。第一首有文艺感、文学感，第二首实际上是个意象，第三首我觉得是正宗的口语诗，因为它就像一个电影片段一样，有画面感，有人物，有情节，也有细节，这是一个口语诗的构成，确切说是后口语诗的构成。她很注重事实的诗意，就是在语言之外，有实实在在的诗意存在。那个荒诞就是诗意，她眼中的荒诞就构成了诗意的张力。

今天我讲到的这些诗人，在中国诗坛的 80 后、90 后诗人中都能够排进前十名。我们也不是说光出诗人，我们还要出好诗人，出好诗人才值得在大学的课堂上讲。第四位要讲的诗人名叫韩敬源，他是 2001 级的。2001 级出的诗人最多。这我也要提醒大家，按照以往的经验，人才不是平均出的，而是扎堆出的。道理很简单，就是年级的风气、班里的风气，包括你交友的小氛围，你交什么样的朋友。为什么 00 级和 01 级就出了那么多的诗歌人才呢？可能就跟当时的风气有关，而且他们互相是朋友，有共同的爱好，这样做朋友，最后大家是双赢、多赢。韩敬源那时候是学生干部，后来到职业岗位上也走得很好，现在跟李勋阳是同事，都在丽江高师，已经是中文系主任了。写诗不能养活自己，写诗真是图虚名，但那有可能是千秋之名，但它确实不能养活自己。所以，写诗要有一个常识，先选择一个能养活自己的职业，然后你再写诗。我们来欣赏这首诗——

那个下午有点惊心动魄

韩敬源

突然想起几年前的一个下午

我手握镰刀

在竹园里砍一根竹子

准备用它干什么

我已经忘了

我想竹林里能吹奏出

《笑傲江湖》

真实的情况是

砍断竹子的那一刀

砍在了我左手中指上

前几天我看到这个伤疤

觉得可以写一首诗

其中一定要写下这样的一句：

"我生活的大地需要鲜血来祭"

其实那个下午

一点也不惊心动魄

就是一个用镰刀砍竹子的人

一刀砍在自己的手指上

嗷嗷大叫

2017/05

我当时的推荐语：不好意思，我的两大门生李勋阳、韩敬源的点评越来越没法看了，前者失之于求个性，后者失之于求正确。没关系，诗好则好，评不重要。本诗好在叙述中有蜿蜒，很细腻，口语诗人中打直拳的太多，打组合拳的太少，韩属于后者，值得鼓励。

我说到他俩点评诗歌的事，实际上，我培养的写作人才理论修养都非常好，毕业论文都是拔尖儿的，所以他们也同时能够做评论。我当时说他们评得不准，评得不准不重要，诗写得好就行。这首诗也是一首口语诗，只不过也是一首很文气的口语诗，包括他的口语很注重叙述中复调的蜿蜒感。所以，口语诗不是那么简单的，口语诗不是口水诗，那是对口语诗的污蔑。口语诗要随着人不同的身份和修养而不同。比如说，一个大学教师的口语诗可能就是比较文气的，你本来是一个文学素养很高的人，你非要模拟一个粗人讲话干吗？口语指的就是我们真实的口头语言，并不是说只有下里巴人的才是口语。

今天我们介绍的四首诗，三首都是本质上的口语，其中第二首是口语凸显意象。第一首不是口语诗，是一首泛抒情同时意象也比较密集的诗，后两首都是口语诗。我们今天介绍的四首现代诗，向大家呈现了四种风格，既有泛抒情的，技术上糅合一点意象；也有口语化的，凸显意象；也有生活气息比较浓的口语风格的；也有文气甚至诗人气比较足的口语风格的。也许你第一次听并不能完全适应，慢慢来，别着急，今天只是一个开始。

本讲授课时间为 2019 年 2 月 28 日

第二讲　西外诗人 2

　　最理想的听课状态是手上有诗，能够看到这些文字。诗最后毕竟是文字，而不仅仅是声音。没有书干听的话，效果是完全不一样的。所以，没有书的同学，赶快订书。我们的教材就是这本《新世纪诗典·第七季》。

　　上周讲了四位校友诗人，如果你脑子里还有这四首诗的记忆，那是最好的听课状态。这同时也是一个自测。有的同学上课前会打开笔记，温故而知新，也有的同学什么都不看，这就是我一贯说的个体差异。如果你能记得上周讲过的四首诗的任何一首，那么你就在一个好的状态，这说明你是爱诗的。爱和记忆互为因果，你忘不了的东西，你会更爱；不爱的东西，你记不住。

　　大家都上过我的课，也知道我上课的特点：一、计划性强，我每一周安排的内容都会给大家讲到；二、目的性强，我会不断提醒大家，我们上课的目的何在。我建议同学们在每周上课前把上一周的内容回顾一下，也自测一下自己的状态。还有一个我更希望的状态，也是咱们这门课召唤大家进入的状态，就是在上次课过去的七天里，你已经写了诗了。我们班在三个班里表现得尤其好，就在那天下课的时候，有一个女同学已经写了诗让我看，就在课堂上写的。

我们这门课跟别的课不一样，允许大家"走神"。比如说，你听着我讲别人的诗，讲那些关于诗的话，突然来了灵感，你可以暂时放弃听讲，马上把这首诗写下来。因为我们的目的，不是学一大堆知识，到期末再把知识还原一下。我们不是那种出题式的考试，而是考你写诗。当然考写诗的话，还可以更宽松一点，不用在现场写，就是你这一学期的积累，把最好的一首交给我。在上课的过程中，我也会让大家读读自己写的诗，这样就可以随手记一个平时成绩出来，不要都压到最后。我们这门课的效果一定要体现在写作上，而且一定会体现在写作上。每个人都尽到自己最大的努力，写出自己最好的诗。我能够吸引到的人，都是写作很勤快的人。我喜欢强调目的，那就是经过这一学期的课程之后，不论是场内的同学，还是场外的同行，你们写作的状态不会是今天这个样子，都会得到提升，而且这门课在未来较长时段内对大家的诗歌写作都会有价值。

好，我们马上进入文本。说起文本，我想起之前带过的研究生课程《现代诗研究》，我得到的经验是：讲诗歌课不能离开文本。离开文本空讲，起不到任何作用，甚至还会带来很多观念上的误区。《现代诗研究》是要培养研究能力的，研究能力体现在做论文上。那时候我教他们也是不能离开文本，一个学期下来，读了两百首以上的诗。当然训练他们的方法和训练大家不完全一样，但开始时也是这样。先读一首诗的文本，然后再读我的点评，持续了半个学期，等到后半学期时，我就让他们去读指定的诗，不再看我的点评，而是自己现场做出评点。这难度就很高了，那些研究生同学开始也很不适应，但后来就玩得很溜了，现场马上做出评点，而且文字已经组织得非常成熟了。这就是我对研究型学生的训练：读一首诗，马上就能评点它。这就是将来做论文的基础，甚至是论文的"核"；而且对文本把握得准不准，也决定了将来论文的质量。我训练大家写作，读一首诗，首先一定要读得准，要理解得到位，逐渐地积累起来，你写的诗才是对头的、对劲的。我们要的不是你的点评，而是要你来写一首诗。所以这个课，不论讲多少诗，说多少话，最后都是为了刺激你写出来，而且尽可能写得好一些。

今天我们接着讲西外诗人。当我说到"西外诗人"时，我又有感慨了，西外有诗人，这是非常值得庆幸的。你现在设想，如果西外从来没有出现过一个诗人，我这门课前两周所讲的内容不存在，我五十三岁，退休倒计时了，再来呼唤出诗人，那感受能一样吗？在座同学的感受会一样吗？如果西外从来没有出过诗人，现在我们看别的学校出了诗人，然后再召唤大家进行突破，那个感受是完全不一样的。我讲这个话是建立在对中国高校涌现的诗歌人才充分了解的背景下的。不少高校在引进驻校诗人，大张旗鼓地投资诗歌活动，那么多的资源，那么多的研讨会，最后的结果却是没有培养出自己的诗人。所以，当我书写"西外诗人"这四个字的时候，我感谢讲到的这些同学，这叫争气。这些诗人的成长，可以说没有花纳税人一分钱，但是他们成了诗人，成了这个学校的光荣。

有同学在手机上给我发了一条微信："我就是要成为下一个！"这个态度太好了。我不知道是谁。我希望而且相信，可能在心里对自己说这句话的人不止他一个。我们这三个班加起来，就是要涌现，不是下一个，而是下一批诗人。我们现在咬牙切齿发个毒誓：我们一定要涌现！因为这个时候你已经开始引用资源了，从现在起，我们正儿八经享受到了诗歌专业课的资源，跟以前不一样了。我们现在要培养诗人，就变成了教学大纲的要求，就变成了学校的法度。你既然上了这个课，那就应该出诗人。我不希望七年之后退休了被人嘲笑，当你真的有这个专业、有这个班的时候，你没有人才出来了，那就充分说明，前面出的诗人是人家投胎投得好，是那些种子好，不能说明你环境好。

今天要讲的第一个诗人是蒋涛。说到蒋涛，对西安外国语大学这个性质非常重要，因为他是外语专业的，是我们学校的主流学生。必须承认这个事实，汉语专业是西安外国语大学的边缘学科，我们是"非主流"学生。但在我们擅长的项目上，在诗歌创作上，我们才是主流的。我所讲的这些同学里面，毕业于外语专业的就他一个，这也给西安外国语大学的外语专业保留了一点颜面。他是 1969 年的，我 66 年，我们差不了几岁，在校园里面都认识。我不能称为他的老师，那时候我还在校刊编辑部，没有走上课堂，所以我跟他是朋友关系。那时候他是一个摇滚青年，实际上是中国第一代摇滚青年，从北京来，追着崔健的演出跑，还成立了一个西安摇滚普及办公室。我们都是"崔粉"，当时共同的爱好是摇滚。他那时候也写诗，但写得不多，他第一首诗还是我推荐到美国发表的。中间就没写，忙着生存，忙别的事情，再写的时候也就是最近八年。所以，他的年龄虽大，但他跨入诗坛不见得比我们西外 80 后诗人更早，甚至晚于这些人。我们来欣赏这首诗——

打架

蒋涛

说好

脱了衣服打架

可他脱下衣服裤子后

跳进旁边的泥塘里

我转身就跑

我不能和大地

过不去啊

2017/06/09

我的点评：蒋涛从一个参会积极分子变成了消极避会者，其核心因素就是诗的状态不好（上一轮还掉了轮子），这就是《新世纪诗典》新文化：诗不好都不好意思露脸。这种新文化与中国诗坛旧文化形成了多大的反差！所以在《新世纪诗典》绝不可能诞生交际花、交际草、职业会虫。好了，因为本诗，他又可以复出了。本诗好在哪里？好玩就是好，有人一辈子都不会懂。

我们回溯一下这首诗：两个小男孩打架，说好脱了衣服打，结果一个脱了衣服，扑通跳到旁边泥塘里去了，另一个一看，转身就跑，架就没打成。但凡打过架的人，读这首诗可能体会都比较深。现在的同学们都是 90 后"宝宝"。我们那一代的男孩估计人人都会打架，你若不会或不敢打架，这是很羞耻的。我们看诗里两个男孩，既然已经约了架，等到真的见了面，其中一方又怯了，自己找个台阶，一脱衣服扑通跳到泥塘里去了，另外一个一看，也顺着台阶就下了，妙趣横生地表现了男孩的心理。

我说这首诗好玩儿，而中国人理解的好玩儿跟诗意往往没有关系，他不知道，起码有一部分好玩儿是跟诗意有关的。在生活中，我们把人分为好玩儿的和不好玩儿的；在经历的人生中，我们说哪一段是美好的，哪一段是不美好的，这其中相当一部分是跟诗意有关的。有些人没有诗意，他把诗意理解成"以前的诗框定的东西"。而中国人认为哪些是框定的、法定的诗意呢？就是古诗。春天来了，伤春！秋天来了，悲秋！谁规定了春天就必须伤感、秋天必须悲苦？是古诗规定的。你对你生命的某些诗意没有感觉，很可能是传统文化牵制了你的感觉，走进了一种文化的误区。大家需要唤醒自己，去寻找那些使你的心灵为之颤抖的东西，寻找那种真正的诗意。

我觉得这首诗写出了事实的诗意：两个小男生的一次撞击竟这么不了了之，而在不了了之的时候，他们的心理一定很好玩儿。暴力被消解了，没有变成一次野蛮的打架。蒋涛同李勋阳一样，也是很怪的风格，他们的怪在中国诗坛上都数得着。我对我们西外的教育表示满意，我们没有把"怪的人"变成"不怪的人"，这就是教育的宽松度。有时候，一个大学上下来，大家都变成一样的人了。中国最怪的两个诗人出自我们西外，特别好！这叫个性。社会要不断磨平你的个性，而写诗要求你把个性推到极致。有的人等到抵达诗歌时，已经被磨得毫无棱角，自己都不知道自己的个性在哪儿了。但是如果你不做妥协，就有可能死在途中，社会完全不接受你，你连正常地和人群发生关系的能力都没有，这就是两难。

下一位诗人叫李异，这个名字多么像真名，但实际上是笔名。起笔名也是诗歌文化的一部分，在座的同学既然开始写，可能有些人也想起一个你心仪的笔名。起笔名是怎样一个心理呢？就是你自己掂量一下，起的这个名字将来会不会让你成为很厉害的诗人。还要注意，名字会不会喧宾夺主，会不会给人带来异样感。李异的真名叫覃清，这个"覃"字很多人还不会念。所以，他的笔名起得比他真名还正常，比真名识字率还高。他是2001级的，就是韩敬源那个年级的，那个年级为我们西外贡献了最多的诗人。用我的话说，人才是扎堆出的。01级就出得最多，加上00级还有李勋阳，所以00和01级构成了一个现象。我也在思考为什么那时候出得多，可能跟一个事情刚出现时元气很盛有关。有人发现一个"长子规律"，多子女的家庭，老大身体最好，因为生第一个时父母更年轻，元气很盛，这个好理解。有人还发现了"次子规律"，这个很神妙，比如说有一些家族病，次子就可以逃掉。我们的00级就是"长子"，01级就是"次子"，在很快的时间里证明了，在一个外语大学里创建汉语专业的成功，而且为我们"西外诗人"打下了良好的基础。我们看李异这首诗——

就像住在屠宰场附近

李异

对面楼的婴儿声
总是在午夜
把我哭醒

你注意，有的现代诗题目很长，就像一句话，甚至这一句话就是一句诗。我在讲《基础写作》时纠正过大家一个观念：标题是文章的一部分，标题和正文共同构成了一篇文章。大家过去可能从中学老师那儿形成的一个观念是：文章是文章，标题是标题。后来我又给大家介绍了一个观念：修改是写作的最后一部分，不是写作之外的另一部分。诗歌的道理也是一样的，标题是整首诗的一部分，不只是诗的名字。这首诗就完全利用了这一点，在正文和标题之间构成了一个张力。这个张力其实针对了一些传统诗歌的习惯。传统诗歌只要写婴儿，一定是美好的、温柔的、抒情的。但这首诗的标题竟然叫《就像住在屠宰场附近》，好像写得很酷，他是不是故意要这样玩呢，是不是玩得很不自然呢？我觉得不是，我认为这是过来人才能写出的诗，是诗人有了孩子之后的经验。等你自己有了小孩，就会体会到小孩并不仅仅意味着宁静、和平、安详。他熟睡时，你当然很安心，当他突然啼哭，却常常会让父母心惊肉跳。这是大家可以学习的一个现代诗技巧：标题和正文之间构成一种冲突感、一种违和的张力，一下子扩大了想象的空间。

我当时的点评也读一下：这是《新世纪诗典》推荐的第两

千三百首诗，我将节点上的"荣誉推荐"留给为《新世纪诗典》的美术化做出过重大贡献的诗人李异。本诗是一首从意象与口语各自的逻辑上都可以读通的作品，也许诗的最高境界正在"众神合一"。李异的问题我在重庆讲话中说得很多了，重庆讲话似乎本来就是因说他而起，在此还想说一句：总觉得李异写得很苦，是从内到外没有过日常写作这一关造成的。

今天的头两位诗人，蒋涛是日语专业，自身也有日本血统（他奶奶是日本人），后来他又去日本留学拿了硕士，现居北京；李异是海南岛的孩子，是我们课堂上的作文尖子，然后开始写诗，现在又回到了家乡海南岛。他们两个年龄有落差，一个是 60 末的，一个是 80 初的。但他俩有一个共同特点：都是文艺青年。他们都喜欢摇滚流行乐，喜欢先锋电影，喜欢文艺青年喜欢的东西。他们写诗，一个比较怪，一个比较酷，这也是文艺青年的特征。所以大家注意，写诗作为一种时髦的精英艺术，也在召唤着文艺青年。在座的文艺青年们，其实你们离诗歌不远。文艺青年写诗会有自己的特色，比较强调文艺性，玩酷，当然也会有一些缺点，比如我刚才点评里提到的。问题先不多说，我们接着看诗。下一首李勋阳又来了，我们再次看一下李怪怂怪在何处——

国考场上的幽灵

李勋阳

参加高考监考

他们要求

既让考生感到敬畏

又不能让考生感觉到

你的存在

早上出发前

我特意换上自己最喜欢

却又容易捂得脚臭的

帆布鞋

果然在考场上

我走路无声

来回穿梭

像个幽灵

　　自嘲与他讽在这首诗里融为一体。我的点评是：在惠州诗会上，00前老诗人遭到了00后小诗人的围困，诗会第一天上午，姜二嫂无可争议地力压阿吾，从容拿走冠军；第一天下午，老诗人更被压得喘不过气来，但是在游若昕、江睿、茗芝的包围中，李勋阳突出重围而夺冠，何以如此？从我这个裁判的感受来说，00后提高了新鲜度，让00前显陈旧了，只有"李怪怂"能够以怪致新，再加入成人之长——重，所以夺冠，这是伊门的光荣！

　　在中国诗坛上，已经有伊门之说了，我感到很自豪，希望大家来壮大我们伊门。李勋阳这首诗有"重"的东西，它不光是对高考制度，可能还是对我们奉行了几千年的科考制度的嘲讽。如果你要批判，就要抓住事物的破绽，猴屁股露出来了，你上去就是一脚。

好，我们接着进行，韩敬源也要再次出现——

卖金雀花的小女孩

韩敬源

问过价之后

我说我随后来

这个学校门口

在卖菜的旁边

怯怯的小女孩

守着她

从山上摘来的

金雀花

眼巴巴地看我离去

走出好几米了

我还没忘记

那眼神

我返回去

买完了她所有的金雀花

2017/06

点评：如果有个"在校诗"排行榜，韩敬源可凭其《儿时同伴》进入 Top10，我说的是自改革开放四十年来——这是天才的见证。现在他遇到的问题是：好男人不容易写好诗。本诗说明：好人，美好的情感，也能出好诗。

我相信在座的同学对这首诗的亲切度要高一些。这就是真善美，本来没打算买，但后来看到小女孩的眼神，又返回去全买了。这是大家更容易理解亲近的一种普遍的情感。你要说先锋还是传统，无论情感还是态度，这首就相对传统一些，而李勋阳的就先锋一些。没关系，大家可以先接受传统的。一开始就让大家怪如李勋阳、酷如李异，这不容易。

什么人写什么诗。韩敬源是一个很早熟的天才，在那一级学生里年龄偏大，班干部出身。而李勋阳是一个爱向我提怪问题的学生。三岁看老，后来在丽江高师，韩敬源已经是中文系主任了，李勋阳副教授还没评上，还是讲师，甚至职业堪忧。他们两人的成长轨迹也印证了我刚才说的，好男人不容易写好诗。韩敬源绝对是好男人：好丈夫、好儿子、好老师、好领导，什么好都被他占了。你太社会化、太符合常规了，那你写好诗就比较困难了。而李勋阳写作没问题，能不断出新，怪的辨识度很高，但他职业上却堪忧了，在社会环境里有时就把自己置于险境。他们两人的成长，对我们大家很有借鉴意义，这都是大家将来要面对的，不仅是职业上的，还有事业上的。写诗和职业是两条道。这是一个常识，你要做一个诗人，就必须先找一个职业把自己养活。有时候职业和事业的关系会有矛盾。怪不得大众不那么欣赏诗歌，不那么欣赏诗人。一般人哪能理解这样的事：我的职业和事业是分离的，我的事业可能给我带不来一分钱，带来的只是虚名而已。所以写诗、当诗人不会被大众所接受，却会被少部分精英所接受。精英的价值观是：我这可不是虚名，很可能是千古之名。做诗人就有这样的优势，千古留名。你走到大雁塔广场的时候，看看那些塑像，里面有多少是诗人？

好，我们继续，里所又出现了——

东福寺
里所

灌木团团
像圆脑袋的小沙弥
蹲在雨中
青苔闪着绿光
绿色是会咬人的吸盘

细密的雨珠
从天宇飘落
树木的香味涨开
在桥与桥之间蒸腾
挂在松针针尖的水
亮如盏盏星星

我在此时回头

身后寺院的屋顶

端坐小叶枫林中

层层叠叠充满我的眼睛

我感到身处宋朝的震颤

眼泪忍不住涌出

2017/09/09

点评：又是一位 85 后。七年前《新世纪诗典》刚起步时，85后还是有待发现的盲区，现如今他们已然成熟，汇入整个 80 后的队伍，与大多数 80 后没有明显的区别。在技术上，里所有一点做得非常好：她的意象诗，不是词咬词，而是语言流。读过本诗，我更想去日本看看了，这是诗的氛围与感染力所激发的。

说到西外诗人的结构，让我很高兴的一点是，他们是有区别的，彼此能够分辨出来。不是说凡西外诗人，大家都写得一样，也不是说伊门弟子全写得像我。每个人都有显著区别，最明显的就是韩敬源和李勋阳。里所的区别，可能女同学更有亲切感，一看就是修养素质特别好的一位女性诗人。她写的意象诗，文气很足，意象比较密集，但有一点特别好，不是很干燥的词咬词，她的语言是流动的。意象诗写不好就成词咬词。我希望我们西外诗歌军团的构成，每一个个体都是独特的。所以，里所占的意象诗这一点非常好。不是我觉得奇怪，是别人觉得奇怪，有一位旅美华裔诗人评价她："口语诗王培养了一个超现实主义诗人。"

这首诗写的是日本京都的东福寺。以前日本的遣唐使带回去长安城的图纸，他们就按照这个图纸建了奈良，结果一场大火，烧了大半个城，后来又在京都复建，也是按照长安城的图纸。当然，我们要尊重诗人的主观感受，她觉得像宋朝，那就是像宋朝。但如果从史料的科学眼光来看，应该更像唐朝，这是毫无疑问的。注意，诗歌不是科学论文，诗歌要把主观感受放到更重要的位置，当然最好不要离谱。她"泪水涌出"的感觉，我去京都和奈良旅行时深有体会。在座的西安出生的孩子，有机会你一定去京都和奈良看看。我们虽说身在古长安所在的地方，但什么叫古长安？我们这儿已经看不到长安的任何景象，除了大雁塔。而人家的寺庙，甚至民居都是仿唐的，而且保存得如此完好。再加上它很多建筑与长安城都是等大的，所以它就完全是一个活的长安的博物馆。人家一个新疆女孩去了以后都"眼泪涌出"，一个出生在西安的孩子，如果见到了京都和奈良，那真是要泪如泉涌。一个有长安情结的人、有唐诗情结的人，一定要到那儿去看看。我自己在诗里写过，不要说那儿的城，就连那儿的山、那儿的树，都让我有种梦回唐朝的感觉。这也是世界文化交流中的一个佳话：一个国家伟大的古城被另一个国家复建了！自己不知道珍惜，没有保存好，结果另一个国家像宝贝一样守着，最后让这个国家的人来看，告诉他们：这叫长安。

下一首诗是90后女诗人蛮蛮的——

不敢相信

蛮蛮

我和姐姐弟弟小的时候

母亲总对我们说

要不是为了你们仨

我早跟你爸过不下去了

姐姐出嫁以后

她常对我和弟弟说

要不是为了你们俩

我早走了

后来

我和弟弟都去外地上学

她又说

要不是为了你们仨

有个家可以回

我早就不想守着它了

点评：蛮蛮与口语诗的关系似乎是天生正好——这样的关系是否就是最理想的呢？不一定，如果是天生自发，那还将经历一个自觉的阶段。在近四十年的当代诗歌史上，有不少人是十首以内的天才诗人，十首以上啥都不是，作为整体甚至反动腐朽，那就是永远停留在自发阶段的诗人。

蛮蛮的诗是典型的口语诗，有明显的事实的诗意。她的母亲老是这么说，但从来不会真的这么做。这就比一般的抒情诗复杂、微妙。爱，不仅仅是用爱的语言说出来的，有时候是用怨的语言说出来的，这就是世界的丰富性。文学表现得先进与否，就是看能不能表达更复杂、更微妙的东西。我们看到口语诗代表了这种潮流，能够表现出更具体、更微妙、更个性化的东西。蛮蛮属于天生语感好的诗人，语感的控制、诗意的感觉，天然的就好。这类诗人在开始的自发阶段写得特顺，可能到自觉阶段时障碍反而出现了。当然，目前这跟大家没有关系。像蛮蛮这样的诗人，倒是应该唤醒更多在座的同学。这首诗就跟大家很近、很亲，应该具有更多的感触点。

下一位诗人是第一次出现的星尘小子，这是一个陕西籍的学生，毕业之后去了李异的家乡海南岛，他们在海南还经常一块儿玩。我们看这首诗——

南国
星尘小子

哪里有秋天
树叶哪里黄了
只有台风
和我手上蜕皮了
什么是麦子淹死在麦浪里
只见过

水稻田里捉泥鳅

出太阳下雨

和高大的棕榈树

那上面不长椰子

你别搞错了

点评：星尘小子是我学生中毕业后才开始写诗的，就像我的同学侯马是毕业后才开始写诗的。他写得很踏实，已露后来居上的迹象。这是一首写南国的诗，充满了发现与南方质感，80后诗人正在走向成熟，只专注诗歌的人成熟不了。

中国人读诗老有一种密电码思维，看到一首诗马上想："他写的是什么意思？"其实你想问的是："他写的是什么意义？"诗歌不是因为意义而存在的，其本身就可以自证存在。这首诗写出了南方的质感，这是我比较欣赏它的原因。一个地方的质感，往往是外省人去了之后才能感受到，本地人反而写不出。海南岛的环境和陕西的差异很大，所以他能够敏感地意识到这种东西。到哪儿写哪儿写得像，这是一个人的本事。我以前读海明威的小说，钦佩不已，这个作家写打猎像打猎，写斗牛像斗牛，写拳击像拳击，一看就是干过的内行人。在海明威和福克纳之间，我显然更喜欢海明威，因为他代表了我喜欢的"生命体验型"的作家。包括年轻时读中国当代作家马原的作品，看他写一个倒卖香烟的烟贩子，把香烟行市搞得那样清楚，我也钦佩不已。你写什么就要像什么，这就是写作的质感。

好，我再把"怪"的两个诗人给大家强调一下。先来说李勋阳。我也是通过讲才发现，李勋阳在我们西外诗人里面，目前似乎是最重要的。诗歌这东西是个性决定高度，怪有优势。那么多人在写，你要从中间跳出来，被大家注意到，成一家之言，建立起个体风格，谈何容易。所以，一定要有很强的个性。李勋阳在我讲课的这两周里，从西外诗人中一下子凸显出来，也证明了这一点。我们来看他这一首——

黑白照
李勋阳

前段时间

朋友圈

流行黑白照

有朋友艾特我

也希望我加入黑白照拍摄

传递活动中来

我随手在路上拍到一张

一个卖水果的妈妈

收摊后直接用三轮车

接儿子放学回家的照片

将其调为黑白

发现变成黑白后

母子二人很像难民或流民

便失去了兴趣

点评：何为"先锋诗"？不但要有形式创新，还要有观念革新。黑白摄影在技术受限的时代曾经创造过辉煌，现在已降格为博物馆艺术，满足怀旧的情调需求与业余摄影爱好者快速抵达的"像摄影"，既腐朽又反动——譬如其内含的暴力，本诗指认到了。一帮口语诗人乐此游戏，令我震惊不已：他们根本不懂口语精神与口语美学。要敢于对"自己人"说"不"，本诗正是。

"有朋友艾特我"——我们完全过着这样的生活，但有些人根本不敢这么写，这就是芸芸众生和少数天才的差距。一帮诗人玩黑白摄影艾特了李勋阳，李勋阳拍了一张照片，转成黑白后发现，他们看起来更像难民或流民，这就是我说的"技术的暴力"。你拍的这个东西真实吗？转换以后的黑白照是真实的感觉吗？我在点评里说到，有些人这样操作是因为他们想要追求专业，好像这样看起来更"专业"，但是艺术追求的方向是什么？什么东西是更真实的？人的肉眼所看到的世界才是更真实的。在座的有哪个同学看到的世界是黑白的？我们人眼看到的世界就是彩色的。其实过去拍黑白照是技术受限，当然那时候也成全了很多好的摄影。但是后来人类的技术越来越先进，越来越符合人眼所看到的世界。我不知道大家看高清电视感觉怎么样？反而还不适应，这个清晰度不是我们肉眼所能看到的。我父母是搞生物研究的，我在高倍显微镜下看过自己的手，看了以后恶心得几天不想吃饭。那多可怕啊，上面有多少东西啊？而且汗毛从汗毛孔中长出来的样子，放大以后就是一列疯狂的黑色火车从隧道里猛地开出来的样子。如果天天让你看，说那才是你真实的手，那是真实的吗？不是。这首诗里充满了批判和怀疑，对现代技术的怀疑，其实更是对陈旧技术的怀疑，还有对某些现代都市小资情调的怀疑。所以，李勋阳就在西外诗人里显出来了，他写的东西更关键，不论是写考场那个，还是写摄影这个。大诗人和小诗人的区别在哪儿？大诗人找的点都是在文化中比较致命的点，小诗人找的点往往是大家都能找到的点。

我对李怪怂提出表扬，而且他给了大家一个启示，一定要好好保护自己的个性。终于有一门课，可以纵容你的个性。我跟当代诗人打交道也是这样的，尽量容忍每一个诗人极强的个性，只要这种个性不是恶的，因为我知道个性对写作的好处。

李怪讲完了，我们讲蒋怪。蒋涛这首诗一看到名字，有人就笑了。刚才"艾特我"有人不敢写，现在"丁字裤"有人照样不敢写。那不就是正常的一种裤子吗，为啥不敢写？你看他写得多好玩——

丁字裤
蒋涛

回农村过年
晾的那条丁字裤
奶奶帮她收了
然后说

你的皮筋干了

娜娜赶紧拿下来

假装绑头发

2017/10/10

你看现实生活的微妙，人的那个好玩儿，其实是很收敛的。娜娜作为孙女还很厚道，避免了奶奶的尴尬，奶奶不知道丁字裤是干吗的，以为是皮筋，那她就顺势扎到头上算了。这种好玩儿里有一种人性的美好，它当然是属于诗意的，而且是事实的诗意。我希望前面的诗人能开凿出我们每个同学内心的诗眼。其实你知道什么是诗意，只不过你过去没有很明确，现在他们的诗把你们内心的诗眼突然就凿开了，那诗歌的石油也就要喷出来了。

我的点评：当《新世纪诗典》推荐到第两千五百一十首诗，没有新意的诗推出来也会被淹没掉，不论是内容还是形式的新意，都尤其难能可贵。本诗从内容的新颖，构成了一个富有新意的视角，成就了一首时代的妙诗，也开启了《新世纪诗典》读诗过年的模式。

总结一句，我们西外诗人有两个"怪"，这种怪在中国诗坛上是顶级的，比他们再怪的诗人我觉得是没有了。耍怪是要有内涵的，不是瞎耍，有些人耍得很笨，很粗糙，很没有诗意，那也不成立。

下面这个诗人，今天就在现场，就是负责直播的你们的学长李海泉。他以后会和大家相处得更多，我希望他同时能够担任一个类似课代表兼辅导员的角色，在我和大家之间做一个更好的沟通。所以，大家给他一个特别的掌声。

彩色记忆

李海泉

1997 年夏夜

我在张宝得家

看了一晚上电视

张宝得睡了

她姐张海莲睡了

张爸爸张妈妈也睡了

只有我

一个六岁小朋友

在黑暗中

坐小板凳

看一闪一闪的屏幕

像彩色的魔法盒

直到深夜

仍无睡眠

那是第二天早上

全青林乡的孩子问我

在张宝得家

看了什么电视

我灵光一闪

郑重其事

对伙伴们说：

"谢谢收看"

点评：90后被称作"宝宝一代"，即便如此，他们的童年也照样是贫乏的。中国大了，什么状况都有，诗是用来干吗的？诗就是用来打破概念的……听了我一学期的课，李海泉长诗了，不如此倒是奇怪的。

李海泉1991年出生在青海的一个小地方。他童年所经历的生活，从中国的一线城市来讲，感觉很像我们60后的生活，但是中国有地域的差异，所以好的诗就是要打破概念。好像全体60后的童年生活都是一个样子，全体70后又是一个样子，80后又是一个样子，但中间复杂的是中国有地域的差异。所以，他一个90后竟然经历了这样的童年生活：全乡的孩子只有一个六岁的孩子首先看过电视，问他看了什么东西，他说"谢谢收看"。我是在1972年父母的单位里第一次看到了电视，这就是一个反差。不论生活多么贫瘠，你的童年都是快乐的、美好的、彩色的。贫瘠的年代，节日的乐趣反而更大。

这刚好和蒋涛那首诗形成对比。我刚才说了，重要的诗人能够选择关键点。比如说，什么东西有价值呢？一个是新出现的事物，比如"丁字裤"，在中国绝对是蒋涛第一次让这三个字出现在诗里。还有行将消亡的事物，也是有价值的，比如李海泉写到的"第一次看电视"。对今天的孩子来讲，看电视再也不会成为一个问题，但同时也就没有了第一次看电视的新鲜和激动。你看有些人在拍北京的胡同，等到将来再也看不到胡同了，再也看不到四合院了，他们这些照片就成了最珍贵的艺术品。还有就是新出现的、抢先的表现，跟我们的生活同步，也是有价值的。这是两个关键点，刚好两位诗人分别选择了不同的一点来表现。

最后我讲一首我的诗。我作为西外的老师，当然也属于"西外诗人"这一部分。北师大也是这么对待我们的。北师大正在以两三年一辑的节奏出一套书，第一辑的四位作者是：鲁迅、牛汉、任洪渊、郑敏。因为鲁迅是北京国立女子师范大学的教授，而北师大的前身就是北京国立女子师范大学，所以在我们北师大出的"北师大诗丛"里，第一辑第一位就是鲁迅。这就是我们的资源，大家都感到很自豪。第二辑今年就要出版，第一个就是我。这么隆重地对待自己的诗歌子弟，北师大应该是做得最好的学校了。

我跟大家讲的第一个单元是西外诗人。第二个单元要讲陕西高校培养的诗人，大家也会有兴趣，你们会看到隔壁学校培养了谁。因为北师大诗歌军团比较壮大，加上又是我的母校，我也专辟一个单元，第三个单元就讲北师大诗人。等到第四个单元，就是全国其他高校诗人，这个范围就更大了。我所有的线索都是在高校，就是为了让大家接受起来有兴趣。

我作为一个老师，在西外执教。1998年的一天，当时的院长跟我说："小吴啊，你别光顾自己往前奔，也给咱们外院培养一些诗人出来。"我的回答是："诗人是培养不出来的。"当你手下一个都没有的时候，你只能这么回答。到了 2000 年，我们就有了第一批汉语专业的学生，等我知道我们汉语专业的学生在写诗的时候，已经到 01 年、02 年了。也就是说，我的话说出去未及三年，我们的情况就变了，就是因为有了汉语专业。专业对学生的心理暗示非常强。没有汉语专业，打算当诗人、当作家的人就不会来西外，来了的人都是没有这个梦的。等到汉语专业有了，他就来了。好，我赶快讲我自己的一首诗——

木偶剧团

伊沙

西安有西安的木偶剧团
北京有北京的木偶剧团
但在我的记忆中
它们所在的街是同一条

那条街除了走木偶
只有一个人骑车而过
我高中的地理老师
一个帅气的卷毛

他妻子

是木偶剧团的演员

在我的记忆中

他娶了一个漂亮的木偶

然后是高考前的一天

我们正在上地理课

他刚徒手在黑板上

画了一个标准的世界地图

自己便仰面倒地

四肢抽搐

口吐白沫

不省人事

事后我们得知

那种病叫癫痫

我总觉得那是木偶身上的病

传给了我们的帅老师

自我点评：上一轮我自荐时说自选诗要看人脸色来选，大家喜欢什么选什么；这一轮我偏不看任何人的脸色，我根据自己创作一首诗时的新鲜感来选。在过去四五个月里，本诗带给我自己的新鲜感无疑是最大的，这种物我合一的写法，这种说不清道不明的神秘感，这种多个重心集于一诗，在我以往的作品中比较少见，具体到木偶，更是没写过，所以我在创作中感到莫大的新鲜。对于一个自觉的成熟的诗人，你为中国诗歌创造了什么，自己应该心知肚明——对不起，我刚巧就是这不多的人之一。

最后我把自己的名字也写在黑板上，作为西外军团的最后一个人。我希望这个名单不断壮大，所以我得到的最好回应就是发我微信上的那句："我要成为下一个！"我希望有更多的同学这样说，不用喊出来，就在心里说："我要成为下一个！"然后汇集到一起，这个话就变成了："我们就要做下一批！"

因为我们是第一次上这个课，而且是中国高校的第一次，你可以想象我们背负的压力有多大。在今后的八年里，我们每个年级都要出诗人，每个年级至少得出一个。就像有人说过去的苏联："没有大师，挖都要挖出来一个！"人家这个民族习惯了，我们必须大师无穷，一个民族真那么骄傲、那么习惯的话，最后就真的做到了，不论是白色的俄国，还是红色的苏联，还是现在又回到蓝色的俄罗斯，人家就是代代有大师。

本讲授课时间为 2019 年 3 月 7 日

第三讲　陕西高校诗人 1

　　我在前面预告过，如果我仅仅讲了西外诗人，你可能觉得这是额外的，是我们赚到的。作为西安外国语大学，我们培养了不少的诗人，但按这个学校的名字来看，好像我们不应该出诗人。不管怎么说，我们总归是一所文科院校，而且是一所语言类大学，甭管学的是外语还是中文，难道我们要在出诗人方面为零吗？这好像也不对吧。我们今天就来看看，都是什么样的学校涌现了诗人，我们是属于该出的还是不该出的，带着这个问题我们慢慢听。

　　我们就是这样一个逻辑线，由近及远，慢慢走向全国。我们的目的不是衡量全国大学的综合实力，而是仅从培养诗歌写作的专业人才这个角度，来做一个全国大学的田野调查。

　　今天要讲的第一个诗人唐欣，也是《新世纪诗典·第七季》的头条诗人。一本书的头条我当然是精心安排的，我肯定不会把一个相对弱的诗人和一首相对弱的诗放在头条。从功利的角度讲，"上头条"是很容易出名的，因为很容易被关注到。我选择头条完全是根据诗人的分量和诗歌的水平来定的。唐欣的学历是这样的：本科毕业于西北师院，即现在的西北师范大学；硕士毕业于陕西师范大学，党史专业；博士毕业于兰州大学，当代文学专业。现在在北京化工学院任教。他上大学之前，还在长庆油田当过电工，

用他自己的诗句来说，"当了三年吊儿郎当的工人"。然后赶上了
改革开放的大好形势，考上了大学。他生于 1962 年，比我大四岁，
这样一个年龄段的诗人，我们叫 60 后诗人。那么这个诗人的归属
何在？他当然既属于西北师院，也属于陕师大，还属于兰州大学。
你在任何一个阶段进入的学校，你将来所有的成就也都是这个学
校的光荣，这就是我们跟母校的关系。因为他硕士研究生这一段
是在陕师大，当然也属于我们今天这个单元。这是一位成名很早、
写作延续时间很长的诗人。

采购员与香烟

唐欣

1972 年　在一列火车上

有位采购员看见为外宾

准备的临时柜台　他好奇地

打听其中一种香烟的价格

旁边有个外国人笑了一下

大概是猜测他买不起吧

又或许是同情　谁知道呢

这个人的心被深深刺痛了

谁也不能小瞧中国人　不能

他毫不犹豫地掏钱买了一包

用的是相当于他几个月的工资

（正好他带着公款　先挪用了）

但他和他的家庭　接下来的日子

该怎么过呀　他含着泪点着烟

满车厢飘起莫名的香味儿

2017/03

点评：第七季开始了！按照中国诗坛文化，头条是荣誉，只是《新世纪诗典》的任何荣誉都必须由诗而出，由一位诗人的现状而出——《新世纪诗典》的现状指的是：近四个月。唐欣，被历史遗漏的"第三代诗人"，从前口语穿越到后口语的唯一一人，越写越好，现状尤佳，他写的《采购员与香烟》，能够写"小"，能够写出那个年代独特的细节、心理、质感、味道。

在座的同学都是90末的，可能对那个时代不太了解。那个时代没有私企，做国营企业或单位的采购员，是一份非常不错的工作。一个是走南闯北，见多识广，另一个是出差越多，拿到的钱就越多，因为有出差补贴。在座的同学对1972年全无概念，那年我六岁。1972年，全球历史上的大事是尼克松访华，中美开始接触。我们想象一下遥远的1972年，一个采购员在一列火车上。在那样的环境里，也有为外国人准备的专柜。那个年代，我们国家有那种友谊商店，就是专门为外国人服务的。很多商品在普通商店看不到，在友谊商店你看到了却买不起。他在那儿看到这个烟，其实这些烟都是国产烟。因为唐欣不是烟民，他写得不那么具体，我怀疑他说的那种烟就是"中华"。那时候有的工人的工资是三十块钱，一包中华要是八十块钱的话，确实是相当于几个月的工资。

一包烟花掉了几个月的工资，下面的日子怎么过呢，就是写了这样一个事情。我们总是呼唤作家要书写时代，要表现时代，那该怎么表现时代，怎么才能真实地表现时代呢？这首诗为你提供了一个用诗歌表现时代的范例。这恐怕不是传统抒情诗能够表现得出来的，里面要有人物，要有情节，要有细节。因为诗歌是比较短小精悍的文体，它表现时代的方式就是以小见大：一个小人物，一个小事件（就买了一包烟），一些小情节、小细节，组合起来表现的信息可太丰富了。我告诉你，越封闭的时代，越落后的国家，国民的心理还真是他所写的，叫"死要面子活受罪"。大家自己可能也有体验，当你弱的时候，你反而更要面子。

这首诗的信息量很大。一首诗往往是话外有话，意在言外，大家在传统诗里也能感受到这一点。现代诗、口语诗也是这样的，就是我真正的意思、我所表达的思想，并不是你看到的这一点文字，它是蕴藏其中的。只不过传统诗有时直接把主题说出来，而现代诗、口语诗只说那件事，只说那个事实，至于里面蕴藏的意味、意思和意义，由读者来体会，给你一个思考的空间。这是我们讲的第一首诗，就是因为它以小见大，这个大呢，又是相当地大，所以我把它排在了头条。

第一个诗人是陕师大的，我们的老邻居，现在距离稍微远了一点，也算我们的斜对门。第二个诗人就是我们隔壁的了，他的名字可能同学们会感觉有点怪：西毒何殇。大家看过金庸的小说吧，东邪西毒，可能是受到这个的启发。西毒何殇，原名党勇，毕业于西大中文系，1981 年出生，陕北府谷人。我们先看这首诗——

工人帽

西毒何殇

父亲只化疗一次

染得乌黑油亮的头发

就掉光了

给他定制的高级假发

嫌麻烦不愿意戴

妹妹干脆买了几顶

不同款式的帽子

父亲只在年轻时

戴过工人帽

好多年都不戴了

总觉得不习惯

我就一顶一顶试戴给他看

他一直不喜欢

我留短发

大概是看我戴帽子

比不戴好看

就自己也对着镜子

试戴起来

试来试去

还是选了工人帽

点评：那些攻击口语诗的人爱用这个句式——不就是什么什么嘛！不是诗，是什么什么！我试想他们会如何攻击本诗——不就是一个细节嘛！不是诗，是细节。我的回答是：就是一个细节又怎么了，有此一个细节，什么都有了，包括你们永远把握不住的诗！但很快意识到：我高看他们了，他们如何懂"细节"？他们全然不懂！

这位诗人跟我有一段潜在的缘分。他在中学阶段总爱买一本叫《文友》的杂志。我曾在这个杂志社当了一年半策划和一年半主编。当时我在《文友》上开了一个三页的栏目，推荐当代诗歌，就叫《世纪诗典》。就是因为先有了《世纪诗典》，我们这本书才叫《新世纪诗典》。这本月刊很受文学青年欢迎，最高发行量达到了十六万本。他每月买一本来看，看到上面的一些诗，跟他以前在别的地方看到的不一样，而这种诗更吸引他，于是他那时候就开始写诗了。而且他就有了一个愿望，高考时想要考到西外来做我的学生。结果一不留神考高了，就被西大先录取了。这是他后来告诉我的他的一个"心迹"。

目前好像已经有一种说法，说他是 80 后第一诗人。我们学校也培养了几位 80 后强将。西毒何殇在 80 后中到底强在哪里？一个是他喜欢思考，喜欢思考口语诗的问题，他理性的把握能力更强一点，写作状态更平稳。有的诗人状态忽上忽下，那肯定是理性把握能力差。

我们具体看这首诗，开笔就很沉重。"化疗"这个词一说，大家心里就咯噔一下，肯定是癌症之类。他写父亲因为化疗，头发没了，要戴个帽子，最后选来选去，选了一顶年轻时戴过的工人帽。恐怕不仅仅是因为年轻时戴过。假如说你年轻时在"文革"期间还戴过高帽子游街，是不是老了以后还非得弄一顶高帽子顶在头上？不是的，这实际上是一种价值观的显示。

今天我们选择的头两首，都是以小见大表现上一个时代的诗，一个是通过 20 世纪 70 年代的采购员，一个是通过 80 后的人描写自己 50 后的父亲。上个时代是典型社会主义时代，工人阶级的地位高得不得了，所以这首诗是上一个时代人的价值观的一种体现。

在讲了更多诗歌以后，大家可以横向比较一下，看看西外诗人什么特点，看看陕西高校其他诗人什么特点。传统中文系出身的人，都系统地学过文学史，学过文学理论，他们脑子都很清楚，在涌现的诗人身上可以看出来。唐欣是一个博士，理论素质本来就高，同时也是一个有着诗评家身份的诗人。西毒何殇也非常注重理论方面。所以，我感觉他们的诗，以口语诗的标准来讲，写得很规范，很干净，同时写得很正确，理性的把控能力，以小见大的分寸……总之活儿干得很漂亮。

这是头两位诗人，一下就把我们最爱提到的两个学校讲到了。我们整天念叨的就是陕师大和西大，所以他们各出一个诗人，一下就满足了，人家至少不是零。下面这位诗人来自西北工业大学，简称西工大。我今天把陕西高校也分成了上、中、下，我放在"上"的学校都是大家觉得比我们西外高的学校。为什么老要提到西大和陕师大，大概就是觉得比我们高。西工大是一个理工科学校，大家学文科的可能不敏感，西工大的地位被我们严重忽略了。有没有人知道西工大的外号？学校也是有外号的。你知道

我们外院以前的外号是什么吗？连小流氓都知道，把我们外院叫
"花园"。大家想入非非一下，什么叫"花园"？不妨动用一下诗意
的联想。西工大的外号叫"小北航"。在与航天航空相关的专业里
面，北航肯定是中国第一院校。别人称西工大为"小北航"，你就
可想而知它的地位了。所以，我也把这所学校列在我们应该"仰
望"的学校行列里，而且这所学校也能培养诗人。还是我刚才的
那个问题，你以为不该培养的，人家培养了，最后的结果是，你
不得不认为西外也是该培养的。

这位诗人叫艾蒿，这个名字很植物。这是一首双行诗——

寺中

艾蒿

在殿前我许不出一个愿
菩萨知道我心有悲苦

点评：为生计艾蒿远走他乡，暂居重庆，突然离开"长安诗
歌节"这个小氛围——这个我眼中中国最有利于现代诗创作的小
氛围，他的写作势必要迎接考验，好在艾蒿是特别自我的一个人。
在一次选空之后，他在"长安诗歌节"江油场凭借本诗一举订货。
这是一首绝妙的双行诗。我了解艾蒿的写作，他绝不是从语言表
面"平推"出来的，他一定经历了事实，然后心有所感才会写出。

只有两行，但要写出这两行，诗人的体验一定要更多。诗歌
分两种，一种是你经历了事，就写那个事，把意义交给读者；还

有一种，就像这首诗，我经历的事我不写，但我把事里面的那个体验写出来。这两种写法，也不能说哪种更传统，哪种更现代，大家都可以采用。这首诗跟前两首诗就全然不同。这位诗人现居重庆，曾居西安。我们都是"长安诗歌节"的同人，我知道他在西安有段时间很不顺利，事业、工作、家庭都不顺利。人这一辈子，有时候该你倒霉了，你怎么折腾都没用，那几年就该你倒霉。为什么我们会进庙烧香呢？有时候你感到，我什么好的条件都具备了，为什么就偏偏干不成一件事？这时候我们知道有一个运势的存在，是人自己操控不了的，我们就会求神拜佛，希望能够转转运。艾蒿那几年就是方方面面都不顺，这首诗可能就是从那几年提炼出来的两句。到了重庆之后，一切都改观了，他现在回看那几年的生活时更会感慨万千。大家要记住，在人生低谷的时候，你一定要有韧劲、要挺住，可能下一段就是你的春天了。

我刚才一说西工大也出诗人，可能有同学一惊。艾蒿实际上不是工科的，他学的是平面设计，人家西工大有这个专业。为什么现在的大学综合性越来越强？因为你综合性越强，培养人才的面才越广。这是一个大趋势。我们学校要继续发展，一定要不断地增设专业，谁要是过于强调外语为本，排斥其他，那就有悖于时代的潮流。

我们上一个单元叫西外诗人，今天还要补充一位诗人。上一次讲到的都是本科在西外就读的诗人，但是从官方统计来看，凡在我们学校进修、最后拿到学校毕业证的，都算西外子弟，我今天增补一个这种身份的。这个诗人的笔名也很西外，中文加英文字母，叫

笨笨 .S.K，70 后女诗人。她是西安一个妇幼医院的产科医生，很出色的医生，甚至可以说是名医，诗也写得很好。像这样的人才能加入到西外诗人的队伍，是很好的一件事。我们讲她一首诗——

乳房

笨笨 .S.K

乳腺科的主任

抱怨说

乳腺科的奖金太低了

一位同事说

每年有几百万的乳房

在医院走动

只要百分之一的

留下来

你们就吃饱了

2017/05/03

点评：一定又会有人赞叹，狠，真狠！我无法阻止读者第一瞬间的直观评语，但我可以反对这样的评语上文字的台面，因为一旦变成文字，似乎就树了一种标准，成了一种倡导——尤其不能将"狠"当成这个！把"狠"当追求的人，恐怕内心并不狠，这样的追求也会把人异化掉。对于本诗作者来说，这不过是其职业环境中的日常一幕。

这首诗写的是医院里医生之间的对话。这确实有一种冷酷，可能在医生之间，他们说话已经麻木了，但在我们看来有一种冷酷。这也从一个侧面表现了这样一个社会信息：中国就是一个大市场，什么都商业化了，什么都商品化了。不是有人说我们高校也是一个菜市场吗？还有就是，我们老在强调好的那一面，护士白衣天使，医生救死扶伤，当然精神是如此，整体的形象是如此。但是因为医生这个职业不能随时动感情，必须冷漠地面对眼前的东西，尤其是外科医生"该割就割"，所以他们难免眼光很冷，相互谈论时话也比较冷，但其实他们也并没有多大的恶俗之意。而诗人很敏感，抓住了这个破绽。只要抓住破绽，冷嘲热讽就来了，但在嘲讽中也暗藏着对人的悲悯。在前面哪一本的《新世纪诗典》中，我也曾推荐过一位山东医学院的学生的诗，写的是老师第一次带他们看尸体的那一幕。所以，这个专业不能随时多愁善感，而且好像有这样的文化，医生是禁止给自己的直系亲人动手术的。

刚才讲到的诗人都毕业于陕西高校，这是他们相同的身份，但他们每个人的职业身份都不同：唐欣是一位教授；西毒何殇也算是白领阶层吧；艾蒿先在西安办公司，之后又去了重庆，在博物馆里做一些事情；笨笨 .S.K 是一名医生。你能看到医生写的诗明显和前面几位不一样，所以一个诗人的独特性太重要了。你要想做一个好诗人，包括做一个好作家，一定要小心呵护自己身上和别人不一样的地方，哪怕只是一点点不同。比如说，在社会环境里，和别人相处的时候，你的某些怪癖就成了障碍，有时你自己也觉得苦恼，但是我们的诗歌创作欢迎你，只要这个怪癖没大害、不违法。有的怪癖对社会伤害性太大了，上帝造人也有打盹儿的时候，也造了一些这样的人。你看职业上的一点点不同，又在这四个人里面显出来了。你一点点观察，一点点总结，西外诗人的特点还是挺鲜明的，怪怂就占俩，又占一医生，还有文艺青年李异这样的。

下一位诗人叫廖兵坤，是陕师大的 90 后诗人。我们看他这首诗——

自由
廖兵坤

父亲的工友
现在
是一个
高度自由的人
双手
双眼
都寄居别处

2016/07/17

点评：在我记忆中有三个廖兵坤——2014 年，"长安诗歌节"到陕师大办诗会，所有登台朗诵的女生都读一个人的诗，那便是作为校园诗星的廖兵坤，是个校园级新诗写作者；2015年，以《保持身份》初登《新世纪诗典》的廖兵坤，刚刚找到口语诗的诀窍；2017年，《新世纪诗典》重庆诗会上的廖兵坤，已经是一位颇具实力的90后诗人了。到此可以说，他把以李岩、唐欣、马非为代表的陕师大香火续上了。

我的点评里可以看到一个诗人的成长。2014年我们在陕师大办活动，廖兵坤当时是陕师大头号诗星，所有上台朗诵的女生都选了他的诗来读，但实际上他当时的诗不怎么样，还没上道，就像我这里总结的：校园级新诗写作者。我们当时就感觉到了这个诗人的聪明，但是过去那种过于老旧的风格，让他的聪明和个性发挥不出来。但是2015年他就改变了，后来写得更好。当然首先是他认可我们的价值观，所以成长得很快。从校园走向社会是一个风险极大的阶段。我是20世纪80年代读的大学，那时候在校园里写诗的人太多了，从校园跨向社会的时候，很多人是怎么流失的，我们那一代诗人最有感受。很多人跨不出这一步，就是说他的诗走不出校园，尽管他的人走出去了。所以，现在有很多人，包括做其他行业都成功了的人，都有当校园诗人的经历，但是诗没有成功。我目睹了廖兵坤从一个校园级小诗星到社会意义上的诗人的成功跨越，见证了一个青年的成长。

实际上，这首诗写的是民生疾苦，是底层人民的苦难。今天我们再回首前面几位诗人写的内容，他们的诗竟然都是从《诗经》里"国风"的传统、"新乐府"的传统、唐诗里以杜甫为代表的儒家传统里来的：关心民生疾苦，关心大时代中小人物的心理。这些都是传统中文系训练有素的一个表现，一看就是受过系统的文学史教育，这我们是要承认的。

今天我们要讲艾蒿的第二首诗。刚才不是说他去了重庆吗？诗人就是要忠实于自己所经历的生活。这个话题我再补充一下，西毒何殇那首《工人帽》，第一句就写到他父亲的化疗，那是2017年写的诗，不幸的是，去年他父亲就走了。我为什么要提醒大家这一点？口语诗一定要强调真实性。诗歌的真实性表现在跟生活的同步性上，可以真实到与生活实体不分的程度。艾蒿去了重庆，我们看他是怎么写重庆的——

先辈们
艾蒿

阳光下的

嘉陵江洪水

在我眼前

无声地流过

我试图寻找

有没有一对眼神

正向我告别

点评：在惠州诗会之前，艾蒿从未进入过现场奖三甲，他自己已经怀疑是诗风的问题了。事实是：当你手中的三尺绫罗缠住了对手的利剑时，赢的就是你了——这一幕发生在"长安诗歌节"

惠州场，他无可争议地拿下季军。一年前，在西宁，我说艾诗的清洁度可能是中国诗人中最高的，今天我想说，他在时间中的耐磨性也是极高的，不信走着瞧。

今天我们说到了这些诗人的共同特点。他们比我们西外诗人强在哪儿？强在他们能够写出一种"大"来，特别强调"大"，以小见大的"大"。不如我们西外的地方在哪儿？不如西外诗人那么丰富多彩，西外诗人展示了个性上各自特别鲜明的独特性。所以说，什么事情都是有得有失的。他们这种传统中文系毕业的学生容易显得训练有素，显得诗歌的修养很好，但也容易有点一个模子的感觉，就是一招一式都那么对。而西外的呢，一个一个好像歪瓜裂枣（哈哈，这是一个善意的玩笑），就显得不那么规则。

就在此处，伊沙当时还讲了马非的一首诗，但因为直播视频意外中断，现场讲解无法整理，谨录诗作及伊沙书面点评如下——

伟大的战争

马非

我所知道的

堪称伟大的战争

不是特洛伊战争

不是苏联的卫国战争

不是吾国的八年抗战

而是发生在不久前

中印边境摩擦引发的

以小孩子过家家的方式

互掷石块摔上几跤之后

就不了了之的战争

双方的伤亡为零

点评：这不是超现实的诗，而是现实超级写真的诗；这不是荒诞派的诗，而是写实派的诗。只是因为现实太过荒诞，写出来就是这副模样——但是，还没完呢，我斗胆揣测一下（凭我对作者的了解），马非是暗藏讽意的，于是现实又一次比人的主观高明：这真的是一种智慧，真的是伟大的战争，所以本诗大过了马非，应该是一首颂歌。

下一位诗人是袁源，西北大学的，延安人，和西毒何殇一样，也是陕北的。实际上我提到诗人的籍贯，也是对在座同学的一个唤醒，刺激点就在这儿。这个诗人跟你的相似性越多，同学们越容易说："我也能！"我们来看袁源这首诗——

小雨转中雨

袁源

妻子在灯下

给我掏耳朵

她掏一下

窗外雨声

就大一点

点评：我们也别老抱怨别人不选择你现代诗、先锋诗、口语诗，没有才华，选择便成受罪。一旦选择，必是双向选择，袁源在西安便是如此，一切启动于他先有才华，然后被我相中，这才有了后来。他是《新世纪诗典》土生土长的诗人，也是"长安诗歌节"在本地的同志。本诗的可贵在于还原到感觉的原点，而这是不容易的。

他描绘了这样一幕：妻子在灯下给他掏耳朵，每掏一下，窗外的雨声就大一点。你说这写的是一种感觉呢，还是一种事实呢？我觉得两者都有。我自己也有过长时间不掏耳朵听力在某段时间下降的体会，结果掏还掏不出来了，跑到医院，让医生给我掏出来。可见这也有物理的写实性。但同时也是一种心理作用，因为是妻子在给你掏，每掏一下，都有"如听仙乐耳暂明"的感觉，好像听力增强了。这是一首写感觉的诗。有的现代诗就写一种主观感觉，当然这种感觉要合理，入情入理就是一首好诗。

下面一位诗人也代表了我们陕西非常重要的一所学校，西安交大，可以称为陕西第一名校。这个诗人叫东岳。我们先看诗——

红绿灯

东岳

她挨个儿敲车窗

乞讨

在红绿灯路口

等红灯的间歇

不开就给人跪下磕头

一辆

二辆

三辆

她都很顺利地获得了满足

但她很快地越过了第四辆

逃了

第四辆是一辆警车

点评：本诗并未多奇，但对东岳来说，殊为不易，尤为难得。就像有人天生平衡能力差，有人在写作中平衡能力差，很难获得一次完美无缺的漂亮完成，我觉得东岳就是如此，而本诗的完成分可以打一百，你说我该不该推荐？还有就是，我愿意与1991年便认识的老朋友交流一下心态问题：既然同行不认为你是天才，你干吗还要证明你是？干脆把所有包袱都抛给那些自认为是天才的人吧，走到今天谁怕谁？

　　这首诗大家回看一下，也就是在一个红绿灯路口，一个女乞丐一辆车一辆车地敲窗户，给人跪下磕头乞讨，前三辆都成功了，到第四辆的时候，她直接就跑了，因为第四辆是警车。可见，大概盲流都怕警察吧，本诗就写了这样一个世相。东岳是交大培养出的一位诗人，实际上他在交大学的是法律，现在是一位法官。和艾蒿的情况一样，西工大学艺术设计的学生成了诗人，交大学法律的学生成了诗人，还是我刚才的话——好的大学综合性一定要强，设置的专业要多，出的人才才丰富。

　　讲到这里，我们基本可以总结一下陕西各高校诗人的状况了。陕师大还有一位诗人李岩，也是我在《新世纪诗典·第七季》里推荐的诗人，陕师大重要的诗人，就是李岩、马非、唐欣、廖兵坤这四位；西大有西毒何殇、袁源这两位；艾蒿是西工大的独苗；东岳是交大的独苗；笨笨.S.K丰富了我们西外的阵容。

　　我通过学校来选了今天讲的诗人。作为一个西安人，我很了解大家的文化心理。今天选择的这些学校，都是我们西外比较看得起的学校，用市侩的眼光，就是我们比较"仰视"的学校。到了下一讲，我就选一些大家"平视"或"俯视"的陕西高校，也组成一个诗人阵容。那么目前大家就了解到了陕西高校诗歌生态的前半段，现在大家可以把他们和西外对比一下。我向毛主席保证（这句话对我们60后来说有着特别的庄严性），这本书里所有的诗人，都是同一把尺子衡量下选出来的。我绝不会因为他是我的学生，是西外的子弟，就多选一个。所以，人数就对应着实力，你完全可以做一下平行的比较，西外诗人加上我和笨笨.S.K是九个，其他陕西高校培养的诗人目前总和才八个。真是不比不知道，一比吓一跳。难怪别人说"西外是新世纪培养诗人最多的学校"。我们西外的诗人全集中出在新世纪。在诗言诗，我们拿事实说话，大家看了以后还自卑吗？当然我们也要冷静，刚才拿内容上做比较就是要让大家冷静，尤其是和陕师大、西大的诗人相比，别人的优点就显现了：他们的诗一看就知道是传统中文系培养出来的学生所作，受过很好的文学史教育，通过什么样的小见什么样的大，挖掘什么样的意义，然后在写作形式上怎么操作，你能够感觉到他们在写作过程中脑子非常清楚。传统中文系出来的诗人写作更规范，特别符合专业原理，这都是他们的优点。要说缺点就是，好像大家是一个模子里倒出来的，如果诗人的个人性再不强的话，就很容易千篇一律。

我们作为后起的中文专业可能不是那么规范，大家也不用怀疑我们老师的专业性，但肯定不如一个传统的老中文系那么平衡，人家老师之间的落差不大，老师不存在短板，学生所受的教育就更系统、更扎实。在这一点上，可能我们不如别人。好在西外没有干涉同学们的个性，没有把我们的个性抹平。在我的任何一个课堂上，我都是鼓励大家个性的，因为我深知个性对于写作的重要性。没有个性，你写起来是一件苦事。想登上诗坛，你的诗没有特点，那是很艰难的。有的人拼命地混脸熟时，你也要考虑他的苦衷，不是说他天生就俗，也有技术上可以理解的原因，就是他的诗没有辨识度，引不起别人注意，只好自己到处跑，希望人家注意到他。

这样对比起来，好像我们西外的"土豆"长得不太规范，别的高校的"土豆"则要规范很多，上市的时候更好看一点，但是论单个儿的时候，我们西外的更有特点。不如别人的地方，我们还需要慢慢积累。尤其像唐欣这样的 60 初诗人，写作积累是很深厚的。你看他那首诗，小能小到什么程度，大可以大到什么程度，整个的驾驭能力非常强。这都是值得我们西外诗人学习的，因为相对来说我们西外诗人比较年轻嘛。

总之，我们跨到了第三周，又把我们的视界扩展了一点，走出了西外的围墙。我们的无人机，飞行到了陕西最知名、最高大上的几所高校上空，把他们的诗人资源这一块考察了一下。今天这个课的分量，就是"陕西高校诗人"这一单元的前一半。咱们关起门来说话：也不过如此。所以不要迷信，新世纪以来我们至少在诗人数量上已经超过了他们，这是大家应该看到的。

本讲授课时间为 2019 年 3 月 14 日

第四讲　陕西高校诗人 2

　　"世界诗歌日"传到中国是在十多年以前，那时还是网络的论坛时代。我记得有一次也是刚好在"世界诗歌日"上课，有同学知道 3 月 26 日是海子忌日，不知道 3 月 21 日是"世界诗歌日"。有同学可能要问：那中国有没有一个官方认定的诗歌日呢？不用认定，每年的端午节就是中国的诗人节。这就是两个关于诗歌的节日。所以，我们今天是在一个特别有意义的日子上课。除了正常要讲的内容，我本来计划在第五周邀请同学上台读诗，为了庆贺这个节日，我们把计划提前一周。我知道咱们班有写诗的同学，甚至有写得还不错的同学，至少有一个。今天我在下课前会留出来一段时间，请我们班写了诗的同学上台，选择自己的一首诗读一下。到时候由我们的直播员、课代表兼辅导员李海泉带个头。他有一首接近于订货的诗，希望今天现场把修改版拿出来能够直接订货。

　　我要重申，"陕西高校诗人"是指陕西高校培养或涌现的诗人，不是指目前还在读或留校工作的诗人。我们知道，陕西高校主要是西安的高校。西安一度仅次于北京，是全国高校数量第二多的城市，合校以后被上海超过，名列第三。高校的数量决定了培养人才的数量，按道理我们的人才应该是很多的，但可惜的是城市的吸引力有限，吸纳人才的能力比较弱。现在西安刚被列为中国十大中心城市，算新一线城市，但确实比不了北上广深这样具有超级吸引力的城市。这也促成了这样的现象，虽然陕西高校培养了很多诗人，这些诗人却都流到外地去工作了，只是在今天我们盘点这些诗人母校的时候，他们又回到了陕西的概念里来。

我们讲到的这些诗人，可以说都利用好了陕西高校的资源，利用好了西安的文化环境。不要忘了这里是古长安。我们都知道中国诗歌的黄金盛世是唐朝，我们脚下就是盛唐之都，这里曾经就是世界的诗城。我们今天在《唐诗三百首》里读到的那些大师，很多都是互相认识的，他们曾共在一个时空下。排头两位的李杜的年龄差是十一岁，他们是很好的朋友。如果你爬过秦岭主峰太白山，就会看到山上的说明文字记载：李白七次登上太白山巅，其中三次有杜甫在。李白不是光跟诗人玩，跟李白登山的还有炼丹术士、和尚、留学生等，诗人好像就一个杜甫。这些大师当年都在同一个时空下玩，再次证明了，人才是扎堆出的，人才的出现不是平均主义大锅饭。这也充分说明了，不论你是多么大的天才，没有环境也是不行的。唐朝的李杜王白，论天才可能都是人类中的尖子，但也是扎堆出，要出就一次出很多，然后空上很多年。我预言，咱们未来八年的诗歌课上出人才的规律也是如此。所以，如果前面几届一直没出，我也一定不能着急，一定要怀着耐心，也可能就在最后一届，一下出了十几二十个。

我像你们一样年轻时，也不相信很多东西，不相信有"地气"，也不相信什么文化氛围。年纪越大，经历的事越多，看到的规律越多，就越相信。这座城市给了你更好的环境，她在暗中帮助你成为一个诗人，这都是你应该感恩的。这是强大的诗歌传统。

《新世纪诗典》还有十四天就满八年了，我们也有团体的诗歌省市的统计，每年公布的中国十大诗歌省市前三名就没有变过：陕西和北京轮流当老大，广东只有一次当过老二，永远都是第三名。第四、第五根本没法威胁到前三名。只有这三个地方配得上叫中国的诗歌强地。我们分析一下这三个地方的特点。北京，国家的首都，各种最好资源的集中地，理所应当。北京吸纳人才的能力比大家表面上看到的还要强。如果你搞的是人文科学，你不去北京去哪儿呢？你要搞娱乐、搞艺术，除了北京没地方可去的。搞电影、搞流行歌曲，除了去北京，其他地方平台太少。如果搞话剧，只有北京有日常的话剧演出。所以北京的文化强势天经地义。然后，陕西和广东大概各代表一个特点。先说广东，充分说明了两个文明建设，要先抓物质文明，抓了物质文明，精神文明自然来。我在《新世纪诗典》推荐八年，有一个00后写作现象，很多小天才冒出来了。把00后统计一下，发现大部分来自广东。毫无疑问，家庭教育。广东是最先富起来的代表，把其他省份落得很远。那么，家长富起来以后干什么？增加孩子的教育投资，多陪伴孩子，所以，人家孩子就早慧，成才就早。这是广东的特点：经济带动文化。而我们陕西之所以能稳住前三不动摇，就是靠老传统，这是地气。外省人经常能发现，这儿的文化太深厚了，我们自己反倒有些麻木了。这就是无言的传统的力量，你不知道怎么了，你就可能得到更多的支持，这就是古老传统的力量。《新世纪诗典》的团体前三名各有启示。大家将来走向社会，在不同的省份，你要利用它最大的优势，回避掉它的短处，让自己成才。

今天我们讲"陕西高校诗人2"。我完全是按照大家的接受心理，把所谓高大上的学校放在了上一周，把大家可以平视甚至俯视的学校放到了这一周。我待会儿一个一个说这些学校的名字，同学们就理解我的用心了。今天的诗人加起来也不是很多，但是他们在个人奋斗上付出了更大的努力。我也不讳言，在诗歌成才的道路上，非中文专业的付出的努力要更多，这就像大家考研的时候换了一个专业一样。当然他们个人的故事也就更多，所以我们今天的课信息量还是很大的。好，我们尽早进入文本，就文本来说更多的话。

第一个要讲的诗人叫朱剑，他当年上的学校叫西安地质学院，现在被合并为长安大学的一部分。曾经一度大专生还是合理的，现在已经几乎没有大专生了。所以，今天出现的人就比较励志了。大专生，又是地质学院，这可能在很多同学心中，不说它有多low，起码你就感觉到它出诗人的合法性不强。我们看这首诗——

地铁口的耍猴现场

朱剑

三只猴在那一刻

瞬间进化成人

以一副我们始祖的模样

亮相场地中央

2017/03

点评："没有名作的名诗人"是中国当代诗坛的一大独特景观，在这一点上，朱剑可以踢死太多貌似比他"著名"的人物，因为《陀螺》，因为《磷火》，因为《南京大屠杀》——它们是不折不扣的业内名作，并且不止。"没有名作的名诗人"就是本诗中的猴子。

读我自己的点评，我都忍不住笑了，在中国能写这么生动、活泼、性感的点评的，可能找不到第二位。点评应该与诗作相映生辉。只有把诗完全搞通了，你才能够在点评上玩花子。我也希望大家同时能欣赏点评。我们每个人抱着不同的目的到这个课上来，对于那些将来要考研的同学，也许写诗并不是你最终的目的，你将来要走向研究和教学，可能反而这门课教会了你研究诗歌的能力。研究诗歌当然要从点评诗歌入手，你要先能读懂诗歌。

朱剑这首诗是典型的口语诗。他写的就是日常生活的场景，有西安的真实感。大家都看过耍猴的现场，通常就是在嘈杂人多的地铁口。短短四行我甚至读出了语感。有些同学可能没有意识到，最后两行押了"ang"声韵。其实押韵对于口语诗来说并不重要，重要的是读起来舒服。有人发现口语诗不押韵，不要说是口语诗了，整个现代诗都不押韵。我们把押韵看作是小脚老太，在这个年代你还裹个小脚？有一些人的脑子生下来就朽了。你想一想押韵合不合理？为什么要把每行诗的最后一字押成一样的发音方式呢？你再想一想平仄合不合理？要在句子的中间让发音趋近于一种规律。在座的同学一定也有爱听歌、唱歌的，大家想一想，声音之美是"变化之美"，还是"程式化之美"？这些东西是想一想就能明白的。而有些人从来不动脑子，认为这个世界合法的东西永远是合法的。所以，坚持现代诗还要押韵的那些人，他们的头脑还是一种"棺材板思维"。从郭沫若开始，我们早就把押韵抛掉了。

但是，口语诗并不是不追求声音之美，它追求的是语感。语感这个东西有点抽象，你能感觉到这个声音很美妙，但里面并没有明显的规律。有的人说话很有节奏感，有的人说话没有节奏感。有些人说话你听着就很舒服，你不听他内容，甚至你不听他音质，你听他说话的那个快慢的感觉就很舒服，但是有些人你永远听着不舒服。这就是语感。我觉得这首诗的语感是很明显的。

还有一个启示是，现代诗里讽刺、自嘲、戏谑的手法增多了。这体现了现代人和现代诗的精神：怀疑和批判。现代诗要消化很多社会问题，包括人类文明系统中各种不合理的问题。我们消化、刺激它的方式是什么？就是拿起我们批判的武器，这是现代文明的精神。

在我心目中，朱剑在陕西高校诗人中的地位仅次于唐欣，是本周出现的诗人里分量最重的一位，竟然毕业于这样一个学校，而且是大专生，所以我说，有很多励志的东西在里面。

下面也是一位励志的诗人：左右。这位诗人毕业于西安翻译学院，一所民办院校。今天出现的前两位诗人的名字都是真名。顺便再把诗人的籍贯说一下，朱剑是湖南益阳人，就是因为上了我们陕西的高校，毕业后就留在了西安，现在在一个杂志社做主编。左右是陕西商洛人，出生于1988年。这是一位聋哑诗人，据我所知是后天的，我感觉任何一年都有因为注射或服药失当造成的聋哑，很让人痛惜。上帝关上了一扇门，但是又开了一扇窗，他在诗歌写作上好像有一些奇才。我们先欣赏这首诗——

一个失聪诗人的日常
左右

王有尾说
我的笑声
像山羊

我想起
也有人说
我说话的样子
像蜜蜂
我哭时
有时像青蛙有时像公鸡

听到这些
我高兴极了
数十年来
我一直在寻找

点评：左右修正了我的编选理念，在他出现之前，东岳不可以老写法院，湘莲子不可以老写精神病院，在左右之后，全都放开了。貌似特殊的题材，就是他们的日常生活，生活在重复，作品当然不能重复，但可以延伸。更何况，只有左右一个失聪的诗人敢于正视这个残酷的现实，掐着这不存在的声音的脖子在写！

我在点评里讲到了一个编选理念，一个诗人不能老重复一个题材。有些诗人对某些题材有天生的优势，比如东岳，他是一个法官，他就老是写法院；湘莲子是精神病院的医生，她老写精神病院里的病人。在左右出现之前，他们的诗只要题材一重复，我就不推荐，而左右修正了我的编选理念，因为只要他写失聪的题材，只要写跟声音有关的，总是写得好，而且不断有突破。听不见声音就是他的日常生活，这当然让人很痛心。

这首诗我比较欣赏的是他对声音的敏感，越是失去了什么，越是对什么敏感。他对声音的敏感在于，他想知道声音是什么样子，然后不断有人告诉他。在一个高科技的时代，有着智能手机以及丰富的文字交流，他比以前的聋哑人幸福多了，得到的信息也比以前的聋哑人多得多。他的声音是什么状态，可以听别人讲，获得这样的感觉。这首诗的结尾写得非常干净，"数十年来 / 我一直在寻找"，在寻找什么呢？寻的就是声音，可他就不说出"声音"二字。在这里，他其实用了一个诗歌典故。西班牙大师洛尔加有一首诗叫《哑孩子》。原版是戴望舒根据法语译的，我根据英语译了另外一版，我译成《哑小孩》。那首诗大致的意思就是，一个哑孩子在寻找他失去的声音，后来他在蟋蟀王那里找到了："被俘的声音，在远方 / 穿上蟋蟀的衣裳。"一首安达卢西亚歌谣般的诗歌。左右这首诗就暗用了这个典故，他说"我一直在寻找"，其实也是哑小孩在寻找自己的声音。你要读出这首诗的妙，就要先读过洛尔加，读过《哑孩子》。

朱剑那首诗写得很有语感，左右这首诗写得很干净、很节制。有人说口语诗好写，还有反口语的傻葫芦说："这样的诗我一晚上能写一百首！"有本事你写一首出来！光写出来也没有用，你写得好吗？原来口语诗是如此地讲究！第一首有那么精致的语感的呈现，押了 ang 声韵。实际上，口语诗制造语感时，押韵要押弱韵，不要铿锵有力。左右这首诗，"我一直在寻找"，就不说出声音，这种留白的制造，多么讲究！而且这两位诗人，朱剑是本质上的口语诗人，左右还不是。左右是一个抒情诗人，是中国见刊率最高的诗人，他在官方刊物上发表的大量诗歌都是抒情诗。他也是我《新世纪诗典》这八年来从社会学意义上推荐得最成功的诗人之一。他完全是被我发现的，在一个诗歌现场，当时有个人代他读诗，读的就是《聋子》，被我当场订货，从那以后他进入了我的视野，一直推荐，把他成功地推向了中国诗坛。不论是官方、民间，还是先锋派、保守派，对他都比较承认，也都比较关爱。西安翻译学院现在绝对以他为荣。

接下来，我们讲诗人崔恕，这个名字是笔名。爱好流行音乐的同学有没有人知道他？他现在是好多流行电视剧片尾曲的作词作曲人。他的职业是一个唱作人，可以自词自曲自唱，但这三者发展得不太平衡，最好的就是词作。他最流行的一首就是《爱如空气》，孙俪演唱，电视剧《幸福像花儿一样》的主题曲。这是他比较有代表性的词作。好，我们先欣赏他的诗——

飞走的孩子

崔恕

我站在门外

感觉冰凉的刀

刮着我左边的胸口

我听见金属撞击

和血肉落地的声音

我听见你对医生

说了句谢谢

而我说不出口

我看到红色的孩子

扑打着翅膀

从手术室里飞走

点评：《新世纪诗典》来到第七季，我的老友崔恕第一次入典，感觉不像个"新人"，而是老队员归队，因为他是"老诗典"诗人。2012 年 5 月，《新世纪诗典》系列朗诵会西外场，他以音乐人身份专程跑来义务献唱，为大家助兴——另外一位当时的献唱者洪启也已入典，有缘之人最终还是要走在一起。本诗非常好，完全是诗人的专业的诗，而不是音乐人的诗，我希望并相信他一定能够做到：做音乐人中最好的真正的诗人，这里的"诗人"不是修辞而是名词。

这首诗大家读明白了吗？我看到有少数同学点头。说透了，这首诗写的就是堕胎，但他写得很艺术化，血淋淋的现场不一定要写得那么血淋淋。当然，他也写了"血肉落地的声音"，但是最后在现实中写出了超现实："红色的孩子 / 扑打着翅膀 / 从手术室里飞走。"这首诗写得很透，毫无疑问他是这个未出世的孩子的父亲。这个场面是有点血腥，有点让人难堪，就看你怎么写。现代诗应该有一种精神，就是敢写一切，比如说血腥的场面，但又不要让人感觉过于血腥，或者说感觉你这个诗人的趣味在于渲染血腥，那就不好了。我觉得崔恕在这一点上写得很好，最后是让这个孩子以天使的形象离开了。尽管这首诗有着浓重的描述，但它也是一首口语诗。大家注意，可以在写一首现实的诗的时候，让它以超现实的方式得到升华。你今天听了之后，就知道口语诗是多么讲究。哪有那么简单的？你以为随嘴就来啊！你写得越深，讲究就越多。

我们说一下崔恕的学校。崔恕是朱剑的师弟。朱剑是 1975 年生的，崔恕是 1978 年生的。现在长安大学也以他为荣，已经两次请他回校参加校庆。同学们要清楚这一点：校庆时会被请回学校的校友，一定是在事业上有所成就的同学。通过写诗成名成家也是其中的一条路，但不是唯一的一条。条条大路通罗马，关键看你走不走得通。崔恕在上学时是一个文艺青年，不好好读书，但你不能说他是坏孩子，他把所有时间都用在自己喜爱的事情上了。自己会写诗，作词的能力自然就强；平时爱唱卡拉 OK，唱歌的能力就强。那人家本来就爱这一行，结果人家凑一凑也能作曲。这就是崔恕的成功之路。

下一位诗人芽子，这一看就是笔名。西安美院毕业的 80 后青年女画家。我们看这首诗——

王炸

芽子

一桌文化人
来店里吃饭
载歌载舞
互赠字画

酒买了些
菜没点几个
饭毕
其中一男文人来结账
问可否优惠
问可否有赠品
问可否有发票
我作答
发票用完给您优惠吧

他随即板脸说
开这么大的店
你咋能没有发票呢

你知道我是干什么的吗？

说着掏出一物件

摔在我面前

就像打牌扔出了王炸

我仔细瞧了瞧

这是我平生第一次见到此物

上面写着

记者证

点评：洪流挡不住，魅力挡不住，芽子在今年"长安诗歌节"颁奖盛典上出场时，诗已写成典型性纯口语了，引来全场一片欢笑，自然也引来一声："订货！"——武器换得好不好，杀伤效果说了算。我感觉少文人气多艺术气并且很懂生活的她，适合这一路。本诗写出了一个"无冕之王"的猥琐丑态，如今媒体已成弱势，其王气犹存，唉，在人民面前，谁都敢称王。

我大致把情节复盘一下：这也是她真实的生活。她开了一家饭馆，一帮文人来吃饭，其中一个男文人很牛，问了很多问题，得知没有发票之后凶相毕露："你知道我是干什么的吗？"随即甩出了记者证。包括80后芽子和在座的90后同学，可能都觉得这种人怪怪的，一个记者这么嚣张？其实到现在，很多旅游景点记者拿着记者证都是可以免票的。这是中国社会"特权现象"的一个缩影，写出来很荒诞。这就是现代诗的批判能力，你需要有发现社会问题的能力，并且能够消化这些问题。你能够用艺术的方式给他迎头痛击，这是现代诗人所做的事情。

和左右的情况差不多，我第一次推荐芽子的时候，她还是个意象诗人，但是她突然写了这么一首口语诗。所以，今天所讲的诗人并非全是本质上的口语诗人，有两位是写别的诗的人，只是这次入选的是口语诗。大家一开始写作的时候，也不必先要确定，一定要写口语诗，一定要写意象诗，还是一定要写抒情诗。你一开始可以有弹性，把各种东西都尝试一下，掌握多种艺术表现的手法，一开始可以灵活运用：这首诗适合写口语诗就写成口语诗，适合写意象诗就写成意象诗，适合写抒情诗就写成抒情诗。

再说说她的学校。西安美院是西北唯一的专门培养美术人才的院校，也培养了很多人才，甚至诞生过比较知名的画派。这样一个美术教育的学校，照样能够出现文学方面的人才。文学、诗歌跟艺术是有相通性的，好多诗人都有画家的身份，甚至是职业画家、知名画家，乃至进入到中国美术史的画家。说这个都是让大家增长见识。

我前面说到过一个问题，一开始如果你不了解陕西高校出诗人的背景的话，不了解全国高校出诗人的背景的话，你可能会认为西外出诗人是一个奢侈的现象，是一个好像"捡便宜"的现象，而不是必须出的那种情况。现在呢，回溯一下今天所讲的陕西高校诗人出身的学校，再把西外和这些学校相比的话，那是该出还是不该出呢？假如说现在西外出的诗人为零，那你在这些出诗人的学校面前情何以堪呢？所以，你最后发现，我们必须出。

下一位刘斌，是一个 90 后诗人，他毕业的学校过去叫榆林师专，现在叫榆林学院。这是今天讲到的少有的非西安的高校，现在我们的直升机飞到了陕北高原上空，这个学校在我们今天的名单里贡献了两位诗人。

一块金子

刘斌

出租车司机突然踩下刹车

车前

一个老头慢悠悠走过

司机伸手

把烟灰弹到窗外

说

你看他是块土疙瘩吧

撞死了

可就是块金子

2017/05

点评：我记得刘斌是第一个抵达 2.0 的 90 后男诗人，后来前进的脚步一下放缓了，关键是感觉到语言老是不够到位。有一次在微信里，我偷瞄了一眼他写的小说，感觉比诗写得到位，由此可见诗之难。本诗是其 4.0，写的是人性恶。

这首诗让你想起了哪一首诗呢？上一周我们讲的《乳腺科》。不过他所抨击的现象比乳腺科更丑陋，一个老头走在车前，司机说："你看他是块土疙瘩吧，撞死了可就是块金子。"咱不说老头是怎样的社会身份，但他毕竟是一个老者，司机却这么说人家。

表现真善美不一定只用讴歌的方式。"真善美"这三个字是莎士比亚在十四行诗里面替全人类总结的，从文艺复兴以后也变成了标准。"真善美"在它的初期，浪漫主义诗歌时代可能就是从正面来表现的，但是到了现代主义以后，很多真善美的精神是通过对假恶丑的揭露、批判来表现的。这是口语诗所擅长的。很多人发现，口语诗怎么老写社会存在的问题？朱剑那首讽刺了人耍猴，他暗含的意思是，你耍你祖先呢。芽子那首显然是对社会上某些官方文人的一大讽刺。刘斌这首讽刺一个毫无爱心的司机。你再回想一下中学课本里收录的那些诗，你就能感受到：诗歌在前进，社会在进步。

社会上很多过去的诗歌不涉及、表现不到的角落，都进入了现在的诗歌。如果有一天你发现，诗歌不能和小说一样平等地来表现现实生活以及我们的时代的话，那就是诗歌自己有问题。小说、散文都知道向诗歌学习，评价标准里面就有。比如说一篇散文写得特棒——"像诗一样"；说一篇小说的某部分写得特漂亮——"如诗如画"。你都听到过这种评价。既然能得到这种评价，就说明人家小说家、散文家知道要向诗歌学习。那难道我们诗歌就不能反过来表现小说、散文能表现的内容吗？为什么诗歌的手就要被捆起来呢？这就是诗歌向前发展的理由。

下一位是 80 后诗人刘天雨，这是诗人的真名。这个名字本身就很诗意，所以就没必要起笔名了。刘斌是他的师弟，两人都毕业于榆林学院。

喇叭花

刘天雨

我坐在
漫山遍野的
喇叭花中间
静谧的午后
我被震天动地的喇叭声
包围着

2017/08/25

点评：与起子相似，刘天雨也是从诗江湖时代的边缘诗人成长为《新世纪诗典》时代的主力诗人的，警察的职业延缓了他的节奏，但并未熄灭一颗好诗之心。木诗告诉你：通感的技巧被口语诗人拿来用得更加自然。

在这里我提到了通感的技巧。坐在喇叭花中间听到的是震天动地的喇叭声，这是文字对听觉的刺激，这个手法叫通感，也叫移觉。比如，视觉的东西转化为听觉就是通感。在这首诗里面，视觉其实是文字的视觉，因为这种花叫喇叭花，"喇叭"二字一下子把他的听觉打通了。诗人要有别于常人，就是要把主观感觉夸大到极致。我感觉，我存在。我们就是以感觉见长的。诗人都是超敏感的，通感就是各种感觉全通。这本来是意象诗的技巧。其实这首诗从架构上来说也是意象诗，是庞德式的意象诗，不是北岛式的词咬词。"喇叭花"作为一个意象是在语言流中自然流淌出来的，不是以"喇叭花"这个孤立的词一口咬住下一个词。有些人就是在语言的拼接中写诗，那是没有前途的。这首诗虽是意象的架构，却是以流畅的口语串接起来的，应该说是口语诗和意象诗的合而为一。可能在中国诗人这儿还是一个课题，但在外语诗人那儿是不成问题的，既可以很口语，也可以口语中带意象，他们有大量诗作早已经是这样。

我想这首诗对同学们是有启发性的。春天到了，尤其在北方，花可能是让人最有感觉的春天的事物。我给每位同学布置一个作业，刘天雨写了喇叭花，你们可以写写各种花，把自己训练一下。

今天第一次露面的诗人就是这六位了。下面我们要讲有些诗人的第二首。首先是左右的一首，"单身狗"同学可能更有感觉。

单身生活

左右

去电影院

敢一个人看恐怖片

不敢一个人看爱情片

点评：据说左右是中国目前在纸刊上见刊率最高的诗人，在自由发表时代无甚光荣可言（稿费倒是赚了不少），还受到诟病。我再说一遍：左右，你想当大诗人，《新世纪诗典》负责不了，因为你的泛泛之作不是我发的，大诗人的底线当有铁卫死守。本典所能做的，就是记录你的进球，好在你目前还能进球（甚至比诟病他的人进得多、进得帅）。

这首诗我认为有一定的经典性。什么叫经典性？就是对一个题材和内容的表现，既能说出大家共同的感受，又似乎表现到了某种极致状态。这首诗就很有发现、很有感觉。我想，去电影院看恐怖片时，最恐怖的莫过于全场只有你一个人。我也写过有关恐怖片的诗，就叫《恐怖片》，那也是夸大了主观感觉写出的一首诗。我写我在看一部恐怖片的时候，发现电影里的表和我家的表走着同步的时间。我夸大了一个瞬间的错觉，事实可能并不是这样的。我刚才说了什么是诗人，能够把自己的主观感觉夸张到极致，但这种夸张又有它的合理性，又有发生的可能性，那就是好诗人。左右这首诗，把大家都有的这种感觉从一个很巧的角度写了出来。我们可以想象，把这一幕变成一个电影镜头的话，就是一只"单身狗"在情人节这一天去看爱情片，结果自己在电影院里哭得一塌糊涂，因为受不了周围都是一对一对的，受不了银幕上人家爱得死去活来。

这又是一个抒情诗人写的一首口语诗。刚才点评我也提到，左右把他那些抒情诗都拿到纸媒上发表去了。我曾警告他，你不要在那些地方发的时候就没有底线，烂作发一堆，只要能挣到稿费就行。一个诗人的形象是需要自己来维护的。你要想成为大诗人，你就不能写差诗，不能写庸作，或者说你的庸作的问世率要很低。你千万不要让你的庸作淹死了你的好诗。一个人不可能永远写好诗，但我可以不把我的庸作拿给大家看，要知道藏拙，要知道遮丑，我要让大家形成我是一个好诗人的印象。我其实是在警告他这一点。至少在我这里，他入选的诗都是好诗。

这首也并未涉及他最擅长的声音题材，他只是写一种"单身狗"的感觉。但生活又是相通的，因为自己听觉不便，择偶比较困难，每次跟女孩谈恋爱，都是一到谈婚论嫁就戛然而止了。所以，他在这一方面也是饱尝辛酸。我上次跟大家讲了诗歌跟生活的同步性，西毒何殇的《工人帽》写自己父亲在化疗，当我讲这首诗的时候，他父亲已经离开了这个世界。多么残酷的生活！但只有真正诚实的诗人、真正接地气的诗人，才能把生活的这一面呈现出来。生活就是这样流动的。因为左右的声音受限，他就要在择偶方面饱尝辛酸，而结果又成全了他这一首诗，这就是生活的流动性。

朱剑是我们今天讲的诗人里面分量最重的，所以，我们也再讲他一首——

面

朱剑

八月初回湖南老家
正式将我的户口
迁到了陕西西安

家中一位长辈说

你这伢子

这下就算连根走啰

返回西安当天

第一顿饭是去

跃进手工菠菜面馆

吃了碗油泼面

老陕管这

叫回魂面

点评：迄今为止，《新世纪诗典》的推荐总人数是八百九十人，第七季结束时将达到九百人，第八季结束时计划达到一千人。老作者之间的竞争将日趋激烈，现在即使订了货，也未必能推荐成。朱剑在1月上半月就遭遇了这样的尴尬，两首在"长安诗歌节"的现场订货在比较中被PK掉了。好在他又被订了一首，便是本诗，这一首不会被PK掉了，因为积淀了太多的东西，户口至今仍是中国人生活中的大问题，至少是很多人心中挥之不去的情结。

现代诗就是要消化很多的问题，包括社会问题，这首诗就提到了户口问题。我刚才说到生活的流动性，朱剑大专毕业在西安当了那么多年的主编，遇到了一个非常赏识他的老板，终于把很难的户口问题解决了，湖南益阳的户口一下子变成西安户口了。可突然又在一夜之间，西安的户口不值钱了，只要有大学毕业证就能领到西安户口。说时迟那时快，最近这个政策又在西安停止了，因为申请的人太多了。

这首诗虽谈到户籍问题，但不是它最根本的东西，它最根本的是写出了一种活性文化。从关中来的同学会更有感觉：关中人就离不开这碗面，从外地回来了就要吃一碗，叫回魂面。昨天我还看到有文章说，主食千万不要吃得太少，不然人一辈子要折寿四年。有些陕西人不爱吃菜，永远都是一碗油泼面。所以，朱剑是在写自己已经变成了一个陕西人，他回到西安以后，也像一位典型的老陕一样先吃一碗回魂面。我自己也深有体会：我妻子本是河南人，当她在陕西的时间多过了在河南的时间后，她就变成一个陕西人了。她过去多么痛恨羊肉泡馍，现在过上一段时间不吃，她也想念。人是可以变化的，当然这个过程非常艰难。作为一个生在成都、两岁就来到西安的人，我要改变我胃里酶的结构，却用了几十年，到现在面食也不能压过米饭，只是做到了比较平衡的状态。因为父母双方都是南方血统，自己又生在成都，辣对我来说从来不是问题。我怀疑可能在我两岁之前，爷爷奶奶就已经让我吃辣了。这就是文化性，而这种文化是活的。文化就是吃喝拉撒，不是说墓里埋的、线装书里写的才叫文化。这是真正的活性文化。

今天我们计划内要讲的诗人就结束了。下面还有五分钟时间，我请同学上台来读自己写的诗。先由我们的课代表李海泉带个头，把你上次接近订货的那首诗读一下，我再认真听一下。我们不改变标准，不是为了凑一个场面，还是按《新世纪诗典》的严格要求，如果能订货就订货，订货不了继续修改。好，你来读这首诗，我坐在旁边听。

包工头爸爸

李海泉

妈妈突然来电

硬让我帮她

暗中监视一下我爸

我把爸爸应酬出来后

跟在他身后

画的小本子

和录的视频

拿给躲在另一条街

车里的妈妈看

塑料袋提脏衣服

脏鞋子的爸爸

在公园里的长椅子上

就着火腿

喝四五瓶矿泉水

又睡一觉

把空瓶子

带回了家

李海泉也是"长安诗歌节"的正式成员，他在聚会上读这首诗，进行了一次修改还没有通过，又一次修改也没有通过，今天这次修改，前半部分还是没达到我期待的最好状态，但考虑到他把后半部分越修改越好了，所以，我宣布订货。

这首诗我给大家复盘一下：他爸爸是包工头，他妈妈盯得比较紧，然后他就被派去监视，这首诗就写了监视后的收获。这种题材挺刺激的。我始终觉得他有一点没有修改好，就是妈妈给他打电话说这个事的时候，不应该用转述的口气，应该直述妈妈说的话，这样会更棒。但后面他描述他爸吃那顿饭的部分修改得挺好，挺有质感，所以这首诗也是好诗。

下面我们请第一节课就开始写诗的郭可欣同学，选自己感觉最好的一首诗和大家分享——

坐车
郭可欣

忐忑不安地坐在
橙色炸弹之上
用激光一遍遍地扫过
拥挤的战场
因没有拿作为武器的
厚重行李
当那个手抱核武器的
女战士
才来到我面前

我便屁滚尿流

仓皇逃窜

却还是受了一记空气炮

"快谢谢那个阿姨"

　　我感觉郭可欣同学没有选出最好的一首，这首诗的缺点是太突兀了。李海泉那首诗是接地气的，他有一扇通向生活的门。郭可欣这首有几个意象好像很孤立地立在了荒原上，为什么会这样呢？你还是把写诗当成了写诗，好像写诗就是在荒原上制造装置艺术一样，这个理解不对。你还是要让写诗跟你的生活有关系，而不是在制造看起来怪诞的意象或情节。我肯定她的一点是，她的语言功底好。只要她对诗歌的意识没有问题，语言的功底是能够保证她做一名诗人的。凭这首诗，再加上她最近的整体状态，我给她一个平时成绩：80分。

　　这就是说，我们的游戏规则已经建立了。后面的同学如法炮制，你只要上台读一首，我就给你一个平时成绩。是不是每个人都要有平时成绩？也不一定。但是如果你有一个平时成绩的话，是不是更稳妥一点？假如你对考试交的最后一首诗没有把握，但你又没有平时成绩，那么我只能百分百按最后一首诗给你算成绩。但如果你积累了一个平时成绩，按照学校的要求，平时成绩占百分之四十，你这个百分之四十有底了，你那个百分之六十再博一下，最后的考试结果肯定会更好。

本讲授课时间为 2019 年 3 月 21 日

第五讲　北师大诗群 1

上周我布置了一个作业，让大家写春天，你写各种各样的花也行，写春天的其他事物也行。第二节下课前请同学上来读自己的诗，看看大家有没有完成这个作业，当然如果是写其他题材的诗也欢迎。明天是半月一次的《新世纪诗典》正式选稿日，我也将大家写的诗放在这次选稿的范围内，看有没有同学能在第五周创造奇迹。

我们这个课上会产生一些话题，甚至涉及学术问题。现在大家是（大学）三年级，等到大四第一学期就要开始准备毕业论文了。如果这门课能为大家提供一个类似"中国高校诗歌生态研究"的论题，那是多么有意思！有些同学老想去抓高大上的题目，都跑去写《红楼梦》、写鲁迅；有些同学担心写不出来，老去抓网上一搜就有好多论文资料的题目，实际上到最后你是吃亏的。论文需要看原创性和独特性，有时看起来很冷门的论题，最后反而能得高分。在我们这个课上，我希望不但发现了诗人，而且产生了学术问题，成为你们毕业论文的论题，这些都将作为这门课的成果标志。今天来上课的路上，李海泉还问我：出多少《新世纪诗典》诗人才算满意？我说：现在不敢冒进，我们把期待值降到最低，全年级三个班平均每班出一个《新世纪诗典》诗人，我就满意。

简单梳理一下，前面从我们的校友诗人讲起，延伸到了陕西高校诗人，从西外走向了全省。从本周开始，我们要走得更远一点，从全省跨向全国。我常说，不要做井底之蛙。我们只有了解了全国，才能判断陕西；只有了解了陕西，才能判断西外。我们从我们的"井"出发，去看广大的世界。当然，走向全国的过程中，有一所高校我要区别对待，就是我的母校——北京师范大学。

第三单元，我把北师大单独拉出来，不叫"北师大诗人"，而叫"北师大诗群"。这和以往不一样，要叫作"诗群"，就需要有文学史的认证。我们西外还无法叫"诗群"，"北师大诗群"却是文学史认证过的。单从名字叫法的不同，就知道北师大在这方面多么突出，可以说是最突出的。

当我自己在讲台上有发言权的时候，我不会放过讲母校的机会，这是我义不容辞的责任。我希望将来在座的同学也是如此。我刚才说，期待全年级本学期出三个《新世纪诗典》诗人，这个不敢保证有，甚至将来我都不敢保证会有长久的合格的诗人，但是我敢保证，仅在座的这个班将来走向高校讲台的就大有人在。我希望那一天到来时，于公于私你能够有机会讲一讲西外大诗人，而且我希望你能和我今天一样，大大方方在黑板上写"西外大诗群"，而不是"西外大培养的诗人"，那就说明我们西外大诗人也得到了文学史的认证。

当年我进北师大的时候，刚好赶上了北师大中文系的黄金时代。这个黄金时代怎么衡量呢？拿教师来衡量。高校的教学机制就是这样，你有好的老师，就会有好的结果，教学力量决定了学生的质量。我们那一届很幸运，赶上的那一批中青年教师之强，有些是世界水平，人人都是各个专业的权威。

另外有一件事很奇怪，一定是有神在安排。有时候，一个小事情貌似只有象征意义，但实际上起的作用不仅仅是象征。比如说，我们那届入学的时候，系里面有一个隆重的开学典礼，当时十五个老头在台上坐了一排，留在了我们的记忆中。作为20世纪80年代的高中毕业生，我们哪里知道他们的价值。后来很多高年级的师兄师姐给我们讲，他们进校以后，有一些老先生，从来都不出来，他们都没有见过。我们那一届特别幸运，赶上了前面没有发生过、后面更不可能发生的一幕——我们中文系十五个镇系之宝的老教授，全是学界泰斗式的人物，坐了整整一排，接见了我们年级一面，这个年级注定不同凡响。光有老师也不行，必须学生里面有强的，我们这个年级果然成了"北师大诗群"的基石。

我对母校充满了感恩。我在最正确的时间、最正确的地点上了母校，赶上了母校改革开放四十年里最强的一个时期，不论是老教师，还是中青年教师，包括学校提供的资源，没有任何学校可以相提并论。我也特别感戴北师大的校风。北师大的前身是辅仁大学和国立女师大。辅仁大学有着基督教大学的传统：虔诚，有敬畏感。国立女师大是女校传统。我们上北师大的时候，这个情商还是有的，我们当时就说：如果不在女同学里找个老婆，这辈子就亏了。为什么呢？因为国立女师大的传统，你可以想象，这里是最适合培养女生的。这两大传统就构成了北师大的传统：低调，踏实，实实在在，埋头苦干。所以，我的母校经常创造奇迹，因为它不张扬，不事先乱喊。北师大是培养老师的，非常低调，呈现出一种扎实的状态。我深得其益，虽然我高调这一点，不像我母校的校风，但我踏实肯干敢干这一点，受惠于我的母校。所以，今天也是我报答母校的时刻。

我们马上进入文本。长久停留在文本之外，我心里是不踏实的。我们讲诗不能离开文本，空讲是误人。诗歌界有很多评论家，就是空讲讲多了，离开文本太久了，连一个基本的文本都解读不了，整天谈论大问题，胡说八道。这是一个不好的学风。我们要遵循一个好的学风。

今天我们讲的"北师大诗群"的第一个诗人叫侯马。这个名字不知大家看到有没有觉得亲切？这是山西的一个地名，属于临汾市的侯马县，被他用作了笔名。他是我同宿舍的同学，同宿舍但不同班，但是同一个年级，我三班，他二班。这个宿舍真正是一个传奇。本来有七个床位，其中一个是知名教授的儿子，因为这样的家庭背景，他被交换到美国的一所大学就读，他那张床就空着。后来，我中学同学张楚开始到北京当流浪歌手，没地方住，就让他填上了。他天天跟我们一块儿听课。等到我们发毕业证、学位证的时候，全年级的人都跟他打趣：赶快去领啊，别忘了也有你的一份。张楚后来果然成名了，成了中国摇滚史上的重要人物。可见要成为一名优秀的摇滚歌手，你要旁听北师大的课，要跟北师大的诗人混在一起。这是一个传奇的宿舍，七个人之中，就出了三个诗人，加一个歌手。侯马就是其中之一，而且他还是二班的班长。

推荐他的《逻辑》时我曾这样点评：两年之内，侯马将自己的弱点做强，今日之侯马，已非昨日之侯马，今日之侯马，是不折不扣的大诗人！他应该感谢那些直言者（幸好其中有我），他更应该感谢他自己：人到中年敢于对自己下手者，需要有大勇气大智慧，我对他多了不止一分的尊重。过去四个月（《新世纪诗典》所说的"现状"），他是全中国诗人中最好的。

侯马的职业生涯走得非常好，按理说，大学时代的学生干部，往往不会走文学创作这条路。我甚至还总结了一个规律：大学的文学社长都成不了诗人，更成不了好诗人。大家都觉得很奇怪，似乎大学时代就已经划分好了官方诗坛和民间诗坛。这些都是问题，我这个人主要是有志于创作，我要是有志于研究的话，我会专门写一篇论文，比如说"文学社长的沉沦"，探讨一下文学社长为什么成不了真正的诗人。而侯马则让人大跌眼镜，他甚至没有兴趣去当文学社长，他就是一个班长，大学时代只写了四首诗，其中有一首朗诵体的诗，在我们宿舍朗诵的时候，备受我和徐江的嘲笑。毕业以后，他跟女朋友不在一个地方，开始思念女朋友了，这时候开始写诗，一写就写得很好。注意，你要想成为这样一种现象的话，别以为你不需要付出。在侯马没有写诗的年代，他也特别愿意参加我们诗人的活动，我们诗人在一块儿讨论诗歌什么的，他经常作为一个旁听者参加，自己读书也多，经常给我们提供一些阅读线索。大家从他身上可以受到启示，你不要被大的划分影响，把自己划为某种类型了，一个好的学生干部，很符合体制要求的人，也可以成为一个好的现代的自由的诗人。

下面一位是 70 后诗人沈浩波，也是事业、职业双丰收的典范。我要炫耀一下我的母校，这个天经地义培养大学教师的学校，最后培养的人素质比较全面，既能很好地应付社会，同时也能在诗歌领域展现自己的智慧和头脑。沈浩波比我小十岁，是 70 后诗人里面的旗帜性人物。我们看这首诗——

消失的诗

沈浩波

就在刚才

我看到了一首诗

一首好诗

但它的作者并不知道它是一首好诗

甚至不知道它是一首诗

他是个平庸的诗人

现在不知道

以后也不会知道

自己曾经写过这么一首诗

一首比他一生所有其他诗都好的诗

这只是他在微信朋友圈里

说的一段话

并不是一首诗

但我看到了一首诗

一个字都不用改

分一下行就是一首诗

但他对此懵然无知

我并不打算告诉他

我觉得他不配拥有这首诗

2017/02/12

点评：同行愈加了解我读得准、听得准、选得准，殊不知我
多么知道保护我的能力。《新世纪诗典》这六年来，我已经不随便
读诗，只为每月两次集中选稿时的敏锐度，只有特别信任的诗人
除外，有时会忍不住瞄一眼。本诗就是如此，我早就看到了，在
心中选定了。3月11日"磨铁读诗会"上，沈浩波未派此诗，虽
有订货，未入三甲。前不久在青岛，我说你怎么不派这首呢，他
说我哪知道它写得好啊——是的，本诗不是小好，是大好，它的
信息量如一个巨大的蜂箱：其中有道、有术、有人，有真正的大
真实与大残酷，沈浩波在尝试，虽然他不知道。

这首诗很有意思，而且我觉得它的创新性更强，其实他是在
谈一个现象，这个现象里面有很多、很深的道理。一个人说了一
段漂亮话，关键他有诗人的身份，这段漂亮话比他写的任何一首
诗都好，只要分一下行就是一首好诗，但那个人浑然不觉，这是
一个诗人的悲剧。不要说一般的诗人，有些著名诗人，有些写了
一辈子的资深诗人，都还是在一个自发的状态，而不是自觉的状
态。"自发"与"自觉"的对比，这甚至都是哲学话题了。从自发
到自觉这一步，有的人一生都难以抵达。如果一个诗人是一个自
觉的诗人，他应该敏锐地意识到自己哪些漂亮话是诗。所以，沈
浩波向我们展示了一个做诗人的悲剧。

沈浩波写的这种现象，同时也是一种人的存在的悲剧。这个存在的悲剧，拿《孙子兵法》说叫"不知己"，人活了一辈子不知道自己是怎么回事。这也是一首分量很重的诗。侯马那首诗重在国家之重、国史之重，沈浩波这首重在人生之重、做诗人之道之重。沈浩波这首诗在先锋性上更强一点，因为它显得更"非诗"一点。这不是在讨论问题吗？他怎么用讨论问题的方式来写一首诗呢？拿诗来讨论诗歌的问题，这是来自西方的。

下一位诗人徐江，我已经提到过了，也是我们宿舍出的诗人。我们宿舍有他，有我，有侯马，再加上流浪歌手张楚，确实构成了一个独特的小氛围。艺术家成了那个宿舍的多数人，那几个非艺术家成了要讨好我们的人。当然，我们也很尊重别人，卧谈会上谈论到很激烈的时候，也会问："没有吵到你们吧？"而那几个人也特好："你们说，你们说，我们听着呢！"一个宿舍要想整个氛围好的话，最好不要碰到太没趣的人。好，我们看徐江这首诗——

纪念日

徐江

我花了一千天

稀释一杯血水

又用了将近一万天

把它做成熬夜的咖啡

点评：天津诗会有三场，徐江有三首诗被订货，由于分布在不同场次，未能使其获得现场奖，但却稳稳守住了满额推荐的殊荣。第七季第一轮将尽，满额推荐者仅剩"五虎上将"。本诗是这三首中最好的一首，好在超越。

按照中国人喜欢的破解密码式的读诗方法，我给大家翻译一下，当然也就把诗翻译成非诗了。在经历了某个重大事件之后，用了一千天来疗治自己的伤口。怎么理解又花了一万天把它做成熬夜的咖啡呢？就是把它变成了自己的思考与写作。是什么东西陪伴了我们的思考与写作呢？熬夜的咖啡。这是中国人习惯的解读一首诗的方法。徐江既然把它抽象了，我们就不具体地猜它是哪一个纪念日了。这是一首从具象到抽象的诗，它把形而下滤掉了，变成了形而上的东西，这就更有典型性和经典性了，放在很多的纪念日都可以，甚至放在很多国家的纪念日都可以，外国人读了也会想到自己国家的纪念日。其实反而是这种思路，大家更好理解一些。

好，第一节课我们就讲了北师大三位重量级的诗人。我们要看到自己的好与不足。我们在把西外诗人与陕西高校诗人对比时，就已经发现了差距——我们的重量不足。现在我们又把陕西高校诗人与北师大诗人比，那个重量又有了差距。这三个人把诗歌的重量已经加到了最大值。没出息的诗人纵容自己去写轻的、小花小草，纵容自己去娱乐、逸乐、享乐。你说一个小诗人是怎么输给大诗人的？他就以为自己可以轻、可以小，结果一抬眼，他的对手正用大炮轰他的脑门呢！今天我们介绍了三位志向宏大的诗人，对得起诗歌这种文体，这么小的篇幅，他们竟然加入了这么大的内容在里面。

好，我们在"北师大诗群"的名下继续讲诗人的作品。下面是一位女诗人，她叫沙凯歌。她是我们北师大毕业的研究生，现在长沙一所学校做老师。

指挥
沙凯歌

防城港最壮观的
北部湾大道
是填海填出来的
早几年，导航仪没升级时
车一上路
它就大叫
前面有海
前面有海
前面有海

点评：从本诗的写作看，凯歌就像一个功底并不扎实深厚的摄影师，拍照时立足点选得并不准确，端相机的手还有点发抖，但是她拍到了。事实的诗意一旦抓住，可以允许光圈对不准——伟大的战地记者卡帕就是如此，暗通诗理。

（此处直播视频出现故障，有一部分讲解缺失。）

下面一位诗人叫南人，我们看他的诗——

清明，湖面

南人

你看到的
是湖面上一艘艘游船

我看到的
是湖面上一只只漂浮的鞋子

所有在夏天溺水而死的生命
此刻全都倒立着
脚在水面
身在湖底

2017/03/25

点评：南人是我师弟，亦是《新世纪诗典》老作者，我也谈一点他整体写作上存在的问题：太有喜感、笑点甚低，老预设读者的笑声。我读其有些诗，老听见一个声音在喊口令："预备——笑！"即使读者笑了，那也不好。所以今天，我推荐他一首悲的，又是一首口语诗人写出的漂亮的意象诗，如今意象诗已经是"破鼓万人捶"了，靠口语诗人才能捶出鼓声来。

这首诗和刘天雨那首《喇叭花》类似，是一个以口语诗为主体风格的诗人写出的一首漂亮的意象诗。什么叫意象诗呢？你看到的是湖面上一艘艘游船，诗人主观看到的是一只只漂浮的鞋子。上次我讲了移觉和通感，这首不是，应该叫意象转换，从你看到的船转换到我看到的鞋，而且船和鞋之间还有形似，妙不妙就看形似不似。下面就开始意象的深化了：这个鞋子是夏天溺死的生命，脚在湖面上，身子在水底，我看到的是一个倒立者。这是一首漂亮而正宗的意象诗。

我们过了很久才明白，真正的意象诗不是北岛式的词咬词，光明咬着正义，正义再咬着真理，很干的词咬词。真正的意象诗，是句子自然流畅的流淌中流出的意象，是庞德式的意象诗。美国大诗人、意象派鼻祖庞德创造的意象诗，就是很自然地流淌出的，这一点作为拼音文字的英语比汉语有优势。我听过不止一个汉学家说，北岛的诗被译成英文后比汉语原作要好。为什么会这样呢？译成英文之后，英文的词与词之间就更疏朗，不容易词咬词。外国人比较讲究语法，而我们从文言文开始就省略语法，所以，中国人写的诗就像压缩饼干，把水分挤掉太多了，不疏朗。结果变成拼音文字以后，北岛的诗反而比汉语读起来更舒服一点。

我提醒大家，主体风格是口语的诗人也能写出漂亮的意象诗，一是说明他们的语言有弹性，一是说明他们掌握的艺术技巧多。什么叫意象诗，什么叫抒情诗，什么又叫口语诗，一开始大家脑子里可能稍微模糊一点，一个学期上下来大家会更清楚。

这位诗人叫苇欢，80后女诗人。她的硕士是在武汉大学攻读的，当然也是武大的光荣，把她归入"北师大诗群"最大的理由是，她在北师大珠海分校任教。一个学校的诗歌生态是由师生共同构成的，而且大家愿意把她当作"北师大诗群"的一个，也是因为她的诗歌风格更像"北师大诗群"。大家注意，每个诗人都有个人的风格，要想被称为"诗群"，需要有方向上的一致性，也要有在诗坛上明显区别于其他诗群的标志。苇欢的这种先锋性，被大家认为理所当然更靠近北师大，而不是武汉大学。苇欢的英语水平是专业级别的，能够进行双语写作，也是很出色的青年翻译家，最新版本的狄金森诗选《灵魂访客》，就出自她的翻译。如果大家喜欢狄金森，可以认定苇欢的译本。

我给大家提过这个知识，读译诗不要读非诗人译的。译者没有诗人身份，译本就不值得信任，因为译者根本不知道诗该怎么翻译，只能翻译个"歌词大意"。记得要读诗人翻译的。同时我也提醒过大家，要成为好的诗歌评论家，包括将来有同学要成为高校老师，要走学术之路，我也建议大家先做诗人，先要会写诗。会写诗的诗歌评论家就比不会写诗的纸上谈兵者做得优秀，会写诗的翻译家就比不会写诗的译者做得优秀。好，我们看苇欢这首诗——

丧

苇欢

县城的殡葬
已是一条龙服务
黑白色的灵堂

今天设在二姨家

一样的阴阳仙镇棺

一样的出棺

哭丧队

告别

火化

一切井然有序

下葬时

这种死气沉沉的秩序

突然被打破

二姨父的坟边

野菜很靓

有几个阿姨

突然跑去挖起了野菜

没有袋子

就扯了孝布

兜上

点评：莘欢 2016 年 1 月才首次登上《新世纪诗典》，本诗是其 5.0，在五首诗之内能够造成目前的影响，靠的是诗的方向、姿态、质量，对后来者有正能量的启示。"不薄名家爱新人"是我从一开始就提出的编选方针，也会一直坚持下去。《新世纪诗典》被诗人、读者称作"年度大典"，唯此"年度大典"每年将三分之一篇幅强行切割给从未入过典的"新人"，其他年选恐怕连我们的十分之一都做不到。

这首诗是否让你想起蛮蛮的那首诗呢？蛮蛮是 90 后女诗人，苇欢是 80 后女诗人，她们在这一点上的看法竟然一致，都认为在白喜事上发生这样的事是荒诞的，前者是丧葬仪式上雇歌手哭丧、唱不上去的荒诞，这首是大家在做白喜事时被吸引去摘野菜的荒诞。在这一点上，女诗人至少没有我宽容，或者说对中华民俗文化理解得还不够到位。中国的白喜事，肃穆并不是唯一的状态。之所以叫"红白喜事"，其实闹也是个目的，大家聚在一起就是要闹一闹，这代表了中国人对死亡比较超然的理解。

下个星期就是清明节，可能很多同学会去祖坟上扫墓。你可以观察一下，清明节的扫墓，也不是哭哭啼啼的大悲状态，而是比较轻松的。我写过一首《中国人的清明节》，我们就像坐在自家的庭院里，有时还跟墓碑说两句话，就像亲人、老祖宗还在一样，跟他们讲讲家里后来发生的事情，这是很轻松的。献上的供果，有的人当场就吃掉了，最好是让孩子们吃掉，按照中国人的理解，这是会带来福气的。所以，中国人对哀悼的理解不是那么西方化，不是那种基督教的传统——大家都得穿黑色衣服，去了以后不苟言笑，要面露悲伤。西方在葬礼问题上是特别讲究的。这确实是一个全球化的时代，我们一方面要跟上世界的潮流，另一方面也不要忘了我们传统文化中那些独特的东西，如果那不是糟粕，我觉得倒有必要进行保护。比如，我认为我们要对白喜事更宽容、更理解，这代表了中国人的死亡观。中国人认为死亡代表一个人完成了他的一生，这是值得庆祝的，我觉得这种死亡观很高级。虽然我很理解年轻女诗人在这个事情上的不宽容，但是我认为这不是唯一的观点，这不是太值得批判的。我们不能在追求全球化的过程中，连我们民族特有的生死观、人生观里某些有价值的东西都丢掉，这反而是不好的。

还有一点时间，我再讲一首前面讲过的诗人的诗。下面一首还是苇欢的诗，是高校题材，也许大家更感兴趣一点。

答辩日
苇欢

上午场

与英文系毕业生

舌战三小时

一顿饱餐后

继续下午场

侧身拿论文时

没忍住

放了一个屁

坐在我身后的

两个大三的书记员

窃笑了两声

大概是说：美女老师也放屁吗

这很正常

美女不仅放屁

而且不比其他人少

点评：苇欢一出现，引起同行兴奋，原因在于她写的是典型性先锋诗。她之后的写作，并未沿此路走下去，而是变成一个纯度越来越高的纯口语诗人，让一些人失望，我多少也有一点。但是我想：前者虽独异，但是行不远，非要那么写，也显不自然，后者才是与人合一、行之久远的大道。本诗属于谁都以为自己能写但却写不了的诗。

很多人觉得屎尿屁就不能入诗，这是最流行的观念，也是最保守的观念。前面说到，苇欢是个美女诗人，在这首诗里，美女诗人展现了她的自信。我们的文化总是强调美女的弱点，好像脸蛋一漂亮，脑子就要笨。我告诉你，上帝就是偏爱有些人，人家脸蛋长得漂亮，脑子也不笨。大家有没有发现，美女写诗，不仅有弱点，而且有优点。老被环境宠爱的就一定会被宠坏吗？我觉得美女最大的优点就是自信。你看看阿赫玛托娃的诗，充满了自信，充满了真正的骄傲，她是不会向任何恶俗势力低头的，这才是真美女啊。美女也可以上升为一种人格。所以，我觉得苇欢展现了一个美女真正的自信，她自己说，难道美女不放屁吗？我刚才也说了，苇欢是因为她的先锋指数比较高，被归入了"北师大诗群"。"北师大诗群"什么特点？就是先锋，这是"北师大诗群"的敲门砖。

今天我们讲了"北师大诗群"的上半部分，下一次课介绍下半部分。现在我们进入本节课最后一个环节，上次的作业让大家写春天的事物，你写的不在这个范围之内也可以，现在请同学们精选自己的一首诗上来展示一下。

太阳

李慧慧

我的家在秦岭以南的南方

在这花开的季节里

白了梨花

粉了桃花

蓝了婆婆纳

我的眼里

只有这像烈火般的太阳

它努力

照耀每一个地方

释放的温暖

味道

和家乡一样

这首诗是典型的新诗，押了 ang 声韵，还不能进入到现代诗，这是中学课本里郭小川体之类的把大家导到那里去的。我们是《现代诗写作》，还是希望大家早日进入到现代诗。这首诗实际上和你的生活没有细节上的关联，你的生活被写得那么宏大、概括，很多真情实感都没有放进去，还是"站在秦岭山上望故乡"。这种比较传统的诗歌构成方式，在《现代诗写作》这门课上不会得到太高的分数，不过我们给予鼓励，给个 70 分。

我想

杨梦池

你看天上的星星

犹如一张巨大的渔网

我想

我想摘下这张渔网

去捕捉我脑袋里的

奇思妙想

杨梦池的这首诗又是押了 ang 声韵，你们被新诗"毒害不浅"啊！我的意思是，可以不押这个韵，大家在不该动脑筋的地方倒是费了很多脑筋，我知道押韵也不容易。但杨梦池这首在内容上比李慧慧那首稍微好一点，她的内容构成了事实的诗意，只不过她又用了新诗的那一套来表达，所以这首诗得 75 分。

下面有没有不押韵的？来一首不押韵的。我们就是要手把手地纠正大家！好，这位女同学——

三年

李依琳

爷爷过三年的时候

血缘这个纽带

不由分说要人们回去

这时

松柏落满灰尘

人们穿着白布褂子

绕着坟包

走了三圈

被纸钱烧出的灰

熏出眼泪

无风的时刻

彩纸折的花圈蓦地一动

大概就是

主祭者所说的

往生吧

　　这首诗我不需要讲太多，大家一听、一对比就明白。这首诗
不押韵，注意力都集中在内容的呈现上，而且有深情。你对故乡
的深情必须具体，李慧慧那首就太宏大了。卡帕说："你拍得不够
好，是因为你走得不够近。"近乡情怯，李依琳走进了自己的家
乡，她自己就动了感情。摆脱了韵脚以后，摆脱了那些程式化的

看起来很像诗的语言之后，甚至有点像散文般娓娓道来，但它反而更是一首诗。而且它里面还有一定的文化性，比如谈到了往生，这都是很适合诗歌来表达的。所以，李依琳同学这首诗，是今天所呈现的诗歌里面最好的，我给 85 分。

本讲授课时间为 2019 年 3 月 28 日

第六讲　北师大诗群 2

先分享一个信息给大家。本周二《新世纪诗典》正式选稿的时候，我们班竟然有三位同学入选，让我大吃一惊，奇迹这么快就发生了，有点始料不及。我把这三位同学的名字念一下：王靖雯、张娜、周昱君。其中周昱君是到咱们班听课的研究生。所有到我班里来听课的同学都是我的学生，这是毫无疑问的。这三位同学入选了《新世纪诗典》，具体说是第九季的《新世纪诗典》，而且是在一次非常正式严肃的选稿中，在同一把尺子的衡量下选的，一点都不勉强。在我一次性选出的十三首诗里面，这三位同学当然也算不上位居前列，即便在新入选的四个新人里面，也不如从自由来稿里选出的那一个，但确实是入选了，这足以让我吃惊了。前面我说过，我心中隐隐的目标是，在这个学期内，平均一个班能够入典一个，我就非常满意了。现在这个目标已经提前实现了。

我们今天继续讲"北师大诗群"。从世俗的角度讲，我们的课迎来了一个大人物——莫言。有的同学内心比较俗，老喜欢高大上，高大上的我们也有，今天给你来一个诺贝尔文学奖的获奖者。大家不要太在乎这些外在的东西，不要在乎他有多大的名气，实际上，从创作的角度讲，影响你的有可能是你的一个同龄人。影响球王的不一定是球王，影响梅西的就不是马拉多纳，而是外号叫"小丑"的艾马尔，他远远达不到球王的水平。

讲莫言之前，首先要说，我不是因为俗念而讲，并非他是诺奖得主就一定要在我们课上出现，我是很自然地讲到他。

在座的同学，有人知道帕慕克吗？知道的，举下手。零！哈哈哈，所以得了诺贝尔奖也没用，我们班同学照样不看你。帕慕克得诺奖还在莫言之前，不过早不了几年。莫言这首诗是写帕慕克的，我们来欣赏一下——

帕慕克的书房——遥寄奥尔罕·帕慕克

莫言

乘坐小得需要收腹的电梯
进入帕慕克的书房
在中国这家伙比我还红
《我的名字叫红》

我进过许多同行的书房
都不如他的有气场
大不大，书很多
地板咯吱响，书架很沧桑
靠窗一张小圆桌
桌前一把小椅子
是他喝下午茶的地方
只有走到宽广的阳台上

才算来到了帕慕克的书房

最美的是那黄昏时的太阳

视野中一片辉煌

左前方是海岛的黛影

右前方是造船厂的灯光

玫瑰色的教堂就在眼底

优美的圆顶，指天的玉柱

粉红色的鸥鸟盘旋飞翔

左侧是亚细亚

右侧是欧罗巴

下边是教堂

上边是天堂

海在前方

这里能听到伊斯坦布尔的心跳

这儿能感受到两块大陆的碰撞

帕慕克扬言要把那些

年龄在五六十岁之间

愚笨平庸小有成就江河日下

秃顶的本土男作家的书

从书房里扔出去

他从书架上拿下一本英文版《红高粱》

我摸摸头顶有些恐慌

他笑着说：你不是本土作家呀

但他还是将这本书
从阳台上撇了出去
四只海鸥接住
像抬着一块面包
落到教堂的圆顶上
难道还有比这更好的归宿吗

点评：莫言先生获诺奖之后，歇笔了五年，五年后首批发表的新作中有一组诗《七星曜我》——先不说别的，以诺奖得主之身，在自己整体创作中新添了诗歌，实为高招。再说这组诗，这一组泛口语小叙事写大师的诗，辅之以"事实的诗意"和莫言最擅长的想象力，是及格的、有效的、可以拿出手的，缺点在于塞得太满，诗内留空不够。我从中七选一，以诗的标准选出本诗，供中国当代诗的专业读者欣赏。

这位诺奖得主在歇笔之后首先发表的是一组诗和一部话剧。张爱玲说："出名要趁早。"出名早的好处是，你能够身处一个更高端的文学环境，见识也会更高。莫言沉默了五年，这五年里他可能在反复思考：获奖之后写什么？最后，第一次拿出的是诗和戏剧。莫言不愧是成名早，尤其是在国际文坛成名早，他知道，在世界文学的殿堂里，地位最崇高的就是诗和戏剧，而他自己过去在这两方面比较薄弱（诗可能是空白，戏剧只有那么一两个），所以他加强的正是这些。这就是见识。我们要意识到，社会主义初级阶段的中国和世界在这方面是有差距的，标准是不一样的。我们更崇拜的是畅销，哪一种文学更畅销，我们就崇尚它。那当然是小说，因为小说天然具有畅销的可能性。

对莫言来说，以后他对自己形象的所有经营都要建立在诺奖获得者这一身份之上。实际上，五年后这一小小的跨出，使他在诺奖获得者里面已经算是好的这一拨儿了。诺奖是很多人的殿堂，也是不少人的坟墓，写作到此为止，自杀的都有。所以得了诺奖还能继续写作，就已经在诺奖里占了上风。莫言得奖时才五十五岁，算得的比较早的。然后他写了七首诗，我认为写帕慕克这首是里面最好的，但问题也非常严重。上节课我谈到同学写作的缺点，爱押这个特别呆板的 ang 声韵，莫言也在押，还好他知道有些段落不押，这些段落反而写得好，比如说最后一段的那种想象力。从这个 ang 声韵，可见中学教育之顽固，连莫言也幸免不了。他的文学素养和文学天才支撑着这首诗，所以缺点虽然明显，但优点同样明显，他知道使用想象力。

他何以能够进入"北师大诗群"？他是北师大跟鲁迅文学院联办的作家硕士班的毕业生。这个作家硕士班最近恢复了，但现在招的人可就提不起来了，而当年可以说是精英荟萃。当年，全国招本科作家班的有四所大学——北大、复旦、武汉大学、西北大学。北师大就落后了，也不想去追，干脆更上一层楼，就跟鲁院联办了一个作家硕士班。上这个班可以拿到硕士文凭，当然就能够招到当时文坛上更著名的青年作家，其中就有莫言。在此之前，他只拿过军艺的大专文凭。这绝对是一个励志故事。一个山东高密东北乡的农家子弟，高考的落榜者，后来参了军，就是最基层的解放军战士，在总参谋部门口站过岗的一个小战士，这就是莫言的当年。他完全靠一支笔改变了自己的命运。一开始，他的作品发在级别很低的杂志上，一级级发展到《解放军文艺》《中国作家》等等。他在圈内出名的一个作品叫《透明的红萝卜》，一部中篇小说。当然，让他出大名的是《红高粱》。让他在大众中彻底出大名的，是张艺谋改编了《红高粱》，拍了一部同名电影，得了柏林电影节的金熊奖。实际上，莫言最初的国际影响和《红高粱》这部电影有关，在某种程度上说，张艺谋对莫言的获奖是有所推助的。

还有一个更加名正言顺的理由，莫言现在是北师大的正式教授。在他得了诺奖之后，找他的单位很多，他一口气接受了两个，其中就有北师大，所以，他是名副其实的"北师大诗群"的成员。他以后的诗歌写作，当然不是我们所能操心的。

确实，术业有专攻，文体也有专攻。莫言恐怕不太了解中国目前的诗歌走到了哪儿，我估计他只是有一个模糊的印象，所以他并没有吸收到目前中国诗歌的精华，来作为自己诗歌的一个基点。当然他是文学素养很高的人，写什么都不会太差，他写的戏剧作品也都很有才气。

下面这个诗人跟我关系比较特殊，他的名字就是我起的：吴雨伦。我实在没有想到，有一天能够在课上讲我儿子的诗。这太奢侈了，我恨不得跪下来感谢上苍。大家手上都有《观音在远远的山上》这本书。我为这本书写序时是 2014 年，正是我儿子的高考年。如果你细读过那篇序言，会注意到我在结尾说，如果儿子考砸了，就可以做我的学生。父子关系就是这样的，我觉得他内心里一直想逃离我。当然，他从小也享受着我对他的爱。但是，作为儿子，一直是在逃离父亲的路上奋斗。很早我就跟他说："你要考不好，你就做你爸的学生；你要考得好，你就去上更好的学校。"结果他考上了北师大，跟我做了校友，而不是师生。

但是，另外一个遗憾就出现了，他没有听过我的课，直到今天他也没有机会听我的课。他不知道他父亲的课讲到了什么水平，他可能只听到过传说。他会不会偷偷地看我的视频，我无法判断。对自己的儿子，我真的没有把握。总之，他没听过我的课，听课要在现场。在什么时候我意识到这是一个遗憾呢？他在北师大读的是艺术学院，但他经常去文学院蹭课，听得还挺广。有一天，他跟我议论北师大现在的文学院里哪些老师课讲得好，哪些讲得差，他做了一个评判。他认为讲得最好的那个老师是一个诗歌评论家，我虽然没听过他讲课，但我听过他在学术会议上的发言，我就据此判断儿子没有听过我的课也是一个遗憾。我心想，那你还不知道你爹讲得什么样呢。

这个遗憾注定留下了，但我没想到老天爷用另外一个更奢侈的方式回报了我——我在课堂上讲到了他的诗，而且自自然然，没有一点勉强。我从来不会为了自己的亲人和学生而做勉强的努力，一切必须合乎法律、合乎规矩。大家记住，如果我让你入了典，那就是你的水平达到了。所以，他今天有资格被我讲到，我就认为是老天爷在成全我。这个时刻，我是一个幸福的父亲，也是一个幸福的老师。我们看他这首诗——

钢铁侠灵魂

吴雨伦

宿舍里买了一个钢铁侠模型
美国制造
大概三十公分
纯银色外观
金属光泽纹理清晰
可以假乱真

它被放在桌子上
但是桌子上通常很乱
可乐瓶、雪碧罐、麦当劳
水果袋子、剩饭盒、废纸
桌面都是些污秽的东西

钢铁侠被迫生活在垃圾堆里
垃圾挡住了它的视线
苍蝇萦绕在它的耳畔
难怪它握紧双拳
满脸愤怒
却又无可奈何

但它不能永远这样

终有一天

它钢铁之躯下的魂灵

将冲破

这肉体的束缚

在一个漆黑的夜晚

用它愤怒的双眼

烧尽这阻挡它的

无聊的　肮脏的

一切

点评：听到一种说法：吴雨伦写得不像 90 后，似乎更像 60 后。如果指的是诗中所含有的人文精神，这当然是可喜的，但总觉得有啥不对……话音未落，此说未消，我见他写出本诗，这是只有 90 后才能写出的诗，或曰"90 后诗歌"。

写诗一定不能把细节滤掉，这就是为什么意象诗写着写着就变成"破鼓万人捶"了，得靠口语诗人写出一两首好的意象诗。意象诗为什么慢慢地跟不上时代了？因为意象诗是过滤的产物，它是把各种细节、具象、物象慢慢地过滤，提炼成意象。而把细节滤掉，就没有了个体差异，大家都雷同化了。

他这首诗里写的钢铁侠，就是你们 90 后这一代人从小玩的东西。每一代人都有他从小吃的、玩的标志性的东西。比如说，现在一提到上海的大白兔奶糖就热泪盈眶的，一定是我们那一代人，尤其是上海以外的人。那是什么年代啊？单位有谁出差去趟上海，等他回来的时候，大包小包，就在火车站给单位发电报：你们的东西已到火车站，速来接我！那个时候，上海是中国经济的首善之区。当时有一个很夸张的说法：一个上海人养三个中国人。去一趟上海，就是大包小包的东西往回带。你注意，家里有小孩的话，必会带大白兔奶糖。所以，从钢铁侠能看出，这就是90后诗歌。

同时，他的诗一直比较内向，比较注重心灵、注重灵魂。他这种坚持，曾经被人说成是"像60后"。这首诗给了一个回答，他也可以在细节上"像90后"。但是我想，这种对心灵和人文精神的追求是永恒的，也不能说是"像60后"，只是60后从20世纪80年代过来，可能当时的社会风气和文学环境，让这一点在他们的意识中得以强化，就是说这代人经典文学的意识比较强。

今天讲吴雨伦，还有一个意义，待会儿讲到他第二首的时候，我会把这个意义讲出来。

好，我们继续，有的诗人就要出现第二次了。另外有位诗人，今天我们不讲她的诗了，但是，有必要把她列到名单里去，就是里所。她在我们西外读了本科，在北师大读的硕士。她的诗在讲西外诗人时已经讲完了，但我要把她光荣的名字归于北师大。

下面我讲徐江的一首诗，这首诗的标题叫《寒衣节的前两天》。大家知道寒衣节吧？"十月一，送寒衣"，农历的十月一，一般在公历的11月份。明天就是清明节，可能相似的一幕就会发生了。清明节要去扫墓，寒衣节给故去的亲人送寒衣，一般老百姓就是在这两个节日里跟已故的亲人进行一个精神的交流。

寒衣节的前两天

徐江

他们早早就在各个路口

点燃冥币和装裱

一簇簇旺火

夜色下沿路排去

像电影里机场停电后

迎接降落的跑道

有人弯下腰

拨弄地下的火团

那时又像极了灾区的居民

在避难所颠锅

炒一道回锅肉

点评：60后的优势是人文，是精神深处的怀疑与批判，本诗的优异之处还在于向前的冲刺中忽然来了一个"肥罗"式的踩单车式过人，滋味变得更复杂了，而且与全诗的氛围、格调、技巧融于一炉。

这个点评里出了比较酷的话，你要是渊博就能出这种话，用评体育的典故来说诗歌——"肥罗式的踩单车式过人"。我比较欣赏他写的这一点："像极了灾区的居民 / 在避难所颠锅 / 炒一道回锅肉。"这是2008年四川汶川大地震中发生过的一幕：在地震的避难所，那边还接收着各地捐献的方便面、矿泉水，这边回锅肉已经开炒了。这是四川人的那种乐观的天性、乐观主义精神。在汶川地震的时候，甚至有些段子也能反映出四川人乐观的天性。在避难所支起麻将桌，这不是段子，而是真实的情景。一个段子说，俄罗斯救援队在瓦砾下刨出一个人，这人一出来，说了一句话：这个地震太厉害了，一下把我震到俄罗斯去了！一个享乐主义成风的天府之国，人民的天性必是乐观的。四川为什么是美食之邦？你首先要爱吃，才能做得好。你善待这些原材料，才能做出精美的食物。

为什么这一幕就能留在徐江的记忆里？这就是才能。结果这么有趣好玩、滋味复杂的一幕，又被他移植到寒衣节前两天大街上烧纸的场景中来了。前面跟大家讲过的，和这里讲的，全都连上了。有人老在说体系，如果老师脑子里的东西是体系化的，他就不会东一榔头西一棒槌，昨天讲的和今天讲的不会发生矛盾，而是会相互印证。我前面讲到了苇欢和蛮蛮写白喜事的诗，80后和90后的女诗人，她们对于葬礼上发生的荒诞事是看不惯的。但是，一个60后男诗人的看法就跟我比较吻合了，不是说这种时刻一定要悲痛肃穆，而是滋味越复杂越好，所以这首诗更入我心，其实也表现得更准。

我上一节课说，苇欢选择的那个东西不值得批判，就是在葬礼上有人看到野菜很靓，然后去摘野菜了，这样的事情不值得批判。真正的战士不是把所有东西都狭隘地判断，而是在另一极上要极度地宽容，然后把火力集中在真正该批判的东西上。

好，说到苇欢，就再讲苇欢一首——

吃

苇欢

一位澳洲

女诗人

现场朗诵时

表演吃纸

听众都认为

这样

是很先锋的

她说这算什么

在澳洲时

她还曾吃下

一小块澳洲国旗

这样算来

人类祖先

更先锋

直接

吃人

点评：这当然是一首先锋诗，一首充满怀疑与戏谑的解构之作。但是，它在力度上不太够，因为你是在用想象、推测解构，而不是事实的诗意。

这个事情值不值得批判呢？今天，我们又提出一个有意思的话题：你批判的对象是否值得批判？如果是值得的，就要用最猛的火力；如果不是，我们应该保持宽容。澳洲女诗人表演吃纸，这实际上是一个行为艺术。我最烦诗人在朗诵的现场搞行为艺术。你要是一个行为艺术家，大家会有心理预期。你要是文明的话，甚至办个美术展，都会发出某些预警，比如"十八岁以下不宜参观""也许会让女士产生不悦"等等。最怕这种诗歌现场有人不好好念诗，突然耍一个行为艺术。中国也有，前些年还搞成新闻了。那个人诗写得谁也看不懂，是那种蒙骗人的路数，整天就憋着劲儿在各种朗诵会的现场搞一些行为艺术，来博取新闻界的眼球。在一个诗会现场，他事先穿了二十七件衣服，到朗诵的时候，他读一句诗就脱一件（他肯定预先准备了一首三十几行的诗），诗还没读完，他已经赤身裸体，现场女士一片惊叫，因为没有发出预警。那个诗会的赞助商气得想杀人，因为自己的家属也都在现场，我凭什么让我们家女眷蒙受如此羞辱？有些人玩着玩着就不文明了。

苇欢写的这个，问题还不大，吃个纸而已。我不欣赏这种，有本事你拿出自己的诗，不要搞这些盘外招，哪怕你搞得不错也是挺恶心的。我刚才说的脱到赤身裸体的那个人，要说他的设计有没有聪明的地方，也是有的。在另一个朗诵会上，他端一只洗脚盆在舞台上，一边洗脚，一边拿"四书五经"在撕。他撕《诗经》的时候，当然诗人最愤怒，然后就有一个诗人沉不住气，冲上去痛斥他。这是他设计好的，你上了他的当了。结果，这家伙端起洗脚水，照着来人的脸上一泼。那人杀他的心都有，被人拦住了。他却认为自己的行为艺术成功了。这些人很坏的。即便里面有聪明，我都厌恶至极。事实上，真正行为艺术家的表演，现场不一定要人看，他自己在那儿表演，然后制作成录像带，用录像带来传播。真正的行为艺术应该是很严肃的，不是搞突然袭击。

苇欢写的这个现场，也是诗人玩的一个行为艺术，苇欢讥刺了她一下，但是我觉得力度还不够，因为她是推测说"这样算来……吃人"，一推测就有点软了。但总体上，大家对苇欢的印象应该和李勋阳差不多，她的诗歌形象很鲜明，能激起读者的反应，是我们认为的先锋。

再讲沈浩波的一首。为什么北师大培养的诗人好像更容易在职业和事业上双丰收？那当然不仅仅是一张文凭的问题，实际上是素质的问题。我也有幸享受了它的教育过程，我这样的高校老师才是北师大培养的主流。从新中国成立以后，北师大的传统就是培养高校老师。即便是在国家包分配的时代，你想去做中学老师的可能性都不大，除非是外地的同学想留京，为了有北京户口，主动要求去做中学老师。这个学校的主流就是培养高校老师，在研究生不普及的年代，它的中文系是五年制，比别的学校多一年，就是为了将来出去教别的学校。所以，这种教育很扎实、很全面，还有些师范教育，比较锻炼人的讲话能力、观察别人心理的能力。

我们来欣赏沈浩波这首《在雍和宫》。

在雍和宫

沈浩波

在金色巨人般高耸入殿顶的佛祖像前
一个肥硕的
穿白汗衫挂大金链子的壮汉
啪一声
把自己砸在大殿坚硬的地砖上
看得我心惊肉跳
再站起来
再啪一声
二百来斤的肥肉
啪啪啪往地上砸
每一下都是
标准的藏传佛教磕长头的姿势
我原本还想磕头祈祷的兴致
一下子就没了
再怎么虔诚
也干不过这家伙像面粉袋子一样把自己往地上啪啪砸呀

2017/10/14

点评：天生特立独行的选家，不怕别人在其前面选——我，
当然如此。这四个月里，沈浩波有两次外访，留下两大组诗，于

是乎，几乎所有选家都被带走了，但我细细读来，最佳诗作恰在那两大组之外，正是本诗。本诗好在哪里？好在这一个"砸"字，以至于其他所有的表达都大不过它。

这就是鲁迅说的，写作的时候，最关键的词是动词。越初级的写作者，越爱把注意力用在形容词上。形容词就像语言的化妆品，像抹胭脂一样。动词才是语言的关键。你要想让语言生动起来，最关键的就是动词的使用。所以，他用一个"砸"字，全篇就活了。那么，他写的这个真实度和可靠度有多高呢？我反正心领神会。有时候，我们会被一些不成其为理由的东西败坏掉某种兴致。所以，他写到一个大胖子不停地往下砸败掉了自己的神圣感，我觉得真实度很高。这也不能说人家不对，人家这么虔诚其实很对。藏传佛教的磕长头，有点像行进中的俯卧撑。一个虔诚的信徒，要从自己的家乡，比如说西藏某个偏僻的村庄，一路磕到圣城拉萨去，那个路上多么艰苦，但他们积累的是来生的幸福。有人说，先别管来生，你天天这么磕，磕上十万个长头，你身体绝对好，它就是个俯卧撑。

这是写得挺有文化含量的一首诗，甭管他是正写还是反写。我也提到了，那时候他刚好有两次出国，我却发现他出国前的这首更好，就选出来，跟别人选的都不一样。选家的眼光要独到。别人能选的你选了，你就是一般的选家。如果别人都忽略了，你选出来，不是更差，而是更好，这就是好选家。这是当时我记得比较深的一个细节。

再讲侯马的一首诗。口语诗是与时俱进的，是与生活同步的。他这首诗叫《积水潭》，这又是北京的一个地名。这两个北京诗人各写了北京的一个地方。这又要说到口语诗的优点。意象诗会把这些东西滤掉。在北岛诗里面，你从来意识不到他是一个北京诗人，经常感觉到他是哪个海边的诗人，为什么呢？1983年，特朗斯特罗姆夫人在瑞典大使馆门口，给了他一本英文版的《特朗斯特罗姆诗选》，他先于中国其他诗人读到了特朗斯特罗姆，那当然就是诗林秘籍了。所以，北岛的诗里写海、写岛比较多，名字里也有一个"岛"。你一个北京胡同里的人，整天岛呀海啊的，北京就看不到海，那你的海来自哪儿？来自于特朗斯特罗姆。而对特朗斯特罗姆来说，这海是真的海，人家是波罗的海诗人嘛。

特朗斯特罗姆的老家我去过，在瑞典的一个离斯德哥尔摩很近的小岛上。你要了解一个人，就要到他的家乡去看一看。去了特朗斯特罗姆的家乡以后，我对他的诗就懂了。我看到他小木楼里那个窗子，看到他家的窗外，我就想起他写的一首诗。他写的那个麋鹿从窗子探头，不是打破脑袋想出的精妙意象，那是他从小生活的实景。我可以想象在他小时候，那个岛的生态应该比我去的那年更好，那麋鹿就从窗外探着头往屋里看，特朗斯特罗姆就写到了诗里。所以，意象诗的意象都是硬憋出来、硬想出来的吗？我看未必。特朗斯特罗姆写的森林，写的森林里的蘑菇，都是那个岛上的实景。对人家来说是真的，对你来说是纸面上搬来的词。

从这一点上来讲，北京的诗人也在进步。北岛也是北京的诗人，过去住在胡同里的人，你在他的诗里却见不到"胡同"这个词，更不会出现"积水潭""雍和宫"这样的词。所以我就觉得，从地域来讲，一个地域的诗人也在进步。这个我称之为"地方性"，我不喜欢"地方主义"的倡导，"地方"不值得上升为"主义"，但"地方性"是一首好诗应该具备的，因为它是"具体性"的成果。你说你具体，那么你所在的城市是哪一座呢？我看到沈浩波的诗叫《在雍和宫》，侯马的诗叫《积水潭》，都用北京的地名来做标题，这很好，其实这也有很强的文化性，有些文化意识是在言外的，在无言之中表现了文化。我们看这首诗——

积水潭

侯马

我父亲帮我照看孩子

孩子摔了一跤

拉到积水潭医院照片子

竟然骨折了

我不禁沉下了脸

那是我三十多岁

初为人父的时候

我表面沉默

心里却埋怨

父亲事业无成

连孩子都看不好

这念头使今日的我

真害臊啊

2018/01/21

　　点评：用我近期常说的评价语——这是一首对得起自己年龄的诗，写出这样的诗方才对得起自己年过半百的年龄。关于大诗人，奥登给了五条标准，我想给他增加一条：作品中要有作者的年轮。侯马起步稍晚，但行之长远而有效，比起那些比他早但无效者，他的作品中有人生有年轮，我有幸见证了这个过程。

　　他写了自己三十多岁时发生的事情，现在他已经年过半百，那么发生了什么事情呢，他的父亲照看他的儿子，儿子摔了一跤，摔骨折了，然后他内心里充满了对父亲的埋怨，甚至动了"胎气"。"父亲事业无成"，这种话由儿子说出来很残忍。侯马的诗好就好在后两句，他今天想到这一幕，感到"真害臊啊"。他在反思这个事情，是自我批判的。这就是一个人的成熟，一个男人的成长。一个在职业上做得很成功的人，他看社会、看人性一定是成熟的。不是所有的口语诗人都这么成熟，有的人傻着呢，他可能还以为前面这么看待父亲很酷呢。但是有人已经这么成熟，这种人生经验的饱和度已经到了最大值。为什么人生经验可以判断一首诗的好坏？大家都上过《现代文学史》，应该知道"五四"时期发生过一次大的论战，到底应该是"为人生而艺术"还是"为艺术而艺术"？"为艺术而艺术"很好理解，假如说我们特别强调艺术的价值，我们为了艺术而做艺术，这反而是好理解的。既然做艺术了，你把艺术作为标准，那当然很好理解。但是把"人生"

作为另外一极上最重要的标准，你可见人生多么重要。为什么如此重要？文学也是社会科学、人文科学，为人服务，所以，最伟大的文学一定是揭示人性最深刻、人生经验含量最高的作品。

好，下面我也加入进来，给北师大加一块砖。我讲自己两首吧，先讲一首散文诗，再讲一首《新世纪诗典》的序诗。散文诗在这个选本里是很少的。在座的同学有想写散文诗的也可以。散文诗也是诗，散文诗最后的落脚点是诗。注意，散文诗不等于诗性散文，你千万别写成诗性散文了。

归宿

伊沙

下了一天的大雪骤停，最后阶段竟是太阳雪，天空中有彩色的流云，迟到的暮色终于落下，落满了航天城一个空无一人的十字路口……

我们一家三口走过斑马线。

路边的五六个小饭馆里空无一人。

也许是在雪天，儿子选定了雪乡饭馆，热气腾腾的东北菜。

"在这种无人的饭馆，走进来一个落魄的男人，就是一部电影的开始，高仓健演的电影，他会要清酒、猪肝炒饭，还有烤串啥的，老板娘会说，到底是男子汉，真能吃啊！故事就开始了……"我对学电影的儿子说。

这一晚他的饭量大增。妻则吃得很少。

这是我们被大雪困在新居的晚上，新居是我为自己准备的老年写作基地——我最后的归宿。

点评：《世纪诗典》中推荐的唯一的散文诗人是台湾地区的商禽，《新世纪诗典》中此前推荐的唯一的散文诗人是旅美的陈铭华。实在没想到：我推荐的第三位散文诗人是我自己。"伊五卷"出版后，我进入补缺、补差的写作模式，第一年锁定散文诗。在中国内地，散文诗是个软柿子，大概从柯蓝、郭风时代就没往前发展过，所以很容易见效，我甚至公开放言：给它前提半世纪。让散文诗一夜之间进入现代诗是我在这一年中的使命，也希望今天的推荐能够吸引更多优秀的散文诗稿。转眼又是一年尽，春天也成收获时。

这是一年前的今天所做的点评，今天刚好是《新世纪诗典》八周年，很有纪念意义。散文诗要比诗性散文更浓缩，它是吸收了散文特点的诗。

最后把《新世纪诗典·第七季》也讲一下。在我的设想里，《新世纪诗典》其中一本应该以诗代序，第七本就这么做了，以往都是以文章作序。下面就是这首序诗——

《新诗典》的版图

伊沙

午后
在大阪驿的

一家咖啡馆里

喝着咖啡

想到一个问题

《新诗典》中

有没有写到日本

或写于日本的诗

前者想起朱剑

后者想起苏历铭

继而想到《新诗典》中

那些当代中国诗人

写世界的诗

眼前呈现出一幅

辽阔的诗国版图

2018

　　为什么要把它作为序诗呢？我是想传递给大家一个信息。过去四十年，中国已经发生了翻天覆地的变化，中国人的生活也发生了翻天覆地的变化。

　　中国人的经济状况让出国旅行成为相当一部分人的生活日常，一年出一两次国是人家正常的生活安排。那么，在中国的诗歌里面，这个版图就扩大了。有些人自认为在研究当代诗歌，像这些到处都是话题，到处都是论题，他们看不到，仅就这一点就可以作一篇大论文。有没有同学到时候把它作成毕业论文？你把各本

《新世纪诗典》买齐，作这么一篇论文，就是《中国诗人的版图》，看看中国诗人现在写到的世界有多么宽广。当然，你还可以分为"异国篇""家乡篇"，把这些现象都分析一下，就是一篇很有新意的论文。

在这首序诗里面，我强调中国诗人要走向世界。中国诗人过去说的走向世界，指的是自己的诗作有幸被翻译出去。你自己的脚步也要走到了。所谓的走向世界，你别光是拜托自己作品的某些偶然的幸运，首先你的胸怀、视野、脚步要抵达世界，你的笔下才能够更宽广。

让我再幸福一下，最后我再选一首吴雨伦的诗，作为讲课内容的结束，因为点评里面有一些话，刚好可以总结"北师大诗群"。而且，我刚才说到走向世界，他这首诗也有这种含义。这首诗叫《特拉维夫超市里的恐怖瞬间》。特拉维夫一直是以色列的实际首都，但以色列真正想要当作首都的是耶路撒冷。耶路撒冷是争议地区，是基督教、犹太教、伊斯兰教三教圣城。

特拉维夫超市里的恐怖瞬间

吴雨伦

在特拉维夫的超市里
看见那些
包装完整的肥皂
外表精美

我的喉咙有些哽咽

一种不可名状的恐怖

肥皂周围站满了犹太人

活着的

2017

点评：一首放在世界任何地方都该被确认的好诗，但如果不去以色列恐怕就写不出来，为此我作为出资人之一表示满意，愿意继续资助作者出国深造。同时想对他说，就把这一首诗当作你的本科毕业之作吧。大学本科四年，你有没有写出你的《车过黄河》，十年后才会知晓，但如果有个"中国当代诗人在校诗"排行榜，你有望挤进 Top10 ！现在，你可以抬起头挺起胸走出乌鸦翻飞的北师大了，别忘了顺便经过一下你蹭过课的已经二十年不出诗人的文学院。

我点出了一个残酷的事实，给我的母校泼了一盆冰水，让他们来一个"冰桶体验"，警醒一下。也就是说，在吴雨伦之前只有里所，而里所是西外培养出来，送到它那儿上的研究生，它的文学院已经二十年不出诗人了。一个事情被人接受、被人承认需要一个过程，而当这个事情已经世所公认的时候，结果它已经低潮了二十年。当诗歌界确认的"北师大诗群"，被大家越来越承认、越来越公认的时候，这个学校已经二十年不出自己培养的诗人了。

我说出了一个很残酷的真相。吴雨伦是艺术学院的，他经常去文学院蹭课，所以我说，他可以昂首挺胸从文学院门口大步走过。一个学校，如果它的中文系或文学院不能成为培养诗人的主要土壤的话，指望别的是指望不上的。所以，我对自己的母校说了这样一番沉重的话。

吴雨伦至今也就去过以色列，他自己选择的，他有文化情结。他敬畏文化、膜拜文化，在不同阶段喜欢文化的不同方面，一会儿当天文控，一会儿当历史控，一会儿当地理控，积累起来他在同代人里面就是蛮渊博的一个人。所以，他自己选择的第一个出国的地方是文化情结很深的以色列，回来以后就收获了一批诗，这是其中比较好的一首，也充满了他这种人文关怀。他下一步会去美国的一所艺术大学读硕士，学电影，那当然也是我资助的，我是出资人之一，我和他妈各占一半。

我们今天讲的书上的就是这些了，下面的环节以后永远不少，就是让同学上来读诗。三个名额，但今天要把一个名额给一个从榆林跑过来听课的人，他是一个90后，也是一个入典诗人，有请赵壮志上台。他已经入典了，但他那首诗是在下一本书里。今天我想请他读一首自选的好诗，也感谢他跑那么远来专门听一堂课。

重灾区

赵壮志

与人相反

患布病的羊

羊体反而更健壮

迫于压力

羊场负责人

终于同意

淘汰患病羊

并在当天早上

对全场的羊

进行抽血化验

与我料想的不同

检测出的病羊

没有屠宰焚烧掩埋

而是在额头处

用红漆做上标记

随即牵出圈舍

装车下山

拉到镇集市上

卖给当地农民

写了一个很残酷的事实，稍微拖沓了一点，没有达到入典水平。如果按照我们班来给分的话，我给 90 分。下面两个名额给我们班的同学。

单身

罗秦

我走在路上

路旁有两棵树

树上分出两根树枝

枝上长着两片叶子

叶子上爬着两只虫子

这首诗也没有达到入典的程度，但是一首好诗，画面很单纯，可以给 90 分。这就是一首合格的现代诗，但离入典还差一点滋味，再复杂一点就好了。我们各个班的同学已经开始学会了单纯，学会了鲜明，但是还没有学会复杂。不要着急，随着我们慢慢越写越好，就会向复杂挺进。

无题

王亚静

当我因个人原因

到处寻找解决之地

导航上寻找离我最近的一处

在扫码解锁共享单车嗒的一声中我感叹道

原来对一个城市真正的熟悉程度或许只在于

精准地知道哪里有公共卫生间

有一个问题是，我听不明白她的断行。顺便普及一下读诗的知识。我们诗人读诗，不主张像朗诵演员那样呼天喊地的。那种朗诵的腔调，就像早晨播音班的同学，我听着他们在那儿练声，我就想死。我们不主张那样读诗，但是你也要有节奏感，要让人感觉到分行是在哪里。假如你真的有语感，你要读出那种很舒服的感觉。刚才那个同学读的，让我有点判断不明。我感觉，可能还不仅仅是断行的问题，还有一个诗歌语言过于散文化的问题。但是，她整个的情绪和对诗的理解都挺好，是一种现代人的理解，写的是城市生活，导航，找厕所，这种情绪挺好的，我给 85 分。她只需要在怎么断行、怎么在语言上更凝练一点这些方面努力一下。

今天是《新世纪诗典》八周年的纪念日，我们刚好在上课，我当然就希望这个课上得好，同学上来读诗的水平高，今天的三首都挺好的。榆林学院的同学、已经入典的诗人赵壮志给我们助攻了一下。他的下一步，也是马上去读研，去广东海洋大学继续深造。再次用掌声欢迎他的到场。最后，我还是觉得，我们班创造的这个奇迹非常了不起。这是一件大事，日后你就会明白我这个话。

本讲授课时间为 2019 年 4 月 4 日

第七讲　全国高校诗人 1

我们刚度过一个清明节小假。无论大假、小假，最理想的状态是，脑子得到了很好的休息。会学习的同学不断地利用假期把前面的疲劳清零。刚好我们也在假期之前完成了六周的讲解，今天是第七周，也就是第七讲，我们就要走向全国了。顾名思义，就是全国高校培养和涌现的诗人，不是说这些诗人现在都在这些学校任职。

从这周开始，我们走向全国的高校，内容就比较多了。我的计划很清晰，第三个三分之一，要走向世界，讲外国诗人，讲外国诗歌。这就是我们整个学期课程的阶段划分。

当然，这一切的安排和讲解都是为了最后让大家写起来。我们班的情况肯定是最好的，在三分之一的时候就早早地出了三个入典的诗人，这是最大的成果。除此之外，大家课堂上积极朗读自己的诗作，在三个班里也是最突出的。我不知道这跟现场直播选择了我们班有没有关系。有时候，神秘的因果关系就是这样构成的。可能一觉得有人盯着我们看，大家整个的状态就不一样。我现在更关心的是，另外两个班不要被落下。周二上课时我还在提醒他们，从朗读诗的情况来看，还不错，也跟上来了，也有两首接近于订货。目前我们这个课的情况就是这样的。

我们这个课，通过直播传播出去，尤其在诗歌界影响比较大，也会有新的资源加入到我们的课堂里来。今天我们请了一个诗人到现场，她可以发表创作谈，也可以跟同学们有一些沟通和交流。待会儿讲到她的时候，我再介绍。

走向全国高校，大家可以领略到全国高校的丰富性，有的学校说出来同学可能都不一定知道，确实就跟我们陕西省内部的情况一样，什么学校都有可能出诗人，学校好坏和出不出诗人没有直接必然的决定性关系。只不过我们以社会人的心理，在那些听起来高大上的学校出诗人的时候，尤其是那些有传统的、根基很深、历史很长的老中文系的学校出了诗人，我们就觉得理所当然；除此之外出的，好像是意外之喜，仅仅只有这个区别而已。

今天我们讲的头两个诗人，他们都说自己是个"励志的故事"。他们听了前面的课，觉得学校不怎么样的就是"励志的故事"，学校要怎么样的好像就理所当然。

首先是王有尾，这个名字是不是有点怪？他原名叫王永伟。他竟然起了这样一个笔名，老让我想起《百年孤独》里一个人长出猪尾巴的情节。诗人就是这么个性。他毕业的学校叫菏泽师专。他这首诗叫《死婴》，挺酷的一首诗——

死婴

王有尾

一群十几岁的孩子

在荒草里

找到一个死婴

他们用柴火
塞到那个死婴的脚后跟
点燃后
就嘻嘻哈哈地跑了

我们几个四五岁的
被勒令不许跑
不许闭眼

眼睁睁看着
那个死婴一下子坐起来
我们都被吓哭了

但没有一个人
想起来要跑

直到天黑
被大人们寻着
直到昨夜

我还在梦里
站在原地
哭

点评：同行很羡慕"长安诗歌节"同人，但是，你能承受其残酷的一面吗？真到了一个没人说假话的环境里，有人是活不下去的。所以，在这里，在个人的平淡期需要忍，高峰期张狂不张狂是你自己的事。王有尾很善于在此生存，关键能做到前者，这一段赶上他的高峰期，写出本诗就是顺理成章的了。到现在，他都是一位实力大于名声的诗人。

这首诗写了乡村生活的一个场景。在座的同学，有的是大城市来的，有的是中小城市来的，有的是县城来的，有的是乡村来的。平时可能在一些对乡村有歧视的场合，很多出身于农村的孩子，甚至还有一点自卑感。你会发现在文学创作的时候，这是一个天然的优势。不仅仅是诗人，有农村生活经历的小说家，也有天然的优势。所以，大家不要为自己的出身而自卑。王有尾这么一写，马上从一堆诗里跳出来了，它不会混杂在一堆写城市的诗歌里。他是一个出生在1979年的诗人，这样的生活经历，大概只有农村孩子才有。城里的孩子要有这样的经历得是我们那一代人。我小时候是见过西安的郊区的，那时候西安才多大？1989年，我到西外老校区报到的时候，作为一个西安的孩子，小寨以南没有去过，电视塔以南更是一片麦田。那时候会在郊区看到弃婴，见过死的，也见过活的。

我小时候的四医大，现在叫空军医科大学，以前其实是陆军的，它有个附属医院，虽然是军事单位，但他们也很宽容，平时一放露天电影，就大门敞开，大家都可以进去看。四医大周围很多小单位里的孩子便凑到了一起，我们就嘀咕，就想着有一天要去医院太平间。到那里干什么呢？那时候我们已经知道了一些原理、一些现象，比如说抱着你家的猫来，可以让太平间的尸体诈起来。我们也去了，也行动了，猫也带去了，但没有成功。我跟在后面，胆子不大，但好奇心很足，去还是要去的，别冲在前面就行。我们是翻墙进去的，后来考虑到周围还是有军人巡逻的，也没有等太长时间，如果时间够的话，我们非把哪个尸体给他诈起来不可。

类似他写的这种现象我也有经历，20 世纪 90 年代就写过，他这个比我写得更天然，是更大的自然环境，写得挺好。我刚才说到"酷"，在我们课堂上说这个话，不是市井之义，而是学术之义，这个"酷"是有学术意义的。其实，诗歌在现代主义以后，就开始走向"酷"。为什么过去在有些人的概念里一说到诗歌就好像很酸？这就是浪漫主义给人的印象。有的人就觉得诗歌那么酸的东西跟自己没关系，让他那么酸地说话不愿意。也就是说，错误的诗歌观念把一些人排斥在外了。当然，如果他真的在本质上跟诗有缘的话，后来的某个契机会把他带回来，如果没带回来，那就是没这个命。王有尾这首显然是典型性现代诗。

我们前面已经说了，诗歌的分期，要么是大的社会分期、历史分期来决定的，1911 年辛亥革命以后中国进入到了现代社会，那么此后产生的诗歌就应该叫现代诗，但这只是社会的判断，没有学术含量。第二种分期有学术含量，就是诗歌必须到达世界诗歌发展史的现代主义以后，才能叫现代诗。

诗歌界也不是完全封闭的墙，我估计有的同学也知道，从去年开始有一个 1982 年出生的人一直在骂我。我都不愿提他的名字。这个家伙跟着海子是拒绝现代主义的，他是海子的"遗腹子"。

"海子热"发生在哪个年代？1989 年 3 月 26 日，海子自杀，不是说一自杀就火了。过了一段时间，中国又发生了历史上很大的事件，然后一切变得一片死寂，诗歌界其他的就凋零了。海子多多少少死得有点悲壮，这时候国人的注意力就突然集中在海子周围，所以大概从 1989 年到 1993 年，有一个"海子热"。他一个 1982 年出生的孩子，那时候才几岁，根本没赶上，所以我说他是海子的"遗腹子"。后来海子火了，火到"面朝大海，春暖花开"都成了房产商推销海景房的广告语了，进了中学课本，大家都很熟悉了，他这才来捧海子的臭脚，一个很庸俗的孩子。他跟海子一样拒绝现代主义。海子观念上拒绝、嘴里面拒绝，但在笔下局部还接受一些现代主义的技巧、意象诗歌的技巧，比如"面朝大海，春暖花开"，玩的就是通感。这个小子是全面地拒绝，就是一个一穷二白的，某种程度上就是一个拒绝改革开放的死胎。我们四十年的改革开放就是走向世界，就是鲁迅的拿来主义在 20 世纪 80 年代以后的一次刷新。

王有尾笔下写到的乡村生活，是用现代主义的眼光去看的，这种眼光跟马尔克斯写南美洲那种神韵是很像的，是不土的。用乡村的眼光、乡村的意识写乡村那是很土的。你要用城市的、现代的意识写乡村，能够发现更多，而且不土气。这是这首诗的优点。

每一个文本都在唤醒大家。前面刘天雨写喇叭花，我就希望大家能写写春天同类的事物。王有尾写乡村，我希望至少能唤醒在这方面有优势的同学，也就是说你出生在乡村，你从小长在乡村，那是你的优势，那是别人不能取代的。我希望大家写起来。这是王有尾，毕业于不起眼的小学校，而且出身于农村，照样成长得很好的一个诗人。我觉得他是后成名的 70 后里面的实力派。

下一个诗人叫黄海兮。他原来一直叫黄海，结果他百度自己的名字，百度多少条都百度不出他自己，都是中国那片海洋的资料。他觉得不能再叫这个名字了，加了个"兮"，这也是一种扩大影响的小技巧。他毕业的学校现在叫湖北理工学院，他上的时候实际上就是黄石电大，那比王有尾的学校还不如了。现在大家可能都不知道电大这个概念了。电视大学，对着电视上大学。有的地方也是招在一块儿，在一个校园里，但也是到教室里看电视。最高大上的电大就是中央广播电视大学，好多诗人毕业于此。黄海这又是一个励志的故事。有的学校，大家可能从来没有听说过，结果这个学校出了人才，所以在座的同学在学校上不要自卑。据我所知，黄海跟王有尾一样，也是农村出身。先欣赏这首诗——

宠物狗
黄海兮

宠物狗
从城市流落乡间
他的大名从马克西姆·高尔基
被人叫成了卷毛

有的同学迟到地笑了，先笑的是我们到场的诗人。我经常发现西外同学没有幽默感。我们女生太多，女生其实内心笑了，但表面上笑不露齿，所以，我在西外上课经常感到台下没反应。我开始以为这是正常的，直到有一年，我受邀到西安交大做了一次讲座，才突然发现我在西外特别委屈。西安交大跟我们完全相反，台下的女生是少数，我一讲什么底下就发出深沉的笑声——吼吼吼，我突然感觉到男生跟女生的差别。关键是咱们仅有的一些男生，不带头笑，时间长了，也像女生了，也变得笑不露齿了，所以，在西外我的幽默经常打空炮。如此幽默的一个人，在任何地方讲话，周围都笑声一片的人，唯独在西外没有笑声，这就特别委屈。

实际上刚才不是我幽默，是黄海这首诗幽默。先看我的点评：本诗是《新世纪诗典》推荐的第二千二百首作品——我把这个节点上的"荣誉推荐"提前预订给了《新世纪诗典》丛书执行主编黄海兮，以奖励他的贡献，但他这一段的创作根本不需要预订。他手头有两首过线的诗，并且不相上下，我最终选择了对中国现代诗和他本人创作更有意义的本诗。本诗有意思，貌似是语言层面上的意思，却是来自物——来自"事实的诗意"，单从语言上平推玩不了这么自然精彩（也是我不屑一顾的）。

我讲到这个道理，那是不是根本没这个事，而是在语言上平推出来的？就是给宠物狗取个名字，在城市叫高尔基，到乡村叫卷毛，是不是这样干想出来的？绝对不是。他想不了这么绝，想不了这么有意思。他一定是从生活中抓来的。我在前两个班讲已经有经验了，为什么他们不觉得幽默呢？因为他们不了解高尔基，好多同学已经对高尔基麻木不仁，但你完全不知道也是不应该的。当然，对我们那一代人就是大名鼎鼎了。我最初认识的两个作家就是鲁迅和高尔基。我小时候经过东关照相馆能看到两个作家的肖像，就是鲁迅像和高尔基像，都有两撇小胡子，我也搞不清哪个是中国人，哪个是外国人，反正我感觉作家都应该留个小胡子。"文革"期间，别的作家不让提了。所以，他是我认识的前两位作家之一。在苏联他被捧得很高，但即使不是苏联，即使不是社会主义意识形态，他也是世界级的大文豪之一。但是在苏联已经被捧到最高了，已经有点要取代托尔斯泰了，等于是个红色托尔斯泰，被评价为社会主义文学的奠基人。

这只狗的名字叫高尔基，由此可以分析在城市养这只狗的主人，我敢断定是我这个岁数的人，甚至是比我年纪更大的人，绝对不是在座的岁数。这又是对大家的点醒，家里有宠物的回去以后可以写一写宠物，没有宠物的别写，你别干写。我是"事实的诗意"的发明者，我一直倡导不要干写。写诗不是解数学题，没事练练脑子。你要相信文学的规律，你想的没有生活赐予你的好，不要在那儿干动脑子。你想出来的那个东西，自己觉得很聪明，其实很拙劣。他这首是从生活中来的。你就可以推出狗的主人多多少少是一个老文学青年，一定热爱高尔基。他的宠物狗叫高尔基，结果这只狗流落到乡间去了，被人叫成了卷毛，你可以分析那只狗就是个卷毛。看到"流落乡间"我就笑了，我一生中唯一的一次养狗，那只狗在我家待了36个小时，我就崩溃了，把它送去的地方也是乡间。一条狗是在乡间快乐呢，还是在城里快乐？我想把它送到乡间是最对的，那肯定是更快乐的。不用说，人和任何动物都是自由为先，他要想快乐一定得是自由的。

即便写宠物的诗很多，黄海这首诗也是其中写得很绝的一首。这么说吧，诗人一定要不那么平常，要在哪个方向上怪一点，咱也不说怪，就是跟人不一样。但也不是大家想象的，诗人就是抒情机器，看谁抒得好，那种公共的抒情，"啊……"不是那种东西。传统诗歌是在那样的公式中选人才，现代诗要看人的鬼聪明。王有尾那首诗以酷取胜，太酷了，孩子的童年竟然那么酷。黄海这个好玩、幽默，幽默里还有意思，耐琢磨，以这个取胜。这就是诗人的撒手锏。每个人都应该有自己的撒手锏。

下面这位女诗人本科毕业于中国政法大学，研究生就读于南开大学。她就是今天来到了我们教室的庞琼珍女士，等会儿请她给我们讲讲。我们先看她的诗——

食色性也

庞琼珍

丈夫床技越来越差
厨艺越来越好
我俩就像老牛肉

要一起煨烂了

2017/01/02

点评：整整两年，庞琼珍从一个很有新诗嫌疑的诗人成长为一名先锋诗人，体现出的是《新世纪诗典》的群体氛围与价值取向。什么是先锋诗？鸡同鸭讲累死人，我这么说吧，就像本诗这样：一般人想不到、想到了又不好意思写，但它又绝非哗众取宠甚至是更加严肃的诗！听明白了没有？

我在选这首诗的时候有那么几秒钟的纠结，因为这显然是一个婚姻的过来人，要有一定的岁数，才能够有这样的经历，便不便于给在座的未婚青年讲？后来我又想大家都过了十八岁了，便迅速排除掉了不选它的可能性。还有一点，我们是大学生。在我们 20 世纪 80 年代读大学的人眼里，大学生是天然的社会精英。那时候大学生的精英意识很强，是被叫作"天之骄子"的时代，是大学生以戴校徽为荣的时代。现在的大学生也不能说以戴校徽为耻，就是觉得不好意思，或者戴着校徽容易被社会人欺负。我读大学的四年刚好经历了从以戴校徽为荣到渐渐地把校徽摘下来的这个过程。既然大家是"天之骄子"，或者说是中国一部分幸运地受到高等教育的人，那么理应比别的人在接受这些东西时更先锋、更超前一些，所以我就把它保留到这儿来讲。当我考虑这些的时候，还不知道作者本人会到现场。下面欢迎庞琼珍女士到台前来，讲讲这首诗，也讲讲她整体的创作，发表十分钟的演讲，大家热烈鼓掌！

庞琼珍：谢谢大家！西安外国语大学中文学院 16 级汉文一班的同学们，上午好！

很荣幸今天能和大家一起在课堂上听伊沙老师讲《现代诗写作》。之前我是在天津看视频听课，每节课都听，边听边做笔记，之后再完成伊沙老师在课堂上布置的诗歌作业，我写了几十首，也做了几千字的笔记。今天成为伊沙老师诗歌课上的在场诗人，这份春天的诗歌礼物让我倍加珍惜和备受鼓舞！

我这首诗呢，确实要有足够的年龄和经历才能写出来，这是活出来的诗。我退回到三十多年前，最美好的年龄去寻找最美好的爱情，去遇到爱我的人和我爱的人，在那个最美好的年龄去享受我们最美妙的身体。所以我这首诗呢，其实是纵向的年龄感，人活一生最关键的是时间，最直接的体现其实就是身体的变化。我跟我先生是中学同学，后来在我们最适龄的时候结婚，我们那时候享受的是最美好的身体。我也想跟大家讲的就是，一定要在大学和最好的年龄找到最适合自己的人。这首诗就讲到这儿。

我要讲一下这本我们非常珍爱的《新世纪诗典》的第七季。《新世纪诗典》每天都在推出一首诗，现在已经是第九季了，截止到昨天傍晚，伊沙老师已推荐两千八百二十九首诗！也许我们同学不是特别清楚这种感觉，我们其实每天傍晚都在等着伊沙老师推诗。有时候我是在下班的路上等红灯的时候，迅速地翻一下手机，看伊沙老师推没推诗。如果推了的话，我就特别希望那个红灯再长一点，我要好好看看这首诗。所以呢，推荐日就是这首诗和写出这首诗的诗人的节日，比如说 2017 年 4 月 14 日就是"庞琼珍日"。那么，《新世纪诗典》的影响力有多大呢？有一本我自己的诗集，里面选了一首伊沙老师推荐过的《老腊肉》，它有九种语言的十一个版本，二十多位诗人的精彩点评。我觉得伊沙老师的这种状态太难得了，持续八年，坚持两千八百二十九天，用你们年轻人的词汇就是电竞选手，基本上是时时刻刻全身心地投入到诗歌上。

我们能听他的课也是非常难得的。我专门从天津飞过来，到我们的课堂来，现场地听一下我认为是诗歌大师的这门课。伊沙老师将选诗、评诗扩展到讲诗，把最好的诗歌文本讲评延伸到课堂。没有比较，就没有鉴别。同学们，我是在读完多本诗集诗选，参加过多次诗歌会议、诗歌报告和诗歌讲座之后，才觉得伊沙老师的诗歌课讲得多么好！他是选好一首诗，讲好一首诗，而且讲好一个诗人，这个诗人整体的写作以及他每个阶段出现的问题，比如说昨天伊沙老师推出的韩敬源的诗，就讲出了他这个阶段的一些问题，而这些问题的提出我认为是点睛之笔。这是从诗人本身、诗歌作品本身、诗歌写作本身、诗歌文本内部深入剖析讲解的专业课程。所以，我认为这样的课程多么珍贵、稀缺！我就没有这样的幸运去上中文系，我上的是法律系，学的是国际经济法。但我的儿子实现了我没有实现的梦想，他是南开大学文学院的，学的是汉语言文学。我当时就利用业余时间把他的那些课本全都读了。他说，老妈比我刻苦多了。

诗人是拿最终的文本说话的，伊沙老师选出来的诗，是诗人这一阶段所有作品的最拔尖文本，我称之为"坡顶诗"。人一生的写作，如果能够到达某个巅峰的话，其实是由若干个"坡顶"来构成的。我认为伊沙老师选的那些诗都是诗人这个阶段的"坡顶诗",那么我们只有出现"坡顶诗"的集群的时候,才可能出现大的巅峰之作。

伊沙老师给我的时间比较有限,我也非常珍惜,那就针对大家的需求,读一首跟大家更接近的诗,《儿子的新岗位》。我儿子是南开大学文学院毕业,现在腾讯公司工作,他在4月8日得到了一个新岗位,那天我非常有感触,就写了一首诗。我昨天在踩点的时候,特别去了我们的教室和下一节课的教室,以及我们校园里的很多楼,也去了我们的学生活动中心,在那儿我非常欣喜地看到,有一个西安外国语大学第十届"超级毕业生"模拟求职大赛,优胜者能参加第四届西安大学生求职大赛。因为我们是大三的学生,也面临着升学、求职、创业的问题,那么我也想分享一下我儿子当时是怎么找工作的,下面这首诗献给大家。

儿子的新岗位

庞琼珍

2019 年 4 月 8 日 21:30

儿子下班

发来深圳新岗位照片

职级 高级游戏策划

职位 游戏策划

部门 PCG 平台和内容事业群

我查百度

才知

PCG 是腾讯新成立的部门

Platform and Content Group 的缩写

这是儿子从南开大学

中文系毕业六年

辗转杭州北京天津深圳

四个城市

四个单位

第五个岗位

儿子说

现在工作是做云游戏

运算在云端

随便拿个烂设备

都能玩的游戏

新单位离家

七八公里

和高中路途差不多

搬工位时

扯到了手术

还没长好的伤口

出了点血

我的心咯噔一下

伊沙：好，请坐！最后我再总结一下。上次讲到李海泉的诗的时候没有让他现场发表创作谈，所以，庞琼珍等于是第一个在现场发表即兴创作谈的诗人。当然，庞女士经济条件好，坐着飞机自己就来了，随便找一酒店就住了。我也没办法给大家报销，我也不特邀哪个诗人到现场，所有在现场出现的诗人都是自愿来的。

我提前跟大家预告一下，整整一周之后，我会给大家讲一个我们书里面的外国诗人。注意，是纯老外，不是住在纽约的黄面孔。在我们这本书里面有两位写中文诗的纯老外，其中一位下一周的今天我会把他请到课堂上来，跟庞女士待遇一样，我讲他的诗，让他上台来发表创作谈。但因为他身份特殊——他是汉学家和翻译家，我还得给他加一个任务，让他谈一下中国现代诗在世界的形象。有的同学听我讲完可能会想：你在这儿吹呢吧。咱们叫个外国人来谈一谈中国现代诗在世界上的形象。从《基础写作》开始，我们的课都是开放的，现在这个开放性有了更加丰富的含义。最后在下课之前，我们再次以热烈的掌声感谢庞琼珍女士开了个很好的头。大家课间十分钟也可以和庞女士近距离地交流一下。

下面一位诗人君儿，她毕业的学校也比较高大上，是山东大学。这所大学的中文系出过诗人，出过小说家。她在天津的泰达新区做记者。这首诗叫《论曝背》。其实我是通过她的诗，才知道有"曝背"一说，可见诗也能传播知识。1999 年盘峰论争的时候，所谓民间一派其实就是口语派跟学院派也就是"知识分子"发生论争的时候，大家就这个话题还有争论，他们说诗是一种知识，我们说诗不是一种知识。这个话有点较劲，其实诗也能够传播知识，但不是只到传播知识为止。传播知识只是它其中的一个功能，不是它最高的目的。就像"曝背"这种东西，我也是通过她的诗才了解到。

论曝背

君儿

教儿曝背
我说阳光会进入身体
消除你体内的暗物质
他说你一天二十四小时
都处于傻的状态

点评：母亲节还没到，相关的诗已经刷屏。刚好我这一批订货中有三首，我们就依次推来，《新世纪诗典》总是不同凡响。与昨日推的湘莲子一样，君儿上轮也掉了轮子，虽不像湘反弹那么大，但也回到了正常。君儿这一生，恐怕都要与自己天生的内平作战，因为不论传统诗还是现代诗，都需要尖，无尖不成诗。本诗是典型的"更年期遭遇青春期"。

这些诗都是歌颂母爱的，所以我放到母亲节前后推荐。我对母子之爱体会尤深，我自己有儿子，我也有母亲，虽然我母亲已经故去。我对父女之爱心向往之而不得，但我相信这都是人类极致的爱。按照弗洛伊德的原理，母子和父女就更爱了，大家可能都有体会。这又是对大家的一个点醒：亲情永远是诗歌反映最多的题材之一。如果要把八年的《新世纪诗典》从题材上归纳一下的话，就是有没有哪些题材更能出好诗，我曾经统计过，第一就是男诗人写父亲的。父子之爱看起来不像母子之爱那么爱，在外在表现上甚至不像爱，但其实父子之爱都是沉甸甸的。

这首诗一方面写了母子之爱，一方面又传播了非常丰富的信息。也有同学在课间让我看她写的诗，有的同学甚至已经掌握了最先进的后口语的写法，写得很漂亮，但是质量不够高，入不了典，为什么呢？它传播的信息太单一了。"一天二十四小时都处于傻的状态"，这是诗中儿子的描述，如果要找一个更准的形容词，我会说这是一种"痴"的状态。我比较了解君儿，她其实经常陷入"痴"的状态。"痴"的状态，不仅仅是一个好诗人的状态，大概是各行各业做到最好层级的人的共同状态。4月1日不仅是愚人节，也是张国荣的忌日。说起张国荣的时候，我就会想到"痴"这个词。《霸王别姬》剧组大概在十年后重聚过一次，我看到张丰毅讲，他一见张国荣就发现，张国荣还沉浸在戏里面，一双水汪汪的大眼睛望着张丰毅，把张丰毅吓一跳。这就是"痴"，就是那出戏里原台词说的"不疯魔不成活"。人要爱自己的戏，你要演到疯魔的状态，不疯魔就成不了一出好戏。

诗人要做到最高境界也一样得"痴"。我觉得，进入这个行业的人都具备这个条件，就看你最后达到什么层级了。你跨入这个行业的第一步，就超越了一般的普通人。因为这个行业本身连你自己都不能养活，那你得想明白了再来。所以我觉得，对一般的诗人大家还是尊重点，这个境界比一般人要高一点。咱们现身说法，庞女士做着法律方面的教育普及工作，在体制里行政级别已经很高了，在诗歌之外把自己养活得好好的，过着可以说是典型的中国优裕的中产阶级生活，然后自己全心全意地写诗。这样的诗人都是经历过内心的修炼的，都是达到了一定的境界的。说到君儿这种状态，她儿子称之为"傻"，整天痴迷于诗，这是我遇见的在诗里陷得最深的女诗人之一。有的女诗人，你看着她好像也是个诗人，但实际上三心二意。你在一个行业里面走得深了，就会见到各种层级的人。渣我们也见过，刚才我也说了骂我的那个，那就是个渣。那些孩子生存意识不差，脑子想得很清楚，利用诗歌炒出名，然后去吸引电影界分他个剧本写写。

君儿这首诗提供了丰富的信息，既有社会意义的，也有亲情意义的，最后还有诗人存在意义的。说句老实话，现代诗写法也有公式可循，通过一个文本一个文本的学习，有的同学已经慢慢分析出来了，后口语诗不就是要幽默一点吗？尤其到最后要抖个包袱，但问题是你诗歌的质量怎么样，你诗里提供的信息是丰富的还是单一的，这些还需要大家再慢慢地一步一步提高。

有时候不是我故意的，但冥冥之中就有一种成全，刚才我说到写亲情的，今天就有各种写亲情的，这也凑成了一个内容上的主题。下面这首诗写母女关系。宋壮壮1988年出生，毕业于中国中医药大学，是推拿专业的硕士。大家写诗不要瞎编，生活比你脑子聪明。我们来欣赏这首诗——

老母女

宋壮壮

躺在针灸床上

老太太头发花白

已经八十多岁

她说现在腿脚还利落

如果摔倒了

赶紧死掉最好

千万别瘫了

给别人添麻烦

旁边的老太太说

谁不是这么想啊

不过你去后面病房楼看看

净是小老太太

伺候老老太太

2017/03/13

点评：我相信所有写给母亲或写母亲的诗都动了真情，但未必是好诗。对比本诗，差距就看出来了，人家把为母之心、母女情深也写了，但信息不这么单一，社会老龄化问题也反映了——首先是一首当代诗，也才能够是一首真正的现代诗。

跟刚才君儿那首非常相似，他写一种亲情，亲情只是其中之一，他还能够传递社会的信息，君儿那首传递的社会信息是"更年期遭遇青春期"，本诗传递的是老龄化问题，现在都是"小老太太伺候老老太太"。看到这个我自己面带微笑，我们都在说，现在的人得的病越来越多了，我的朋友里面急剧增加的是糖尿病和痛风患者，都是吃得太好吃出来的，管不住自己的嘴。于是，网上就有不知深浅、不知死活的人说，真想回到过去。真回到过去，那你得别的病，得肝炎，得营养不良方面的病。现在看起来病很多，但是人的寿命在增长。改革开放四十年，中国人的平均寿命增长了多少，我倒是没有看到一个权威的统计，但我估计这是非常惊人的。所以，"小老太太伺候老老太太"是一个好现象。

在座的同学千万别以为，社会化的变迁跟你没关系，反正我知道你们这一代人将来的累，我也知道你们现在的轻松。很多同学已经不需要跟自己的父母一样再当一次房奴了，有的父母已经给你准备好了房子，虽然不一定是你将来工作的地点，但到时候把房子一卖，把钱给你，你再在将来工作的城市里买房，那也是父母的支持，这是你轻松的一面。我也听说了你们将来要更加辛苦的一面，两个孩子伺候四个老人，而且他们还特能活。我们"长安诗歌节"这些同人，就像传接力棒一样地承担着家庭的责任，而且一点都不饶过你，命运饶过谁？刚才讲的黄海、王有尾都是我们同人，都是70末的人。有的人亲人的故去发生得早，好像在不该发生的时候已经发生了。有的人亲人的故去发生得晚，还得承担责任。反正黄海这几年就是这样过来的，两个人养四个人，四个人轮番住院，差不多都得了癌症，把他折磨得不轻。这都是大家将来要承受的辛苦。

但总体来说，这是一个令人高兴的现象，中国人的寿命越来越长了。日本男女平均寿命已经双双世界第一了，给我们证明了一下，我们是同宗同源，身体的机能是一样的，东亚黄种人的基因是一样的，我们也能活那么长。而且，新加坡人也给我们证明了一下，现在新加坡人的平均寿命是世界第十。那个前十名里面，北欧五国全都占了。你看各种好的榜，北欧五国全都占，各种坏的榜，北欧五国绝对没有。像什么最幸福的国家啊，前十名北欧五国占掉一半，长寿也一样。按道理，只要我们的经济条件允许，医疗系统健全，我们也是能够长寿的种族。这都是我们可以预见的未来。所以，这首诗里面信息很丰富。我刚才说了，你的诗里要有当代信息。一首诗不能写当代，就不能从根本上成为现代诗，说明你的表现力不行，意识也不行。

　　好，我们继续。今天的诗大都写亲情，把各种亲情全都给牵出来了。下面要介绍的是 90 后诗人易小倩。她研究生毕业于中国旅游大学，法语专业，现在已经留校当辅导员了。

橘子红了

易小倩

小时候看电视剧
《橘子红了》
看到大结局
秀禾生孩子难产的时候

我爸把我赶了出去

呵斥我说

生孩子有什么好看的

快出去

找刘云玩吧

然后他关上门

自己看

生孩子的镜头

点评：我发现对年轻人的推荐，彰显的是老人的价值观——那么好吧，刚巧我眼中最好的三位 90 后诗人都在这一批被订货，我就借此彰显一下《新世纪诗典》的价值观。有谁记得，在"长安诗歌节"江油场，我对易小倩的口头酷评是："你是目前唯一比吴雨伦好的 90 后。"我指的是诗感觉。还需要说什么吗？不需要说什么了。

我能脱口而出，说她写得比我儿子好，那也不容易。一方面说明我这人诚实，另一方面，比我儿子写得好的 90 后诗人还真不多。有些口语诗人就是天生的，易小倩就属于天生的口语诗人。事实上，我们后来才知道，她也经历了一个观念的改变。在所谓的"反伊大战"中，对方说，你看你过去写得多好。我们才看到，易小倩也写过很传统的诗。什么叫敌人啊？就是这种衰人，他在赞美你的过去，结果你的过去是你本人愿意遮挡、不愿示人的。所以，她也证明了一点，包括闫永敏、杨艳这样的，都不是大家想象的天生的口语诗人，可能过去都有不为人知的传统写作，只不过人家遮挡起来了。易小倩也是天生的口语诗人，实际上是因为意识抵达得快，操练起来也比较自然。

《橘子红了》是中国大陆最好的女导演李少红拍的，是一部电视剧精品。这部剧刚好我看过，秀禾这个角色是周迅演的。诗里面讲到，看到秀禾生孩子的情节时，爸爸把女儿赶了出去，这是父女之间发生的事情。那么，这首诗传递的信息是什么呢？不要小看父亲把自己赶出去。那大家就思考一下，父亲是怎么想的呢，为什么要把女儿赶出去？作为一名职业老师我也承认过，我们的学校教育大不过家庭教育，家庭教育对一个人的影响超过学校教育。如果要概括的话，我想是这样的，家长在一个孩子面前，他的选择就是教育，他觉得在你目前的年龄不应该看这个东西。回避也是一种教育，就像我刚才选某些诗的时候，还考虑在大家这个年龄段合不合适，最后结论显然是合适的。她爸觉得她当时还是一个小女孩，看这个不合适，而这个场景从女儿的角度写起来就比较有趣了，实际上这是一片父爱。

用其他诗人的话说，易小倩"不止一次地消费过她父亲"，她一缺好诗，就写她父亲，一写准好。这也是符合文学概论的原理的：写自己熟悉的，能出好诗。跟写作文、写小说，原理是一样的。写自己爱的，当然也可以写自己恨的，如果是真恨的话。真爱，真恨，总之要写在你感情的湖面上荡起大波澜的东西，不要因为非艺术因素而选择某些东西去写，那一定是失败的。大家注意，创作一定是个体行为，一定是个人精神世界和情感世界的投射，只有在这种纯自然状态，你尊重自己的内心，才能写出好东西来。

好，我们刚好又涉及一首写父女之情的诗。在座的女同学多，我相信每一个都爱自己的父亲，哪怕是不爱的、生怨的、生恨的，都是从爱出发的，所以，你写父亲一定能写好，这是大家可以拿去就写的题材。

接下来又是一个天津女诗人：图雅。天津女诗人已经构成一种现象了。只不过这种现象老是被我说出来。有效的批评家太少了，很多现象都被一个人集中说出来，庸俗的人好像就不信了。应该有更多有效的批评家指出来，天津女诗人已经构成一种现象。为什么会构成这种现象，可以作为一个课题来研究，包括庞女士都可以做这方面的研究，有自己切身的体会。我们看图雅这首诗——

像说话一样写诗

图雅

夜已深

在北京的一个咖啡店里

我跟伊沙、侯马、蒋涛等聊天

侯马问徐江最近怎么样

我回答后

不知怎么说到了下面的事

我少女的时候

特想当兵

在街上我希望能被星探一样的

征兵人撞上……

伊沙说你就这样写诗多好

2017/04/12

点评：近期以来，图雅写得很猛烈、很汹涌、很迷乱、很挣扎，但最后入典的还是让人舒服的一首。写诗是怎么回事？不就是把一堆汉字摆放舒服嘛，那些"杀敌一万，自损八千"的惨胜式写作，为了得到一点好需要夹带两点不适的写作，至少是不成熟、不完美的，老司机如此不可宽容。但写作的道理更加复杂，也许没有那么多的不舒服，就没有这一首的舒服。

她写的这个事情，我自己已经有点淡忘了，但我知道我那句话针对的是什么。我想每个人后来有时走上的弯路或误区，遇到的所谓"瓶颈"，往往跟自己成功的经验有关。图雅有一首名作叫《母亲在我腹中》，可以说是她的成名作，也是她被《新世纪诗典》推荐的第一首作品。这首诗给她带来了行业内部的名声，她就特别信奉这首诗。我觉得在她内心情结里老想复制这首诗，老想写得惊人一点。《母亲在我腹中》这标题就很让人讶异，然后又是那种深度意象转换的写法，其实有些东西也是不那么清楚的写法，但具有一种整体的冲击力。后来她用口语的方式写作，老想复制这些东西，包括写自己听来的各种凶杀、色情的内容，好像写得很折腾。我就觉得这是不对的。有时候创作就是这样，你老想惊人还惊不着人，你怀着平常心写，说不定还真的把大家吓一跳，还镇住了。我这么一说，后来她就写了这么一首舒服的诗。

图雅也是一个 60 后的诗人，比我年龄大，我叫她"糊涂姐"。那时候不论男女，不论少男少女，大概心里都有个参军梦。那个年代女同胞要么自己想当兵，要么想嫁个军人，就是那样一个时代。我觉得写得很真实。那个少女的情怀，就像电影《芳华》表现的，可能还有想进军队文工团的情结，更以当文艺兵为荣。这首诗所传递的时代信息真实而又亲切，虽然有点恍若隔世，但我觉得是真正存在于每个人内心里面的，所以，这也是一首很不错的诗。

今天讲的诗有各种各样的不谋而合，比如说有天津女诗人现象，有写各种亲情主题的诗。我理解成气场通了——我相信有气场的存在。咱们同学在生活中也会发现，有时候你做一件事怎么做也做不顺，怎么做都要失败，哪怕决定性的因素全具备你也会失败。但是有的事，好像决定性的因素还欠一点的时候，你反而成功了。我相信我们的课已经进入到一个畅通的气场里面，所以，各种东西都会很顺利。

好，下面又将进入每周绝不会少的同学读诗的环节。大家不要忸怩，不要怯阵，现场马上给你一个分数。没有读过的先来，我先一次性给每个人一个分数，这样的话大家心里比较踏实。

清明

王姣

去年清明

头一天晚上

我扶着病号

站在区医院门口

打不到转院的

出租车

病情如雨般

攻势汹汹

她疼得大哭

我也急得大哭

十字路口烧纸的人

将纸钱一张张扔进火里

喂养我们这些

深夜不归的

孤魂

真的不错，这首诗一听就上道了。她描写了清明前夜带朋友去治病的场景。刚才我还怕大家会出现信息单一的现象，她就避免掉了。她带朋友去看病，但走进的是清明节这样一个大氛围，这就一下跟更大的社会环境接上了。最后，出神的一笔是，她认为那些烧纸的人喂养的是我们两个孤魂。我暂时给一个 90 分的成绩。你把这首诗发给李海泉，注明备选。李海泉会把这些备选的诗统一发给我，在正式的选稿中，我再从文字上确定一下，如果入典的话，那就给一个 95 分。

千层饼

韩彩丽

夜深了
父亲在打纸钱
一沓烧纸被转成了一张千层饼

第二天早上
父亲拿这饼去喂饥饿了一年的亡灵

真奇怪
难道爷爷嫌这饼烫嘴吗
只围着饼缘吃

　　我听到李海泉喊了一声"好诗",我完全同意。这首诗不用看文字,就可以订货了,因为它更加夺人心。她刚才读的时候眼泪汪汪的,可见搅动了自己的情感。这首诗为什么更夺人心呢?与其说它是口语诗,不如说是意象诗。它有一个鲜明的意象,就是千层饼。这是一个漂亮的意象。一点不夸张地说,这个意象会在这一本书里面凸显出来。我前面已经说了,意象诗现在是"破鼓万人捶"。意象诗等着口语诗人给它贡献漂亮的意象。千层饼这个意象,会让很多人记住,这就是好诗。

　　今天讲到现在,有一首订货,有一首准订货。我内心无法平静，咱们今天第三个就不读了。我现在感慨万千，比较激动。我的后怕是生怕我当时不那么大胆，假如我当时的胆子再小一点，就不会有今天这个效果。我很庆幸，我这人胆子比较大。但胆子大，也就顶多大到盼望三个班整个学期结束以后各贡献一个入典诗人。现在看来，情况不是这样的，奇迹会越造越大。

刚才庞女士已经说了，我昨天批评了我们的老西外诗人韩敬源，竟然在推荐语中以批评之词居多，为什么？我已经感觉到西外军团以后这个量不用犯愁了，今后八年这个量肯定要吓死人，真正心怀公平的关注诗歌的人会感到非常震惊，一定会是这种结果。经历了"北师大诗群"的讲解以后，现在回过头我觉得韩敬源、李勋阳、李异他们的压力增大了，你们中间要出一个大诗人，要出一个主将。所以，如果还按过去那个标准来要求自己，每一次勉强订货，积累到20.0了，如果还沾沾自喜，一方面当着系主任，一方面创作从容若定，那就不行了。他们之中必须有一个站出来，就像我在"北师大诗群"担任的角色，敢于负责任，敢于向诗坛发动猖狂进攻，才能让"西外大诗人"上升到"西外大诗群"。我前面给大家讲过，"诗群"必须是文学史认证的。诗人得其名容易，出了好几个就是一个集合，就可以叫"某某某诗人"，而"某某某诗群"可不敢乱叫，别人不认，你叫也白叫。

今后八年，西外诗人军团会非常壮大，这是指日可待的。我相信越带大家越有经验，后面我指导大家的时候会更有效，这是一定能确保的。现在回头看，前面已经成名的诗人压力大了，你应该成长得更好，应该成长为吨量更大的诗人，而你现在还不够。

我们说了，虽然是三个班，目前还确实是以我们班为带头人，看来我们选择直播现场没选择错。这是神秘的诗神操纵的，选择咱们班作为《现代诗写作》课的带头人，咱们就做好这个带头人。咱们班可能真是一个诗歌班。

好，今天上课，我们有突破，也有新意。我们就这样一周一周做下去。记住，下一周，有真老外到场。

本讲上课时间为 2019 年 4 月 11 日

第八讲　全国高校诗人 2

今天维马丁先生和我们的课代表李海泉，在西外的学生食堂一起吃的早餐。在外教比较多的西外，这一幕不会引起轰动，只是一个日常风景。但我要强调的是，我们的外教没有这么高的水平。让我们以最热烈的掌声欢迎维马丁先生！

我也必须指出一个事实，维马丁先生到我们班里配合我的教学，这是在你们父母所付的学费之外的。我也没有一分钱付给维马丁，这完全是我人脉资源的一次利用。为什么说他是一个高水平的老师呢？我们西外通常的外教，有可能只是一般性地懂一门语言。如果说以前还能找到一个高水平的，那也是我请来的，就是梅丹理先生。在老校区的时代，我请他做过一次面向全校的讲座。那个讲座本来是我们中文系举办的，英文学院的人在海报里看到来了一个美国汉学家，就过来抢座位。在现场，梅丹理先生是用英文讲还是用中文讲，双方还发生了争执，但因为他是我请来的，所以最后还是用中文讲的。不过，中间秀了一段英文。秀英文那段，英文学院的学生感慨不已，可能他们从来没听过那么正宗的英文。这是上一个高峰。这次的高峰是突然降临的，刚好维马丁先生在这个春天偕子访华，而且主要是在西安逗留。

今天的课是比较有新意的，我也预感到以后也不可能有更高规格的人物出现了，所以我将之视为我们这学期课的巅峰。今天这两节课我全力出战，在座的同学也把自己最好的精神状态拿出来。我们这门课的巅峰就会在今天头两节课里出现。同时，我也不想因为维马丁到场，就把其他该讲的内容压缩，所以，今天的时间非常紧张。

首先讲维马丁先生的两首诗。在第七季的《新世纪诗典》里面我推荐了他这首诗——

漂亮动物

维马丁

我们是动物，漂亮的动物
我们是树，漂亮的光
我们是山丘，风一样强壮
我们是动物，快乐的动物
我们是动物，可怜的动物

2017/01

点评：英文中的维马丁，是直取"李白诗歌奖"成就奖的水平，在其母语德文中只会更高，但在中文中，是力争入典的水平。这充分说明了再好的文化积累、平台高度、诗歌意识、艺术直觉也要通过语言来呈现。他不是这个星球唯一可用中文写诗的外籍非华裔，却是唯一可用中文口语写诗的外籍非华裔。既然选择了最难的口语，就要受制于环境。我发现他每来一趟中国，中文诗就要好几分。

外国人使用汉语时跟我们的习惯不太一样，或者说，对我们的一些规范他不了解、不遵守。回到这首诗，首先这个"漂亮动物"，我们一般就不会这么用。我跟维马丁还有一种互译关系，他把我的诗译成德文，已出版了两本，我把维马丁的英文诗译成中文，今年会有一本出版。在有关翻译的交流中，我得知他特别讨厌把 light 译成光明。当然，这首诗是他自己用中文写的，不是我译的。他讨厌用很宏大的词，所以他说"漂亮的光"。我自己在翻译的时候也知道，译社会主义国家、前社会主义国家的诗的时候，我就让语言宏大一些，译资本主义国家来的诗人，词要往小里译。

我在读外国诗人的诗时发现，还是第三世界的国家和我们比较接近，西方发达国家离我们远一些，这也是实事求是的情况。尤其在读西方诗人的诗时，我注意到我们不如人家的一面，就在思路上、思维上。在这一点上，他这首诗也有体现，"我们是动物，快乐的动物"，本来是正面的，接着马上来一句，"我们是动物，可怜的动物"，转身转得很快。我觉得这是外国诗人所具有的东西，他们的思路很清晰，而且变化很多。不懂口语诗的人诽谤口语诗是脑筋急转弯，我就想反问一句：假如脑筋不转弯，那会怎么样？你说我们"脑筋急转弯"是在骂我们，那我把你叫"脑筋不转弯"，你觉得我是在夸你吗？你觉得自己很牛吗？

当然，在东方诗人笔下也会出现快速转身、华丽转身，比如"君不见黄河之水天上来"，"君不见高堂明镜悲白发"，也是在上下句之间急速转弯，这是从大到小的转弯。维马丁是正面的急速转成负面的，一个正面的肯定马上转成对人的一种洞悉。外国诗人的诗，语言运用很灵活，不那么遵守我们的成规，另外就是他们在"思"上有优势，这都是值得我们学习的。

前面跟大家讲，年纪越大，越知道传统的厉害，年轻时人都是无视传统的，也不觉得传统有那么大的力量。我曾经跟维马丁先生在美国一个创作中心待过一个月，包括他一些生理上的规律我也掌握了。我们俩都是工作狂，但我们的点不一样，我中间要睡一次午觉，可以工作到半夜十二点，他是连续的，但他到晚上九点钟就彻底熄火了，要回去睡觉。这都是种族之间生理上的规律，我们的文化传统实际上已经达到这个层级。你说是我们人的特征形成了文化的差别呢，还是文化的差别又影响了我们后代子孙呢？这其实是一种因果互为的关系。我看西方诗人的作品，那种思维的严谨、滴水不漏是他们的特长，反映在语言上就是复句比较多。而东方诗人多是感觉型的，包括我们的哲学家庄子，都是感觉型的。所以，在"感"和"思"之间，东西方是不一样的。

我紧接着就讲昨天推荐的一首维马丁先生的诗，他来一趟中国也不容易，刚好让他的诗更多地被大家认识。

黄花长城

维马丁

黄花长城
有人写字。

有的用粉笔，

有的往石头里刻。

粉笔其实是石头中间的灰，

砖头中间的灰，

掉下来了。

有人写"墨西哥"。

有人写"波兰"，用波兰语。

有人用法语写日期，

证明他昨天来过。

有人互相写朋友的名字，

加电话号码。

全世界都有，

青少年都爱这样做。

还有人写

红军伟大，

我爱红军，

愿世界和平。

2019/04/08

点评：千万别以为维马丁入典很容易，于私，他是我在外国人中唯一可称挚友者；于公，他写中文诗，对于《新世纪诗典》意义重大，但是每次入典照样很难，他投稿落空的时候很多——因为，只要有一点小不顺，我就不会选，而他平时在中文语言场外写作，写的还是口语诗，很容易小不顺。本诗是他在这个春天的中国行中写的，写于北京，一入中文语言场，他就一顺百顺了。如此一来，他这个欧洲人在"思"上的优势便完全发挥出来了。

维马丁先生跟我是同龄人，1966年6月出生，比我小一个月。我再强调一下他受教育的背景，他是毕业于维也纳大学德语与汉语的硕士，会八种语言，可以用他的母语德语写诗，也可以用欧洲人通常掌握得很好的英语写诗，还可以用他的专业中文写诗。要进入我这本《新世纪诗典》，就必须用中文直接创作，我自己译的他英文版的诗不会作为这本书选择的对象。其实，对于中国的诗歌界来讲，维马丁到底是多大的一个诗人，我们也在观察、也在判断。因为是在世的诗人，还不到可以盖棺论定的时刻，但我预感到他是一位大诗人，甚至像徐江说的可能是一位活着的大师。

我们需要对他的诗做进一步的认识。我相信他最好的诗是在德语里。英语不是他的母语，而是他老婆的母语（他老婆是美国人）。时间长了，老婆的母语，差不多也就是他的母语了。他的英文相当好，有一部分诗直接写成了英语，并没有德语版。因为我不懂德语，我通过英语译他的诗，我认为我译成中文的诗，也许接近于他德语的最高水平。为什么这样讲呢？因为我对译成中文的这一版很自信，也就是说，当它变成中文的时候，因为我的水平比较高，说不定会增彩，那么在中文中增彩的东西抵消掉在英文中损失的东西，也许就约等于他在德语中的水平。但我必须指出，他直接用中文写的诗真的不是他的最高水平。如果要打分的话，我给他的英文版85分，给他的中文版75分。

下面就请维马丁先生上台，走入镜头，讲一讲这两首诗的创作，讲一讲你自身的创作。

维马丁：大家好，很高兴今天可以和大家讲我自己的诗。我写诗需要一个念头、一个词汇，包括一个节奏，可以从一个词汇或者一个感觉来进入一个节奏。《漂亮动物》是 2017 年 1 月写的，虽然里面也写了"快乐的动物"，其实有着非常大的悲伤，我用另一首诗给你们一个背景。

怎么说
维马丁

怎么说，怎么说

有朋友死了

其他的很好

奥地利真的

其他很好

极右风头

暂时感觉不到

我们几个人而已

有朋友死了

有妈妈死了

有妻子死了

有孩子死了

任何地区国家人群都有

怎么说，怎么说

其实也不是几个人而已

英语老师，拉丁语老师

一共有几百个学生

五十岁，几乎三十年经验

几千个学生吧

告别典礼通讯

也就是死讯

有她一首诗

1990 年写的

"眨眼里感到

薄薄的霜

失去、恐惧、无限地痛

在维也纳 Burgring

电车站

你将继续存在吗

你还为我活着"

2017/01

　　后面引用的就是她给她丈夫写的诗，那时候他们还没有结婚，她就怕她所爱的人有一天会消失。我和妻子和他们，我们四个人经常在一块儿滑雪。她原来有一个病，也跟我说过，不过因为她是滑雪老手，是我们中间滑得最好的，一般不会摔的。她摔了以后就起来说没事。我们已经感觉到可能有事，半山坡上有一家小餐厅，我们劝她停一下。"不不不，我可以滑下去，没问题。"我们都滑下去了。最后我妻子说："马上把你送去医院。""不不不，没什么，我明天就会好了。"可就是在那一夜她完了。

我们去滑雪时住的是民宿，他们那里喂有动物。有牛，还有小牛，这些小牛在夏天就在草坪中间快乐地玩。不过，一年或八个月以后他们就把那些小牛卖了，他们靠这个生活。你们吃过小牛排吗？我吃过，在奥地利这是很出名的菜。当时被照顾得很好的那些母牛，它们每年生孩子，然后它们的孩子就没有了，那是很伤心的。那些山丘，风是很大的，尤其是冬天，山丘可以挡住风。这就是那首诗的来源。

当然，也有哲学的背景。我比较反感这些老问题——到底什么让人比动物和植物更高级，可以指挥一切？到底为什么？因为我们的思想怎么样怎么样——讨厌！我们就是动物！这是一方面。另一方面，我并不是唯物主义者，我可以理解唯物主义者，那主要是从历史来说，不过人类都有他的神，从古代就有，都跟着我们生活。

伊沙说的"思"，我对自己都不肯定。我写诗歌的一个来源就是那种乱七八糟的思路和感觉。在长城上，也是感觉到什么东西。我先在长城上看到一个"墨西哥"，然后在旁边又看到一个"波兰"，可以看出是用波兰语写的"波兰"，再走过去有很多中文写的，还有法国人写的名字，还写了日期。就这样，我的朋友也写了我的名字，只写了马丁，写了电话号码。他跟我说："这个没问题，因为马丁有很多，如果你写我的名字就严重了，因为我的名字没有那么多重名的。"然后，我就想到了这首诗。

伊沙：好。他刚才提到一个很有意思的问题，就是"思"和"感"的先后性。他"感"到了什么，他觉得倒不是"思"。但实际上，"思"和"感"也是相互不能分开的东西，你为什么会有感觉，一定是在此之前你思想过，你才会有感觉。当然，还需要知识，他能认出长城上面的各国语言，这就是知识。长城上的那些字迹可不是谁看了都能写得像《黄花长城》这么丰富。好，维马丁先生的诗先告一段落。

下面要讲的这个诗人叫庄生，1985 年出生，毕业于北京大学。这首诗叫《鸡汤》，就是我们在网络上说的"鸡汤"那个意思。诗是这样的——

鸡汤

庄生

记者问科比

你为什么那么优秀

科比说

我见过纽约凌晨四点钟的样子

我在想

纽约天桥的乞丐

还见过凌晨三点的呢

点评：如果在我的推荐语中含有批评，那我批评的一定不是我精心选出的诗，而是该诗人整体创作中存在的问题——我这么做成了不通人情世故的傻瓜，却是真正的选家、论家与诗人！庄生的写作一直存在 G 点太浅的问题，像橡皮或废话诗人，这就是他在同行中的口碑比不上《新世纪诗典》推荐点数的原因：《新世纪诗典》给你加分，你在日常发布中给自己减分，多总结一下自己的成功经验，把 G 点深移。

刚才说维马丁在语言上是一个渊博的人，他会说八种语言，所以，他能认识波兰语。刚好我在体育方面也是一个渊博的人，先来指出他犯的一个错误，科比不应该说"我见过纽约凌晨四点钟的样子"，他应该说"我见过洛杉矶凌晨四点钟的样子"。我看到底下有男生笑了，你可能是懂篮球的。科比效力的是洛杉矶湖人队，不可能见到纽约凌晨四点钟的样子。

他这首诗叫《鸡汤》，实际上是在反"鸡汤"。"鸡汤"一般都在强调刻苦、勤奋，他这首诗是在说，这不仅仅是勤奋训练的问题，他还在强调天才。他在讽刺"鸡汤"，一味地强调刻苦训练。

我的教学思想，一直强调发现自己，比盲目地勤奋更重要。你要发现自己，包括我们开的这个诗歌课，也是给大家发现自己在诗歌方面有没有才能的机会。所有的课加起来，你得到的知识，形成你的综合素质，但从专业选择来说，大部分的课都是试错，最后有一个被你选了。所以，这也是很接地气的一首诗，离大家很近，而且他写得很具体，不像维马丁第一首诗那样，还有一个故事背景。

下面这个诗人的名字叫大九，一看就是笔名。这个大九还真是能喝酒，听说他有一公升的酒量。他是我们陕北人，现在鄂尔多斯工作。毕业于延安大学，算路遥的校友。我们看这首诗——

世相
大九

走江湖的人都知道
街道上
行人会让行自行车
自行车让行摩托车
摩托车让行公交车
公交车让行普通私家车
普通私家车让行出租车
出租车让行豪华车
豪华车谁也不让
行人也不例外
这也没什么说的
行人也是，什么车都可以让
就是不会让豪华车

点评：先到者有积累的荣耀，后来者有上升的空间——这正是《新世纪诗典》内部的活力所在。在后来者中，大九算是上得快的，因为他写的是现代诗，他的出现改变了内蒙古多年老大难的地位，并对那里的同行富有启示性：不能让诗躺在草原上晒太阳，更多时候，它应该走在你们日常居住的城市里，如本诗。

大九的出现对内蒙古的诗歌生态很重要。内蒙古过去的诗歌永远在写草原。其实绝大部分内蒙诗人都生活在城市里，不是住在草原的帐篷里，但他们天天写草原，这就是在向一种文化符号投降。回西安以后，我最警惕的写作题材就是兵马俑。因为你一回西安，一写兵马俑，在我感觉中你就像一个兵马俑出现在中国诗坛。我可不愿以这种形象示人。当然你离草原近，你的创作中可以有一部分写草原的，但不要成为你的全部，或者不要认为我们内蒙人就必须写草原抒情诗。

过去，诗歌史上就有过这样的教训。西部诗，实际上指的是西北五省的人创作的一种诗体。在那种诗体里面，陕西是落后的，西部诗的主将主要是在新疆，昌耀还不算西部诗这一流派里面的。但现在回头看，所谓的西部诗主要就是以浪漫主义的情绪歌颂大自然，里面都是宏大的文化符号，很少有个体的真实生活。西部诗来得快去得也快，已经"俱往矣"了，但好像某些观念的残渣在内蒙古结成了化石。实际上，内蒙古草原抒情诗就是西部诗的活化石。所以，大九那么写，尤其不容易，而且他所写的还特别地与此相反，他写的是世相，而世相即人心。你看这些相互避让的各种车，没有一种是无人驾驶的，其实他写的是人心。从他所展现的世相上看，他把社会上各类人相互之间的关系洞悉得很清楚。这是一首既有社会学含金量，也有心理学含金量的诗。

有时在一个地方就是如此，有一个约定俗成的写法，大家长久地待在里面写、闷在里面写，这个地区的诗歌就得不到突破。在以大九为首的这一批鄂尔多斯诗人被发现之前，内蒙古在我的选本中停滞了很多年，只有一个诗人被推荐。自打大九出现以后，以及他周围的人被发现以后，内蒙古的诗歌一下就突破了。所以，有时候要想在一个面上突破，就需要在某个点上出现一个人，把窗户纸捅破。从现在开始，因为已经有这样的诗人存在，内蒙古其他诗人再唯草原而写，就应该感到羞愧了。因为一对比，你那种写作就是很虚假的写作。

我看到还有其他诗人到场旁听，我能确定阿煜来了，那就做一个计划外的调整，今天讲一首阿煜的诗。实际上阿煜毕业的学校我没记住，属于我们说的励志的学校（阿煜：甘肃林业学校）。阿煜也算我们西外的家属，他女朋友是前面讲过的西外诗人蛮蛮。我们看他这首诗——

父亲和我

阿煜

儿时的一天
父亲把我叫到他面前
问我
有没有手淫的习惯
我说没有

怎么会

我对父亲撒的这个谎

伴随我整个青春期的手淫

一直持续到今天

后来

我有时想到这件事儿

我知道

从那时起

我便失去了和一个男人

能敞开心扉聊一聊的

亲密话题

在以后的生活中

关于手淫这件事

父亲他

再也没有

向我提过

　　点评：阿煜首次入典是在 2012 年 5 月 3 日，1994 年出生的他在当时是最低龄的入典者（那时 00 后尚未出现）。五年过去，他来到了 2.0，如今游若昕都已不算最低龄，仿佛过去了一个时代。90 后诗人在 1.0 上流失了不少人，感觉是挺酷的一代人，但是《新世纪诗典》更酷，以酷对酷，幸存者冷暖自知。

　　阿煜这首诗写了青春期出现的问题，儿子跟父亲的关系，是一个永恒的话题。其实，孩子就是在模仿中长大的。我也痛心地发现，有一些单亲家庭，尤其是儿子跟着母亲生活的家庭，没有父亲的陪伴，儿子在成长中就会出现一些障碍。很多有点娘的男生可能就出自这种家庭，因为他没有父亲可以模仿，就只能看见谁模仿谁，很多动作就开始模仿母亲。所以，父亲对我们男生的成长很重要，同时也是我们的交流对象，但这种交流通常是怀着小心的，是非常谨慎的。当然，父亲也是有差异的，有的男孩跟父亲的关系非常平等、非常民主，非常容易交流。这首诗就表现了一个男孩的成长，青春期的困惑，心灵的秘密，特别好。而且，我也觉得，在这样的课堂上，讲到这样的诗，是特别美好的事情，这是中国现在的文明水平的见证。

刚才我忘了跟大家介绍大九的年龄，大九是 80 后，大概就是 1981 年出生。阿煜是 1994 年出生。我们在同一块黑板上看到的这些诗人，他们是各个年龄段的，这对大家有启示，什么年龄段写什么年龄段的诗。庞琼珍跟我和维马丁是同龄人，都是 1966 年的，所以，她写那种过来人的诗。阿煜告别青春期不久，他就写青春的困惑。只有这样，你的诗才是真实的。你千万不要错位了，你十八岁的时候，学老庄，学孔孟，老人哲学，然后到八十岁了，你突然"老夫聊发少年狂"，写青春小说，那就本末倒置了。最完美的榜样就是歌德，什么叫大师完美的一生？他年轻时就写《少年维特之烦恼》，等老了，后面几十年就反复地在写《浮士德》。你看看大师是怎么设计自己一生的，他尊重的是什么规律。文学艺术尊重的是生命，你要跟生命一块儿成长，你写的东西才是靠谱的。

下一个诗人叫高歌，是一个 80 后诗人。高歌毕业的学校也是乱七八糟的学校，最后通过成人高考拿到了山东师范大学的学历。我也是通过这一次对诗人们学历的集中了解，才知道很多诗人不容易。大家都知道，如果你的某个爱好来得过早的话，就容易出现偏科的现象。很多文学少年都是偏科的，一偏科，你在中国争取受教育权利的过程中就被动了，因为高考要的是总分。所以，有不少诗人在争取学历的过程中走得很艰难。高歌大概就是这样一个典型。我们看这首诗——

还魂记

高歌

那年我八岁

前院婶子上吊而死

舌头伸出老长

我一个人在家

墙角里冒出个

白衣女人

说跟我走吧

我吓得跑出堂屋

娘正在后院

晒红薯干

我呆呆地冲娘说

娘我想死

娘骂我小畜生

瞎说什么

赶紧跟我晒红薯

我的大脑

一片空白

将湿白湿白的

红薯干

一块一块

摆满大太阳

底下的后院

点评：沈浩波发明了一种淘汰赛，选对手时很有意思，有人是向其好友表达友谊而选，更多人则是想拣软柿子捏，在江油的现场，高歌似乎被当成了软柿子。我心说：挑他的人要倒霉，果然被淘汰了。真相是这样：高歌在网上随写随发时，就是给人留下软柿子的印象，但他每次出战都不弱（"南行记"我领教了），何以至此，自己反思。

对两个诗人的点评中，我都提到这个问题，他们平时发的诗都在给自己减分，《新世纪诗典》一推就给他们加上一大块分数。诗人要营建自己的形象，就要知道藏拙，只把自己最好的东西拿出来。演员都知道"金杯银杯，不如观众的口碑"，诗人更应该知道，什么金杯银杯、这奖那奖，都敌不过同行的口碑。如果在同行中都没有任何人尊重你，你也别指望将来有什么改变，因为同行是相对比较懂行的。所以，我提出他们这个问题。当然，目前同学们的写作还不需要考虑。

世界上刚刚发生了一件事，巴黎圣母院悲壮地倒在了一片火海之中。我还没有去看过，它就没了。然后关于这个题材，有些同学快速反应，星期二上课时班里已有同学读了写这个题材的诗。诗歌界也是快速反应，可不论是正面的还是反面的，写得都怪怪的。是谁把这个事和圆明园的大火结合在一起的？一场偶然的技术故障带来的大火，怎么就让你想到了给圆明园复仇？你的脑子真是被驴踢了。这就让我想起来"9·11"。我也写了一首关于"9·11"的诗，就是写一些人的这种幸灾乐祸。还有另外一些人，又想表达正面的哀悼，但又羞答答的，还要自嘲一下。你是人类的一员，一座文明的宫殿被烧了，你大大方方地哀悼就行了，但又表现得很纠结。

高歌这首诗涉及的就是到底有没有鬼。其实，这是我们探索中的一个问题。有一段时间，我挨个儿问了我们"长安诗歌节"的同人：你相信有鬼吗？或者说你见过鬼吗？我们七个人里只有一个敢肯定他见过鬼。另外，我印象更深的是，有一个坚决不认为有鬼的人，在第二年经历了一件事情以后相信有鬼了。我已经五十三岁了，目前还没有见过鬼，关键是我连幻觉都没有，但我遇到过自己无法解释的现象。具体说，我儿子两岁的时候，有一天，没有任何原因，闭着眼睛大哭，一直哭闹不休，我突然想起那天是母亲的忌日，赶紧去遗像前点上香，他才不哭了。到第二年我又忘记了，儿子又哭。所以，我知道有种现象我无法解释。高歌说他见到鬼了，就这么写了，没有任何问题。我不会因为我没见过，就干涉一个诗人的判断，就认为这样写不对。这是我对文学创作的理解。就像我明明知道庄生把洛杉矶写成了纽约，也不会去纠正这个，因为这不是一个篮球明星的传记，而是一种文学。就比如说巴黎圣母院，我们应该是正面的哀悼，还是应该想起其他东西呢？并没有一个判断标准，关键是看你怎么写，看你写出来以后有没有诗意。而高歌写的这一幕场景，我觉得整体构成是有诗意的。

大家以后在写作中不妨更大胆一点。我每讲一首诗可能都刷新了大家对现代诗的理解。大家注意，我们解读一个一个文本的意义就在于打开大家写作的思路。我们这个课的辉煌，不在于我请了外国诗人或多么知名的诗人到课堂上，而在于最后落实在我们同学写得有多好上。所以，今天我最后要讲到的诗人，就是我们班已经被订货的三位同学中的一个。这三位是第一次开花的种子选手，我们要节省着使用，一周就讲一个。

好，我们继续。这位诗人叫梅花驿，名字有点阴性，实际上是个男诗人。1965 年出生，比我大一岁。他毕业的学校是安阳师专。我觉得目前总体而言，他是河南第一诗人。刚才我们讲到了内蒙古的诗歌，河南省的诗歌也得了文化暗示。这是产生过伟大的杜甫的土地，但在现代诗的追求上也是挺艰难的。河南诗歌写得闷、写得传统，不算现代诗的强省。大部分诗人官方意识比较强。我们眼看着有灵气、有才华的诗人，走着走着就走上一条很平庸的道路。我们看他这首诗——

无名氏

梅花驿

岳父去世后
整理他的遗物
抽屉里
有一个旧的小红本本
是岳父所在的国棉三厂
家属免费洗澡证
上面贴着奶奶的照片
姓名一栏：
"无名氏"
出生年月一栏
空白

2017/01/17

点评：面对本诗，千万别说诗又抢了小说地盘之类的话——在诗的后现代之后，这是观念落后者自我说服之言，作为公开的评语则大煞风景。另外，唯语言论者爱把诗歌写作说成"发声"，我告诉你，事实的诗意常呈"无声"状态，作者也要注意"收声"的技巧，本诗即是如此。

按我的感觉，中国妇女地位的问题，在新中国成立以后是解决得比较好的。跟世界其他一些国家相比，中国妇女的地位是比较高的。因为地位提高了，承担的社会角色越来越多，我们担心的反而是中国妇女越来越中性化的问题。看了他这首诗，对我也是一个点醒，不要只看到时代表面的东西，其实传统文化依然很强大。当然，他写的这个奶奶肯定是旧社会过来的人，姓名一栏竟然是"无名氏"，出生年月是空白，也就是说在中国传统文化中妇女的地位真的是很低的。这个不会因为社会制度而改变。

你千万别以为这些跟自己没关系。将来你去找工作，就会感觉到，男女不平等。在西外，你习惯了女同学是多数一族，男同学是少数一族。你歧视了四年男同学，结果一走入社会，发现有的单位直接说"女的不要"。

我不会这么去怀疑一个诗人，就是梅花驿写的只是个体现象呢，还是诽谤了全局呢？我相信诗人的良心，只要他这么写了，在社会的某个角落这个事情就是存在的。所以，你看看我们诗歌展现的思想含量多么丰富，社会意义多么大。妇女地位的问题也可以用现代诗的手法表现出来，一个遗留的证件，就是某个时代的缩影。这是一个 60 后诗人为我们展现的社会的一角。

下一位是李振羽。他是 70 初的诗人，在甘肃的一个中学当老师。这首诗只有一行——

理想
李振羽

一瓣瓣碎玉扎进心底

点评：天津诗会一大亮点是：李振羽闭关修炼一年半，出山便夺"葵"颁奖礼朗诵会亚军。本诗是李振羽的7.0，头几年他一直是搭末班车上典，还掉过书。2014年在江油被我当面痛批，2016年"南行记"奇迹般地进了一站三甲（在马来西亚），然后便是脱胎换骨的这一次，五首过关，一项亚军，所念无一庸作。本诗是他这一段闭门修炼的结晶，如此标题，很不好写，难度很大，内功不足不可成，可喜可贺！

"理想"这种抽象宏大的题目特别难写，怎么样把它写好呢？他采用了一种意象的方式，写得很妙。很明显他套用了"宁为玉碎，不为瓦全"这个成语，用得很巧妙。"一瓣瓣碎玉扎进心底"，这一句就把追求理想的过程、艰辛和牺牲，全都浓缩进去了。这是一首非常漂亮的单行诗。两行就叫双行诗，三行就叫三行诗，四行就叫四行诗，五行以上不用叫了。也就是说，越是短小，你越要当作一个体例来写，就越要精心。而不是说，没有任何设计，没有任何考虑，碰巧写短了。

不知道有没有关心诗歌的同学注意到刘傲夫这个诗人？这一年来，他的一首《新世纪诗典》推荐诗作《与领导一起尿尿》，引起了争议，在网上炒得很厉害，在这个过程中也扩大了他世俗的知名度，也算是借这首诗成了名。我们今天讲的是他另外一首诗。刘傲夫的研究生学历很有代表性，是北京电影学院。这个学校不好考，考上的难度大于北大清华。电影学院编剧专业也出了诗人。我们看他这首诗——

李桂与陈香香

刘傲夫

为婚宴准备的

一场水库炸鱼

李桂炸飞了

自己左臂

也炸跑了

陈香香这个人

陈香香嫁到外地

李桂没有哭

他用毛笔

将"李桂"和"陈香香"

工工整整地

写在了两家

并排的电表上

点评：在我印象中，刘傲夫是"诗江湖"号列车上的旅客又搭乘上"新世纪诗典"号的最后一人，他是幸运的，也是珍惜的。但我觉得这份珍惜不能只停留在态度上，而要深入到写作内部去。我感觉他的写作存在这样的问题（在一部分《新世纪诗典》诗人中普遍存在）：平时老是煮稀饭，偶尔熬过了，成了干饭，譬如本诗，他应该平时就煮干饭才对。至于本诗，在这首诗里看不出

"情"字的人——我指的是那些看不惯口语诗的人——你们就不要写诗了!

如果你读了这首诗看不出"情"字,那你就不要写了,说明你只能接受那种直抒胸臆的东西,写现代诗你的智力不够。现代诗从浪漫主义转过来是要转向智性的。我不是危言耸听,很多人读不懂口语诗。他们习惯的爱情诗就是"啊!我爱你……",老觉得爱是这样一种表达。你在生活中求爱都不一定用这么 low 的方式,但你写诗却要这样写,你说你的诗跟得上你的生活吗?这是一首用口语表达的爱情诗,尽管这一对中有人背叛了,但他还是在相邻的电表上写上她的名字,多么感人,这才是真正的爱情。

我现在要讲我们同学的一首诗,已经在《新世纪诗典》推荐过的,尽管在三个人里是最后推荐的,但是在课堂上我准备第一个讲。

游乐场的龙猫

周昱君

穿条纹毛衣的大爷
把吹好的彩色气球
一个个装进手边土黄色破旧的布袋里
到了晚上
他就乘着布袋飞上树梢

2019/02/05

点评：中国高校第一个诗歌写作课——《现代诗写作》开在西安外国语大学中文学院本科汉语言文学专业 2016 级的三个班，今后八年将继续开下去，是不是其他学生就没有机会了呢？研二学生周昱君用她的实际行动做出了回答，她是屈尊下就的旁听生，却让自己的爱好走上了康庄大道。多好的纯诗诗感，多么成熟的现实与超现实合一的写作，如果错过了此次契机，那会多么可惜！

我谈到了两点，一个是她的纯诗诗感。这是一首纯诗，比较接近于大家过去理解的诗，就是写得很纯美、不太接地气的那种诗。纯诗诗感是一个诗人的基础，不论你将来写得多口语、多么先锋，只要纯诗的诗感不好，就会影响你后来的表达。所以，我首先肯定她的纯诗诗感。第二个让我感到惊讶的是，她的表达技巧如此成熟，做到了现实与超现实的合一。这在口语诗里是一个很高级的玩法。过去，现实的诗就写现实，超现实的诗就写超现实。超现实的诗，你从第一句就知道它是超现实的。现在，在后现代之后，这两个手法是可以合一的，从现实写着写着就超现实了。她就是这样一种写法，一个卖气球的老头，到了晚上乘着气球就到树梢上睡觉去了，多么漂亮的纯诗，多么漂亮的现实与超现实的结合。

我把它放在今天讲的一个原因是，可能维马丁先生最喜欢这首诗，因为在我推荐的三个学生里，他只把周昱君这首诗译成了德语。下面我就从这个细节，转入到维马丁最后的主题演讲。维马丁先生，你就从朗诵周昱君这首诗的德文版开始，进入到你的演讲环节。大家热烈欢迎维马丁先生再次上台！

维马丁：这首诗我很喜欢，就是因为伊沙刚才讲的，也因为我喜欢宫崎骏的电影。我给你们读一下它的德语版——

Zhou Yujun

TOTORO AUF DEM SPIELPLATZ

Der Opa mit dem Streifenpullover

hat bunte Luftballons aufgeblasen

und stopft sie in einen alten gelbbraunen Sack.

In der Nacht

steigt er mit dem Sack in die Baumkronen auf.

5. Febr. 2019

Übersetzt von MW im April 2019

你们大概都不懂德语是不是？最后一行就是上升到树梢的过程，不知道有没有听出来，我希望在译本里也能让你感觉到这个过程，这很重要。我说到节奏，就是诗的音乐性，诗就是一种音乐。这首诗原来就有的那种节奏，我翻译时一定也要在目的地德语里面表达出来。伊沙说的那种把现实与超现实合而为一，在宫崎骏的电影里也运用得很自然。

今天讲的诗也许我都翻译过。《新世纪诗典》中有很多好诗，我来不及都翻译。我尽量都看，有感觉的，就尽量翻译，但我并不能把所有喜欢的都翻译了，有的最好的也可能被我忽略了。并不是说那个诗人很有名，我就要多多翻译，以后对我自己可能也有好处，不是这样的。那我翻译这首诗，就因为我喜欢，我当然高兴我翻译的诗人就坐在你们中间，但这不是可以计划的。我在西安，不像在维也纳的时候我家有电脑，如果那天刚好有一段时间，我就可以翻译那首诗，就是这样的。那么在这儿，没有这种规律了，所以，我这几天翻译《新世纪诗典》的诗没有那么多，只是偶然读了让我很高兴的诗才翻译。

这首诗能把宫崎骏的龙猫，融入到大家生活的、想象的、心灵的东西中去，我觉得是非常好的。这首诗里面有着中日文化交流的背景，这个背景也很重要。

伊沙：好，时间不够了，我们的维马丁先生，没有讲中国现代诗的整体，但他讲了一个很实在的问题，就是在诗歌翻译中对诗歌的理解问题。可能他作为一个专业人士更关心细节的问题，尤其是他说到要翻译出跃上树枝的那种语言的感觉。因为诗歌是语言中的语言，是最精妙的语言，所以，很多诗人可以用非母语写散文，但不会用非母语去写诗，因为诗歌语言的精度要求太高了。感谢维马丁先生今天来到我们的课堂！我们这个课，今后八年不一定每届学生都有这样的幸运。当然，我们这个年级是幸运的，第一次开这个课，就有很多新的事物、新的授课方式，很快发生在我们的课堂上。

我在这里还要补充介绍一个来到现场的女诗人——笨笨 .S.K。她是拿过我们学校的学历的，我们在西外诗人的单元里讲过她的诗。我感谢他们来到我的课堂，有的事先并没有跟我打过招呼，在某种程度上配合了我的教学，加大了我们课堂的感染力和生动性。

最后，我们再一并把掌声送给所有到场的专家和诗人！

本讲授课时间为 2019 年 4 月 18 日

第九讲　全国高校诗人 3

　　打开天窗说亮话，本来我也没想着在三个班轮换直播，但是从开学到现在已讲了八周，经过了两次正式的选稿，在最高水平的比较中，发现三个班入选率出现了很不平衡的现象。两次选稿总共有六人入选，一班的同学（包括旁听的）有五人入选，二班有一人入选，我们班为零。我也实事求是地把这个情况跟大家说一下。我昨天当机立断决定马上把直播班换成我们班，是不是有直播的班大家就会更重视，学习状态就会更好？从文学原理上来说，我觉得起码有一半是这个原因。所以，我们也就改成了三个班轮流来，从现在开始有四周时间在咱们班直播，最后六周再转到二班去。

　　我这话的意思希望大家能听懂，就是希望直播能带动大家的学习状态，使我们整体上有所改观。我相信只有整体带动了，才能在入典上有所突破。选稿是非常严格的。其实正因为我开了这门课，带了三个班的学生，我对学生的入选反而是更加严格的，因为大家都会盯着我，看我能不能一碗水端平，是不是一把尺子、一个标准。而且，在某种程度上也照顾我们同学了，我每半月选五个新人的时候，是先看我带的学生里有几个入选，然后再去看自由来稿，这已经是优先了，那你就要非常地严格，真正达到水平才行。

不要奇迹已经发生在你身边，而你却不相信奇迹的到来。其实不单是有六个人入选，其中一人甚至可以竞逐半月最佳诗作，这就是说我们同学里面确实潜伏着天才。现在它就作为事实摆放在面前，你已经没有退路了。到这学期结束时，我们班要还是零的话，那就不好看了。我希望三个班能齐头并进，最后我们整体能有一个非常满意的成绩。

今天第一个要讲的诗人是叶臻。好像他也是先在什么师专毕业，后来才拿到安徽师大的学历。一方面，我们的教学内容也在做调整；另一方面，我也发现，入选作者受过高等教育的比例比我想象的要少。即使是没有受过高等教育的，我们照样可以讲，因为以高等教育背景划分单元是基于咱们同学心理的一个设计，不是我们这门课的强制要求。哪怕是高中学历的，我们也会讲，让你也看一看，即使没有上过大学照样可以写好诗。所以，叶臻的学历，还有好多诗人的学历，我们就不用搞那么清楚了。好诗不是学历决定的。

冬天过后是春天

叶臻

夫妻俩即将关门上锁
去城里打工
丈夫搬来梯子
把堂屋窗户右上方的玻璃

卸了下来
妻子会心一笑
用手指了指堂屋的房梁
梁上有一个
去年的燕窝

2017/02/26

点评：叶臻是《新世纪诗典》土生土长的实力诗人，以写重口味见长，所以此轮选稿，我读到本诗，感到很惊喜！一个编选家的专业心理：以重见长者，我希望读到你的轻；练轻功者，我希望见识你的硬功夫。我就诗选诗，又要为诗人的成长、发展、壮大提供正确的信息指引。

这首诗的诗意构成是比较传统的，可能大家更容易接受这种有美感、有温馨感的诗。昨天也刚好推荐了叶臻的一首诗，我觉得他的诗有一个问题，一个诗人不能像小说家那样把所有东西都写成第三人称，跟自己没关系，就是不断地给大家讲故事，像个民间说书艺人。如果都是这样的写法，那就不对了，这只是其中的一种写法。但凡涉及自己就没了，都是在讲别人的故事，这样的写作其实是一种真正的胆小。这也是一种传统，很多东西其实都是观念的叠加，你意识不到要把自己放进去。总之，写诗这个事情道很深。

当然，人不可能经历所有的东西，不可能把所有材料都占为一手材料，也不能说所有的事都必须亲身经历了才能写，也可以写听来的事情，但要有一个比例。我觉得更高级的写法是，把听来的故事写成第一人称，写成自己的故事，就是把二手材料变成一手材料，这是一种更先进的理念。上过我课的人在这个问题的认识上，不应该比社会上的人更落后。我们在讲《基础写作》的时候涉及过这个问题，就是尽量要用一手材料，在一手材料不够的情况下再用二手材料。这是《文学概论》里面的原理，只有自己熟悉的东西、熟悉的生活，你才能写好。

而且要用一种先进的手法写。即便是二手材料，也要想办法把它变成一手材料。叶臻一开始入典的诗作口味比较重，带来的冲击比较大，在反映社会现实的时候写得比较尖锐，但是写着写着就变旧了。我昨天评语里用的一个词叫"自旧"，这就说明你的写作理念不够先进。在小说那儿，第三人称写法天经地义，甚至有人认为不是第三人称，就不是典型意义上的小说。小说动不动就我我我，老写得像自传，那也做不大。但把第三人称用在诗歌里反而是需要谨慎的。你是一个诗人，哪有权利给大家讲故事？你要把讲故事当成一个手段，而诗歌最终是抒情的。诗歌的本质是抒情的，只不过不是用过去那种传统的方式来抒情。

这个诗人的笔名叫铁心。我对这种名字习以为常了，可能大家觉得怪怪的。他是青岛大学毕业的，学艺术的。他也是一位职业画家，国画、油画都能画，当代艺术也能搞。有些诗人小说也写得不错，说明诗歌是文学的一部分，他能够从诗歌延及小说。有些诗人会画画，说明诗歌又是艺术的一部分，能够延及典型的艺术。我相信诗歌跟哲学、文学、艺术大概都是邻居的关系。怎么样才能成为一个理想的诗人呢？本身要有文学修养、要有文学专业知识，这不用说了，还要有点艺术气质，同时恐怕还要有点哲学的思维。没有一点哲学思维，写的东西容易一地鸡毛。我们的口语诗要写形而下，不是说不要形而上，而是说要让你穿的衣服是形而下，让你的骨头是形而上。你要是没有形而上思维，就容易写成一堆散碎的感性材料。所以，提醒大家注意，诗歌跟这三个邻居之间的关系。

少年胖子

铁心

在智者乐水洗浴城

淋浴

一身赘肉的大胖男孩儿

几乎看不到阴茎了

浴池里有人议论

才不过十五六岁就胖成这样

肯定是吃肯德基麦当劳吃的

2017/04/12

点评：有的诗——往往是最高境界的诗，只能品不能评，面对本诗，我能说什么呢？假如我说：作者通过如今肥儿遍地的现象，表达了对我们这个民族的忧思——说完之后，我都想抽自己一个大嘴巴！很显然，它的信息量要比它的意义大得多。有些人，连口语诗都不会读，就开始批判了——我真想抽你们一个大嘴巴！

如何辨识一个作品有没有淫秽嫌疑？这个你要辨识。比如说铁心这首诗，他写洗浴城里的一个肥胖男孩，说他的小鸡鸡看不到了，我觉得他没有低级趣味。表面上看起来比较戏谑，有点喜感，但实际上暗藏忧思，所以，这是一首严肃的诗。

有的人一看里面有"阴茎"二字，就认为淫秽。如果你这么想的话，说明你脑子淫秽。这是人正常的器官。这些东西我也给大家讲清楚，同时也让大家在写诗时胆子大一点，尤其是我们都希望自己的诗有点先锋指数。诗歌本来就是超前的，应该在文学中居于一个轻骑兵的领先位置，所以，不妨自由大胆去写。

铁心这首诗说到的这个社会现象，估计大家也有兴趣。他把原因说成是肯德基、麦当劳，大家是不是完全同意他的看法？

你是不是应怪到肯德基和麦当劳身上？我不相信这些肥儿天天吃这个。实际上，肯定是因为吃得太多了。吃什么吃太多了都会胖。不是你要怪罪哪个门店的问题，而是你不要贪吃的问题。我的减肥师父，是一个老一代的诗人，坐过几年牢。他跟我讲，坐牢的时候，亲眼看到他的一个狱友变成了胖子。每次吃饭的时候，发三个窝窝头，总有人吃不完就给那个人。那个人除了吃自己的那份外，还要吃别人给他的，一顿饭四五个窝窝头吃下去，结果三年之后就变成一个胖子。所以，这不是吃什么不吃什么的问题，而是多和少的问题。

我们口语诗人尽量不要使用符号性的东西，尽量要有自己的发现。你随便甩到麦当劳、肯德基身上，这个问题就解决了吗？恐怕不是这样的。还有一点，我觉得现在好像不应该称为肥儿遍地的时代。你没发现肥儿的比例在下降吗？儿子上小学的六年间，我每天下午都到他小学门口去接他，然后我们步行两站路回家。我站在他们小学门口就发现，年级越低，肥儿比例就越低。现在的父母养个孩子多精心啊！

也不是说上一个时代就不精心。上个时代是父母从买不起肉到刚能买得起肉的时代，孩子总是跟着家庭一起走，家庭的经济在哪个层次，孩子的需要就在哪个层次。我记得我儿子小时候，最初学会的名词里有一个是"批发市场"，因为他母亲每次买东西都要去那里。后来，西安开的第一家超市就在我家旁边，批发市场慢慢就被超市取代了。小孩都是跟着自己的家庭、家庭都是跟着中国社会成长的。中国改革开放初期，社会上已经可以见到很多肉了，农民也可以出来卖猪了，但是工资太低，也不能随时买。那时候出生的孩子，也就是 70 末 80 初的孩子，是容易产生肥儿的，因为终于可以放开吃肉了，哪个父母不心疼自己的孩子，何况孩子本来也有点饥渴。

我发现，我们 60 后的胖子也不少，老一代里的胖子也不少。就是莫言说的那个道理，挨过饿，有饥饿记忆的孩子，见了食物有一种恐慌，今天不吃，下一顿不知道在哪儿，所以赶快吃。我们上一代有饥饿记忆的人都会抢饭。

我大学同学跟我讲过在多兄弟家庭里的生存技巧。我还好，就一个妹妹，从来不会跟我抢饭。我那个大学同学作为三兄弟中最小的一个是怎么成长的？他说每次吃饭的时候，先要装作热爱劳动的样子，哥哥们都去支桌子、摆碗筷去了，他首先干的事情就是给大家盛饭。这就掌握了主动权，他给别人把饭都盛满，给自己却不盛满，爸妈还表扬他知道心疼哥哥。等时间长了，你发现这小子狡猾狡猾的。他的饭最浅，最先吃完去添，然后他把剩下的全添完了，其他人就没有第二次机会了。他就是这么长大的，这里面有那个年代的生存智慧。

好，我们这个话题暂时打住。总之，我就希望口语诗不要动不动借助一些符号，像肯德基、麦当劳，就是要更有自己的发现。显然，肥胖不是因为肯德基、麦当劳。有的人天天吃肯德基、麦当劳，但人家吃得很少，照样保持身材。对中国人来说，西餐一般不会吃很多。

于坚是一位知名的老诗人，云南大学毕业的，80级老大学生。他的诗早已进入传统中文系的教材了。他这首诗虽然没有标明，但实际上是一种片段诗，都是关于大海的诗句构成的片段。

关于大海
于坚

青岛

大海的乳房羞涩地升起
在春天下面发青

另一半还埋于深渊下
是何等的爱情在黑暗里孕育着
是怎样的光明将要动魄惊心
哦　那些从波浪里活过来的情人已经在沙滩上走着了
为此我们留下　虚度一生

应该宽恕那个站在海边的暴君
他也看见了大海
他的脚也陷在沙滩里

跟着一只公文包般的灰背鸥
幸甚至哉　小人物此生也伟大过　在度假区的海岸
当秋风萧瑟　洪波涌起
穿游泳衣的读者身陷海滨
等着波浪送来更黑暗的下一页
他们厌倦了那些床头书

这头灰兽拖着永不耗损的毯子在天空下走着
偶尔跟着狮群转过头来
当海鸟的灵魂变蓝

巨浪滚滚而来　有伟大的东西在它们后面
沿着海岸修建的游泳池一个一个消失了
它们怎么狂妄到敢与大海为邻

在沙滩上拾到一枚石子

像是浪子衣襟掉下的一粒纽扣

略带海的体温

我们这些进了同一趟电梯的人

都是潜在的难兄难弟

不必在大海上　不必是那条船

唉　大家靠紧一点　这是我们的桨

德国人盖了些坚固的房子

穿过一处地下室的时候我想到

石头也可以这样使用

打造成酒窖　不只是陵墓

点评："渡尽劫波兄弟在，相逢一笑泯恩仇。"我与于诗人结交甚早，起初君子之交淡如水，20 世纪末翻过盘峰后进入蜜月期；十年前一言不和，友谊的小船说翻就翻，十年后在青岛的电梯里和解。作为《新世纪诗典》主持人，我引以为豪的是，即便在我俩交恶期，我也曾推荐过他的诗。本诗的推荐自然也与和解无关，而是它至少有三处让我心中一动。和解不会影响我实话实说，于诗人文学基本功好，在感觉和语言上有天赋，却非要用文化大概念浓妆艳抹自己，没抹到的地方就是好的。

于坚是第三代代表诗人，我已经多年没有讲过他的诗。他其实本来是一个口语诗人，我们刚看到的已经是有点水的意象诗，因为写的是大海，也可以原谅他这种水淋淋的意象诗。这是一首意象诗，但又不像典型意象诗接得那么紧，写得那么结实。句子有一点松散，还爱用大词，他目前就是这样一种风格。

我年轻时代很喜欢他早期的诗歌，后来成了密友、挚友和战友，关系一度要多好有多好。再后来，点评里说是"一言不和，友谊的小船说翻就翻"，说得轻松了，实际情况是"道不同不相为谋"，走不下去了。大家在艺术之道上也相去太远。他来长安也膜拜，但跟我那种膜拜不同，他完全是匍匐在地，照着地上磕几个头，完全是复古、信奉前物的那种，就是古代一切都好，反对现代化。所以，我跟他越来越走不到一块儿了，而且在诗歌上的反差也很明显。

他这里面有几处打动我。比如说最后一段，"打造成酒窖 不只是陵墓"，这写得非常青岛。别以为去了那座城市，你就能写出来，我看青岛的诗人就写不出青岛。一个特别有德国味道的城市，它的诗人却很土。中国洋气的城市几乎都没有对应的诗歌文化。大连就没有，城市非常洋气，但诗人要多土有多土。青岛和大连，我感觉是中国最洋气的两座城市，那种洋气是从内在发出来的，跟民风有关。大连人爱穿是有传统的，要不大连为什么搞时装节，尽管现在不搞了。青岛也是一个很洋气的城市，但很奇怪，没有相应的诗歌来对应。上海曾经一度是最洋气的，在那个时代起码还有王小龙对口语诗的开创。我不知道这些前殖民地城市，为什么唤不醒现在的那些诗人，这很奇怪。

你作为一个诗人，一个尖锐的问题问到你：你对得起自己的城市吗？在你的笔下有没有这个城市的味道？你要写西安，就要在你的笔下找到羊肉泡馍的味道。有个人说，一看到我的诗，就闻到一股羊肉泡馍的味道。他还以为他在骂我，我说这话夸得太好了。可见他们写诗的时候，是要把这种地方性斩杀干净的，我倒是求之不得。一方水土养一方人，我见到四川人，没有一个会认为我是四川人。我早已被异化为一个北方人了，先不说是不是陕西人，起码是北方人，跟四川人格格不入，完全不是一个气味。你要对得起养你的这块土地，作为一个诗人，对它最好的回报就是，在你的笔下有这座城市的存在。而在有些诗人笔下，他生活的城市就不存在，就是一个名词。

张明宇也给我发了信息，毕业的学校我也记不住。有的诗人可能考的大学并不理想。当然，我们也认为这是正常的，不能所有的好都让你摊上。大家要正确读解这个信息，这也确实说明了，毕业的学校对你写作的最终成就没有直接的决定性的作用，它的作用顶多是间接的，而且是可以改变的。如果你个人努力的话，是可以改变自己的处境的。

关怀

张明宇

当我受到
来自外部的伤害

妻子总会

巧妙地

安排一次性爱

（即使我们还在冷战）

给我

内部的关怀

2017/04

点评：一年一度的"长安诗歌节"颁奖盛典上的现场订货作品，记得我现场对它的评价是，这是一首很高级的诗，是活出来的诗，相信会唤起很多过来人的共鸣。值此推荐日，我想对作者进一言，名利之事，切忌急字；名利之得，取之有道；金杯银杯，不如口碑。

第一次听作者读这首诗时我就很感动。我们把这首诗作为一个体温计，如果你和伴侣的关系到了这一层，那就是很好的，你就要好好珍惜了。我觉得，这已经是体贴入微的关系。说轻点，这也是及格的，是一家人应该有的关系。说重点，这叫真正的爱情，真正的相知相爱，真正替对方考虑。这个关怀可不是空的，而是一种具体行动上的关怀。我们把情商的概念缩小，即便是对爱情的理解和领悟上，有些人是笨蛋，有些人是极聪明的。人生苦短，对值得珍惜的东西一定要珍爱，不要等失去了才去写一些忏悔之言。而且，你绝对不要认为，世界上的好东西可以不断重复，有时候你就一次机会。

张明宇这首诗是很有质感的，而且很有人生的含金量，就是我说的"活出来的诗"。这句话是我发明的。我发明的很多话，在诗歌界都很流行，比如"事实的诗意"，比如"这个诗是活出来的"。这话是我最先说的，针对的就是"写出来的"诗。"活出来的"就比"写出来的"要高级。你必须活到了，有了那些生活的阅历以后，你才能写出"活出来的诗"。这样的诗里充满了个人的人生体验。张明宇这首诗完全担得起这个评价。

吕贵品，也是一个老诗人，吉林大学毕业的。他是成名很早的一个诗人，中间中断了一段时间，最近写得很多。我推荐了他一首——

端砚

吕贵品

那一天我岳父突然倒地
走了
走进鲜花丛里和鲜花一同微笑
笑容飘起春风吹拂着清明

走之前岳父在一块端砚上研墨
他幽默地说，我把自己研成骨灰
在废报纸上写下一个"寿"字

这是岳父珍爱的一方端砚

如一叶小舟从清朝漂泊至今

岳父用一杆毛笔撑出一个宁静致远

顺风顺水消逝在雾里

夜里岳父房间又传来研墨声音

这让我想起岳父刚刚去世

还有身影在灯下摇曳

还有人在那一方端砚上研墨练笔

2014/04/23

点评：本诗作者恐怕80以后的诗人已经不知道他，但却是20世纪80年代的重要诗人，他是吉林大学七子星诗社成员，与王小妮、徐敬亚并称"三驾马车"，属于朦胧诗与第三代过渡的一代人，也是《世纪诗典》的作者。在我印象中，久疏战阵的他近来突然井喷，我在微博上约了，未见来稿，本诗来自广东诗人赵俊杰的助攻，写得情深而又中国。

这首诗很有中国文化的气象。这一点大家在写作的时候不要忘记。我刚才说到，你的诗要有你所在城市的气味和气息。每一个人都生活在具体的城市之中，如果你观念到位的话，应该能反映你生活的这座城市。那么你是一个中国诗人，在你的诗里也应该有中国气息。我也不希望，我们中国的诗变成了西方诗的一个学徒，完全成了西方诗的一种赝品，如果是这样的话，我们也是失败的。那如何在这方面有所突破呢？其实，我们在前面的课上都见识过了，但可能有些同学没有意识到，它是这方面的一个突破。也不是说每一首都要有中国传统文化符号，你只要写的是中国的现实，那就是一种突破。当然，也有这种在文化气象上很中国的诗。笔墨纸砚肯定是中国的，这一点我们如果抛弃掉的话，是要后悔的。书法是日本小学生的必修课，日本满街都是汉字，虽然他们的书法美学标准和我们的有出入。如果我们在这一点上丢掉的话，就会追悔莫及的。所以，我也欣赏这样一些试图写出中国传统文化气象的诗。我今天选择吕贵品这首诗，用意就在这里，但也要谨防庸俗地采用这些符号。当然，这首诗是有内容的。你可以想象他们生活的时代，吕贵品是一个 50 后诗人，他岳父这些人就是传统文化的活化石，这些人在研墨、在写书法，那就是他们正常的生活。我欣赏这样的诗，不是符号化地使用这些东西，它们就是生活中真实的存在。这样来写诗才是对的。

李宏伟毕业的学校是一所名校，中国人民大学，哲学系硕士研究生。

你是我所有的女性称谓

李宏伟

是妈妈，是女儿，是姐姐，是妹妹
是女教师，女护士，女指挥官，女收银员

是泛称的女人和女孩，是特指的爱人和路人

是均衡的波浪，是暴动的火舌

是我的声母，是我的韵母

是我所有的女性称谓

我必须每一次都喊应你，我每喊你一声

就给出一次全部的我，你每答应一声

我就得到一个全新的你

点评：与西娃一样，李宏伟是"江油诗群"的延伸，是现居北京的李白后裔。其诗结构结实、面孔正大，显然来自他在京城所学的哲学，而内在的神秘、诡异则来自李白的血统。这一首他向我们展示其温柔的一面，别有一番魅力。本主持广州至惠州途中推荐。

为什么说他是李白的后裔？因为他的祖籍是四川江油。江油也形成了一个"江油诗群"，其中两个人后来在其他地方发展，其中一个就是李宏伟。所以，我分析他哪些东西是在北京接受的文化，哪些是来自江油。他们江油诗人还真都有点诡异的东西。内在的诡异是非常可贵的，李白身上就有这样的东西。我觉得他这首诗是两者的结合，既有这种哲学思辨式的东西，总结得都非常到位，同时也有一种内在的神秘、诡异的东西。

这是人大难得培养出的一个诗人。我们知道人大的哲学系是最好的，在全国所有哲学系里面毫无疑问是第一系。所以说，他毕业于一个很高大上学校的非常热门的专业，现在在作家出版社当编辑。

我们再把诗人的年龄回溯一下，李宏伟是 70 后；吕贵品是 50

后；张明宇是 70 后；于坚是 1954 年生，大我一轮；铁心可能就是 70 年的；叶臻是 1962 年生的，比我大四岁。今天这个年龄段的分布，还是比较全面的。

这个诗人的名字水比较多，大水冲了龙王庙，江湖海，全包括了。他也给我发了受教育的信息，大概就是湖南的某个大学毕业的，也是老大学生了。1964 年生人，也是写诗很早，但中间空了很长一段。

我们刚才说了，一个孩子的成长离不开家庭环境，一个家庭的发展离不开社会环境和时代变迁。很多诗人的写作也成了改革开放四十年的一个晴雨表。为什么相当多的诗人有一种"归来"现象？他们自称为"归来者"。《当代文学史》学得好的会记得"归来者"指的是艾青他们，在历次政治运动中丧失写作权利的人又重新开始写作了，这批人被叫作"归来者"。后来这个"归来者"是他们自称的，这一批人可能在 20 世纪 80 年代诗歌最热的时候就开始写作了，然后中间就放弃了，诗歌也不那么热了，有的人下海做生意，总之都为了谋生吧，等到新世纪诗歌回暖以后，他们又跟着回来了。一小点技术变化就可能挽回来一些人的写作，2006 年新浪开始有了博客，我觉得好多人都是在那一年重新开始写作的。新浪博客现在还在，我好长时间没打理了。那个博客一建立，里面你放什么呢？没有正常写作的人就写日志。可能有一些人把过去写的东西整理一下放上去，放几天就放完了，那怎么办呢？这就唤醒了他们继续写作。所以，很多人是借 2006 年博客的建立回来的，回来之后，自称是"归来者"，成为一种写作现象。大概江湖海也是那个时候回来的。

深圳太穷了

江湖海

我一年级毕业了

快上二年级

火车上一个小女孩

开心地对我说

我问她深圳好不好玩

她说还可以

但是深圳太穷了

太穷了

深圳实在是太穷了

这个穷深圳

一块菜地都没有

2017/08

点评：本诗的主题在更早的时候被人写过，但从未被写爽过，现在被江湖海写爽了。老江自己的写作也少有写爽的时候，这一下是真的写爽了。何谓"写爽"？此乃后现代性中的双重快感：写者写来有快感，读者读来亦有快感——这样的写作，作者一出手就知道。

这首诗他用如此简单的方式表达出来，所以我说"写爽了"。用简单的话却表达了一个深刻的理念，被一个小孩随口说出来。小孩经常说深刻的话。有人说，小孩说深刻的话是无心的，他没有思考那个话，只是童言无忌就说出来了。管你有心没心，小孩就是能说深刻的话，有时候靠直觉说出的话，比你思考过的话要深刻得多。

她说："深圳太穷了，一块菜地都没有。"一下就说出了某些地区的现象。珠三角大概是比较早的这样一个区域。我看到另一个诗人在20世纪90年代初写过那种惊诧，他发现从广州到深圳的火车上，连一块田地都看不到。作为一个中国人你当然会感到很惊诧，因为中国以前没有这样的地区。现在珠三角、长三角都是这样的，城市连成一片，连一块菜地都没有。当现代化完全建成时，你才知道你缺少的是什么。

发展就要付出代价，鲜有能够一次就考虑很周全的。走在后面的人是应该吸取前人的经验和教训，但有时候你不知道怎么去吸取。我们只有当中国遍地雾霾的时候，才领悟到原来的"雾伦敦"不是纯雾，也是霾。人家是先行者，先吃霾，只不过你是在这个过程中才发现的，你说你怎么吸取它的教训呢？你怎么可能一步到位呢？

实际上，我看西安也逐渐在向这个方向发展。西安以前最热闹的就是东大街，现在成了大家不去的地方，除了钟楼周围还有一些游客去，东大街整个儿都空出来了。可能将来西安的格局是四周繁荣，中间要空出来。给谁空出来了？给外地游客。这是先进的理念。

这都是我们在追求现代化过程中付出的代价，只是有些代价太大了，挽不回了。反正北京的城墙拆了，西安的城墙显得更珍贵了。我们要感谢一个人，就是改革开放初期的市长张铁民。他的墓和我们家墓园就在同一个地方，我每次去都会到他墓前致敬。过去西安的城墙有些地方也坏了，烂了好多洞，乞丐在里面睡觉。是张铁民把这些都修复了，把城墙给连了起来，建了一个环城公园。你注意那上面的城砖，有的刻着一九八几年的标记，就是他那时候修建的。所以，西安的市民感谢他。

好，我们借江湖海这首诗说了这么多。我这么跟大家讲，只有讲到《新世纪诗典》里的诗才能够说到这么多社会人生、家庭亲情的话题。你去随便找一本官方诗选，看看能不能看到这些话题？你看那些落后的诗歌选本里面，还在非常老式的抒情，诗里面就没有跟社会同步状态的信息含量，只有在《新世纪诗典》的诗里面才有这些。

这位诗人的名字叫王飞长沙，这也太像网名了，叫王飞不挺好吗？非要加个"长沙"。他是剑桥大学的博士，外语专业，在长沙一所大学里当老师。这是今天最高大上的学府。有的诗人很善于读书，就读得高一些。大家要正确读解诗人受教育的背景，这对写作并不是决定性的。当然，每个人都希望自己受教育的背景好一点，有时候它成了在中国求职的一块敲门砖，很有实用价值。从另一方面来说，你受教育好一点的话，知识结构就更扎实一点。

北京地铁上遇见自己

王飞长沙

不经意间，在对面的地铁上

发现了自己

惊恐混合着疑虑

但瞬间，他与我

渐行渐远

真想跳下地铁

追上他问问

"你是不是我？"

或许此刻，他正狂追我的地铁

打算问我同样的问题

2014

点评：大概两年前，王飞长沙和梁余晶一起来过西安，参加过"长安诗歌节"，念了诗但没有订上货。从那以后，我在微信中一直比较注意他的诗作，直到这一首订货，而时间已经过去两年多甚至快三年了。《新世纪诗典》就是较真的产物，但它是善意的。

这首诗很哲学，更像是李宏伟写的。其实，诗人受教育的程度高，有时反而会成为障碍，他们往往把写诗当成了课题，搞得很重大，失去了一些本真和率意而为。诗这个东西，你不能把它看得太重，但也不能看得太轻，要把握好分寸。最好还要有点玩的状态，你千万别正襟危坐，咬着笔头苦思一首诗。你深深沉浸在生活中，突然就来了灵感，诗往往是这样一个东西。古人说得好："妙手偶得之。"但你要经常惦记、思考它。

为什么我说这首更像李宏伟写的呢？因为它更像一个哲学思维的产物，而且他的设计本身就有点超现实的感觉。其实，这样的诗总结主题很容易，就是对于异化自我的追求和修复。但我特别不愿意总结一首诗，我更愿意从诗人的角度说，写得挺好，挺有哲思感，把另外一个自己写成了事实，而不是干巴巴地思考两句完事。事实的超现实写法，把超现实写成事实：我就是在对面的地铁上看见了自己。

今天课本上的诗就讲这么多。下面的时间，我希望有三个同学来朗读自己的诗。

大风

喻昌梅

风吹翻了糖果摊
五颜六色的糖果散落一地
小贩的脸上全是水迹
手忙脚乱地用塑料膜盖住糖果篮
周围的人纷纷拿出手机拍照
他站在雨地里
像一座勇敢又孤独的雕像

她写的就是大风来了，把糖果摊吹翻，这首诗事实的诗意是"他站在那儿像一座雕像"。完全有诗意，也有感觉，只是不够绝而已。我给一个 85 分。什么叫绝？我写过一首，蹬三轮的车夫被一个警察拽住了，因为夏天很热，沥青都被烤化了，结果这两个人脚下被粘住了，成了一座雕像。这就叫绝。她这个发现（他像一座雕像）已经不错了，但是还不够，以后多动点脑子，让它再绝一点。

小偷
崔存宇

小偷偷了 OPPO 手机

逃之夭夭，警察也抓不到

小偷偷了苹果手机

想逃也会被警察抓回来

小偷偷了 8848 钛合金手机

吓得直接去了公安局自首

她这首诗写小偷偷到不同手机的态度，最后太贵重了，吓得去自首。挺有意思的一个小喜剧。我觉得这么写，这种有点戏谑的方式，特别像后口语的味道。只是还跟刚才的一样，不够绝。如果再绝一点，今天就订货了。这首诗我也给 85 分。

字条
扈鑫

妈妈在拖地时，

不小心被琴架绊了脚，

于是稍有怒色地对我说，

你要是再也不练琴了，

就把琴装起来，

也比在这接灰强。

我看着琴弦皱了皱眉头，

想起了不堪回首的过去，

老师总是不满地训斥，

可忽而一丝不舍涌上了泛红的眼角，

我想起，

最后一次会演结束时，

老师偷偷塞给我的一张字条，

上面写着：

你是我，

最得意的学生。

　　她这首诗，我给一个 80 分。优点是，也能说出来其中的"事实的诗意"；但缺点是，写得太周延了，写成分行作文了。有时候，一个事件，不要写得那么完整。

本讲授课时间为 2019 年 4 月 23 日

第十讲　中国女性诗人

　　讲到第十周了，本讲是女诗人专辑。上一讲没有一个女诗人，一下唤起了我的注意。一个是班里女生多，一个是为了纠偏、恢复平衡，我想干脆搞一个专辑算了。灵感就是这么来的。今天这一讲全是女诗人，但前面讲过的不再重复讲，这样也公平。

　　从这周开始，我不再纠结于诗人受教育的背景，这是我们从教育心理学角度设置的教学模式，刚好现在课程已经过半，我们调整一下。实际上，因为我们最后六周要讲世界名诗，对入选过《新世纪诗典·第七季》的当代诗人而言，除了这周，就只有两周的机会被讲到了。我非常理解这些诗人的心理，对他们来讲，这是一次象征性大于实际性的机会。也就是说，他们的作品进入过中国的大学课堂，这个事情象征意义很大，得到了这个待遇，会很有荣誉感。我不能因为受教育背景这一点，把一些重要诗人排斥在外。所以，从这周开始，今后的三周，我都不再提这个话题了。

　　今天讲的第一个诗人是西娃，1972 年出生。她和上周讲到的李宏伟有相似之处，都是祖籍江油，现在在北京发展。这个名字让你想到哪个民族？没错，藏族。好像她奶奶是藏族人，所以她是有藏族血统的，应该说是汉藏混血。好，我们看她这首诗——

我隐蔽的丑陋

西娃

我提着两袋蔬菜

从奥柯勒超市出来

不小心与一个棕色皮肤的男人

撞了一个满怀

我说对不起之后

他邀请我喝一杯

我的第一个反应

喝完之后

他要求我与他上床怎么办

尽管，他有深邃的眼睛和高鼻梁

身上的岩兰草味道

也是我最爱

如果他是黄色或白色人种

我确定不会这么果决地

拒绝他

我以为自己已经过了

"种族歧视关"

是的，那是我没有具体设想

与他们上床

之前

2017/02/14 墨尔本

点评：好极了！我要提醒那些对先锋诗做时间线性理解的朋友：这就是先锋诗！内在的尖锐、复杂、微妙也是先锋诗的题中应有之义，还有一览无余地坦诚表达。过去的一年，西娃"红"了，在有限的大众中，在泛诗坛上，"红"对一个诗人是一种不小的考验，尤其是女诗人。她在"红"了之后还敢于这么写，了不起！"在《新世纪诗典》磨刀，在泛诗坛割肉"是一种成功模式，只要你永远记住头一句，就会立于不败之地。

反正我讲这首诗是有自豪感的。每次讲到在同学们看来有点出格、有点大胆的诗，我都是有自豪感的。作为一个编选者，能选择这样的诗是光荣的，这就是先锋意识。你编一本书，总要比这个国家绝大部分人的意识要超前、要领先，它才会有价值，才会有艺术价值和文学史价值。你说你编的一整本诗，全都是大家普遍能够接受的，不会给大家的审美和价值观带来冒犯的作品，那有什么价值呢？那肯定不是我干的事。

这也是人生的经验。我们在生活中也会遇到各种各样的挫折和阻力，无非就是两种选择，有的人越来越不敢尝试，越来越不敢去实现自己的想法，但是有的人却可以坚持。我大概就属于后者。

前面也教给大家了，辨识低级趣味和严肃作品的方法，你不要光看他使用的个别字眼，你得看他在说什么、意图是什么。你看这里面包含了多么丰富的信息。从构架上来讲，西娃作为一个单身的中年女人，在遇到一个男人时，考虑一下上不上床的问题也是正常的，完全合乎道德、合乎情理。但她动这个念头的时候，是从一个种族角度来判断的，这就有意思了。她这首诗是自我批判的，标题就直接告诉你了，她把自己的这种想法称为"丑陋"。有自我批评精神的人是非常可贵的。很多人都是勇于批评别人，看别人这也看不惯、那也看不惯，看他自己一百个好，更不会发现自己的问题，来批评自己。在生活中这样的人就很少，在写诗的时候能够自我批评的人就更少，因为它要变成白纸黑字。同时，从文学的规律来讲，你要批评自己，首先就要暴露自己。你说我来个抽象的自我批评，那可不行，那不是诗歌所擅长的。比如说，西娃要是把那个事件和情节都隐掉，只说我这个人在性问题上带有种族歧视，变成一个抽象的自我批判，作为一首诗就不成立了。

我们要看到她这首诗的丰富性。有些东西非常复杂，搞种族歧视的法西斯也振振有词，也有相应的科学家支持他的理论。这是一个人类到现在都没有完全去除掉的丑恶现象。在现代文明面前，各个人种都应该是平等的，种族歧视当然是不对的，不论这有多么高明的理论支持。你可以看到，在欧洲足球的五大联赛上，如果有观众在看台上冲着黑人做出模仿猴子的动作（有时就是一种为本方加油、打击对方的手段，倒不一定真是多么种族歧视的狂人），欧足联发现以后就会惩罚这个观众，最严重的惩罚是让球队空场，比如说在你下一次主场比赛时，禁止你售门票，全场观众保持零，那就杀伤你的球队了。大家都知道，主场的优势就在于我有几万观众为我呐喊，让对方感到胆怯。那么，突然把你的观众消减为零，这对你的球队就是一种打击，进而也打击了本方的支持者。这是现代文明的做法。

西娃能够面对自己内心在性的抉择上的种族歧视非常了不起，我觉得这种自我批评的精神、这种现代文明的意识是世界级的。也就是说，你把这首诗译成大家通用的五大语种，外国人看了也会觉得很尖锐。在本来就比较敏感的性上面，还做出种族歧视方面的自我批评，我们中国诗人能有这种意识，真是不土的，非常国际化，能跟上世界潮流。

这个诗人叫王林燕，新疆人，大概是个 80 后。关于她的背景，我知道的真不多。我们看这首诗——

母子关系

王林燕

儿子把头埋进我怀里
嘴巴轻轻拱着我的乳房
"你是要吃奶吗？"
看我就要撩起衣服
他笑着连忙跑开

2017/02/25

点评：选稿时碰巧选出了两位女诗人写到乳房的诗，今、明两天推出。同时我也联想到中国女诗人抒写乳房的历史：一开始写的是"祖国的乳房"，后来把乳房当作冒犯的工具。在中国，做诗人难，做女诗人尤其难，做优秀的女诗人难上加难！今、明两天，我们看到的女诗人则要健康、正常、光明多了，本诗写出了母子关系中最微妙的温暖。

这都是非常微小的细节。从孩子的反应，大致可以判断出他的年龄。

我在点评里回溯了中国女诗人写乳房的历史，就是这么伟大的一个器官，曾经一度我们羞于启齿，羞于启笔。连舒婷在《祖国，我亲爱的祖国》里面出现"乳房"二字的时候，都是惊世骇俗的，何况她写的还是祖国，"你以伤痕累累的乳房……"这在"文革"刚结束的发表语境里就是惊世骇俗的。如果你特别忌讳某个东西，那是因为你心里惦记它。你想想，你连"乳房"二字都要忌讳，那要不健康到什么程度？这是伟大的器官、伟大的字眼，在座的谁不是被这个器官哺育的？我相信完全放弃哺乳的母亲很少，就是说她为了保持身材什么的，主动地放弃哺乳，这种情况很少很少。有的是条件受限制，有的母亲没奶，没有哺育能力。我母亲就是这样的，结果我是吃牛奶长大的。当然，母亲是有哺乳的愿望的，那是女性的本能。其他人，难道你是被它哺育大的，还要禁忌它吗？你觉得它是很脏的字眼吗？

有些同学到现在还不完全理解口语诗的妙处，如果没有口语诗，这种东西就又拱手让给散文和小说了，诗人就会在这样的表现面前束手无策。也就是说，如果没有口语诗的话，你就没法写出复杂、微妙的东西，你的诗就是抽象的。但是有了口语诗，就连这么微妙、微小的一个细节，就能成全一首好诗。

既然作为我的学生，我就希望用多方面的价值观来影响你。我意识到，人类最重要的还是繁衍，所以，大家不要轻易让出自己生育的权利。我希望在座的女生将来都能拥有做母亲的体验，等到把自己的孩子养大，希望你想起我说过的话，希望你想起这首诗。在你养育孩子的过程中，你可能会积累无数这样的瞬间，如果这些都不能导入诗歌，那就是诗歌的不幸。所以，我很欣赏这样的诗，终于有一种诗歌的形式，能把这些人类关系中最动人的瞬间记载下来。而这种东西，传统抒情诗根本无从表现，而且他们写的东西很容易雷同，传统的抒情方式就是如此，一提祖国就是母亲。

湘莲子，这个名字容易让你想到湖南，实际上她祖籍是湖南，现在广东发展。

祈祷

湘莲子

在医院听多了
比教堂更多
更虔诚的
祈祷

我真觉得自己
是修女

2017/05/06/ 江油

点评：护士节，送大家一首好诗，送给所有天使般的医务工作者。此次在江油，湘莲子红运当头好诗井喷，除了在颁奖礼上领取了第六届"李白诗歌奖·推荐奖"，还获得"磨铁读诗会"江油场冠军、"长安诗歌节"江油场季军。听她感谢这个、感谢那个，我抢白了一句：你最应该感谢我上一轮让你掉了一只轮子。我为《新世纪诗典》不护短扬其长的健康氛围而自豪。

职业对一个诗人而言，既是写作素材的矿藏，也是观察世界的视角，有时还成了诗中的一个角色。湘莲子是一个医生，她说"在医院听多了比教堂更多更虔诚的祈祷"，这一句就是有感觉的，而且是有分量的。我真觉得医院里的祈祷比教堂里的分量重多了。读这首诗，你不要指责中国人求神的时候都是实用主义者，这时候你再说这个话就是很浅薄的。大家想一想，在医院里我们会为什么而祈祷？为了病情诊断的结果，为了亲人的生命，这种祈祷比教堂里的更虔诚。这种话，一个医生说出来，特别有分量。

陈述句是最冷静、最客观、最不动声色的一种句式，看起来平平静静说出来的东西，分量却无比之重，这就是好诗。有人指责现代诗（不光是口语诗）不能感动人，这原因很多，有的是你自己的感动器官不敏锐，有的是文化知识达不到，有时候需要你有心灵，有时候需要你动动脑子。要我说，没有心灵的人，他也动不了脑子。我打开天窗说亮话，现代诗、口语诗不欢迎笨蛋，你笨蛋，那就玩不了。你没有心灵，神经天生不敏感，对什么都是麻木的，又不爱动脑子，这样的人读不出现代诗的好。那么，这样的人就真的能读出古诗的好吗？不是的，如果你读不出现代诗的好，你读出的古诗的好也是假的。你那是条件反射，是巴甫洛夫做实验用的那条狗。因为大家整天读这些东西习惯了，你貌似也跟着感动了、感怀了。所以，你别以为可以拿古诗做掩护，来指责现代诗。

还有最后两句更是独特，"我真觉得自己 / 是修女"，我觉得这是一个医务工作者最好的灵魂坦白。医务工作者是一种特殊职业，既然被人们赞美为天使，那你就要有天使之心。我觉得这首诗很对得起自己的职业，很对得起自己从医大半辈子的经验与情感的沉淀。同时我认为，她是一个有心灵的医生，能够从诗性的角度去发现，一个医生在医院的真实存在和精神存在。而且她还是精神病医院的医生，平时打交道的都是精神有问题的人、精神受到创伤的人，她有一个系列的诗对此有很深入的表现。

下面这个诗人叫二月蓝，重庆女诗人。

再见

二月蓝

在水中

我无法呼吸

一条鱼游过来

对我

吐了几个泡泡

然后说

我只能帮你到

这里了

点评：二月蓝是位感觉型的诗人，对于这样的诗人，不需要说什么，只要她的生命有感觉，便可以一直写下去，不断出好诗。她还有可贵的一点：在语言上很懂得节制。本主持重庆推荐。

你看看什么叫感觉型的诗人，显然这不是一首口语诗。有同学疑惑了，这个够口语的了，怎么不是口语诗？你要知道，我们现在的口语诗已经很成熟了，整个的结构、处理材料的方法，都有它独特的一套。这首一开始就是完全虚拟的超现实语境，肯定不是口语诗，尽管它的语言有点口语化，但口语化不等于口语诗。

我说她是一个感觉型的诗人，她是靠感觉来写的。中国知名的当代诗人里，顾城是最典型的感觉型的诗人。哪怕你有点幻想或幻觉，你就是通过一个想象的感觉也可以写成一首诗。二月蓝在类型上属于感觉型的诗人，在技术上，她实际上属于意象写作的诗人，当然这一首不典型。

口语诗现在已经是很成熟的诗型了。我已经推荐的我们这个课上产生的六位诗人中，哪些是更典型的后口语诗，我在推荐语里面也都点得很清楚。像王姣写维马丁讲课的诗，讲德语就流畅，让她想起跟男朋友吵架，吵不过时就飙陕北话，这里面有种幽默感，这就是后口语诗。所以，大家不要把二月蓝这首有点口语化的感觉型的诗直接理解成口语诗。那是因为你搞不清楚什么叫口语诗，非要把很多感觉型的诗、意象型的诗说成是口语诗。我用自己的标准做过统计，《新世纪诗典》推荐口语诗的比例为20%，也就是说，这一本书里真正属于口语诗的只有五分之一。如果你认为满眼都是口语诗，那是你自己认识不清楚，中国哪有那么多的口语诗人。

这个诗人叫海青，山东的，是"风筝之乡"潍坊的一位女诗人。我们看她这首诗——

蝙蝠
海青

已经记不清
为什么初一时
我们把教英语的男老师
叫蝙蝠
但可以确定
与那篇课文有关
蝙蝠飞到飞禽那里
不被承认是鸟类
飞到走兽那里
不被承认是兽类

点评：今年江油颁奖礼之"磨铁读诗会"是淘汰赛制，可以自选对手，记得海青老被人选，那一定是被当成了软柿子。记得当时我嘟囔了一句："海青不好搞。"——结果她一路杀进前四，终获殿军。就拿这首诗说吧，这种剑走偏锋的玩法，大批口语诗人（别的更说不起）连会都不会。

这首当然是口语诗，属于口语诗里玩词的一种。口语诗对一个词的解析，不会像知识分子诗歌。知识分子有时也解析词，也玩词，通过词的语义玩一个什么东西，甚至玩一个典故出来。他们只是自称为知识分子，实际上就是学院派诗歌通常的玩法。这首诗是口语诗人在玩味"蝙蝠"这个词，是用生活去解析它的语义，牵出的是一个故事，过去有一个教英语的男老师被他们起了一个外号。

给老师起外号这种事，大家干过没有？我不知道你们私下里有没有给我起外号。汶川地震的时候有一个男孩被挖出来，第一个愿望是："想喝可乐。"最可爱的是，他还加了一句，"冰的。"那个男孩后来就被叫作"可乐男孩"。过去学生给我起的外号就叫"可乐老师"。过去几十年我一上课就带一瓶可乐，我就成了"可乐老师"。现在我改了，上课拿一杯茶，这个外号就消失了。给老师起外号，我们私下里都干过，现在回想，中学时尤其爱干，大学时减轻一点。

他们也给老师起了个外号叫"蝙蝠"，那么，为什么这么叫呢？看起来她是在追溯这个故事的原型，其实是在破解这个词的词义。她说，"可以肯定与那篇课文有关"，然后是"蝙蝠飞到飞禽那里不被承认是鸟类，飞到走兽那里不被承认是兽类"，所以把这个老师给记住了，同时也对"蝙蝠"这个词，有了她个人的理解。这就是口语一派的玩词，不再是通过词来解析掌故之类的东西。学院派的那些玩法都很陈旧了，他们玩典故，利用的都是集体约定俗成的东西，都是书里面的东西。但口语诗人玩词，却是利用个人经历中的故事和人物，来加深对一个词的理解。

这也是口语诗，不要一说口语诗，就以为只有一招，招数多着呢，玩法多着呢。这是口语诗人玩词的一首诗。其实大家也可以这么玩，试着用你个人的方式把一些词擦亮。有些同学在生活中会有这样的经验，有时候有些词在你心中一直暖着、捂着，你喜欢拿出来玩味，你不妨试试，看能不能写成一首诗。

这个诗人叫瑞箫，上海女诗人，苏州大学本科毕业，上海社科院和上海交通大学联合培养的研究生，现在是上海社科院文学研究所的副研究员。这就叫专业的文学工作者。在我们国家，作协或文联的专业作家，社科院系统文学专业的研究员、副研究员，这种都是专业的文学工作者。即便是教文学专业的老师都不是专业的文学工作者，当然老师是天经地义的教育工作者。我们看看她这首诗——

幸福

瑞箫

敲敲门

里面没有动静

用力推

纹丝不动

钥匙也打不开

原来

门是要向外拉开的

2016/07/31

点评：上个月在江油，在任洪渊作品研讨会上，瑞箫博士在发言中的一个建议遭到众人异议，她说错地方了。如果她在自己办的那个会上说，一点问题没有——这就是中国当代诗坛格局划分的真实写照，也是中国现代诗歌多元化的真实写照，自然也说明《新世纪诗典》的兼容并包——我们只需要加一个条件，质量保障下的兼容并包。幸福不好写，本诗有思路。

这首诗写得也很哲学，这跟她受教育的背景有关。受教育程度越高，就越是知识分子化，诗就写得抽象起来，就形而上一些，不那么形而下了。所以，在这首诗里，你看不到很多生活中细碎的东西，她所谓的敲门，也是经过提炼的敲门，里面没有更多附加的细节。其实很多人都有过这样的经验，但你没有想到写成一首诗。我们进很多商店的时候，不就有这种经验吗？那个门不需要用钥匙开，一般推不开就拉开，当然还有一些是旋转门之类的。

这其实是在写一种哲理，有着一个成年女人对幸福的理解，或者说对追求幸福的理解。你按照传统思维、习惯性思维去追求，有时候还追求不来，在推不开时就拉一下试试，换一种思路可能幸福就来了。

我们今天讲到的诗型还挺丰富的。写哲理类型的诗,你切记不要写干了,不要变成两句浅格言,也要有一个过程。与哲理诗匹配的一般是寓言体,就是讲一个寓言故事。这样一种诗,也可供大家采用,虽然它不会成为日常写作的常态诗歌,但也可以作为十八般武艺中的一种。

这个诗人叫绿天,湖北女诗人。我们看她这首诗——

我有一朵蓝莲花

绿天

没有一种恨会永久
这正如一朵莲花
不可避免
会凋谢

当王莲花
加了我的 QQ
在虚拟的世界里
教我喂养一种藤蔓的植物

我真的已忘记
在那个特殊的年代

她的祖父

曾割去我祖父双耳这件事

2017/05/12

点评：斯人升天，留下遗训。刚巧在这一组推荐诗中有这么
一首，特在此推荐给大家，我想向其在天之灵，也向世界表明，
中国的当代诗歌此境相差不远——而这是最令人欣慰、感奋、鼓
舞的事，斯人已去，诗人前行！

她这首诗写了这样一个事实，那个人的祖父曾割去我祖父的双
耳。这件事，就是中国人理解的世仇。这倒是我想不到的一首诗，
我很难有机会碰到这样的事，但你说这在生活中存不存在呢？当然
存在。我们看过那么多复仇故事，你别以为只属于武侠小说，也别
以为只属于过去的年代，实际上在现代社会里世仇也是存在的，只
不过不一定要像古人那样"冤冤相报何时了"。那么，她这首诗其
实就是写了世仇这种东西。她祖父是怎么割去我祖父双耳的，她也
没有说得更多，但这肯定是有仇的。到他们孙女这一辈，在虚拟
世界里还有了一种互动的关系。你看它的标题《我有一朵蓝莲花》，
实际上还是向善的，向着佛心而去了。这是一首倡导真善美的诗
歌，不要冤冤相报，祖辈的仇恨已经过去了。说句不好听的，有时
后辈甚至搞不清楚祖辈的仇恨具体是什么，到底怎么发生的。

今天的进程可以，好像书上要讲的已经完成了，下面我们再
加一位推荐过的同学，王靖雯。前三个推荐的同学确实都不在咱

们班，咱们班要尽快突破。

中年少女

王靖雯

早上起来
看到妈凌晨发来的
一条语音
她怒气冲冲地
重复那句
几十年来不知重复了多少次的话：
"如果这次你爸还不道歉
我一定跟他离婚！"

直到中午
我才想起
要给妈打个电话
屏幕中她手举擀面杖
眼角笑出鱼尾纹
身后是
笑吟吟坐在桌前
包饺子的爸

点评：王靖雯也是中国高校第一个诗歌写作课——《现代诗写

作》直播班上的大三学生，本诗属于典型的"事实的诗意"。越来越多的人领悟到：事实本身远比我们的主观感受复杂，诗歌课其实是人生课。

我们读她这首诗，通过同学的眼睛看到的其实是一种更成熟、更真实的夫妻关系。如果你只听局部的言语，哎哟，都提到离婚了，你会想这夫妻关系没法继续了。但到中午，两个人已经在一块儿包饺子了，而且很有喜感，这是一个典型的事实的诗意，也是一首典型的后口语诗。后口语诗的"后"字也要兼有后现代的"后"字，就是要写得富有喜剧色彩。其实她表达了对于生活的一种豁达的理解。

父母是我们距离最近的老师，连我这个职业教师都承认，学校教育大不过家庭教育，父母就是你天经地义的老师。我们从小长大，男孩在动作上都会模仿父亲，女孩会模仿母亲，这都是手把手教我们长大的人。我们在电影里看得多了，有些父母因为吵吵闹闹一辈子，对孩子形成了不好的影响。家里天天在吵架，那孩子长大了一定不是一个很温暖、很温和的人，一定是内心里蓄积了很多东西的人。王靖雯用自己的眼睛看到的就是一种更成熟的夫妻关系，有吵架，也有和好。反而是有些相敬如宾的关系，很快就崩掉了，有的吵吵闹闹，却能维系一生。而且，这吵吵闹闹的两个人，彼此还不觉得是爱情，一直以为是亲情，到老了才发现一辈子珍爱着对方。

爱情关系值得你用最高的智慧去对待。这是一个重大的人生课题，你要把自己所有的智慧都用上，选择一个能够跟你一生相守的人。我告诉你，有的人是瞬间好，有的人是阶段好，那都走不了很长远。有些同学不服了：老师，我就不要长远，我分几个阶段。你不要自作聪明，上帝有时候很苛刻，第二次和第三次的就不那么好了，你不要以为你可以不断地选择。而且到时候，你有了第二次就会有第三次，有了第三次就会有第四次，最后就变成"破罐子破摔"了。所以，不论你身处西方还是东方，每个人都要把第一次选择好，这需要动用你最高的智慧。

我觉得王靖雯看到的父母的关系，对她本人也会产生影响，她以后就会成熟地看待这个问题，不会因为和男朋友随便吵两句嘴，就很不负责任地解除这种关系。这是生活在教育我们，而同学的眼睛能够看得到，这就是这首诗的价值。

我们这门课已经上到第十周了，前面已有六个人的诗作入选，这说明我们同学中真的不缺聪明的孩子。有的同学在上这门课之前，恐怕对中国的现代诗、口语诗一无所知。我跟课代表李海泉吃早饭时交流，那些一开始就让我们看诗、平时早就在写的同学反而没有订上货，我们现在倒是替他们有点小着急了。咱们有的同学真的很聪明，就通过我们的课开始接触现代诗、口语诗，但一下就被激活了，一下就七窍全打通了，马上能够把自己的生活积累跟诗歌接上轨。我们看到已经入典的这六个人，无一不是这种情况，就是文学、诗歌、生活，文化积累、生活积累，一下就全打通了；而有的人还处于在文字的表面追求过关的状态。

我们今天课程进展快，希望在同学读诗的环节能够多进行几个。大家抓紧时间，不要等待。

雾

钟莉

睁开眼的第一件事情
是望向窗外
发现地面湿漉漉，天空雾蒙蒙
心情顿时像被不明物扎到的气球一般

下楼后
清新的空气，凉爽的风扑面而来
又多了几分慰藉
便像只鸟儿一样
努力扑闪着翅膀觅食去了

她这首描述了早晨的一幕，然后写了自己的主观感觉，最后一句挺好，"像鸟儿觅食去了"。按照对同学的标准，我首先想到的一个分数是 90 分。但作为入典诗歌显然是不够的，你这个感觉还不够尖，这个"尖"字里既包括尖锐，也包括独特，就是你的独特性和尖锐度不够。

还有一个写诗的毛病是，不要像作文一样写得太周延，不要写得滴水不漏，包括李海泉以前也是这毛病，用了很长时间才逃出来。你不要以为像作文一样写得很严谨就是一种"好"。我们说太粗糙的人成不了好诗人，但有时太细腻的人也成不了好诗人。有时候需要粗糙一点，我就在这儿简单描写两句，就跳到别处去，诗人就要善于从这儿跳过来。大家知道，太平洋战争期间，美国打日本用的就是蛙跳战术，他打那些岛的时候，有时会故意空掉一个岛。比如说，这个岛战略地位没那么重要，日军人数也不那么多，我先把它空掉，跳到它身后一个岛，回头再收拾你，或者就让它在那儿干等，我把海上封锁了，把你一帮人饿死在岛上。

　　诗歌也要懂点蛙跳战术，你不要把海面看成一片大陆，这么扑过去，你要看成一些岛屿，噔噔噔噔跳过去。确实因为都是我的学生，我手把手教大家过来的，作文都写得极其扎实周延，如果现在上《基础写作》课，而且你这是不分行的作文，我会很高兴，马上表扬你；但现在是分行的诗歌，你就要换一种思维，一个圆不要画得太圆，你还要懂得跳，不要一个平面扑过去。

鞋

李双双

原来

每场雨过后

泥泞的路上都会有许多小水坑

我喜欢穿着雨鞋

在上边使劲地

踩来踩去

仿佛溅起的水花越高

我越厉害

如今
再看到这些小水坑
我却会轻轻绕过

因为
我怕弄脏了
我的鞋

2019/04/30

　　她这首诗又是我刚才说的那个问题，不分行的话，就是一篇
叫《鞋》的挺好的小作文，把自己对鞋的态度，以及走在路上对
水坑怎么处理，写得非常全面、非常周延。但是诗歌就一定要在
你这么丰富的感觉里，提炼出那个最不一样的感受，别人没有说
出来过，你自己感受又特别深的，就是我说的"尖"。这就牵扯
到一个从作文思维向诗歌思维转换的问题。你说作文的功夫好，
对诗有没有帮助呢？当然有，在语言功夫上是有帮助的，比如说
已经推荐的同学里语言功夫最好的就是张娜，张娜的语言一看就
是训练有素的。但是你注意，作文的思维又会妨碍诗，因为作文
的思维还是一个片上的思维，现在写诗就要从面与片变成点，变
成我说的太平洋上的岛屿，然后采用蛙跳战术。这首诗我给一个
85分。

无题

付雨欣

我是上帝的眼睛
可他却让我目睹世间残忍
我不知道他是在戏弄我
还是折磨他自己

"为什么？"
上帝静默着
茫茫旷野
一个流星坠落

　　她这首诗的问题在哪儿？我告诉你，要是一个不懂行的老师，肯定觉得前面的都不是诗，她这才是诗。但我恰恰认为，你前面那些思考不是诗，其实你也没有多么深刻的结论，最后那颗流星飞过反而是诗。但你前面完全是那种带有哲理性的语言，这都是别人重复过不知多少遍的，已经导入到集体无意识里去了，集体无意识的结论恰恰是没有个人发现的。抛掉那些不知道从哪儿学来的思考，把它导入到形象，从形象出发。我也不倡导每一个人都从事实出发，那样好像我在鼓动大家都做口语诗人了，但你起码要从形象出发。这首诗我给一个 80 分。

四月十六日

姜倩

沿海文艺少女写大海
内蒙威武壮汉写草原
江南温柔的可人儿写小桥流水
西域伶仃的大丈夫写大漠孤烟
怪异的是
北京时间二○一九年四月十六日
一个陕北的女子
写道：
巴黎圣母院着火了

这首诗很有意思，她基本上让我上当了，表面上她在评价各种文学规律，什么人擅写什么，我还以为是一首很差的诗，到最后突然棋风一转，讽刺一个陕北女子写的"巴黎圣母院着火了"，这首诗一下就活过来了。我暂时给一个 90 分。你把这首诗发给课代表，课代表会转给我，我把它导入到下一次的正式选稿，到时我再通过文字判断能不能入典。

本讲授课时间为 2019 年 4 月 30 日

第十一讲 《新世纪诗典》诗人 1

今天是第十一周，上一周已经预告了，后面的诗人不太好归类，反正都是入选这本书的，咱们就叫《新世纪诗典》诗人，只有两周了，这周是（一），下周是（二）。在我们班直播也只有这两次了，然后就要转到二班去，也就是说，讲译作的最后六周，全部在二班直播。我们的课还有八周，实际上就剩两个月时间了。

我还带的有毕业班的学生，这两天到了他们毕业论文写作的最后阶段，昨天过来找我签字，我给他们一一签了。5 月 15 日就是他们的答辩日。他们也就比在座的大一级，明年这个时候你们就要经历同样的事情，半年之后你就要开启论文写作了。我之所以讲这件事情，因为它是你接下来就要做的事情。

话从何说起呢？今年我指导了三个学生。2015 年的时候，我受到过一次打击，当时被学生来了一个零选。据我所知，在学校历史上，好像只有两个老师被零选过，稍微让我得到一点安慰的是，另外一个被零选的老师，讲课特别出色，经常获得讲课比赛的冠军。所以，从零到三，中间也有过四和六，我也不觉得有什么，没被零选就不错。但是，我昨晚看了一下我们工作群里发的答辩名单，这一看受了点小刺激，至少在现当代组的三个老师里，我这个三就显得很丢脸。焦老师是一大串，杨老师也有一小串，然后我来一个三。第一，我从来没有靠多辅导毕业论文去赚学生钱的心思。第二，我的虚荣心有限，也不觉得丢了多大的脸。但是第三，我想到"公平"二字就比较愤怒，一个老师那么努力地上课，却得不到学生公平的评价。选择就是评价，选择是非常严肃的大评价。

好在这个世界是平衡的，不论有多少不公平，老天爷都会帮你把平衡找回来。在我指导的三个同学的论文中，有一人论的是口语诗，而我是《中国口语诗年鉴》的主编，我当即决定把这篇文章收录到《中国口语诗年鉴》2019 年卷里去。所以，选我的人会得到什么样的待遇是你无法想象的。

这件事跟在座的同学也有关系。因为我们讲的是"典七"，我光记得我是《新世纪诗典》主持人，都忘了我还是《中国口语诗年鉴》的主编了。我们的课代表李海泉也是《中国口语诗年鉴》目前十五个编委之一，而且是两个 90 后编委之一，尤其是 90 后的作品，他是有权推荐的。这个事提醒了我，大家不仅仅是入不入典的问题，最后还要推荐一批作品给《中国口语诗年鉴》。在所有编委里面，只有我一人有权力把《新世纪诗典》里的作品，同样选入到那本书里，当然首先得是口语诗。除此之外，李海泉还要再从同学们没有入典的诗里，选出一批优秀的口语诗推荐给《中国口语诗年鉴》。

这个事情有两方面跟大家有关，一个是半年后大家就要开始做毕业论文了，我想因为开了《现代诗写作》，也许选我的学生会从三个变成六个，从此以后，我就不那么尴尬了。另外就是提醒了我，我有两本书的资源，可以让选择这种价值观的人得到最公平的对待。如果老师手里没一点资源，没一点权力，没一点强硬的东西，就会这么白白地被学生侮辱一把，好在我还不是那么弱。

顺便讲一下，我希望这些话将来也能录到书里面。我们在这儿讲的所有话，李海泉负责整理成一本书。包括我刚才说的这番话，我不怕丢丑，不知道是谁在丢丑，我就是给大家讲我被零选过，现在也是最少被选择的导师之一，我能够给选择了我的人更好的待遇。当然，这也符合《中国口语诗年鉴》的编选原则，这本书的理论部分就是要登载关于口语诗的论文和评论，毫无疑问就是要建树中国口语诗学的。

上一周我们讲的是女诗人，这一周不管男女，不管受教育的背景，他们共同的称号就是《新世纪诗典》诗人。今天第一个要讲的诗人是杨艳，福建80后的女诗人，这是一位先锋指数比较高的诗人。我们看她这首诗——

复活

杨艳

自从领导

加了我微信后

才发现

朋友圈里几个

过去我以为的

僵尸号

一直都有

伸出僵硬的爪子

在点赞

2018/01/21

　　点评：《新世纪诗典》要评年度十佳的话，杨艳必占一席，她是表现最佳的女诗人（没有之一）：在连续两三轮的爆发之后，本轮重归平缓，但本诗因其表现的现实的强大而又增大了写出的必要性。借本诗感慨一声：有些人谁也瞧不上，他（她）瞧得上自己吗？——那个活得像笑话像卡通人的自己！

　　这种诗大家听了以后有亲切感吧？这首诗的价值就在于它所表现的内容新。新到什么程度？新到了微信的朋友圈。你怎么活就怎么写，这个话说起来容易做起来难。微信，包括朋友圈，是大家生活的一部分，是你主要的虚拟生活空间，但里面大部分人跟你是不会发生关系的。你看她就把这种情形写成了一首诗，那几个她以为是僵尸号，或者是谁的小号，根本就不常用的，结果领导一出来，这些家伙就复活了，伸出僵硬的爪子在点赞。

　　这个朋友圈，包括各种群，那可真是世相人心。你曾经都跟什么样的人在中学时代度过的？你可能跟他成为长远的朋友吗？最后答案是否定的。在我们青少年时代结交的还真的都是阶段性的朋友。我父亲当年就这么跟我说过，我誓不接受，甚至怀疑他动机邪恶，你为什么要告诉我朋友是阶段性的？我到现在也不知道他用意何在，但我起码明白了，他说的是对的。

　　很多过去不明白的，现在都明白了，这就是虚拟社会的好处。虚拟的社会好像又比任何现实的事物都更真实。平时在现实中没觉得某些人多无聊，而通过虚拟的社会，我看穿了他的灵魂，真的是乏味无趣，没有理想，没有信仰。

杨艳抓这个点抓得好，这个点挖出来之后，就有很强的地下水喷涌出来，就是说它的表现力非常强。其实说句不好听的，在领导面前是这副嘴脸，在别人面前又是一副嘴脸，这在朋友圈里已经算很正常的了，至少不算太独特。但是能有这样的意识就不错，怎么活就怎么写，你甚至不用思考，这些是新事物还是旧事物，就写你眼前的，就写正在发生的，这个诗就土不了，因为时代总是前进的。但是你要能写，就要解决观念上的问题，你要意识到这样写没问题，有些人恐怕还觉得这些不是诗。

有些人的进步是非常缓慢的，现在海子进课本了，海景房的老板都拿他的诗做广告了，然后，你现在觉得他那是诗。你有本事，在海子活着时，你也认为海子写的是诗啊。我这个话跟大家说好像不公平，海子活着的时候大家还没出生呢。我把这话送给中国诗坛理论界的大咖，海子都死了多少年了，你再来说什么"在海子之后就没有诗感动我了"，就这种水平，你能当中国诗坛理论界的大咖吗？

你要真有本事，就要能够及时准确地对待文本，不要因为发生了什么新闻事件，等这些东西变成强制教育的一部分了，再来赞美它。在中国人的概念里，进了常规的课本，就好像进入保险箱了。但也不一定，这首诗到底好不好还不一定呢。我发现有一部分人不是那么傻，已经开始对课本上的诗保持警惕，并苛求起来。

我的意思就是说，如果你要写诗，如果你写诗的自觉性越来越强，就一定要想到诗的现代性和前瞻性，一定要想到你自己身处的时代。你不是活在"五四"的幻觉里写，而是要写眼前的生活。所以，我觉得杨艳这首诗在这方面的意义很重要。

好，下面这个诗人叫洪君植，他是旅居纽约的 60 后男诗人。

答案
洪君植

美国移民局
入籍前考试
有一道题目
美国是一个法治国家
指的是什么
绝大多数中国人
回答都是
公民必须要守法
标准答案是
政府必须要守法

点评：说实话，这种传输信息的诗，就诗学本身来说，档次并不高，但在当下现实面前，却显得很有力量——一种文明的力量，表现的是一个民族在追求现代文明之路上的一种自觉。
要想加入美国国籍还得考试，一次通不过还要反复再考，洪君植考了两把通过了，变成一个国籍意义上的美国人。

不要小看这个国籍，国籍是你在世界上的一个归属标志。大家知道绿卡和国籍的区别吗？绿卡是在美国的永久居留证，你可以以中华人民共和国公民的身份在美国永久居留。但是入籍就不一样了，你入了美国的国籍，拿的就是美利坚合众国的护照了，你以前中国的那个护照就作废了。

洪君植在入籍考试里的那道问题和答案，就是一种文明的传输，你看看美国对法治国家的首要概念是什么，是政府必须要守法。国体不一样，国家的历史不一样，现在我们越来越知道以美国为代表的西方国家有太多跟我们不一样的地方。

就像我在点评里讲的，这叫传输信息，一首诗传输一个信息，看起来档次是不高的，但是在中国文明、中国诗歌的这个发展阶段却有其价值。洪君植这首起码写到了他所经历的一件事情，就是入籍考试，以及大家的反应。虽然我们也讲过了维马丁这样的真正的外国人写的诗，但是和一个从我们这儿移民到国外的角色还是不同的，所以，我选洪君植作为一个代表来介绍一下。

今天讲的第三位诗人是冈居木，这个名字太像日本人了，但实际上是中国人，山东德州的 60 后诗人。我们看他这首诗——

团圆

冈居木

一家人吃完饺子

回到客厅

弟弟妹妹妻子女儿

都抱着手机在看

八十岁的母亲

在一边看电视

女儿起身去洗手间

随手将手机丢到沙发上

母亲顺手拿起来

不知如何摆弄

最后对着手机黑屏

整理起白发

2017/03/13

都抱着手机在看，这个场面太亲切了，前几年还有人讽刺这种场面呢，现在没问题了，大家各看各的手机，能坐在一块儿就好，一点也不觉得有什么奇怪的。然后呢，八十岁的母亲在一边看电视，这写得多好，还看电视的就是八十岁的人了。"女儿起身去洗手间 / 随手将手机丢到沙发上 / 母亲顺手拿起来 / 不知如何摆弄 / 最后对着手机黑屏 / 整理起白发"，你看什么叫能写？什么叫写作能力强？什么叫优秀的口语诗？你经历过类似的细节，但是你没有抓住，甚至没有被你看见，说明你没有观察生活的自觉。这些一线诗人已经不用提醒自己观察生活了，这已经变成条件反射了，他们这种能力肯定比我们大家强，但是你也可以向这个方向去努力。

我的文字点评：过年过够了吗？没过够就再来一首过年诗。生活即诗，过年的生活构成了真正的过年诗。每一个时代，直书其当代生活的诗方为主流，口语诗无可争议地充当着这样的时代主流，于是这个景象更滑稽了：腐朽没落边角下料的抒情诗人加意象诗人加杂语诗人天天骂主流。

这个时代太滑稽了，以前主流是不被骂的，主流多强大啊，谁会骂主流呢？在这个时代，甚至你点出口语诗是主流，一些人可能就要心脏病发作。它明明已经是洪流，你还怕把这个"洪"字变成一个"主"字，但这由不得你的喜好，它既然是洪流，那就是主流。

网络时代放大了口语诗，萎缩了抒情诗和意象诗。而网络时代到现在有多少年了呢？中国老百姓的网络元年是 2000 年，那年上网的人是很时髦的。我可能接触得更早一点，因为我在一个杂志社做兼职，那个杂志社已经对外公布了电子邮箱，我要在电子邮箱里去看别人发来的稿子。那时候，作者如果是通过电子邮箱给你发了电子版的稿子，那绝对是时代的先锋。到 2001 年大家就大面积地上网了，到 2002 年、2003 年不上网的人就显得已经被时代抛掉了。

从网络元年到现在已经二十年了，也就是说，口语诗之兴已经兴了二十年了，洪流就是这么造成的。抒情诗和意象诗就萎缩掉了。今天你还要否定这个事实吗？咱们对比着说一下兴和衰的原因。想象一下，如果这是一首朦胧诗，大家在网上第一时间里看不懂，会有兴趣把它粘贴、收藏起来，然后过两天看一眼，再过几天再去看一眼吗？不要说今天大家不会，就是在刚上网的初期也不会。我在线看这首诗，看一眼，看不懂，算了吧！朦胧诗就是这么完蛋的。你跟大家没法交流，你发出一首诗，大家在这首诗面前说不出一句话来，他没有参与感，遂扬长而去。你再想象一下口语诗是怎么回事，你别看这些人老骂口语诗，骂也是参与。他一看你写了一首口语诗，心想这也是诗？他就在底下吧吧说话，跟你纠缠半天，这也是参与。那个抒情诗又是怎么衰落的？我上节课已经讲过了，就是他们的抒情方式千人一面，都长得一模一样，谁把它当真呢？所以，你说你要否定口语诗，你既没那个学术能力，也没有抹掉历史的能力，你能拿我们怎么样。

冈居木这首诗，不只是抓住一个东西的问题，也表现出写作能力之强。在写作的过程中，有些人也会有相对机械的写作，有的人就不断有灵感来支持他，像冈居木这首，就是一首实力诗作，里面的东西都是沉甸甸的。这是今天讲得比较好的一首诗。

这个诗人叫唐突，湖北人，1954 年生人，比我大一轮。我们看他这首诗——

第七感觉服装店

唐突

其实我以我的年龄
迁就了
这个社会与你们
但也偶尔有点刻薄
走进第七感觉服装店
服务员对我说
"这里都是年轻人穿的
没有你穿的衣服"
我说"我穿衣服
比年轻人有更严的要求"
她有点尴尬
指着一件最新款式的
黑色羽绒夹克
"这件行吗？"
我说"不行
这只适合于老年人"
她又指着一件蓝色的棉衣
我说"这种蓝色过于暗淡
像马上就要变阴的天空"
她又提出一件深红色的大衣
我说"这是老太婆穿的

完全不行"

"那你需要什么样的衣服？"

我说"必须是明亮的

有纯度的天真的颜色"

"那你到儿童服装店去看看"

我说"是的，那里是有

我喜欢的颜色

但是没有大到成年人也能穿的"

2018/02/04

点评：昨天在推荐马非的诗时说道，他的诗对得起自己四十七岁的年龄——那么今天我要说：唐突这首诗对得起自己六十四岁的年龄。奥登对大诗人和一般诗人所定的五大区别之一便是：诗中有无时间与时代。对于中国诗人而言，还有一个敢不敢面对年龄的问题，不论男女稍微一老，简介中年龄都愿意模糊掉……概因如此，本诗是唐突自己的大突破，也是中文现代诗的大收获。

现在大家回想一下，我在上周讲到女诗人时说到"女性"二字，还说一首诗如果是一首好诗，就能够看出作者的性别。我再加一条，如果是一首好诗，就能够看出作者的年龄。但中国是个什么样的文化境况？爱装年轻人。你回想一下生活中遇到的人，都在装嫩，你要是告诉他，你长得这么老啊，那你就太不会说话了。你先要反省一下自己，为什么要说别人老，为什么要把这个事实说出来，你是不是有点人性恶？你明明知道，中国人是不喜欢别人说他老的，胖瘦都还在其次。你注意，在生活中，你要会说话，千万别做个傻子。

我们在诗歌中也是如此。你那么怕老，怎么能积攒一些东西呢？只有坦诚，你的作品才年轮分明。我就是老了能怎么样？你老了难道不是事实吗？所以，我就觉得布考斯基的诗年轮感一直特别强。你的一生应该是有层次的，如果你八十岁写的诗跟二十岁写的诗差不多，那你怎么这么不自重呢？所以，什么年龄就写什么东西。

这个诗人叫张小云，现居北京的 60 后诗人，祖籍福建，他是成名很早的第三代诗人。我们看这首诗——

童工

张小云

到琅勃拉邦当晚入住盂和宾馆

便来到四川钱柜酒家吃饭

服务员多数是 00 后的女孩

来自宜宾的老板解释

老挝的法律没有限制任何人找工作

在这里没有

童工

2018/02/04

点评：《新世纪诗典》诗人每次组团外访，我特别欢迎张小云报名参加，因其国际政治宗教文化知识丰富，我可以随时随地请教。这些方面知识丰富的人，便能够发现所去国家的问题，本诗为证。金斯堡名言："写你看到的，别写你想到的。"——其中一个不需要说的前提是：平时你老在想。

这首是《新世纪诗典》组团去老挝时写的。我也在团里，包括去老挝的想法也是我想出来的。老挝，一个世界人均收入排名倒数前十的国家。这个国家是什么性质呢？我在诗中也有写到，一个佛系社会主义国家，全民都信佛教，改革的步伐迈得很慢。这个国家主要是靠中国、美国和越南的支持才得以存活。

张小云去了以后就发现问题了。我们去的钱柜酒家是一个四川人开的，他还搞得很清楚，是来自四川宜宾的老板。这也都是我现场看到的，这个 00 后的女服务员，长得特别小的样子，老板就给他解释，老挝的法律不限制任何人找工作，意思就是在这儿没有童工的概念。实际上，就因为没有年龄限制，没有童工这个意识跟概念，于是就有了童工了。其实他写的就是这么一首诗。

这首诗能够代表中国诗人看世界，中国诗人写世界，就是我们的脚步已经跨出国门，我们的笔开始去表现这个世界，这绝对是中国改革开放四十年的成果。改革开放初期，对个体的中国人来讲，是没有出国旅游的能力的。现在，对中产阶级来说完全不是问题，有的人每年都要安排出国旅游。《新世纪诗典》也利用了这一点，大家组团一年去两个地方，这次我们选择了邻国，它确实也跟中国有相似之处，大家同为社会主义国家。

这首诗虽表现国外，但跟我们也是有关系的，里面有一个中国老板。这就是《新世纪诗典》诗人笔下的世界。有时候写世界，也把我们中国写进去了。所以你看，从诗歌内容来讲，我们的诗是非常丰富的。

再来一位女诗人，从容，深圳 60 后诗人。她是中央戏剧学院毕业的。还记得吧，咱们前面讲了一个北京电影学院毕业的，这又有一个中戏毕业的，所以，这些艺术院校照样可以涌现诗人。她出生在一个电影世家，父亲以前是知名的配音演员，那部印度电影《流浪者》的男主人公就是她父亲配音的。所以，这是一个影二代，她根据畅销小说《花季雨季》改编的电影还得过"金鸡奖"。我们这里面也有以艺术为业的诗人。我们看她这首诗——

自由
从容

我坐在他的沙发上

点上一根他的烟

在他坐过的马桶上

大声地咳嗽

像他一样刷一晚微信

拧开他喝过的白酒瓶

给自己斟满

打开电视看球赛

大吼两声

甚至光着膀子

看军事新闻

在空荡荡的房间大哭

我一会儿是男人

一会儿是女人

点评：去年情人节，需要一首好情诗，我想到了中国目前最好的抒情诗人从容女士；今年情人节，在我即将推荐的这组诗中刚好有从容，她是《新世纪诗典》诗人云南西双版纳—老挝跨国行诗歌拉力赛总冠军。她在此行中最好的一首诗，也是一首泛情诗，代表我典与众情诗小辑一比高低。优秀的深刻的现代抒情诗从未被我典忽视，非将《新世纪诗典》说成"口语诗典"是自欺欺人。

我把这首诗界定为"泛情诗"，看似跟"情诗"是一类，实际上是在写情感。这个"他"已经不在现场，这是个什么情况，我也不好贸然去猜。这个"光着膀子"，就是我刚才说的写作中的灵感与灵气。前面都是平推的，对事实诗意的描述，等写到"光着膀子"，这就好玩了。我从文本来判断，这个"他"一定是抒情主人公爱得很深的一个人，因为诗中有生活现场、生活习惯，肯定是生活过相当长的一段时间，不是那种短暂接触的情人。

如果把抒情也看作情商的"情"的话，我觉得这是一首情商很高的诗，也是一首比较高级的诗，所以我派它出来。每到情人节，各个平台都会推一个情诗小辑。今年情人节，我推的是李海泉的一首诗，去年推的就是从容这首诗。我们这个平台是一个日常平台，有时候也会跟节气、节日挂钩。当然，这个应景之作，不是说诗人应景而写，只是我应景而推。这样的泛情诗放在情人节推的那些庸俗不堪的情诗的汪洋大海里，一下就拔出来了，这种推荐方式非常有利于推的那个诗人。所以，不是说大家不可以写抒情诗，只是现代抒情诗已经变得比较高级，不再是那种简单化的抒情方式。

曲有源是吉林 40 后的诗人，这个年龄段的诗人很少，在 40 后里面，曲有源的写作状态是最好的。还有一点可能很出人意料，他在《作家》当诗歌编辑一直当到退休，还得过"鲁迅文学奖"，他在退休后还能延续自己的写作。所以，有些号称民间的那些人，你白号称了，你还不如在单位里待一辈子的，退休以后人家还能接着写。有些民间诗人，你要是体现不到创作的实力上，你那个民间有什么意义？

天葬台

曲有源

累死了才

爬到葬

台这

么

高

而依

靠鹰那

会飞的棺

材只能

缩短

和

天

堂的距离

　　这是典型的意象诗，里面有一个绝妙的意象。你看他是怎么界定鹰的，怎么把鹰通成一个意象的？他把鹰叫作"会飞的棺材"。一首这么几行的诗，有一个漂亮的意象就够了。意象诗人的价值观是，你要有几个漂亮的意象向大家抖一抖。你说你是意象诗人，你连一个漂亮的意象都没有，那怎么体现你这首意象诗的价值呢？我就觉得它里面有一个奇佳的意象，又有这么清晰的生与死的思辨，一首好的意象诗就齐活了。

　　不同的诗，其价值和评判标准是不一样的。冈居木那首是出色的口语诗，你看看他呈现的细节，在手机的黑屏上梳理白发，这最后一个细节是致命的，也是最漂亮的。跟意象诗对位的话，意象诗需要有一个最漂亮的意象。所以，什么样的价值观，写什么样的诗，你脑子要清楚。什么叫自觉的写作？你写的是意象诗，意象诗的价值观是什么样的，怎么样去体现它的价值，你脑子很清楚。我写的是口语诗，口语诗的价值是怎么体现的，脑子要非常清楚，这样的写作才叫自觉的写作。

　　我当时的文字点评是这样的：越写越好，内容越好，越让我感觉形式存在问题：原本的创新变成了自我重复，还有一点：不够自然。不过，到了这个年龄段还能精进，中国诗人少之又少，我在老挝向曲有源先生致敬！

我也说到他在形式上有点别扭，因为我是一个口语诗人，主张读起来要顺，不主张排得太怪异。排这么怪异的话，还是把语言当成文字了。你不能说语言就是文字，你在那儿像积木一样随便搭，语言还是要读的。这首诗内容极好，而且也有硬货，只是在形式上，我跟曲老先生有一点不同意见。

这个诗人叫庞华，江西 70 后的诗人。庞华这首诗叫《一只羔羊》，只有四行，大家仔细听——

一只羔羊
庞华

它发现一片墓地
十字架的墓碑林立
草长得很好
所以吃了一个饱

2018

点评：西双版纳诗会的饭桌上，有人开玩笑说要评《新世纪诗典》十大长得着急的诗人。我想的是：诗相呢？庞华长得着不着急，没见过，不知道，不过诗相显老，更像 60 后，好处是文化底蕴深厚，缺点是冲力稍显不足。本主持云南西双版纳推荐。

我觉得他写得既事实又诗意。什么叫事实？往往是墓地、墓园这些地方，鲜有人迹，无人踩踏，草都长得很好，一般都是荒草丛生，这个事实很强大。这只羔羊，就选择了这个地方。它选择这个地方，不是因为有墓碑，是因为草长得好，所以在这儿吃了一个饱。然后这样一个诗意就构成了。羊是因为找草，选择了草长得最好的地方来吃，它就出现在这片墓地里，这就构成了"一只死亡面前的羔羊"这样一幅画面。

像这样一首诗，你说是口语诗呢，还是意象诗？我觉得是两者兼而有之，既写实又写意。口语诗往往是写实，意象诗是写意，我觉得这首诗很妙，把两者结合起来了。所以，这首诗从口语诗的逻辑能讲得通，从意象诗的逻辑也讲得通。

现在我就想说一下，为什么有一些专写意象诗的诗人，还写不过口语诗人偶尔写的意象诗？这种情况也是合理的。有些专写意象诗的诗人达到的层次不高，还是那种找词式的写作，在找这个词和那个词是什么关系，停留在这个层次。而口语诗人基本上都过了这一关，都是比较灵活地写这个世界的关系，所以有时他写一个意象诗，就比你这个专业写意象诗的人自由度大。一个找词的诗人要打破脑袋才能想到的绝妙程度，对于口语诗人来讲却不费吹灰之力，因为他的世界比你广阔，他觉得大千世界什么都可以发生，是从这个逻辑角度出发的。我很有信心看下去，最后到底是写意象诗的诗人写得好，还是写口语诗兼写意象诗的诗人写得好。这个世界是很残酷的。这就是告诫那些意象诗人，你既然写意象诗，达到的层次又比较低，还属于那种带着词汇表的写作，早晚有一天，随便一个口语诗人玩一个意象诗，就把你击得粉碎。实际上，庞华这首诗，在某种程度上也是一首很绝妙的意象诗。

好，今天课本上的就讲完了，再讲一首我们同学的。我把韩彩丽同学的名字也写在黑板上。应该说，她是目前推荐的六位同学里最出色的，这也是跟其他诗人最有竞争力的一首诗。

千层饼

韩彩丽

夜深了
父亲在打纸钱
一沓烧纸被转成了一张千层饼

第二天早上
父亲拿这饼去喂饥饿了一年的亡灵

真奇怪
难道爷爷嫌这饼烫嘴吗？
只围着饼缘吃

点评：中国高校开天辟地的《现代诗写作》课所创造的奇迹在扩大，在深化，又有三人入典！本诗不但入典，还与李东泽《女神》争锋"半月最佳",虽险负但难掩其光彩:烧纸—千层饼!堪称近年本典最佳意象,在一首口语诗中。

如果你能想出这样的意象,再有一些事实的诗意,这首诗就算成功了。既口语又意象,不但老资格的 70 后一线诗人庞华会玩,我们的同学也照样会玩。有些同学有写诗的天赋,只不过我们这个课把你的天赋彰显出来了。如果你没有这个天赋,用一个学期的时间也是教不会的。我相信,像韩彩丽这样的诗人,很能鼓舞在座的同学。你可以看到,我们的诗人和中国一线诗人没有多大区别,本来就是这样的。有些人死活不解放思想,不敢争锋,但别人就敢,就能写出来。我们这个课开花的时候到了。

下面又该我们同学上来朗读自己的诗作了。有一个同学课间让我看了她的诗,请这位同学带个头。

鱼群
杨子锐

一大早,被老妈的电话叫醒
磨蹭着下楼已经是八点
看见洗碗槽的盆里有条鱼
我翻动着它,将没有划掉的鱼鳞一片片抠下来,这是我
　　的任务
它躺在盆里,水漫过它身体,感觉挺自在

舒服吗？去鳞是件很疼的事吧

没有啊，反正要被你们人吃掉，就当美美地奉献自己

不应该痛苦吗

去掉鳞甲，磨掉棱角，顺着你们的意思，不好吗

这样，盆里又多了一条鱼

很多鱼

哦，你是第二次读了，上一次是85分。她这首诗我先点评了再给分。

她这首诗，我觉得事实的诗意是存在的，但她写得有点笨，那种思考的方式就有点笨，应该把思考转化为感觉。我现在灵感不够，随便举个例子，假如你把自己写成那条鱼，可能比你思考了半天表现力更强。你再想想办法，可以修改一下。还有一个，我在课间也看了，你那个标点符号俱全，就是说形式上、内容上都有点笨，形式上还有点像强制分行，而不是自然分行。强制分行往往是你还没有意识到语感的问题。事实的诗意是没有问题的，甚至还很结实，尤其是她写刮鱼鳞的过程，我都能感觉到痛感，但除此之外的东西表现得还不够，所以，我给一个90分。

下面就是彻底没有读过的，已经读过的就不要举手了。

红辣椒

李欣儒

山城

到处都是台阶

气喘吁吁地爬上爬下

一个女人

身背大包袱

怀里抱着小孩

她的男人

紧跟在身后

手上空无一物

兜售船票的人说

这男人

真不懂事

可我仿佛看见

这女人

变成了散着红光的辣椒

　　这首诗我听了很欣慰，但又有点可惜，可以好好修改一下。其实，她这首诗文化性非常强，可以说入木三分地写出了四川的文化。四川的家庭文化就是这样，男的整天坐在茶馆里喝茶，女的里里外外一把手。美女配丑男，丑男还那么懒，这就是四川文化。所以，她这首事实的诗意也很强大。而且她比杨子锐懂什么叫诗，她把那个女人直接通到了红辣椒，但是表现力好像又不够了，四川女人不仅仅是红辣椒的问题。但这首诗的事实的诗意加上文化性真的太强大了，所以我毫不犹豫给一个90分。你和辅导员在底下共同探讨一下，看怎么把这首诗改得更好一点。如果能改得更好，能够上典的话，那就是95分的成绩。

我们很多同学根本不要小看自己，你是能写的，要敢于发现自己。

错爱

宋静宇

同性恋 双性恋 双性人 变性人
恶心、污秽、令人作呕
死去吧
让他们去死吧
他们
头，悬在城墙头上
身，架在火刑架上

审判官和刽子手含着泪
那是他们旧时的情人

这首诗形式特别成熟，在形式上完全是一首诗，一点问题都没有。我现在有点犹豫，你前面是用戏谑的态度写的，你说的诅咒实际上是一种讽刺，但还是容易让人误解。你看能不能加大这个戏谑度，你把它弄得搞笑一点，更明显地传达讽刺的意思，不要让有些人误以为你真的在诅咒同性恋，这样再接上最后的话就完美了。

本讲授课时间为 2019 年 5 月 7 日

第十二讲 《新世纪诗典》诗人2

中国当代诗人部分，讲到这一周就完全结束了。我们从身边的校友诗人讲起，用十二周时间讲了中国当代诗人，平均一周按八个人算的话，十二周下来也将近百人。这个范围是很大的，而且是很有效果的。

今天我们就要进入到中国当代诗人的最后一讲了。我们所讲的内容的选择，完全是考虑到怎么让大家最快地上手，最快地写出入时的诗。越往后讲，越高大上，讲到外国名诗的时候，再进一步提高大家对诗歌的认识，让大家看看全世界最好的诗都是什么样子。你首先要在形 / 型（既有"形"的意思，也有"型"的意思）上是现代诗，把这个固定下来以后，再不断增加作为诗人的修养，这个路子是非常对的。

我自己在大学时代，要总结有什么经验的话，就是比其他一些同时代写诗的校园诗人更注重平衡。我发现身边的同学，有的是译诗控，只读译诗，看不起中国当代诗歌；有的是历史控，只读比较老的诗，看不起当时新发表的诗。这都叫失衡。我自己是几方面都会读，包括古诗。说句老实话，难道我们真是在中学阶段，老师强迫我们背诵古诗的时候爱上古诗的吗？我发现被强迫的阶段都爱不上，真正对古诗有感觉其实都是后来的事。我在大学里的经验就是各方面要平衡。当时我经常去期刊阅览室，就看在当代的杂志上发表的都是什么诗。你要不知道杂志上发表的诗的行情，那你投稿的见刊率怎么能保证呢？所以，各方面要平衡。当然，我也把自己的成长经验，变成了教学的结构设计。其实所有人都是这样的，自己的经历、修养和阅历，最后变成了自己的一种方式。

好，我们开始讲今天的。我们的设计就是，书上最后的八位诗人，加上同学们入典的一位，最后是三个同学的朗读。这样一种设计，保证了我们每一节课的见诗率都很高。好多诗在我们面前晃过去了，这是最好的。很多同学之所以能那么快适应、那么快上手，就是因为看到了具体的诗是怎么写的，这比以往讲多少道理都要强。

今天讲的第一个诗人是周瑟瑟，这是一个现居北京的60后诗人。他也是20世纪80年代校园诗人出身的，中间有一大段的中断，后来又回来写。我们看他这首诗——

大海告诉我

周瑟瑟

没有人告诉我

去朝鲜半岛还有多远

海豚何时冒出水面

它哭泣时嘴唇

露出弯弯的微笑

大海的婴儿

何时来与我相见

1989 年 8 月黄岛

大火之后

我坐着轮渡登上岛

听见海豚的叫声

像海着火了

大海告诉我

它有深深的伤口

2017/04/20

　　点评：周瑟瑟在自己朗诵时霸气侧漏，表明他是一个真诗人。在我看来，他给自己加分不少，减分也不少——这是由于他以为自己啥诗都能写造成的，无效的表现多了点。本诗是"长安诗歌节"青岛场订货作品，一首真正的好诗。

　　这个诗人是湖南人，他可能把 20 世纪 80 年代摇滚青年的作风带到了诗歌朗诵中，把所有的诗都朗诵成特发狠的那种，其实不是所有的诗都要用那种腔调来朗诵。这是说到他朗诵的一个特点。但他觉得每首诗都是摇滚这种态度，说明他是一个真诗人，他对现代诗的感觉可能属于摇滚这一类。

　　另外，我说到他给自己加分的时候，减分也不少的一个因素是，他觉得自己什么诗都能写；什么诗都能插一手，这实际上是写作的一个误区。我认为，想证明自己什么诗都能写，这是一种不自信，最后你达到的是一种层次不高的"什么诗都能写"。如果你满足于此、贪恋于此，那么你自己的立身之本何在呢？我觉得这是周瑟瑟的问题。

一个诗人存在的大道应该是，首先要有鲜明的风格，大家都知道你建立了一种什么风格，在一堆诗里能够辨识出哪个是你的。这是第一点。第二点就是，我在自身风格已确定并且非常鲜明的前提下，追求自身的丰富性。这是有先有后的，首先要有个人的风格，其次在个人风格的内部，你又是丰富的，有弹性的，有一定的广度。这才是我认为的一个诗人存在的大道。

希望周瑟瑟下一步能够达到这一种，首先要找回自己的风格，确定自己的风格，不要去证明自己是一个什么都能写的人。诗歌的境界高了，你就知道，诗不是做给人看的，更不是一种表演。这跟做人的境界是一样的。想证明自己什么都能写的人，反而是不自信的人。你用不着向谁证明，写诗是自我满足，要真诚严肃、合乎诗歌规律地进行表达，你要专注在这个方面。

我们学人文科学，就是从一个窗口走进去，你学到的不仅仅是"文"，你学到的还是"人"。里面有很多做人的道理，也有很多人生的价值观，这就是学习人文科学的幸福感。不信你测试一下。我们这门课今天一结束就刚好三分之二了，目前入典的是九个人，到学期结束也许会达到十几人，这次入典的机会对这些人将来的影响也会不一样。其中必然有人会把它当成人生的一个大跳板，蹦到下一个台阶上，而有人可能就糊里糊涂地失去了这次契机，实际上契机已经在手里了，但没有促成飞跃。大家不要仅仅看到入典的这几个人。如果在这一个学期内，跟你打交道的人，或者过去很熟悉你的人，发现你在谈吐上、见识上有所变化，你自己仔细想想，是不是来自咱们这门课。人生不是说从一开始就完全是一个全新的境界，你甚至可以把这门课作为一个手段，将自己提高一个境界。跟人交谈的时候，如果你能够有意识地说出，在这个课上读的哪首诗里的聪明句子，或好的思维的念头，一下就在对方的印象里不一样了。就是说，其实我们很多人都在这个课上得到了改变，只是这可能不是一个世俗的结果，有时候你就没有发现。有些人太俗了，不重视，但实际上你是受惠于这门课的。

我觉得大学里的课越专越有用处，这也是我的体会。比如说，这门《现代诗写作》对你产生的作用，一定比二年级时我给大家上的《文学创作与批评》起到的作用要具体，见效要明显，因为这个课更专。大学的课，可不是越大、越杂，就越有效果，而是越专业越有收获，而那个收获有时候是整体性的。韩愈在《师说》里有言："师者，所以传道授业解惑也。"大家可能已经会用这种方式来判别老师了，将来你们会觉悟得更多，最后你会发现老师分两种，有的人只知"授业、解惑"，就是专业知识的传授，我相信所有的老师都做到了这一层，但也有一部分老师做到了"传道"，他会对你整个三观的建立有帮助，甚至在更多、更丰富的方面对你有帮助，那这部分老师肯定是更高层次的老师。这就是大学的课，每一门课都很专，但你在每一门课上的收获又可能是影响全局的。

周瑟瑟这首诗，概括来讲，就叫杂语诗，这是非常明显的。什么都要写的人，很容易写成杂语诗，就是有时候表现出抒情的冲动，有时候又要来点意象（"大海的伤口"），有时候又像口语诗那样注重语气，这几种杂糅就是典型的杂语诗。

第二个诗人叫邢昊，这又是一个 60 后诗人。邢昊是现居北京的山西诗人，在江湖上有个绰号——"山西王"，至少到目前为止，他还是山西写得最好的诗人。

他这首诗叫《华北地区大片土地盐碱化严重》，你看起这种名字，可能就不符合大家过去概念里诗化的语言。你注意，现代诗在某些地方是故意用非诗的形式，来打破过去那种传统的诗化模式。这首诗的标题就故意搞得像一个新闻报道的题目，这只是一种手段。其实一个标题干吗非要典型性诗化呢？诗当然要写得有诗意，标题却不必非得是过去那种模式。这就是现代诗的扩大，这就叫"解放思想"。我们看他写的内容——

华北地区大片土地盐碱化严重

邢昊

据说和当年
兴修水库有关

南姚村也不例外
不但收成不好
吃水也很困难

井水又苦又咸

做饭压根儿就不用放

酱油和盐

这样一日三餐算下来

倒也省了不少的钱

点评：赛诗会现场奖起源于"长安诗歌节"，后被《新世纪诗典》引进，原本不是什么大奖，现在却发展成另一种大奖。试想：如果一位诗人，得奖多多，却从未获得过现场奖，同行会心悦诚服他（她）吗？邢昊是现场奖三甲的常客，仅凭这一点，便见其实力，"山西王"可不是瞎叫的。

回到文本，南姚村是邢昊笔下老出现的一个村落的名字，可能就是他故乡的村落，这有点像莫言"红高粱家族"里的高密东北乡。有时候，诗人也要创造一个固定的符号，哪怕是虚构的，你家住在哪个乡、哪个村，要做成你个人的符号，也是你个人的精神密码。

"南姚村也不例外／不但收成不好／吃水也很困难"，下面看起来是一种奇特的平静，但是痛感就要来了，"井水又苦又咸／做饭压根儿就不用放／酱油和盐"。你注意，人在生活中就是这样的，最沉重的东西，有时候是用平缓的语气娓娓道来的，效果比你大声疾呼还要好。当然，可能文学艺术一开始的表现形式就是简单化的，痛就要喊、就要哭。我甚至相信，人一开始也是分层次的，简单一点的人，可能就是典型化的反应，比较复杂一点的、受教育程度比较高的人，可能就开始用非典型性反应，悲痛时表现出的并不是痛哭。诗歌艺术的形式也是一样的。他的标题既然是这种新闻报道式的标题，那么他写作的方式就是一种"零度"状态、冷血状态，像新闻报道一样不动声色、非常平静的客观叙述，但给人带来的震撼和痛感却更严重。没有任何语气表明它是讽刺，但是你感觉真是巨大的讽刺，最后他还在加强这个讽刺——"这样一日三餐算下来 / 倒也省了不少的钱"。

邢昊是典型性的后口语诗人，这当然是一首典型性的口语诗。我们现在回头看，有些人诽谤口语诗，说口语诗千人一面，好像大家把口语诗当成了一种风格。从文学道理上讲，口语诗不应该是千人一面，为什么呢？你既然写的是口语诗，用的是你的口语，就应该像你自己说话那样，才是你的口语诗真正抵达的点。在生活中，每个人说话的习惯一样吗？每个人说话的快慢一样吗？每个人说话使用的习惯用语一样吗？都不一样，因为个体是有差异的。那按道理，假如说大家都写口语诗，各自回到各自的口语状态，如果真正还原了，拿出来应该就是不一样的，千人应该是千面。所以，诽谤口语诗千人一面，首先在文学道理上就是说不通的。

我在郑州中原诗会上也讲了这个道理，《新世纪诗典》将来不知道要做多少卷，那么它们加起来就是一部中国的史诗。有的人想靠一己之力写出史诗，我们陕西不缺这样的作家，陈忠实的《白鹿原》就想写成中国现代史的缩影，一开篇就引用了巴尔扎克的一句话（"小说被认为是一个民族的秘史"），来暗示他写的是一部史诗。那么，一个人能不能做到呢？当然，历史上的大文豪们也是有人做到的。哪怕我们一个人做不到，《新世纪诗典》多少卷出来以后就可以做到，你在这里会看到一个活的中国，甚至是延伸到世界的中国。那里面会有多少丰富的东西啊！你看至少在今天之前，邢昊所表现的内容没有一个诗人写过，就是我们中国在发展中存在的问题，就是"华北地区大片土地盐碱化严重"的问题。

看下一首。这个诗人叫蒋雪峰，四川的 60 后诗人，刚好也是出生在李白故里江油的。可能也是历史的原因，那个城市开口说李白，闭口说李白，到处都是李白的标志，不可能不对那儿的人产生影响。那里也有一个"江油诗群"，有十几个写得不错的诗人，蒋雪峰应该是写得最好的，是其中的领军人物。

时间
蒋雪峰

他种下一棵树

下山去背水

回来时

树已参天

寺院

改了名字

点评：原本相约重庆诗会再欢聚，不料其父忽然病故而未能如愿。今日推荐，希望没有破坏雪峰兄的心境。此诗大好，一首妙作。蒋雪峰是"江油诗群"的领军人物，他究竟有多好，"江油诗群"究竟有多强，对我来说仍是个谜，我愿做这个有缘的探秘者。

这首诗叫《时间》，写的是一种时间感。时间的概念大家都知道，计时器也都会看，我们从小就学会了看表，但不是所有人都能意识到时间的状态。生命说起来都是"人活百年，草木一秋"，但生命的质量又是非常不同的，有的人一辈子没有思考过形而上的问题，有的人（哲学家）天天在思考形而上的问题，这能一样吗？构成人的存在坐标系的最基本的两个维度就是时间和空间。那么有的人对空间转换无感，我们从陕西都到河南了，他却没有感觉，空间的变化给他带不来诗的灵感。这儿说的是时间，你能不能意识到时间流逝的状态？蒋雪峰用这首诗试图写出一种浓缩的时间的流逝，他试图把时间的流逝变成有形的东西，变成意象化的东西，所以，他这首诗看起来很简单。

刚才我说了层次差异，诗人对语言的感觉也是有差异的。我们上节课已经讲了，我给一个老诗人提的意见。我讲的时候浑然不觉，回看的时候还在想，不知道曲有源先生能不能接受。我把那个视频发给他女儿了，老先生不知微信为何物，他女儿肯定会发给他。我讲到曲先生还是把语言理解成文字了。有些人对语言的理解就偏于文字化，有时会被那些貌似复杂、繁复实际空无一物的文字所欺骗。好多鸡汤就是这样的，语言搞得漂亮、繁复一点就把你骗了。当然，这首诗完全相反，它用最简单的语言，表达了一种深刻的命题，所以我说它是一首妙作。

当然，我若照着蒋雪峰这个复制一首，也是不可以的。大家在写作的时候，当然不能抄袭，就是模仿得太明显了也不好。但是，我觉得可以把《时间》这个标题给大家，去写自己体会最深刻的一个时间的意象，一个时间带来的故事片段。你看它分别指向了意象诗和口语诗。

我又想起来"典二"的时候推荐过一首《1970年代纪事》。作者是一个陕西诗人，在西安一所大学当老师。他好像不是一个连续性写作状态很好的诗人，但这首诗写得很好，只有三句："人生的路啊／去表姐家那一条／最熟。"其实，他写的也是时间，写的是阅历，而且让人意外。很多有才气的诗人，在概括某个事物的时候，往往会有意外；没有才气的诗人概括起来反而很标准，像代言者一样。他这首比蒋雪峰那首更有才气，蒋那首都是在我意料之中的，这首诗却是在我意料之外的。他写的也是感情，"表姐"这个词意味丰富，在民国时代是可以纳入到恋爱对象的。我顺便还记得，那个诗人的名字叫吕刚。一首好诗，就会让我记住这个人，哪怕他整体上不是一个多厉害的诗人。

我希望大家能写出这样的诗，所以，把这个标题作为一个作业送给大家，每个人都写一首《时间》，写写你对时间的感觉。还有一种是空间，你也要感受空间，最明显的就是，地点一变化，你的感觉也跟着变化，这就是对空间的敏感。对时间的敏感，当然就是你经常感叹时间的流逝，在不同的时间点上，对时间的流逝会有不同的感悟。

前几位诗人都是60后，第四位是辽宁的70后诗人刘川。我们看他这首诗——

礼花腾空

刘川

这支大礼花

四十九响

其实是由四十九支

单筒单响的小礼花

用粗铁丝捆扎到一起组成的

现在它们一齐蹿入空中

向东南西北各个方向

自由自在飞去，灿然开花，惹得人们欢呼

一点也看不出

它们其实一直

都是被强行捆到一起的

点评：刘川是老朋友，也是《新世纪诗典》老作者，那就说一点整体写作上存在的问题：我觉得刘川不要把所有的生活现象都变成书桌上的问题，而要把所有书桌上的问题都化作生活的现象。当然本诗无问题，做得非常好。

我觉得观念比较传统的同学对这首诗也好理解。他写这只四十九响的大礼花，其实是由四十九支小礼花用粗铁丝捆扎到一起，燃放到天空的，他是在强调什么呢？当这些礼花绽放的时候，我们看到天空如此璀璨，一点也看不出，这些礼花是被强行捆到一起的。

当然，我在说他的写作时，也提到了一个很有意思的问题，就是不要把生活的现象都变成书桌上的问题，而要把书桌上的问题都化作生活的现象。这跟金斯堡的名言意思差不多，就是写你看见的，不要写你想到的。其实道理是这样的，你平时就要思考，在你发现灵感的时候，在你看到一首诗的时候，你要相信你看见的，不要在这时再写你丰富的联想啦思考啦什么的。也就是说，你不要把每一个生活现象都变成书桌上的问题，其实你在平时并没有思考，一看到现象就开始思考。你要把思考化作生活的现象，你平时就在思考，脑子里有积累，这时候你看到具体的现象，跟你的思考一碰撞，灵感就产生了。我觉得后一种创作当然是更好的。

这个诗人的名字比较容易记住，叫三个 A，广西 70 后诗人。这首诗叫《中国足球》，这是一个大家都爱谈论的话题。

中国足球
三个 A

世界杯预选赛
中国对阵叙利亚
当叙利亚先进一球
到中国反超 2 比 1

在进球的瞬间

我像火箭一样

从地面腾空而起

直到比赛结束

又原形毕露

重重栽回地面

声音大得惊动了

家里人

她走出来说

这么兴奋

你是不是赌球了

点评：这是一首足球诗。足球诗在世界上是一个很大的品种，因为足球是欧洲、拉美、非洲等地人民的"第二宗教"。这是一首中国特色的足球诗，无关宗教，涉嫌赌博。这是一首由非球迷写出的足球诗，说明写足球诗不一定要懂球。

去年是世界杯的决赛，他写的大概是前年世界杯预选赛的时候，中国队再次打进了"亚洲十强"。要知道中国队已经好多年打不进亚洲十强或者十二强了，都是在亚洲预选赛的小组赛里被淘汰的。当然，我们在2002年的时候杀入过一次世界杯的决赛，历史上就那一次。他写的显然就是前年那次，对阵叙利亚，在反超进球的瞬间特别高兴，然后惊动了家里人。每个地方不一样，在有些地域，"家里人"指的就是妻子。我知道他是一个非球迷。如果是一个球迷写球的话，就容易写进去，写到足球内部去；其实非球迷这个角度很好。

　　说起来，我有一件引以为豪的事情，我的一首诗被选进了《世界足球诗选》，在以色列用西班牙语和英语同时出版。那首足球诗的入选让我很受鼓舞。编者在全球只选了二十人，像足球赛一样把足球诗分成了两个阵容，我是在第二阵容里占了一个位置。所以，我知道足球诗在世界上是一个很大的品种。了解足球运动的人肯定知道足球是"第二宗教"的说法，尤其是在拉丁美洲，巴西、阿根廷、乌拉圭这种国家。以职业球员的注册数来算平均多少人里会产生一个足球运动员，世界上排第一的就是乌拉圭。当然我们也知道，"中国足球"这个词不太美妙，因为确实是踢得太臭了。我也做了各种各样的思考，想破解到底中国人为什么不擅长足球运动。

　　当然，他这首诗是成功的。你记住，有些东西，并不是说，你是专家才能写。你是专家，写成球评了，反而不好。某一个事物会有连带的社会现象，你可以去表现。我刚才提到题材的丰富性，你看中国足球，中国特色的足球赌博，也被诗人表现了。所以，一定要意识到，我们的生活即诗，生活的方方面面，都是有可能带来诗的，大家一定要把视野打开。

　　好，刚才说了足球，马上就换一个大题材，从中国足球跨越到中国书法。我马上想起前面讲的老诗人吕贵品的那首《端砚》。刚才那首是从外部写足球及其相关事物的，并没有往足球深处写去，曾经我们也讲过，笔墨纸砚在一个老人生活中的位置，而这一首《书坛憾事》的区别就在于，他是向着书法内在的东西去写的。这个诗人叫轩辕轼轲，是 70 后的山东诗人，这是一个在当代诗坛蛮出名、蛮得宠的诗人。

书坛憾事

轩辕轼轲

岳飞抄《出师表》时

越抄越激动

题目是行楷

正文是行书

中段变成行草

写到"临表涕零"时

果然泪如雨下

成了狂草

倘若孔明当年

刹不住笔

多写几段

就能成全岳飞

挣脱怀素

独创出一种

飞体了

2017/09/17

点评：话说那夜在鄂尔多斯中国先锋诗会最后一场赛诗会上，由于负责统计工作的王有尾同学数学太差（毕业于荷泽师专中文系），致使轩辕轼轲名落总成绩三甲之外。当后者忽然得知自己其实是并列总冠军时，大喜过望，立马起身加入帐篷舞狂欢队伍，咔嚓一声，一条腿骨折，金冠秒变金拐杖。

我在评语中说了一段诗人的佳话。这样一件事情，可见他是一个本质的诗人、骨子里的诗人。像我一样喜欢书法、研习书法的人，就会有这个知识，即使是王羲之，在同一幅字里也有这种现象，写几行是楷书，再写几行是行草。我觉得这个手段特别容易学来，但我就是学不来。你自己写的过程中，知道它只是一种手段，但是你没找到感觉，就写不自然。那么，岳飞这个书法，绝对是因为他的情绪变化才成功的。读他这首诗我就知道，要想写成那么一幅字，里面既含楷书，又含行书，最后再来一个狂草，一定要依据情绪的变化。可见当自己的情绪没有这样一种过程的时候，你在那儿硬写是写不好的，这是我习书的体会。

我们反观中国的书法，书法是中国的特色，是中国文化的最大特色，甚至是我们这个民族的本质属性。我在一首《梦》里面写到过，我们这个民族的血管里流淌的是墨汁。这是我们最大的文化标志之一，不用说中国人对于书法是全世界最有感觉的，没有明显的对手，那我们跟谁比呢？只能跟受到中国文化影响的一些国家比，比如日本。日本的书法肯定受到中国的影响，只是后来它发展成书道，不叫书法了。跟日本的书道比的话，那我们就高级多了，也漂亮多了。我们历史上的这些大书法家，跟他们书法的审美比的话，要高妙得多。这里面大有文章可作。

我愿意把轩辕轼轲这首诗，说成是文化之诗，它是表现文化内涵的。孤立的知识本身无法成诗，层次比较低的学院派的误区就在这儿，他以为贩卖一种知识就可以成诗。知识本身成不了诗，只有当它变成文化的时候，才会发生诗意，才能成诗。那么，我愿意说这是一首文化之诗。当然，文化之诗不是引用几句典故的问题，他这儿反而什么典故都没用，除了一个文章名以外，但它是一首有文化含金量的诗。而且，越是文化之诗，越要表现得活，而不是死（"死板"的"死"）。

我们上一节课也预告了，在名额越来越少的时候，我会谨慎选择最后的八个人。其中题材和表现手法的丰富性、诗人作为个体的独特性，是我选择这八个人的依据，所以，今天你能够感觉到每个诗人之间明显的差异。

诗人周献，毕业于川大，是西昌学院的一个副教授。实际上，他在这些人里入选《新世纪诗典》的诗并不多，只有2.0，但我为什么愿意选择他呢？因为我知道，他就是一位平时给大家讲诗的老师，常年在西昌学院给大家讲中国当代诗，是一个非常有文化情怀的人。他是个60后，比我还大两岁，但是长得比我年轻多了。体育男，整天运动，运动让人年轻，外表形象上一点都不像个60后。我觉得讲他就是对他几十年在大学课堂讲解现代诗的一个回报，当然他的作品也绝对当得起。

装神弄鬼

周献

20 世纪末

有很多在北京大学蹭课的

有老外　也有我

有一天一个老外坐在我旁边

坐立不安

下课时喜欢问各种中国问题

他说他酷爱中国女孩

就像酷爱中国武术

他想装下中国文化

超过他现在的中国语言

要吃午饭了还缠着我

我急于骑车回圆明园校区

就不太礼貌地撂下了一句

你学会了装神弄鬼这个词

你就懂了神州的一大半

剩下他在教学楼门口发愣

然后我在回去的自行车上

越骑越慢

被风沙吹下了眼泪

点评：很多现象，在《新世纪诗典》之前，只是印象，在此之后，成为事实。譬如说"60后诗人"，到底有多强大，我每半月强留出的五个"新人"名额，他们至少要占去三个，真是初心不改、空前绝后的一代人，我相信这是一个世界级的现象。本诗作者正是60后，是我躲藏在黑暗中的知音，是在远离文化中心之地按照自己的理想健康、清洁、高贵地生活着的人，其诗也写出了20世纪特有的气息与质感。

我刚才说到他是一个很有情怀、很有文化理想的老师，你看他这首诗就流露了这一点。他写了一个"蹭课"的老外，好听的说法叫"在北大游学"。我觉得这已经是一个当代成语了，好多人都有过在北大游学的经历。他就写了他在北大的游学生活，跟他一块儿蹭课的有一个老外，他发现这个老外挺喜欢中国文化的，然后他就说了这么一句："你学会了装神弄鬼这个词／你就懂了神州的一大半。"他意识到自己国家的文化有点装神弄鬼。我为什么说他有情怀呢？当他说出来以后，他为我们文化的这个特质感到很伤心，在回去的路上，"越骑越慢／被风沙吹下了眼泪"。这类似于我们散文的表达，不知道是沙子揉进了眼睛，还是真的心里难过，只是采用了另外一种表述而已。一个为祖国文化里虚假的一面感到难过的人，我想他是一个真正的文人、一个真正的士大夫。我很庆幸在我们这本书里有这样的诗。

人的灵魂是不一样的，我们看到了对时间有感觉的人，也看到了为文化而伤心的人，这就是现代诗所能带来的丰富性。如果大家现在都写的是古诗，那么表现的区域就受限了，诗歌存在的方式也就有问题了。古诗更多是向古文化致敬，是一种纯情怀，而不是一种表现手段。但是有了这些现代诗的存在，我们有多少内心的东西都可以拿出来。

周献的这样一首诗，也代表了一种 80 年代。好多人都是 20 世纪 80 年代过来的，包括我自己在内，但是我们大部分人都在改变，有些人现在还满身 80 年代的毛病，但也有像周献这样的，还坚守着 80 年代美好的东西，坚守着 80 年代的文化情怀。所以，我觉得他这首诗简直像一个 80 年代的活化石写出来的。

今天我们书上的最后一位，是福建的 70 后诗人游连斌。我们看他这首诗——

放生
游连斌

同事苏某在去
高级中学后山
将傍晚家里套房
惊现的眼镜蛇
放生
途中
接到小区楼下
野味馆老板
的电话
说那蛇是从他们店里
逃走的

长两米

重三斤多

2017/09/13

点评：其实，老游（游连斌）一直在进步，但被小游（游若昕）给遮蔽了，不论进步幅度如何大，都显不出来。不过对老游来说，他也许乐得如此，这该叫"被幸福遮蔽"。

这个诗人在诗坛得一外号，叫"天才她爸"，因为他女儿表现得比他突出多了。这一学期的课，我没有讲一个少年或少女诗人，00后的一律不讲，因为我觉得要为他们的成长负责。我这个平台推出的个别的00后诗人已经成为小明星了，成了小诗星，上各地的电视节目。在这种状态下，他们有时候也沾沾自喜。我怕他们会有一种误解，在还离大学很远的人生阶段的时候，自己的诗就进入了大学课堂，他会觉得这太容易了。所以，我对他们采取了"一刀切"的方式，一个不讲。游连斌的女儿是里面最突出的，毫无疑问是个天才。从她不到七岁入典起，我们《新世纪诗典》一直陪伴到她现在已经十三岁，我们看着她成长，看着她在现场作诗，实际上是一个真正的天才。那老游不像他女儿那样才华迸放，就被他女儿所遮蔽，这大概是"幸福的遮蔽"，但人家也踏踏实实写。

我觉得北方的同学读这首诗应该更有新鲜感，因为我们生活的环境不是虫蛇遍地。我就说说他们福建，我去过漳州，在闽南师大做过一个演讲。演讲完了，一帮人陪我在路边摊吃夜宵，那个夜宵我就吃得提心吊胆。为什么提心吊胆呢？晚饭的时候，他们给我上了一碗米饭，我一看那米饭有点像酱油炒饭的色泽，我就大意了，一口吃下去，吐又吐不出来，吐出来不礼貌，咽下去就难受得要死。那饭是虫卵跟米饭炒在一起的，我一嘴吃进去满嘴虫卵，当然那虫卵已经死了。后来人家还说，这个饭营养丰富，非要让我吃两碗，第一碗咽下去已经受不了了，第二碗又上来了。那天刚好都是不太熟的人，人家执意地给你添第二碗，最后我也就咽下去了。所以，到了夜宵的时候，我就特别小心他们给我上的东西。

在两广福建一带，如果有朋友招待你，你就要小心一点了。反正我去广东的时候，先去的人，已经提前给我打预防针了，这个人被人招待吃了老鼠。我去了以后，就特别注意，别让他们给我上老鼠，但是防不胜防，还有别的呢。我看火锅表面上没什么问题，我就在那儿吃火锅，等到吃完了，他还要告诉你，这是癞蛤蟆火锅。我为了所谓的修养，还能定住神，而我旁边两个人一听这话，就蹲到马路边去吐了。但这癞蛤蟆火锅是非常贵的，人家是想好好招待你的。

夜宵的时候，我就非常注意上的那些东西。结果，你注意了桌子上的，你注意不了桌子下的，桌子下肥硕的老鼠窜来窜去。而且，那是某年的 2 月底，对我来说冬天还没完全过去，而那里已经是那么肥硕的老鼠在地下窜来窜去了。我就想到那餐馆里肯定也是老鼠跑来跑去的，太可怕了！

所以，像这首诗所表现的就不是大家生活的北方的环境，却是他们南方真实的环境。你现在看《新世纪诗典》的诗整个表现出的特色，甚至还有南北的差异在里面，这种题材的丰富性没得比。这就是我们八年来精心打造的《新世纪诗典》，它必将构成中国诗坛的餐桌上一个独特的菜系。我们这个菜系对应的就是中国的史诗，将来就是一部中国的当代史、中国人的心灵史、中国文化的百科全书，它应该就是这几重意义的一个集成。

现在我再讲一首我们同学入典的诗，然后就是三个同学的朗读。今天我们讲的是王姣的诗。这首诗叫《母语》，这是在一班（当时的直播班）现场发生的情况。

母语
王姣

听维马丁先生

发表创作谈

我发现

他只有在说德语时

特别流畅

我一时想起

每次和男友吵架

吵不过时

我便飙起

陕北话

点评：本诗一看就是《现代诗写作》课的成果。它或许不是该课学生中目前已推或将推六首中最好的，却是我最满意的：直播班同学全都看到听到的场景，被写成了一首标准的后口语诗，还带有青春气与地方性——学生是可以被教会的，能够掌握最现代的诗型！骂我误人子弟者，继续骂呀，我拒绝误你们家子弟，加钱也不误！

这就是我们同学的诗，就连我都特别佩服。已经推荐的这些同学，给人什么感觉呢？就是一步到位！当然，每个人的一步到位都经历了纠结的过程、练习的过程。《新世纪诗典》总是把一个诗人最好的一面放大给人看。对我们同学也是一样，哪怕她写臭了十首诗，但她写好了这一首，我就看她这一首真正写好了没有，而且要放大看，最后感觉到的就是一步到位。考虑到带上今天也才十二周的时间，我们已经有那么多同学一步到位了，这是这个课让我感到最欣慰的一点。

好，我们下面抓紧时间，计划上三个同学。我们这样，读过的就不要读了。我考虑的就是，要给每个人一个平时成绩，不要让你最后一次考试递交的答卷成为一个冒险，成为一场赌博。如果你有一个平时成绩，在前面打一个底的话，就能确保最后每个人的成绩都不错。所以，已经读过的就不用读了，把机会留给没有读过的同学。

四十四岁半

张馨月

被扔进小黑屋

脸上的手印儿

很烫很新鲜

十多年前

有个爱撒谎的小孩儿

从电影院出来

感慨不断

"黄渤原来真的挺耐看。"

接起一通电话

"科长，我后天就出院了。"

十多年后

有个爱撒谎的小孩儿

她现在四十四岁半

　　我听走神了，让我稍微看一下文字。嗯，挺有意思的。她叙述了一个爱撒谎的人，就是整体的感染力还不够，没有达到入典的水平。但你这种后口语的状态很对路，有讽刺、有幽默，而且表现的时候，那个语言还押上了 an 声韵。我上一节说过要加大讽刺，怎么加大讽刺呢？有时候，你把它搞得像顺口溜一样就是在讽刺。有人写成的顺口溜是很严肃地写成了顺口溜，但我们现代诗把它搞成顺口溜有时候是在讽刺它。我给一个 90 分。

落花

张诗琦

花季总是短暂，

前几日还繁茂的樱花树，

转眼变秃了头，

只留下满地花瓣堆砌。

我不禁想起了《红楼梦》中，

宝黛葬花的情景，落红成阵。

可惜，如今，

哪还有他们那等惜花之人。

这满地落花，

只能落得个"零落成泥碾作尘"的下场了吧。

你是哪一个名字？张诗琦，你的名字就带一个"诗"字，这表明了父母对你的期许。我想当父母给你起名字的时候，不一定想要你成为一个诗人，但至少希望你是一个有诗意的人。在我认识的人里，就有给孩子起含"诗"字的名字的，他是想要自己的孩子成为诗人的，但后来没有成为诗人。但是我想，即使没有成为一个诗人，你的生命中也应该有诗意。诗意也是一个人生活质量的标志。

从现代诗的角度来讲，张诗琦这首诗有点问题，你还是停留在一篇文章的感觉上，甚至还不是典型的传统诗里的咏物诗。你还是建立在一个文章的思维上，就是你在思考这样一种现象。大家一定要记住，诗歌可不是简单地把鸡汤式的小文分个行就是诗。诗歌有它特有的感知方式，特有的与物对位的方式。她这首对位的方式就是非诗的，就是看到一种现象，再思考点什么，然后把那些思考再滴水不漏写出来，而那些思考的个人特色也不强。所以，我就给一个 80 分。大家还是要多悟什么是诗，多想想什么是诗。

A.A.（Addicts Anonymous）

于英杰

又一次互诫会
在一栋别墅里
二楼围桌吸食毒品
和谐的欢声笑语
大厅赌桌染上血迹
——有人作弊被抓到
泳池旁有几人做爱
此起彼伏地高潮着
还算平常的一天
我喝光了那里的咖啡

我的理解是，他在用二手材料写这首诗，他肯定不是加入了这个 A.A.，跑去跟人家定期聚会。他设想出一个现场，然后把自己放进去，他用的是这样一种方式。这种方式现代诗里面是有的。在 20 世纪 80 年代，有一个叫王寅的上海诗人，他老用西方的语境来写诗，《想起一部捷克电影想不起片名》，诸如此类的，写得蛮有感觉的，我们也曾经为他的诗所陶醉。他这首就类似这样一种。这种聚会现场的某些情景，有的人抽老千被打晕了，有的人在做爱，有的人在干什么干什么……然后他把自己摆进去，说这是自己平常的一天，他喝光了那里的咖啡。我非常肯定他采用的这样一种方式，这就是一种现代诗的手法。现代诗的方式很多。现代诗实际上是越写越大，而不是越写越小。这位同学也确实是很努力的，我看他那个笔记本，反复地在修改，都已经把最初的诗句涂抹掉了。但很显然，你这个手法玩得还不够娴熟，还有就是，我总感觉你把自己放进去时，应该更独到一点，而不是一种平常的代入。这首诗我给一个 85 分。

本讲授课时间为 2019 年 5 月 14 日

第十三讲　外国名诗 1

这门课已经上到第十三周，我也把大家最关心的问题盘点一下，让大家心里踏实一点。今天我认真地做一个盘点，看目前咱们二班还有多少没有读过自己的诗的潜在的诗人。好，一共是二十四个人，要平均在今后的六周里，从今天开始，每次的朗读名额扩大到四个。现在是大势所趋了，每个同学最好都有一个平时成绩。当然，你死活不上来，我也不会逼你。

我们前面十二周讲了中国当代诗人，今天是第十三周，马上进入到这门课的最后一个单元了。我本来想叫"世界名诗"，但不能说中国就不是世界，所以还是低调一点，叫"外国名诗"。到了这个单元，有一些心高气傲的同学应该苏醒了，讲同学里面的诗人你不屑一顾，讲校友诗人你还不屑一顾，讲陕西其他高校培养的诗人你也不屑一顾，讲中国当代其他诗人你都不屑一顾。好，现在是世界大师的诗了，你该醒过来了。

今天我们讲的第一个诗人，也就是我们这个单元的开篇，是美国诗人布考斯基。我用的课本是青海人民出版社 2013 年版的《当你老了》，是我和我妻子在"世界名诗一百首新译"这个命题下的翻译。也就是说，这本书里的一百首都是世界名诗，大多都有旧译本，我们把它重新翻译了。我当然不可能懂那么多的语言，除了中文，我只懂英文，所以，我是通过英译版来翻译的。当然，重译的必要性肯定是存在的，因为诗歌界对很多译本是不满意的。不瞒大家说，在追求做诗人的道路上，相当一批人是被译本害了。中国诗歌界很多人都明白，译诗控往往值得怀疑，译诗控都写得不怎么样。

我上节课也讲到，一个诗人成长的道路，比如说对古诗、外国诗和中国当代诗的阅读，一定要平衡。你千万别说自己是哪个控。你是古诗控，想成为一个现代诗人，一点戏都没有，百分百不可能。只读中国当代诗人的诗，不读古诗，也不读译诗，这样的人我也见过。诗坛的功利主义者，他也许能做到第一步，成为中国的一般诗人，但他要想成为一个多么好的诗人，根本不可能。所以，大家在这几者之间一定要平衡，所谓的中庸之道的厉害就体现在这里。中庸之道不是四平八稳，不是不敢走极端。中庸不是庸俗，它指的是成熟、是平衡。所以，我刚才其实是在讽刺某些人，你只关心高大上是达不到高大上的，路都是一步一步走的。当然，你也不能鼠目寸光，只管迈出前三步，我只读当代诗，先当个诗人再说。我跟大家说过，我是文学少年出身，介入得早，见过的就多，我在文学少年时代就认识一些文学少年诗人，有的人走不长远，原因就是太功利，他所有的人生设计只是为了当成一个诗人，结果当成了诗人，也仅就是个一般的诗人。

你记住，诗歌的道路就像一条服务区与服务区相隔很远的高速公路。什么意思呢？就是在中途给你加油的点不多，如果你在起点上没加够油的话，你就抵达不了第二个服务区。我见到过太多的人，因为在起点上给自己设置的文学目标太低，他带的油让他抵达不了第二个服务区，结果他永远都在第一个区间里玩。所以，我们在起点上一定要志存高远一点，一定要让自己在第一站上带的油能够抵达第二个加油区，在第二个加油区加满，要能够抵达第三个加油区。

或者我们换一个说法，诗人一定要随时给自己注入营养。你现在吃进去的营养，可能五年后才长成你身上的肉。这与正常的生理状况不同，今晚夜宵吃多了，明天一上秤，体重就增加了。你千万不要以为诗歌的消化功能是那么快的。在我们这个写作课的课堂上，有一部分知识是现在发生效应的。比如说，我们可以这样总结，这十个入典的同学，我不敢说你在这个年级里就绝对是诗歌才华最高的同学，但我敢说你是在吃第一梯队营养品时消化力比较好的同学。也就是前面讲的中国当代诗人这部分，你在得其"形／型"的时候反应很快，所以这一部分同学就有了自己的成果。那么，下面我们的营养要高级化了。我必须承认，这些外国名诗的平均水平要远远高于前面讲的中国当代诗歌，我在备课的时候已经感觉不一样了。就是说，我们的营养提高了，这时候注入的营养，可能不会像前面那样好消化。我们前面讲的诗人，你很快学到了"形／型"，甚至写出了中国最前沿的后口语诗。但是，我们今天讲的外国诗人，你要得其"形／型"可能就没那么容易了，它作为一种营养，可能五年后才长到你身上。

前面的课上我也说得很露骨，实际上是让已经入典的同学意识到，今后的道路不会像大家想象的那么一帆风顺。有些人会把这次的入典当成一个有效的跳板，抵达到下一级。而对有的人，说句不客气的，甚至可能就是终点，以后引以为荣的一次终点。

即便是在这十个人的范围内都有可能是这样的。哪怕这个学期彻底没有入典的同学，说不定你以后反而成诗人了，那就是长肉长得慢的。我自己是过来人，知道这个经验。所以，即便是在这个学期里最后也没有入典的同学，你也不要轻易给自己宣判死刑，人生的道路有各种不确定的因素，谁知道以后会怎么样呢？

大家都知道一个很简单的道理，最有才华的不一定是成功者。上帝不会把所有的好东西都给你。才子型的人，哪怕你天才指数很高，一定伴随着比如说意志力不强、比较爱玩等弱点，这些东西一定都是打包奉送给你的。所以，最后成功的不一定是才华最高的。历代的诗人都证明，最后成功的是综合能力最强的，就是我刚才说的那种平衡，全面而又平衡，甚至包括我们现在看来不好的东西，可能都会转化为好的东西，比如说对成功的渴望。有些同学出身的家庭，父母都是文学爱好者，老给你这方面的引导，这就是家庭出身好的，有些同学父母甚至都是文盲，这叫家庭出身不好的，但恰恰可能是不好的转化为好的了。有些非知识型家庭出身的同学，可能反而更渴望在文化上获得成功。有些家境非常好的人，他可能就倦怠了，觉得没什么了不起，见惯不惊了。我们老说某二代某二代的，之所以爱说，是因为他们的成才率其实是不高的。

我也提前预告，大家不要用这学期你最后的表现作为自己的宣判。你记住了，路很长，这是一条服务区与服务区之间距离很远的高速公路，每一次在服务区加油的时候，一定要把油带够。现在，我们是在它的起点上。

好，我们讲布考斯基这首诗。我把他放在前面的原因有很多，其中一个就是，这一百首诗全是我和我妻子翻译的，布考斯基是我们首译的，在我们翻译之前，中国的文化语境里不存在这个人。在我们翻译布考斯基那个年代，中国诗歌界对美国诗人的了解，主要是来自赵毅衡编译的《美国现代诗选》。那本书可以说是20世纪80年代那部分诗人的启蒙教材。咱们这样说，西方的诗歌以美国的最现代，这是毫无疑问的。我们在20世纪80年代读过哪怕全世界的诗，也还是觉得美国人最现代。所以，赵毅衡这个选本就对我们影响很大，很多人看了，知道美国诗是怎么样的了，就照着那个样子写。布考斯基是没有进入那个选本的，所以，到了20世纪90年代以后，他还是大家的盲点。一个偶然的机会，我们接触到他的诗，把它首译了，发生在1995年。来龙去脉我就不说那么细了，总之，我们是第一个翻译的。

但是，他的诗在中国出版不容易，其实也没有遇到内容上的问题，而是版权的问题。在2000年的时候，河北教育出版社要出一个世界大师五十家那样的大型诗系时，也来要过我们的译本，但是一去问布考斯基这本书当时索价一千美元，这个出版社就不愿意了。因为世界五十个大师好多都是死了五十年以上的，著作版权已公有，什么钱都不用交就可以译了，中间有一个人要价太贵，出版社就不愿意了。所以，布考斯基诗集的中译本到目前都没有正式出版，这是其中一个原因。但很快我们的译本就会正式出版了。为什么要价这么贵呢？因为他是美国第一畅销诗人。

布考斯基让一些人心态很复杂，他是最先锋、最前卫、最现代的，但同时他又是美国第一畅销的。

我选择他还有一个原因是，对中国大众来说现在最不能接受的是口语诗，而布考斯基就是典型的口语诗，我就愿意拿最前沿的东西来讲。我们翻译了布考斯基以后，中国诗歌界有点脸面的人就闭嘴了，就不再攻击口语诗了。有名有姓的知名诗人，过去他还反对口语诗，自打看了布考斯基以后，知道世界上有这样的诗歌，就闭嘴了。现在还骂口语诗的都是不要脸的，都是藉藉无名之辈，也没有脸面可讲，也没什么人可丢的。

金斯堡的《美国》写于1956年，王小龙的《纪念》写于1982年，就是说中国口语诗的出现比美国晚了二十六年。

当我了解了这一点，我就更加感谢王小龙了。昨天，我作为《中国口语诗年鉴》的主编，提议王小龙担任此书的永久性顾问，而且不会有第二个人跟他并列，谁也没有这个资格。我觉得他了不起，他是在一个正确的时间、正确的地点开创了中国的口语诗。我为什么说地点也正确？因为就是在上海，不可能是其他地方。你想象一下，1982年的时候，什么叫洋气？什么叫土气？以城市化、后现代为背景的口语诗，只可能出现在上海，其他地方你连咖啡馆都没见过，你连出租车都打不着，所以，王小龙那首《出租汽车总在绝望时开来》很有标志性。1982年前后，当这种诗出现在中国的时候，所有人都傻了，因为有的城市连出租车都没有。这就是中国口语诗的开始。中国口语诗落后世界将近三十年，在这种情况下，你要是还反对口语诗，那就是你自己的问题了。

这就是我今天要把布考斯基排在最前面的原因，应该说，他是美国典型性的口语诗人。尽管外语都有点口语化，外语自带口语化，比我们的现代汉语口语化更明显，但是真正典型的口语诗还是发生在"二战"以后，美国的20世纪60年代中后期，反文化运动的背景之下，而金斯堡和布考斯基是两大标志。我们研究得细的人甚至已经发现，金斯堡对应的是中国的前口语，因为金斯堡还是振臂高呼的，还有点集体意识、代言意识，布考斯基才真正回到了个人的平民视角，所以他对应的是中国的后口语。之所以今天从他开始，是因为我们整个课的结构就是打破过去的传统，从最前沿的往后推，以往我们大多是从《诗经》讲起，从《荷马史诗》讲起，我们这一次就完全是倒推。好，我们先看他的第一首诗——

冰献给鹰

布考斯基

我保留着对马的记忆

在月亮下

我保留着喂马的记忆

用糖

白色方糖

更像冰块

他们有头

像鹰

秃头，可以咬

但没有

这些马群比我父亲

更真实

比上帝更真实

他们可以践踏我的

双脚，但他们没有

他们可以制造千奇百怪的恐怖

但他们没有

我差不多只有五岁

但我仍未忘记

哦我的上帝！他们强壮而优秀

那些红色舌头流着口水

从他们灵魂里流出来

　　有人说，这首诗是现代诗的典范，如果你看这首诗都没感觉，那就别写了。或者说，它是后现代时代里现代诗的典范，他写一匹马，他的写法，他的感觉，没有更激进，也没有更极端，它就是一种看待事物的方式。我认为布考斯基是大诗人中更大的诗人，他总是有一份大诚实和大天真在里面，这是他跟其他知识分子气更重的诗人的区别。他写这种感觉都是特别诚实的，他说"这些马群比我父亲 / 更真实 / 比上帝更真实"。他觉得这很真实，他就保留着自己的那种真实的感觉。同时，他有一种天真，他笔下的很多东西老让我会心一笑。这种天真不是每个人都能保留的，有的人是越老越世故，越老感觉越钝。他的那种天真在很多地方都展示出来了。同时，西方诗人永远强于中国诗人的一点是，他们在形而下和形而上之间转换得特别自然。这么形而下的一首诗，童年时对一匹马的记忆，倒数第二句还是"那些红色舌头流着口水"，下一句就是"从他们灵魂里流出来"。有宗教的民族和没有宗教的民族的区别是，别人从形而下到形而上一瞬间就完成，我们一瞬间完成不了，完成了也显得不自然，因为，那不是你日常的思维状态，不是你日常的情感状态。这是《冰献给鹰》，你要对这首诗都没感觉的话，那恐怕以后理解现代诗就难了。

好，我们接着就读他下一首——

安静干净的布衣少女……

布考斯基

我所认识的全是妓女、前妓女
女疯子。我看见安静的男人
文雅的女人——我在超市里看见他们
我看见他们正一起走过街头
我看见他们在其公寓里：人们
和平相处。我知道他们的
和平只是一部分，但有
和平，常常持续几小时几天的和平

我所认识的全是避孕药、怪胎、酒鬼
妓女、前妓女、女疯子

当一个离开

另一个到来

比其前任更糟

我看到那么多男人和安静干净

身穿粗布衣裳的

少女们在一起，她们的脸不似狼獾

或掠夺成性

"永远不要把一个妓女带在身边，"我告诉我的

几个朋友，"我会与之坠入情网"

"你无法忍受一个好女人，布考斯基"

我需要一个好女人。我需要一个好女人

多过我需要这台打字机，多过

我需要我的汽车，多过我所需要

莫扎特，我太需要一个好女人了，那样的话

我能够在空气中品尝到她的味道，能够用我的指尖

触摸到她，我能够看到人行道上的建筑物

因为她的脚正走在上面

我能够看到枕头当作她的头

我能够感受到我等待的笑声

我能够看到她正抚摸着一只猫

我能够看到她睡着了

我能够看到她的拖鞋在地板上

我知道她的存在

但是她在这个地球上的何处

会像妓女们一直在找我吗

　　对这样的诗没感觉的话，那真的没法写。这个诗人真是上帝给诗国里保留的一份完美的标本。一个人到了老年还能永葆天真，永葆最敏锐的原始感觉，对各种人的关系、人和物的关系保留着最佳感觉，这就是诗神把布考斯基送给我们的意义。真是怎么造就了这样的人呢？也可能是酒精帮忙。他被叫作"酒鬼诗人"，喝了一辈子酒，最后死于白血病，就是这样一个人。我们通常看到的是，人越老就变得越世故，感觉越钝，写什么的时候，利用的都是最惯常、最庸常的经验，我认识的老诗人都是这样的。结果世界上有这么一个老诗人，他老了还一样，这就让大家感叹。

　　现在是赞美梅西的时代，过去是赞美马拉多纳的时代。我过去看到过一个最诗意的说法，说马拉多纳球踢得好，是因为马拉多纳的母亲在怀马拉多纳的时候上帝摸过他母亲的肚子。没办法解释了，就这样解释。对马拉多纳的研究，体育生理学已经到了这么无聊的状态，说马拉多纳的脚就像渔民的脚一样，长得很宽，球停在上面就稳。其实球踢得好是脚和球之间的感觉好。

　　体育能说明很多感觉之间的关系，比如说游泳健将水感比较好。为什么在游泳池里黑人压不过白人，甚至压不过我们黄种人？黑人在跑道上已经把我们其他人种赶跑了，奥运会决赛的八个人经常是八条黑色的闪电，一闪即逝，几乎已经没有其他人种。

在游泳池里就不是这样，他们属于骨头比肉重的人种，一下水就下沉。你游泳要水感好，要能在水上漂。还有一点，我过去也给大家讲过，很多篮球明星是近视眼，篮筐都看得模模糊糊的，但就是投得进，那是手感好。好多射击运动员都是近视眼，还不戴眼镜，最后打得就像神枪手，靠的就是手感。踢足球就叫脚感，就是脚跟球体的感觉。别说颠球了，橘子照样颠，马拉多纳在韩国一个小橘子颠了二百多下。

那么诗人呢，不仅仅有语感，它是一种综合感。刚才说了，对事物的感觉。有些人对事物的感觉老不对，他一个体化就不对了，要么他就永远沿袭的是集体感，他的感觉永远来自书本，来自别人写过的地方。我觉得布考斯基在这方面是全方位地好，经常有意外，意外丛生。我觉得可能也跟主流和学院派不捧他有关系。有些诗人得到好的待遇时就觉得自己捡到便宜了，你在捡便宜的时候也可能把自己置于一个不利的环境了。周围人老捧你，你潜意识里就越来越趋同。人就是这么贱，周围人喜欢你，你就特别在乎别人的喜欢，生怕失去了别人的喜欢。这就给那些不受周围人喜欢的人提供了有利的环境，周围人都不喜欢你，那这个人就不在乎了，就容易回到他自己。我觉得布考斯基就是一个奇迹。在我心目中，在这个世界上，古典诗人中李白写得最好，现代诗人中布考斯基写得最好，这是我个人的观点。

我们讲的第一个男诗人是谁，第一个女诗人是谁，我都精心考虑了。今天讲的第二个诗人是阿赫玛托娃，中国诗人爱把她简称为阿娃。这两个人的生卒年分别是，布考斯基是 1920 年到 1994

年，阿赫玛托娃是 1889 年到 1966 年。我发现世界文坛有一个"二〇诗人"现象，就是在 20 世纪的 20 年代出生了一批好诗人，而且是多个国家，20 世纪的 20 年代是生大师的年代。大家知道苏联"十月革命"是 1917 年，阿赫玛托娃经历了同一个国家的两个时代。有人把她所属的国家说成是俄苏，也很准确，当然现在一般都说她是俄罗斯诗人。我们怎么形容阿赫玛托娃在俄罗斯文学中的地位呢？不用我们找词儿，人家俄国人早就备好词儿了。普希金有一个称号叫"俄罗斯诗歌的太阳"，所以，阿赫玛托娃就是"俄罗斯诗歌的月亮"。这是俄国人对于阿赫玛托娃的文学地位的说法。

好，我们读阿赫玛托娃一首诗。刚才说到既有"太阳"又有"月亮"，既有黄金时代，又白银时代，黄金时代就是由普希金、托翁、陀翁等这些大师组成的，白银时代就是帕斯捷尔纳克、阿赫玛托娃、曼德尔施塔姆、茨维塔耶娃这四个人为主组成的。这首诗是白银时代的阿赫玛托娃致敬白银时代另一个大师帕斯捷尔纳克的。帕斯捷尔纳克是 1958 年诺贝尔文学奖获得者，当时受苏联政府威胁没有去领，1989 年奖金才被发给他的儿子。我们看这首诗——

诗人——鲍里斯·帕斯捷尔纳克

阿赫玛托娃

他把自个儿比作马眼，

侧脸一瞥，观察，目击，识别，

于是顷刻间水洼在闪光

仿佛熔化的钻石，结冰的松树。

淡紫色的薄雾在后院休息：

站台、园木、树叶、云朵。

火车头的呼啸声，西瓜皮的咬碎声，

在香香的小孩手套里有一只羞怯的小手。

他发出雷鸣、摩擦声，他拍击着如同海浪

然后突然万籁俱寂——这意味着他

正小心翼翼地前进，穿过这片松林，

如此这般仿佛不想打扰空的轻浅的睡眠。

还意味着他在细数谷粒

用折断的茎秆，这意味着他

已经回到达利亚被诅咒的黑色墓碑，

在某个葬礼之后。

然后再一次，莫斯科疲倦地灼伤这喉咙，

远方，死一般的小钟在敲响……

谁迷失了他距家两步远的路，

在齐腰的积雪中无路可出？

因为他把烟雾比作拉奥孔，

并且赞美墓地上的蒺藜，

因为他以其诗篇的崭新声音

填满世界，回荡在新的太空——

他被奖以永葆童年，

他的慷慨和高瞻远瞩的敏锐在闪光，

整个大地是他继承的遗产，

于是他与天下人一起分享。

1936/01/19 列宁格勒

她用歌颂帕斯捷尔纳克来阐释诗人的定义，诗里面金句迭出。女诗人可以写得这么强大！不客气地说，到目前为止，中国当代没有一个这样的女诗人。我们的女诗人被几千年的几座大山所压迫，更多的还在纠结于在男权社会里怎样表现女人的特点，有些甚至想的是怎样用女性的特点来取悦男权社会，和阿赫玛托娃相比，灵魂的强悍度差得太远。

从诗型上说，我们头一节课讲到的这两个诗人，一个是口语诗，甚至是和中国的后口语诗相对应的这样一种诗。阿赫玛托娃用的诗型是什么样的呢？对俄罗斯诗歌有阅读基础的同学，这还是你印象中典型的俄罗斯诗歌吗，是叶赛宁那样的吗？不是的，因为白银时代的阿克梅派，即使在苏联时代也在秘密地研究古希腊的传统。在任何闭关锁国的时代，在意识形态的冷战时期，总会有那么一些不羁的灵魂，你关闭的国门锁不住我的眼光，我在底下还是要传播欧洲其他诗人在写什么，美国诗人在写什么。实际上，阿克梅派就是这样的，他们以欧洲为自己的故乡，总是有一种洋范儿的。所以，他们的诗歌已经不是典型的俄罗斯那种四行一节、隔行押韵的诗了，而是一种改良的俄罗斯的抒情诗，是以整个欧洲为精神家园的具有现代意识的一种诗。换一种语言总结，他们就是红色苏联时代的先锋派。所以，你看看在各种文学生态下，什么样的人最后会有成就？一定都是先锋派，一定都是现代派，保守落后派永远不可能，尤其在国体还不正常的情况下。

我们再讲一下阿赫玛托娃的头号代表作《安魂曲》。但这首诗比较长，我们只朗读一下开头和结尾，去品尝一下她的语言。这首诗是在她死后才发表的，发表以后给她带来了更大的声誉。这首诗为什么死后才发表呢？阿赫玛托娃的一生有几次大的被封杀。十月革命胜利了，就把她封杀了，然后到"二战"时需要动员人民了，就把她放出来，解禁了。她的前夫古米廖夫被枪毙了，儿子被抓，她自己倒没有太多的牢狱之灾，也没有生命之忧，就是作品被封杀。有一种说法是，斯大林就是要让她活着受折磨。斯大林对她的定义是，一半是修女，一半是娼妇。所以，她这首诗一直存在于她的口述和口头朗诵里，只有自己最信任的朋友听到过，幸好有人把这首诗背诵下来了，等她死后，才通过背诵把这首诗的原文整理出来。

我们翻译的阿赫玛托娃的诗，也出版过一个单行本，叫《我知道怎样去爱》。我向大家展示一下《安魂曲》的开头和结尾，你好好欣赏一下她的语言。

它有一个引子，引了意识流小说开山鼻祖乔伊斯的一句话：
"你不能撇下你的母亲沦为一名孤儿。"它还有一段流传非常广的
序诗，这是阿赫玛托娃自己写的："不躲藏在异域的天空下 / 也不
在外国翅膀的保护下—— / 我与我的人民在一起分享一切 / 在这
里，厄运已经抛弃了我们。"

好，我们听一个开头，听一个结尾——

献词

高山在这样的悲痛前折腰，

大河停止奔流，

监狱铁门紧锁

关押囚犯的洞穴

濒临死亡的悲楚。

清风轻轻吹拂着某人，

温柔的夕阳温暖着他们，我们无从知晓，

不论哪里都是一样，谛听

刮削声继而打开可恶的钥匙

行进中的士兵踏出沉重的脚步声。

早早醒来，仿佛是为了早晨的弥撒，

步行穿过发疯的首都，去探监

我们会遇见——死者一般毫无生气的太阳，

每天都在降低，涅瓦河，笼罩在迷雾之中：

但希望仍在远方歌唱。

判决书一下，顿时泪如雨下，

紧随其后的是完全彻底的隔离，

仿佛一颗跳动的心被痛苦撕裂，或

重击，她躺在那里，残酷的结局已经注定，

但她仍然设法奔走……步履蹒跚……独自一人。

你们在哪里，我的不情愿的朋友们，

我的两个撒旦之年的俘虏们？

在一场西伯利亚的暴风雪中，你们见到了怎样的奇迹？

在月亮的圆周有怎样闪闪发光的海市蜃楼？

我送给你们每人一个问候，和告别。

尾声

1

我已经了解容颜怎样枯萎，

有多少恐惧能够从低垂的眼睑中逃亡，

有多少苦难可以将脸颊蚀刻成

似楔形文字标记的冷酷的纸页

我知道有多少绺乌黑或淡褐色的头发

一夜之间银丝雪白。我已经学会识别

在顺从的嘴唇上凋谢的微笑，

全身战栗的恐惧躲藏在空洞的笑声里。

这便是为什么我祈祷但不是为我自己
而是为在那里与我站在一起的你们全体
穿过肆虐的严寒和七月的酷暑
在一堵高耸入云但却完全瞎掉的红墙之下

2

时辰将至，纪念死者。
我看见你们，我听见你们，我感知你们：

一人抗拒着久久拖延着面对这扇打开的窗户；
一人感觉不到她的脚在踢着脚下亲切的泥土；

一人突然摇摇她的头，回答：
"我来这儿好像回家！"

我想要得到你们所有人的名字，但名单
已被转移并且还没有其他地方可以看到。

因此，我已经用这些无意中听到的
你们所使用的谦卑的话语

为你们编织成宽大的裹尸布。不论何处，无时无刻，
我将永远不会忘记哪怕一件事，即使在新添的悲伤里。

即使他们用铁钳夹住我备受折磨的嘴
仍会通过亿万人民呼啸；

这便是我多么希望他们记住我，当我死时
在我纪念日的前夕。

在这个国家里，如果有人有朝一日，
决定给我树立起一座纪念碑

对这个庆典我会欣然赞同
但只有在这种条件下，不要把它建在

我出生的海边，
我已切断了我与大海最后的联系；

也不要立在皇村公园山盟海誓的树桩旁
那里有一个伤心欲绝的身影在苦苦找我。

把它立在这里——我站了三百个小时的地方
但却没有一次滑开这大铁门的门闩。

听着，甚至在幸福的死亡中我也害怕
我忘记了"黑乌鸦"囚车，

忘记大铁门怎样可恶地砰然一声巨响一位老妇人
号啕大哭像一头受伤的野兽。

让融化的坚冰流动仿佛
自我纹丝不动的青铜眼睑淌落的泪滴

让监狱里的鸽子在远方咕咕鸣叫
当船只沿着涅瓦河静静航行。

　　这首诗写的是这么一个历程，她儿子被关，她天天去探监，
去探监还经常不让进。她写这首《安魂曲》，纪念所有那个非人的
年代里的死者。

　　还有一点，就是语言，你从《安魂曲》里就更能看出来，她
对俄罗斯诗歌传统的改良了，更不是俄罗斯传统的抒情体。她是
振振有词的，这是西方诗人的强项。所以，译他们的时候也很过
瘾，振振有词，逻辑严密，善于雄辩。而且你注意，出自同一个
译者的笔下，你看看我会不会把所有的诗人译成一个样子？最低
劣的翻译家就是千人一面，所有的诗人在他笔下都译成了一个样
子。今天所讲的都出自我和我妻子的译笔，那你看看这是一样的
诗人吗？后现代的布考斯基和阿克梅派的阿赫玛托娃区别如此之
明显。如果按性别来说的话，这是我认为的世界上最佳的男诗人
和世界上最佳的女诗人。

时间非常紧张，我们进行下一个。下一个是我拜访过的瑞典诗人特朗斯特罗姆。因为他是瑞典诗人，当然备受宠爱，大家都可以预测，他一定会获诺贝尔奖，瑞典人舍不得他死，死了就没了，然后瑞典不知道又要等多少年。瑞典人在颁发诺贝尔奖的时候，开始时太不自律了，还让他们的一个诗人战胜过托尔斯泰，这就是丑闻。后来就变得特别自律，从1974年到2011年特朗斯特罗姆获奖，中间隔了漫长的时间。他很早就有了世界声誉，但就是一直迟迟不颁给他，直到特朗斯特罗姆八十岁那年。有一种说法，说这年的评选结果就是莫言，但是有一个提议说，特朗斯特罗姆已经八十岁了，健康每况愈下，应该是时候颁给他了。最后这个提议就生效了。到2012年的时候就必然是莫言获奖，因为所有的评委都觉得欠了莫言。这也构成了中国人的骄傲，莫言曾经在投票中两次获得第一名。可能很多同学不知道，外国人对莫言的喜爱完全超过中国人。中国有的人很勉强，是在文化符号重压下装得很喜爱，他一得了诺奖，你也不好说不喜欢他了，其实你更喜欢的是莫言击败的对手——村上春树。特朗斯特罗姆1990年就中风了，2002年我见到的就是一个中风的他，话都说不出来，就靠打手势交流，但是能写诗。这是一个诗二代，他父亲就是瑞典一个著名诗人。好，我们看他这首诗——

果戈理

特朗斯特罗姆

大衣褴褛仿佛狼群。
脸像一块大理石板。
坐在他的信堆里，在轻蔑与过失
窃窃私语的小树林间，
哦，喘气的心，像一张纸片吹过冷淡荒凉的
走廊。

此刻夕阳正在爬行好像一只狐狸在故土之上，
在仅剩的时刻把草点燃。
天空中布满野兽的角蹄，街灯下
四轮马车悄然行进仿佛一个影子在
父亲点灯的庭院之间

圣彼得堡与湮灭处于同一纬度
（君不见斜塔有佳人？）
冰封的民宅漂浮如水母，在其周围
这不幸的男子穿起他的大衣。

而在此处，笼罩在禁食中的，是这名男子，先前曾被欢
笑的牛群包围，
　　但这些早已久违，自打它们将自己带到远方的开阔地带，

在树线之上。

人类无常的赌局。

瞧外面，看黑暗怎样猛烈地灼伤一整条灵魂的银河。

起来！然后驾上你的烈火战车离开这故国！

据说在瑞典语里面，特朗斯特罗姆是铿锵有力的，所以我尽量朗诵出铿锵有力的感觉。他二十三岁出版了处女诗集《诗十七首》，一下就名震欧洲。这个诗人是以写得少而著称，一生只写过二百多首诗，就取得了这么高的成就。有人说，他像中国的王维。我说不对，他像中国的贾岛，就是一个推敲型的诗人、苦吟派的诗人。也许，这样的诗人我们必须到原文里去领略他的那种妙。

第三位诗人出现了，后意象主义的大师，也就是后意象派的诗人。今天我们有改良的抒情诗，有口语诗，有后意象诗，你看看我译乱了没有？什么叫好的诗歌翻译？一个人一个样子。你可以设想，我在经历了这样的翻译之后，自己的修养会提高多少？所以，有些事情你要自己去做。我刚才说在加油站加油，最好的加油方式就是自己去做，你不要以为有现成的油，你自己要去开采那个油。一百多首诗，将近一百个诗人，我译下来之后，自己的诗歌就要提高了。我在不同的语言的转换中，不同风格的语言的转换中，自己的收效有多少？所以，不要光看到我是一个口语诗人，我是占有了全人类的语言后选择了口语诗，而不是只会写口语诗。有人很惊讶，你是一个口语诗人，为什么译意象诗译得那么好，译抒情诗也译得这么好？你开玩笑，我以前写过意象诗的，我在1988年以前写意象诗，在中学时还写抒情诗呢。

我们说，意象诗就是要精妙，就是要浓度高，它是语言的巧克力，在意象与意象之间就是要很妙。他的下一首诗体现得更明显，因为下一首是《俳句》，他把日本古典的俳句引入到了现代诗。特朗斯特罗姆一辈子写的诗少到了什么程度？俳句三行一节，他算一首，这才二百多首，否则的话才一百多首。那么，这个《俳句》其实是一组诗，注意，三行就是一首，但它再没有更明确的标题了，印刷的时候就是空几行，再排三行。诗的形态很多，你也可以写俳句。

俳句

特朗斯特罗姆

电源线路延伸
横穿霜的王国
所有音乐的北方。

白太阳是一名
长跑者，反抗
死亡的蓝山。

我们不得不与
小号字印刷的草和

发自地窖的笑住在一起

此刻太阳低垂。
我们的影子是巨人。
万物倏忽皆成虚影。

紫色兰花。
油轮滑翔而过。
月亮满了。

中世纪被保存。
外星人的城市，冷酷的斯芬克司，
空荡荡的角斗场。

树叶耳语：
一头野猪在弹管风琴。
钟声大作。

夜晚向西流动
地平线到地平线
全以月亮的速度。

上帝存在。
在鸟鸣的隧道里

一头上锁的海豹被打开。

橡树和月亮。

光。沉默的星座。

还有失去知觉的海洋。

这是高规格的意象诗。如果你是非常了解北岛诗歌的同学，就知道北岛的老师是谁了，北岛在诗歌技巧上一招一式完全是学的特朗斯特罗姆。1983 年，特朗斯特罗姆的夫人在瑞典驻华使馆门口，把一本英文的特朗斯特罗姆的诗集送给了北岛。北岛就借着字典开始翻译，然后，北岛的诗就完全彻底地现代化了。

好，今天课本上的就讲这么多。我读一首李亚茜同学的诗。我们同学是特殊对待的，其他当代中国诗人已经没机会了，但是我们同学被订货的，还依然会被我在课堂上讲到。李亚茜同学的名字今天和大师的名字写在了同一块黑板上。李亚茜是咱们班的吧？是的哈。

无题
李亚茜

我站在楼上吃早点
无聊地四处乱看
对面楼上有一间教室

门半开着

灯没亮也没有人

窗帘是肮脏的蓝色

在底部团成一团

那形状像极了一只晃荡的脚

下课后

我又往那间教室看了一眼

门里的讲台边正好站着一个人

而那只脚就在他的头顶

晃个不停

点评：《现代诗写作》课第六位入典者，本诗的出现很有意义，它在提醒我：不要只注意那些亮的诗，还要注意暗的诗——不为夺人眼球，但却规格很高的诗，像本诗这样，一个暗风景。

有一句话叫"出家人不打诳语"，诗人也不打诳语，我说得很真诚，就是这首诗提醒了我，不要只注意亮的诗，也要注意暗的诗。所谓暗的诗，就是表面上看来不那么耀眼、不那么夺目的诗。这首诗的规格很高，我觉得这是卞之琳《断章》的现代版，就是你在看一个风景的时候，你跟风景的关系，而且她还能写出时间。什么叫时间？风景的变化。

到这儿，我也可以把同学里面的前六位入典诗人总结一下，毫不夸张地说，六个人是六种风格，这是我最满意的。我在郑州中原诗会上点评里所时就讲到了，如果一个老师培养的诗人全都是一样的，那肯定是有问题的。如果一个老师培养的诗人全都跟自己一样，那你没资格叫老师，你可以叫师父。我希望我的学生，希望从我这个体系里出来的诗人，一定要有自己的风格。好在这一点我很满意，还没有哪一个真的特别像我，都是各有各的风格。这六个同学也出现了这种情况，我非常满意。

好，下面我准备请四个同学来读诗。我知道想读的人很多，咱们以刚才在课间被我看过的为主。

假面

李琴琴

刚洗完澡，
排队等待吹头发。
无意间一瞥，
看到一个假面——
潮湿的头发，
覆盖了整个面部；
像《千与千寻》中的无脸人。
那不是我；
有个声音，说
不，那就是你。

这首诗大家听明白了吧？其实就是一个很简单的构成，但是表达得干净利落。这首诗我建议李海泉推荐到《中国口语诗年鉴》。我们有国家队，还有国奥队，这也是成功的发表，只不过没有在《新世纪诗典》上发表。《新世纪诗典》作为中国最高的诗歌平台，我推荐时要考虑一线诗人的感受。这首诗对一线诗人来说不够惊讶，甚至会觉得有点简单。但是上《中国口语诗年鉴》没有问题。这首诗我给一个 93 分。

出门
蒋聪

五一收假
我从家返校
出门前父亲让我去跟爷爷
打声招呼
于是我到他房间
放大声音喊道：
爷爷，我走了
他听到声音
慢慢抬起头
眼睛眯着
看了看我说：
哦，哦，路上小心

路上父亲问我
刚才你出门

你爷爷怎么说的？

我学着爷爷的方言

回答道

他说，哦，哦，路上小心

父亲听完

憨憨地笑了

我猜

他是想起了

小时候

非要骑着爷爷的脖子

才愿意出门的自己

　　蒋聪同学这首诗也没有什么惊人的。我觉得她最后多写了一段。你注意，文学一定不要太主观，比如说，你想象你父亲想到了什么，这是要非常谨慎的，哪怕你是真的这么猜想。当然，还有一个毛病，写得太完整。大家记住我过去说过的话，你要是想不起来诗的战略，就想想美国在太平洋战争中的蛙跳战术。诗的思维是蛙跳战术，我的这个青蛙不一定要落在每一个岛上，我可以空过去几个岛。我们写文章要很周延、很完整、很严谨，写诗则不同，太小心谨慎、思维严谨的人可以成为好学者，但成不了好诗人。诗人还是要有点声东击西、神经兮兮、激情四溢才行。记住，诗人天生就不要照顾得面面俱到。她这首太周延了，我给一个 87 分。随着大家经验越来越丰富，这些缺陷都是可以纠正的。

以后再写亲人关系，你要找个别的、意外的，不要写普遍的、一般的感觉。

外公

王晓娟

外公去世的前几天

已经吃不下

任何东西

只是呕着黄水

发苦发黑

我想

如果一个人要离开这个世界

如果一个人离开这个世界要干干净净

那么他也应该把自己一生所咽下的苦水

都吐出来

就像这样

这首的遗憾跟蒋聪的最后一段差不多。你记住我前面说的话，写你看见的，别写你想到的，或者把你想到的东西转化成你看到的。你应该将外公的表现贯穿到底，这时候不要加入自己的联想，而且你想到的那个形而上的意义也很浅，那就没有必要。这就是同学不太会写的一个表现。当然，我觉得好的一点是，大家现在不是在纸面上干想一首诗，都回到了生活，回到自己有感情的地方寻找诗的触发点，这是要肯定的。王晓娟这首诗，我给一个85分。

八点钟的樱花广场

吉雅琦

刘妮带我去吃成记

他们家的包子

都是玉米面做的

我们边吃边谈论

八点钟的樱花广场——

你听

小男孩一声一声唤着爸爸

父亲一次一次答应着哎

不厌其烦

你看

老奶奶坐在轮椅上吃包子

老爷爷给小狗喂肉馅儿

阿姨说

生煎包一块三个

原来

这就是樱花广场的八点钟

她这首诗说到几点几分的什么地点，这种意识非常好，这就是现代诗的意识，食指就写过一首《这是四点零八分的北京》。我觉得有一点不足，你在发现广场上有什么的时候缺一个厉害的。也不是说每一个都要很厉害，但你得有一个是厉害的，能给大家带来冲击力的，而不是每一个都很平淡。每一个都很平淡，那就没意思了；每一个都很厉害，又会显得矫情、做作，人为痕迹太重。

我觉得你可以把这首诗修改得更好。你没必要写得那么老实，别局限在八点钟看见的东西，你把在其他时间看到的，或者在其他地点看到的，移一个厉害的过去，这首诗一下就不一样了。这首诗改过以后，我觉得《中国口语诗年鉴》也可以考虑。你到时把修改版提供给李海泉。如果你改得很牛了，李海泉再发给我。这首诗基础很好，我给一个 87 分。

今天我们的课就上到这儿。下一周，我们请一个外国诗人到我们课堂上来。因为他是德语系的诗人，为了配合他的到来，下次课我专门讲一下德语的诗人。

本讲授课时间为 2019 年 5 月 21 日

第十四讲　外国名诗 2

　　上一周已经给大家预告过了，这次我会请维马丁先生讲一节课。我心里唯一过意不去的是，没给维马丁先生付一分钱。实际上，他到中国的频率没有那么高，但就在这一个半月的时间里来了两次，刚好这两次都被我拉进了课堂。这就叫缘分。我们在一班直播的阶段，他已经来过一次，他讲了我推荐的他的中文诗的创作谈。今天他再次来讲的权威性就更高了。上次他只是作为被推荐的作者，讲了他一首诗的创作谈。今天我配合他的到来——其实他不来我不会搞这个专题——把德语这个语种的诗人集合起来搞一个专题。

　　他是奥地利诗人，而且是中文通，是中国诗歌界知名的翻译家，中国官方和民间对他都有很高的评价。他是《人民文学》海外德语版《路灯》杂志的主编。同时，他也是我这个《新世纪诗典》的特约翻译家。他可以中译德，同时也可以中译英。欧洲人的英语都非常好，这更体现了英语作为世界普通话的特点。他掌握的语言加起来大概有八种，当然最精通的有三种，首先是他的母语德语，其次是英语，再次是中文，他靠这个吃饭的。今天我们请他来，一下就把我们这个课高大上的指数提高了。我马上要讲的德语诗人，很多他都可以找到原作来讲，就在今天我讲到的诗人里面，他至少要为我们介绍其中一位的诗歌原作。据我所知，他可能会选择歌德。歌德对德语这个系统来讲意味着什么呢？就是咱们的屈原或者李白吧，或者英语系统的莎士比亚吧，如同文学皇帝的级别。

德语系可不仅仅是德国，好多诗人都不是德国的，而是德语这个语言圈的。我们搞这个专题就是为了配合维马丁先生来到现场。当然，这也看缘分。他是受到西安一个诗歌活动的邀请来到中国的，也就是在这两天，好多诗人要从全国各地赶来参加这次活动，包括我的老师任洪渊先生，他已经八十三岁了。本来我想如果能把他也请到我们课堂上来，让我的老师——你们的师爷爷——给你们讲那么半节课的话，那是多么完美！但就是缘分问题，他今天下午才到西安，等不到下周二上课又要走了。

我今天讲的第一位诗人是里尔克。在座的同学已有的诗歌知识不一样，可能对有的同学来讲，里尔克是知道的诗人，有些同学今天才第一次知道，有些同学已经非常熟悉。我敢猜测有些人知道里尔克，当然是因为他在20世纪人类文学史上的重要性，甚至有相当多的人还公认他是20世纪人类最伟大的诗人。我看到过这样一则逸事，布罗茨基说茨维塔耶娃是20世纪最伟大的诗人，记者马上反问他，那里尔克呢？可见很多人公认里尔克是在这个位置上的。所以，在座的有人知道他也不奇怪。他在中国诗歌界的影响也很大，中国的知识分子诗人是非常推崇他的，有大师情结的诗人也是非常推崇他的，大概就因为他确实是一位大师。

我今天在这儿介绍他两首诗。首先是他的一首大名作——《秋日》。这首诗在我翻译之前，国内有八九种译本，影响最大的是冯至先生的译本。大家学过《中国现代文学史》都知道，冯至先生是留德的，而且师承的就是里尔克，在他写得好的几首里得了些里尔克的真传，也被鲁迅认为是中国现代最伟大的抒情诗人。我过去讲《中国现代文学史》的时候，就跟同学讲过，假如你想搞文学创作的话，你选择留学的国家将来可能会影响到你的创作风格。当然，你在选择留学国家的时候，也会考虑自己的性格适合去哪个国家。

冯至先生当年留德影响了他的诗风，他也成了翻译里尔克的权威。我敢在他面前动土，是需要一点胆量的。但翻译是无止境的，即便已有很好的译本，你也可以做出挑战，哪怕那个挑战是无效的。不是所有的挑战都能让你赢，你输了也可以不做嘛。所以，我也不敢说，我译得比冯至先生好。也许我沾了一点光的是，我转换成的汉语可能更接近于汉语的今天。说句不好听的，"五四"白话文的汉语还有点夹生饭。所以，我就在太岁头上动一下土，翻译了我这个版本的《秋日》。每个人对知识的需求不一样，有需要的同学可以百度一下这首诗的各种译本。现在，我们来欣赏我和我妻子的译本——

秋日

里尔克

主，是时候了。夏天浩大。

让影子躺在日晷之上，

让风儿去草地上放松。

最后命令果实快些饱满；
多给它们两天的南方气候，
催促其成熟，驱使
最后的甘甜酿成醇厚的美酒。

谁现在没有房屋，他不必再建一座。
谁此刻孤独，将长久孤独，
将醒着、读着、写着长信
将在林荫道上来来回回
徘徊不安，当落叶飘零。

　　一个诗人何以重要？一首诗何以重要？哲学家是干什么的？哲学家要提出人类现在所要思考的问题。文学家是干什么的？文学家要写出人类在目前面临的极端的情绪。很多哲学家，包括一些思想者，在说到人类面临的孤独这个命题时，都忍不住要引用里尔克这首诗。所以，你要想成为王者诗人，不思考点人类目前存在的状况，不能用诗歌的语言生动准确地描述这种状况，你是到不了这个位置上的。而这就是里尔克的重要性。

　　大家都知道，德国是盛产哲学家的国度，也盛产音乐家。其实，德语大概都有这种特征，所以，我们通过德语来认识德国人就比较复杂。昨天在我们家发生了这样一幕，维马丁先生一说德语，我妻子就笑了，然后我也笑了。我知道我妻子在笑什么，发笑的原因是"二战"片看多了，一听到德语就好像是德国兵说的话、纳粹说的话、法西斯说的话，这种语言在汉语的语境里好像被妖魔化了。我当时就提出了这一问题，产生最多哲学家同时也产生不少文学家和伟大音乐家的这样一种语言被妖魔化了。

好，我们马上再来欣赏里尔克的第二首诗，我译成了《千钧一发》。刚才我在读里尔克名段的最后一句（"谁此刻孤独，将长久孤独，／将醒着、读着、写着长信／将在林荫道上来来回回／徘徊不安，当落叶飘零。"）的时候，发现有的译者喜欢把别人的倒装句在中文的表达里正装过来，这是我反对的。在我的翻译观里，外语要有外语的特点，要有外语之美，这是我在这个点上的一个观念。下面这首诗的翻译又体现了我另外一个观点，比如说这首诗的题目，冯至先生直译为《严重的时刻》，有的译者译成《严正的时刻》，但是我却用了一个汉语的成语译成了《千钧一发》。你看在那个地方我强调外语之美，在这个语境里我又强调中文表达，至于哪一种更好，只有到了具体那首诗的时候我才能做出自己的选择，所以翻译是没有定规的，你不要给自己一二三四五列一堆戒律。其实，翻译就是一种照应，你要用各种方式把原作照应得更好。你看看在这个语境里是不是译成《千钧一发》更好？

千钧一发

里尔克

谁此刻在世上某处哭
在世上无缘无故地哭，

在哭我。

谁此刻在夜里某处笑
在夜里无缘无故地笑，
在笑我。

谁此刻在世上某处走
在世上无缘无故地走，
走向我。

谁此刻在世上某处死
在世上无缘无故地死，
望着我。

这写得太好了！这就是大师。那么简单、甚至让人觉得单调的语言，呈现了人类存在的不同状态，最后写到了最极端的状态——死亡，而且又有诗人的态度。我为什么觉得他是一个真大师呢？他不说自己悲天悯人，而是换个角度来表达，他认为死者在死的时候是望着他的，那么这就是艺术的表达，这就是诗歌的表达。这个里尔克那真是不用说了，真正的一位大师，却没有得过诺贝尔文学奖，这是诺贝尔文学奖的耻辱。他是一个超越诺贝尔奖的诗人。

昨天维马丁先生也给我讲了一个知识，实际上里尔克是奥匈帝国人，后来一直生活在布拉格。

大家知道我平时的节奏，我今天讲得比平时要速食一点，因为第二节课要全部留给维马丁先生。我现在马上切入到第二个诗人，黑塞。刚才我们说了诺贝尔奖的坏话，而这个诗人是得了诺贝尔奖的，但恰恰是这个诗人我们班同学知道得可能更少一点，甚至没有人知道。他的散文诗也写得非常好。他是一个德国人，但后来又住在瑞士，估计加入瑞士国籍了，我见有的地方也把他说成瑞士诗人。黑塞的诗也很有魅力，可能里尔克的诗多一些思辨，但是他保留了抒情。大家不要忘了，德国也是浪漫主义的源头之一。我们来欣赏黑塞的两首抒情诗，也是很精彩的。

多么沉重的日子

黑塞

多么沉重的日子。
没有一簇火焰能够温暖我，
没有一轮太阳和我一起欢笑，
一切赤裸裸，
一切冷酷无情，
甚至我心爱的清澈的
群星也在肃杀地俯视我——
自打我从我心里获悉
爱会死去。

这是一首比较短的抒情诗。维马丁先生给了我一个肯定，说我译的黑塞节奏感非常吻合，而我还是通过英文版转译的。其实想象一下，也不难明白这个道理，所有世界大师的作品英文版都是很优秀的。如果英文版不优秀，也就成不了世界大师，这就是语言传播力的问题。哪怕是五大语种里的德语诗人，如果没有好的英文版，影响力也就在德语圈。一定要有好的英文版本，你才能真正地走向世界。这就给我们这种转译者提供了可信的渠道，只要拿到一个靠谱的英文版，那我一定能够把他译得比较准。从维马丁这儿也得到一个检验，他认为我中文译本的节奏跟黑塞的原作非常吻合。

好，我们欣赏第二首——

无你

黑塞

夜里，我的枕头凝视我
空虚得像块墓碑；
我从未想到会如此痛苦
独自一人，
不躺在你的长发中入睡。

我孤独地躺在一间死寂的屋子里，
挂灯昏黑
轻轻地伸出我的双手
去搜索你的手，

软软地按压我温润的嘴唇

去接近你，吻我自己，疲惫而又虚弱——

然后，突然，我醒过来，

所有包围着我的是仍在静静生长的寒夜。

窗上的星星清辉闪耀——

何处是你的金色长发？

何处是你的甜蜜芳唇？

此刻，我饮下每一杯欢乐中的疼痛

美酒中的毒药；

我从来不知会如此痛苦

独自一人

孤独无你。

　　我们从黑塞身上也可以看到和里尔克相似的东西，比如说，人类存在的极端状态——孤独。只不过，黑塞的孤独更有形一点，显然是来自思念情人的孤独、思念爱情的孤独；而里尔克的孤独似乎更形而上一点，直接思考人类的一种极端的存在状态。我们应该能够感觉到他们跟中国诗人的差别，西方诗人或者说外国诗人更形而上一点，他们的诗作比我们的更多一些形而上的光环，甚至仅在形而上的内部就能写得很精彩，而中国诗人就很难做到这一点。中国诗歌界有过"里尔克热"，也有过"荷尔德林热"，待会儿我们会讲到荷尔德林。在"里尔克热"的时候，中国诗人也在写"主啊……"。你一这样写，我就浑身起鸡皮疙瘩，因为我觉得这不是我们文化的存在状况，所以我们也不能简单地"拿来主义"，不能贸然地生搬硬套。每一个民族都应该写出自己的真实状况。当然，还有一种可能，听起来就不太美妙了，也许是整个文化体的文化发达程度的问题。如果文化发达程度高的话，可能想形而上问题的人就多、就普遍，而诗人就是文化金字塔的塔尖。如果你这个文化的发达程度不够，大家基本上想的都是实用问题、形而下的问题，很少思考形而上的问题。这些问题当然都没有标准答案，留给大家以后慢慢思考。

下面要讲的诗人策兰，可能在座的同学知道的就更少了。但实际上，我们今天讲到的，尤其是里尔克和策兰，在中国诗歌界是受热捧的，喜欢他们的诗人很多。策兰来自的地区和身世依然是非常复杂的，他是一个罗马尼亚的说德语地区的犹太人，后来流亡去了法国，最后投塞纳河自尽了，也是贫病交加，当然也有形而上的痛苦。他的形而上的痛苦变成了一句名言，他说自己是"用敌人的语言在写诗"。大家能听懂这个话吧？他是一个犹太人，但他用德语来写诗，因为他来自罗马尼亚的说德语的地区。那里也出了一个诺贝尔文学奖的获得者，是一个女作家，叫赫塔·米勒。

这是一首非常伟大的诗，叫《死亡赋格曲》。我觉得这首诗的伟大程度高于作者本人。有的人是诗比人大，有的人是人比诗大。人比诗大可能是这样一种情况，就是他的整体写作很好，比如歌德，你不可能单纯用一首抒情诗就说完了歌德。那么，策兰这种情况就是，他的某一首代表作特别突出，但也不是说他平时的诗都是这个水平，所以，我觉得这就叫诗比人大。

好，我们马上欣赏《死亡赋格曲》。

死亡赋格曲

策兰

黎明的黑牛奶我们夜里喝

我们喝它在中午和早晨我们喝它在夜里

我们喝，我们喝

我们用铲子在空中挖出墓穴在那里你躺下不会觉得太窄

一个男人待在屋子里玩他的毒蛇，写信

他写道：黑暗正在降临德意志，你的金发的玛格丽特

他写信，然后走出门去，满天繁星闪烁，他吹口哨叫他
　　的猎犬回窝

他吹口哨他的犹太人便站成一排用铲子在地面上挖墓穴

他命令我们开始奏乐为舞会

黎明的黑牛奶我们夜里喝你

我们喝你在早晨和中午我们喝你在夜里

我们喝，我们喝

一个男人待在屋子里玩他的毒蛇，写信

他写道：黑暗正在降临德意志，你的金发的玛格丽特

你的灰发的舒拉密丝我们用铲子在天空中挖墓穴你躺下
　　不会觉得太窄

他大声叫道：把地球戳得更深些吧，你还有许多活儿在
　　那儿其他人唱起来并演奏
他抓住他腰带里的棒子摇摆着他的眼睛是那么蓝
把你们的锹戳得更深些你们在那儿还有许多活儿其他人
　　继续为舞会演奏

黎明的黑牛奶我们夜里喝你
我们喝你在中午和早晨我们喝你在夜里
我们喝，我们喝
一个男人待在屋子里你的金发的玛格丽特
你的灰发的舒拉密丝他玩他的毒蛇

他大声叫道：把死亡演绎得更甜美些吧，死神是一位来
　　自德意志的大师
他大声叫道：你们把弦乐器奏得更忧郁些吧，你们就会
　　升起来然后像烟飘向天空
然后你们就会拥有墓穴在云里你们躺着不会觉得太窄

黎明的黑牛奶我们夜里喝你
我们喝你在中午死神是一位来自德意志的大师
我们喝你在夜里和早晨我们喝我们喝
死神是一位来自德意志的大师他的眼睛是蓝色的
他射杀你用装满铅弹的枪对准你射得很准

一个男人待在屋子里你的金发的玛格丽特

他放他的猎犬咬我们授予我们一片天空中的墓地

他玩他的毒蛇白日做梦死神是一位来自德意志的大师

金发的玛格丽特

灰发的舒拉密丝

什么叫文学中的文学、语言中的语言？这就是诗歌的力量，所有表现这一幕的电影全在它之后。你要知道，语言的魅力是电影不能比的，电影那种直观的镜头表达得再好、调度得再好，也不能表现这么复杂的问题。所以，诗歌始终在人类的语言艺术包括其他艺术中居于核心地位，这可不是"王婆卖瓜"，因为我们讲诗就在这儿吹诗。

大家可以看出，这是一首回环诗，但它不是那种古典的、很死板的回环诗，而是一个开放的、有灵活变化的回环诗。咱们古诗里的回环诗就像套得很死的一个圆。我不单在策兰笔下发现这一点，甚至在爱伦·坡的笔下也发现了这一点，他们会把外语那个古典的回环诗，搞得具有开放性，然后在现代诗的写作中让它复活。这也可以让我们受到启发，就是也不要让传统在你的诗中死去。也许我们在创造现代诗的时候还盼着传统死去，尤其是在传统带给你很大压力的时候，但是你一个现代的创作者应该有责任救活传统，或者让传统中没有完全死绝的那部分死灰复燃。这就是一个更好的现代创作者，如果他是一个百科全书式的人物的话，那就有责任做到这一点。

我觉得策兰这首诗实际上是对传统的救活，但又赋予了传统20世纪的现代精神。"死神是一位来自德意志的大师"——他的这种表达，比那种直露的东西更有力量。这是 20 世纪世界现代诗歌史上的一首大名作。你要成为人类高度的大师级的一线诗人，就要写出这样的作品。我们今天讲的前三位诗人哪一位不是这样的？世界上最好的诗就是这个样子的。在德语诗人范围内，里尔克绝对是王中王级别的。想要得到这样崇高的地位，你的诗得写到多么好的程度，先讲的这三位诗人，给了你一个展示。

我这个课的逻辑是这样的，以 20 世纪以后的诗人的诗作为主体，20 世纪以前的都作为背景。我一再跟大家强调，就是要让大家写，而不是让大家学。所以，我们下面介绍的 18 世纪的两位诗人都是作为背景存在的，就是让你了解一下德语诗的传统。我们先看歌德的这首《致月亮》，估计维马丁先生待会儿要讲这首诗的原作。

致月亮

歌德

再一次你用灿烂的迷雾
悄悄填满灌木与山谷
终令我的灵魂
得以完全放松。

你用你轻柔的凝视

覆盖我的领地
温和如朋友的眼睛，
穿越我的命运。

每一次心灵的呼应，
来自欢乐与乱世；
我徘徊在快乐与痛苦之间
在我的孤独深处。

川流不止，奔腾不息，亲爱的河流！
我再也不会兴高采烈，
于是笑语消失，亲吻变质
还有忠诚落井下石。

我曾经拥有过一次
弥足珍贵的爱情，
它对我的折磨，
令我难忘今生。

水声潺潺，川流不息，在山谷里，
毫不休憩，永不平静；
抱怨，呢喃，为我的诗歌
你的旋律，

每当你在冬夜里出现，

疯狂泛滥的洪水便会终结，

或是在春天的流光溢彩中，

携助幼芽破土而出。

幸福是他，远离尘世，

紧锁自己，毫无仇恨，

坚持与自己的心灵为友

并享受与之同在的时光

那对大多数人来说未知的

或是从未关注过的事物，

穿越心灵的迷宫，

在夜晚出来漫步。

  你要不知道什么叫大师，这就叫大师，18世纪的大师。我跟大家老实承认，在翻译歌德之前，我从来没有爱过歌德。译本的影响有多大，由此可见一斑。我也反思过，我知道歌德的厉害，但是在诗歌上我从来没有爱过他。我告诉你，诗歌语言的像素要求是最高的，出自同一原文的两个译本，你从字面看差别也不是很大，意思都传达到了，为什么真正读起来，你的接受就完全不一样呢？就因为诗歌对语言像素的要求是所有文本的极致。你看看莎士比亚十四行诗的传统的老译本。爱上莎士比亚诗歌的中国人不多，但是爱上莎士比亚戏剧的人就很多。但实际上莎士比亚第一位的身份是诗人，这一点维马丁可以做证。但是在中国，人们大多以为他是一个剧作家，即便说到他的诗也只是作为文化的夸耀，从来就很少有人是因为莎士比亚的诗而爱上他的。所以，我们对世界的了解确实是有盲区的，首先需要有译本来填补空白，其次就是要注意精确度，表达不够准确的译本，往往就容易把我们带偏。

好，我们接下来讲荷尔德林。荷尔德林也是 18 世纪的诗人，但他和歌德不一样，歌德生前就成了文学皇帝，有的人就是命好，能够得到好的结果。而这个大师的命运却很悲惨，在两个世纪以后人们才发现他，但这也反映了大师的伟大，他比人类提前抵达了某一思想的高端。在座的如果有海子的粉丝，你会知道他，海子张口荷尔德林闭口荷尔德林。我们欣赏一下荷尔德林的诗。

致狄奥提玛

荷尔德林

美丽生命，你生如冬日里开出娇嫩的花朵，
在一个暮气沉沉的世界里默默孤独地绽放，
深情地张开你的怀抱，沐浴在明媚的春光里，
为与之温暖相依，去找寻世界的青春年华，
你的太阳，那曾经美好的时光，如今已日薄西山，
只有呼啸的狂风肆虐在冰封的寒夜。

他被称为哲学大师，既可以说他是哲学家、诗人，也可以说他是哲学家诗人。这样的诗人产生在德国、产生在德语系统，一点也不奇怪，德语是一种以善于思辩、严谨性很强为特征的语言。语种的丰富多彩，其实也暗含着思维习惯的丰富多彩，因为语言跟思维紧密相连。而思维不同，就能够创造出丰富多彩的文学，这就是人类文学的百花园。每一个民族、每一种语言都贡献了它的特点，这样的百花园就是一百种花，没有雷同的。

以上就是我今天介绍的德语诗人。因为维马丁先生在现场，我也朗读一首我翻译的他的诗。语言环境对于诗歌写作的重要性在他身上也体现得很明显。他只要一进中国，到北京才待一两天，我就发现他用中文写的诗语言就顺了。他只要回到维也纳，待的时间一长，他用中文写的诗就开始出现一种涩的状态，这就是语言环境的影响。这就是他中文诗的状况。他的英语诗里面，有的是他直接用英语创作的，有的还有德文版。他的英语几乎是和他的母语差不多好，因为他老婆是美国人。他们夫妻俩同时在维也纳大学现场翻译的景象，一直留存在我的大脑里。他妻子速度比他快，需要翻译成英语的时候，维也纳大学的那个教授就说，马丁你歇一会儿，让你老婆干吧！需要翻译成德语的时候，马丁就上了。他们俩都是语言天才，一个会八种语言，一个会七种语言，可能是人类中最善于掌握语言的一对夫妻。

我译的维马丁的诗很快将在中国出一个单行本，而且是正式出版，所以他得到了大师的待遇，而且我认为他就是一个潜在的大师。在座的同学正值青春期，我选择了维马丁先生的一首爱情诗，大家来欣赏一下。

之一

维马丁

生命中最美好的事物之一就是感觉到你

生命中最美好的事物之一在早晨

生命中最美好的事物之一就是感觉到你

生命中最美好的事物之一在晚上

生命中最美好的事物之一就是看见你

生命中最美好的事物之一在晚上

生命中最美好的事物之一在光里

生命中最美好的事物之一就是认识你

我在这个地球上所知道的最美好的事物之一

生命中最美好的事物之一就是拥抱你

拥抱你意味着

没有别的东西

什么也没有

只有风

鸟群

火车

孩子们的

啼哭

街的对面

或者隔壁

有太阳

温暖的一天

去看看孩子们起床后在干什么

　　我过去跟大家讲，人类诗歌发展的轨迹大概是越来越口语化，越来越个人口语化，你可能还不信。今天在我们讲到的德语诗人里，18世纪的两位，20世纪的三位，21世纪的一位，我们在同一种语言系统里，来看看诗歌发展的大致的方向。你从中间应该能总结出一些东西。我们正确的学诗的方法大概就是，要得其形一定要得最新的。比如说，我如果现在开始学诗，维马丁算是最新的，那我肯定选择维马丁这种形／型。我要得其形、得其型，我就要选择最新的、离我最近的。但我要得其精神、得其文化、得其营养，就可以选择所有的大师。这是正确的学诗的方法。你不要光看谁知名度高、谁高大上，你就学谁，如果这样的话，你就会选歌德，因为他是文学皇帝，但他那是18世纪的形／型。你可以学歌德的精神，精神是人类永恒的遗产，是永不过时的。但是学习诗歌的形的时候，就要学离现在最近的，因为诗歌是在发展的。我把这个原理给大家讲清楚，以后可以作为方法论。大家不可能只在我的课堂里学诗，如果真的想走这条路，那还有漫长的道路要走，毫不客气地说，甚至要伴随自己的一生。我老在说，我还有七八年就要退休了，但是我的写作不能退休，我写诗不能退休，诗歌有时能伴随你到生命的终点。所以，大家离开我以后，希望你从我这儿带走的是"渔"。我不光送你"鱼"，我还要送你捕捞的方法。

现在开始休息十分钟。第二节就交给维马丁先生了，对我们班同学来讲这将是新鲜的一节课。

我今天请来的专家是真正的专家，同时也是诗人，也是翻译家。下面我们用热烈的掌声请维马丁先生给我们上一节课！

维马丁：谢谢！刚才伊沙在这儿讲了那些大师，也讲到了我。伊沙的翻译我觉得非常好。伊沙一般是从英语翻译成中文的，但我有一首很短的诗，他是从德语翻译成中文的。我反复用德语读那首诗，并讲了它的意思，然后伊沙说可以译，就翻译了这首。还记得吗，就在克鲁姆洛夫，捷克一个小地方？它德语名字叫Krumau，捷克名字叫 Cesky Krumlov，埃贡·席勒也在那里画画。我那首诗写了那里的大教堂，我可以用德语给你们读一下——

KATHEDRALE IN KRUMAU

Alles ist von Menschen gemacht

Nur das Licht ist von Gott

Und die Inspiration.

Und ein Bub mit der Lampe am hellichten Tag,

Der ist von mir.

中文版是这样的——

捷克：克鲁姆洛夫教堂

伊沙、老 G 译

一切皆为人类所制造

只有光来自上帝

以及创造的灵感

还有大白天带手电筒的孩子

他来自我

　　刚才我说的德语听起来很可怕吗？希望不是。但也真的有伊沙所说的那种现象。伊沙选的这几首诗都很好，有策兰、有歌德、有里尔克、有荷尔德林。我这里板书的第一行——"Füllest wieder Busch und Tal"——你们都抄下来了吗？都百度了一下吗？Busch 就跟英语一样，写法也差不多，美国以前的两任总统就叫布什。Tal 是山谷。这整个的意思是，雾，月亮带来的雾，在山谷和森林之间。

　　　　Füllest wieder Busch und Tal

　　　　Still mit Nebelglanz,

　　　　Lösest endlich auch einmal

　　　　Meine Seele ganz;

　　　　Breitest über mein Gefild

　　　　Lindernd deinen Blick,

Wie des Freundes Auge mild

Über mein Geschick.

Jeden Nachklang fühlt mein Herz

Froh- und trüber Zeit,

Wandle zwischen Freud' und Schmerz

In der Einsamkeit.

　　刚才第三段的第二行"Froh- und trüber Zeit"，意思是"高兴和难过的时光"。德语语法很复杂，不像英语那么简单。对我来说，这是一种口语，说话我们也是这样，把很多语法都省略了。我们说话的时候，互相习惯了，互相知道大家真正共用的德语，那省略一些语法没关系。不过，如果你初到德意志，刚刚学会德语，然后你省略一些语法，人家是不会那么容易接受的，要在那儿待很长时间才可以。不过，在这里就是一种口语现象，歌德用的语言不一定就很高大。

　　今天讲的所有的大师，他们的伟大，不在于他们所用的语言是人家一般不用的，恰恰相反，所有的大师用的语言都很口语。在中文里也是这样，唐诗有很多就是一句话，甚至今天我们也这么讲。你们欣赏大师，无论是莎士比亚还是歌德，不要让人家告诉你："啊！他是大师，别人没有这种语言。"不是的，他用得更多的还是口语。就像里尔克那首诗，伊沙老师翻译成《千钧一发》，它的德语题目是 ERNSTE STUNDE，很简单，直接翻译就是"严肃时刻"。ERNSTE 是严肃，跟幽默刚好相反，就是很简单的一个词，每天的生活中都会用，你一不笑，人家就会说，你怎么这么 ERNSTE？不过，ERNSTE 在德语里也有伊沙所翻译的那个意思。

今天伊沙讲的都是大师，我要提一下黑塞，因为我有段时间读他的诗很多。你们如果要读德语作家的话，可以先读他，他的小说我觉得读着比其他一些作家容易，反正他的诗和小说都可以读。同时代的还有托马斯·曼，可能比黑塞更有名，他们是朋友，托马斯·曼不写诗，他写长篇小说、短篇小说，写得非常好，国内也有好多版本，你们可以去读。我十四五岁的时候就读他们，非常喜欢。

今天讲到策兰，他的故乡现在属于乌克兰。那时候他的故乡是这个名字 Czernowitz。与他同时的，那边也有其他很好的诗人，有一位女诗人叫 Rose Ausländer。Rose 就是"玫瑰"，Ausländer 德语是"外国人"的意思，是她自己起的，不过也可能真有这样的姓，因为尤其是在东欧地区的犹太人，他们的姓跟很多人都不同。这位女诗人也非常棒，你们以后可以找她的诗来读，也许有中文版本，也许有英文版本。他们也互相认识，都是同一时代同一地方的诗人。他们都经历过同样的命运，都是幸存者。策兰也进过集中营，在罗马尼亚，他的父母被杀了，大部分东欧的犹太人都被杀了。有的幸存的犹太人后来还是受不了，有的诗人还写了很多这方面的诗，非常好，包括他们俩，东欧有不少用德语写作的犹太人。纳粹杀犹太人真是非常愚蠢，他们杀犹太人就是杀自己的家人、杀自己的亲戚，也是杀自己的文化。那时我的故乡奥地利也跟德国一样恐怖。

说到用德语写作的诗歌大师，头五六个里面一定要包括策兰。这首《死亡赋格曲》是非常伟大的，里面有欧洲传统的文化，就是那个"赋格"，不过他做的是自己的"赋格"，读起来没有什么中世纪的味道，也没有直接让你想到巴赫名为《赋格》的音乐，可是有明显的旋律、明显的节奏。这个节奏伊沙也翻译出来了。诗的语言也是很独特的，尽管都是日常生活中的词汇，可是诗人把它们组合在一块儿就独特了。"schwarze milch der frühe"就是"早上的黑奶"。milch 也就是英语中的 milk，其实不一定是牛奶，大部分是牛奶，但是也有羊奶，而且所有的白色液体都可以叫作奶，比如说豆浆，英语就叫 Soy milk。milch 是奶，而且多半喝的是牛奶，可是到底怎么翻译，究竟是哪个意思，这个有很多讨论。甚至有人说他是抄来的，这对策兰来说是非常严重的。有人指控他，你抄别人的诗才写出你最伟大的诗，尤其是"黑奶"这个词，还有其他的词汇，原来是有这么用的，而且就在罗马尼亚和乌克兰那一带，后来才发现他不是抄的，但当时他也很难为自己辩护。

那么，我们还可以讲一下里尔克。《秋日》第一句"Herr: es ist Zeit. Der Sommer war sehr groß"，如果直接翻译就是"主，是时候了，夏天很大"。groß 就是"大"，最简单的词。它里面用的语言、词汇都是我们日常生活中使用的，不过一旦进入旋律、形成节奏就变得非常独特、非常好听。

你们还有什么要问我的吗？

（伊沙：我提一个问题，我想让你给他们大致讲一讲，这几个说德语地区的特点，德国的德语、奥地利的德语，还有瑞士的德语，它们各自都有什么特点？）

这都是历史造成的。托马斯·曼是北德国的。北德国靠近北海和波罗的海的几个大城市，原来和北欧别的滨海城市搞过一个联盟，叫 Hanse（汉萨同盟）。在北德国，他们大概有很多种语言，不只是德语，但他们通用的是德语，不过不是我们现在用的标准德语，而是他们那时候的德语。伊沙问过我，奥地利有上下奥地利之分，这个"上下"是什么意思？这主要是指地势的高低，靠近阿尔卑斯山是高的，那就是上，靠近匈牙利那边是低的，也就是下，就这个意思。我不知道中文里怎么说，如果直接翻译的话，他们在北德国说的就是"下德语"，靠近阿尔卑斯山的地区说的就是"上德语"，中间还有很多不同的方言。马丁·路德把《圣经》翻译成了德语，他用的是以前中德地区的语言，然后这个地区的语言就变成了书写德语的标准语言了，我们现在用的也是这个。当然，我们说话会有一些我们各地区的腔调，有奥地利的，有维也纳的。奥地利最西边讲的方言，我一点都听不懂，跟奥地利其他地方的方言一点关系都没有，尽管都是德语。奥地利西边有个康士坦茨湖，用英语是这样写的：constance，湖北边是德国，南边是瑞士。奥地利最西边讲瑞士德语，瑞士德语跟中世纪德语有点像，我们现在听不懂，只有他们听得懂。他们现在也很少用那种方言书写，不过中世纪有一段时间那个就是标准德语。这就是德国、奥地利和瑞士德语的一些情况。

欧洲还有一些地区也用德语，而且很长时间都用德语，比如罗马尼亚。最早是从八百年前开始有人从现在的德国、卢森堡来到罗马尼亚，然后一直待下去。之后还有皇帝因为宗教原因把人流放到那边。奥地利经常有天主教的皇帝，严格地不让人家信基督教，如果发现你有马丁·路德翻译的《圣经》在家里，就把你流放到罗马尼亚。有时候还让你一个人去，你的孩子必须留下，去上天主教的学校。很多藏有《圣经》的人被查出来以后都不承认，他会说："我已经不信了，我信你的天主教，让我好好留在这儿吧。"所以，无论哪一个地区的德语，都有自己的历史。

伊沙刚才说到赫塔·米勒，得诺贝尔奖的女作家，她所在的罗马尼亚地区跟策兰不同，她是在罗马尼亚的西边，策兰是在罗马尼亚的东北，现在是乌克兰。因为赫塔·米勒不是犹太人，她的家庭虽然可能不是纳粹，可是"二战"以后也曾被指控是纳粹。通常是纳粹统治的罗马尼亚，然后也有苏联军队，把一些说德语的家庭流放到罗马尼亚，赫塔·米勒家就是这种情况。还有其他德语诗人也是从罗马尼亚来的，我就认识一个，写得非常好，叫Oskar Pastior，他用的语言很多是实验性的。伊沙老师有些诗也是实验性的，比如《结结巴巴》。Oskar Pastior 最著名的就是那些实验性的诗。他也被翻译了很多，就是从罗马尼亚语翻译成德语。不过 Pastior 还在罗马尼亚的时候，为了能够好好生活，也给当地政府写了一些宣传之作。后来赫塔·米勒就在她最著名的小说里写了他的故事，这部长篇小说叫《呼吸钟摆》，非常好，你们好好读吧。

伊沙：好，时间也到了。咱们以热烈的掌声感谢维马丁先生！我总结两句，其实听他讲了好多诗人的名字，我们都对应不了汉语，这说明我们还没有翻译。我也受教不少，比如说关于德语的历史。包括在线的诗人听了也大有收获，实际上他提供了很多诗歌越来越口语化的证明。记住他的话，大诗人不是选择的词大就是大诗人，大诗人选择的都是家常话，又加入了自己的创造，也就是我们说的"高僧才说家常话"。记住，最高的高僧说的是家常话，满嘴背佛经的那是低僧，就是一般的佛学院学生。高僧说出来的都是家常话，因为大道理他已经想通了，他可以随便用家常话来讲。文学也是同样的道理。他讲的过程中对我还有一个唤醒，刚才我讲荷尔德林、歌德时就想到，同一个国家的文化在不同的领域也是相通的。我读荷尔德林的诗有点像看德国人踢球的感觉。德国人写诗就像踢足球一样严谨，整个的结构、整体的设计，一定是组织严密的，也许在局部上缺少天才之笔，就像他们的足球没有马拉多纳那样的天才一样。

本讲授课时间为 2019 年 5 月 28 日

第十五讲　外国名诗 3

　　每次开始讲新课之前，我都要通过视频把上周的课回溯一下。上周维马丁先生也讲了一节课，不要说同学了，我自己收获都很大，懂了很多事情，长了很多知识。为了把课上好，我能想到的各种方法，我都会把它用尽，这样我们的课就不留遗憾了。剩下还有四周的课，我们把它上好。目前《新世纪诗典》已经推荐的这九个同学，二班和三班各一个，其他的都来自一班，当然一班包括一个研二的旁听生。我也随时把情况向大家反馈一下。

　　今天是第十五周，也就是第十五讲，"外国名诗"的第三讲。过去的一周我参加了一些诗歌活动，有些体会可以跟大家分享。上节课跟大家讲了，本来我想得挺完美，要是我的老师也能够来到这个课堂，让你们的师爷爷讲上一节，那就是这个课的佳话了。他非常能讲，非常善于讲，今天我也会讲到他当年给我讲课时对我的一些启发。可惜缘分不够，他来和走的时间刚好卡在我们不上课的时段。但是，他的到来也让我们几个师生小聚了一次。我就把这次的宴请当作我毕业三十年的一个庆典，至少在心目中是如此。这是我在过去一周里经历的可以跟大家分享的一幕。

　　然后，因为另外一个活动，我们西外汉语专业第一届的部分同学凑巧也聚了一次。2000级的同学里面产生了一位诗人叫李勋阳，他编了一个系列的三本书，一本叫《爸爸们的诗》，一本叫

《妈妈们的诗》，一本叫《孩子们的诗》。趁着六一儿童节，这套书刚好也在西安举行了一个促销活动。通过这个活动，我才搞清楚我们汉语专业第一年招的几乎全是陕籍的同学。通过他们的嘴，我也了解到，那一届同学大概有三分之一都在西安工作。当然，也只是很少一部分人来给同学捧场，带着自己的孩子参加了这个活动。这些孩子还在现场朗读了那三本书里的诗，觉得特高兴。散了以后，他们还通过私窗发来各种各样的体会，甚至有的家长都开始写诗了。

这两个事情叠加在一起，就产生信息含量了。一个是，我自己从双重角色里面感受到了一种传承。我自己曾经是一个学生，受到过老师在诗歌上给予的恩惠。当年不像现在，现在高校政策比较灵活，甚至灵活得有点媚俗了，经常去聘请一个著名作家，但大部分都是无效的。

在当年还没有这种政策的情况下，如果你进了这个学校，发现某门课的老师是著名的诗人或作家，你只能偷着乐，你只能说自己运气好，这是祖上烧高香了。我的恩师任洪渊先生对我来说当年就意味着这个。而且我可能比别的同学更能感受到，假如说别的同学不知道他，来了以后才听高年级的同学说他是知名诗人，那他的感受肯定和我不一样。我在中学时就知道他，而且他是我喜欢的诗人。我中学时看那个《百家诗选》，把喜欢的诗人都勾起来，其中就有任洪渊。而且，我还把这本书带到了大学去。高年级的同学说，任洪渊要在三年级四年级带你们的课。什么叫师兄的作用？什么叫师姐的作用？就是在你一年级的时候，他就告诉你今后会发生什么。所以，为什么说要上大学而且是要上有围墙的大学，作用就在这儿。你说你在那儿自学，学得再好，没有围墙之内的氛围也不行。那个高年级的人一说，我马上想起依稀记得这个名字，赶快拿出来那本书，我一看是读过的诗人，而且是我喜欢的，我就在等着上他的课。这也是当年的幸运，翻遍当年的知名大学真的是没有诗人在任教。非知名的大学不在我的视野范围内，我也没听说过。所以，这是我的一个幸运。

前面先说这些话，等待会儿我讲到某些点上的时候，我再给你们讲讲我的老师当年是怎么给我开脑洞的。

今天我们讲到的第一个诗人是西米克，他还在世。前面跟大家已经说了，我们的逻辑是相反的，是把离现在近的放在前面讲，把高大上的放在后面讲。上节课稍微有一点不同，为了配合维马丁的到来，在德语系里同时呈现了离现在近的和高大上的。现在到了正常状态，我尽量把高大上的放后面，离现在越近的越往前放，你要是学他不会过时，这完全是从启发大家写作的角度来考虑的。我们看看西米克这首诗——

旅馆失眠夜
西米克

我喜欢我的小房间，
它的窗子正对砖墙。
隔壁有一架钢琴。

一个月有几个晚上

一个跛腿老头来弹

《我蓝色的天堂》

大多时候还是很安静。

每个房间都有个挂重大衣的三脚架

用吸烟和遐想编织的蜘蛛网

来捕捉他的苍蝇

如此黑暗，

我无法在剃须镜中看见我的脸。

凌晨5点，赤脚的脚步声上楼。

吉卜赛占卜者，

其店面在街角，

在一夜欢爱后去小便。

还有一次，一个孩子的啜泣声。

近在咫尺，我想了

一会儿，我正在啜泣我自己。

这首诗整个的结构类似于电影的蒙太奇，通过电影镜头的组接，描述了在一家旅馆的一个失眠的夜晚。当然，它稍微有点时间的叠加、时间的纵深，也并不只是某一夜，也是带有总结性的，比如说"大多时候还是很安静"。当然，它也有具体的时间段，写了"凌晨5点"是一个什么状态。这是一组镜头，诗人就像一个导演，用文字来构建镜头。所以，我们说，一个诗人要有多少知识才能成为一个好诗人？没有定数，多多益善，你各方面的修养越多，艺术手法可能就越丰富。这一首诗，我感觉到它的镜头意识很强。美国本身就是世界电影超级大国，一个美国诗人的镜头意识强没什么奇怪的。

现在我们说一下最后一句。我给大家分享一下翻译的体会。我们的同学每到论文答辩的时候就分化了，大部分同学会选择文学，有所不同的是，有的选择古典文学，有的选择现代文学，有的选择外国文学，有的选择当代文学，还有一小部分同学选择的是语言。我不知道语言学得好的同学、语法学得好的同学，最后一句在你眼里是不是一个病句？"我正在啜泣我自己"，通常情况下"啜泣"好像是不及物的，你在那儿啜泣就啜泣呗，这儿用的却是"我啜泣我自己"，这是诗歌的表达。诗歌要不要尊重语法呢？没有定规。在不同的语境里，我们要看你玩得成功不成功，就是你破坏语法的时候，我要看你能不能出效果。

这时候我就想起我的恩师任洪渊当年给我上的一课。我能够在课堂上复原一下他的课也很有意义。他第一次给我开了一个脑洞是讲了台湾地区诗人余光中的一句诗，我把这句诗写在这儿，希望它永远留在你的脑子里——"这个少女很四月"。我记得那是1987年的一天，当任老师在课堂上写出这一句诗的时候，我毫不夸张地说，我们班几乎所有同学都觉得这是个病句。我如实告诉大家，只有极少数同学看了以后很兴奋，可能就是这些同学日后跟诗发生了关系，当然我也是其中之一。虽然我那时候已经读过余光中的诗，但我还没有读到这一句。我那时候只读了余光中的几首代表作，什么《乡愁》啊之类的。我第一次读《乡愁》就不是太喜欢。他还写过一首《民歌》，形式和《乡愁》差不多，但写得比《乡愁》好。后来我又读到他一首诗，比这两首都好，叫《当我死时》。但是，我还没有读到这一首，所以任老师在1987年突然讲到这一句的时候，我脑洞大开。我记得他当年是这么讲的，用一个名词做状语，这是违反语法的，那么这合理不合理呢？你感觉到这个少女的状态了吗？有的同学就战战兢兢地说，感觉到了，大概的意思就是说，她像四月的春天吧。老师说，对，你感觉到了，它就是合理的。所以，今天把这句送给大家，以后对待打破语法或者疑似违反语法的东西，你判断它合理不合理，就看它的效果。这是让我们脑洞大开的一次。

今年是我们毕业三十周年，我们确实是在大时代读完大学的。在1985年到1989年之间上大学读中文系意味着什么呢？意味着《中国现代文学史》的课本里连沈从文都没有。根据沈从文的小说《萧萧》改编的电影《湘女萧萧》都已经上映了，你课本里却没有沈从文，那怎么办呢？我们事后才知道，1988年他被提名为诺贝尔文学奖的候选人，而且当时的评委公开说，他是险负，尽管他输了，但是他进入决选了。沈从文在1988年与诺贝尔奖擦肩而过。沈从文小说改编的电影在热映，沈从文被诺贝尔奖提名，你课本里却没有沈从文，你大学何以自处？幸好我们有个刘勇老师。因为他在课堂上讲了沈从文，也讲了那时候文学史上也没有的郁达夫。这个时候你就只能听命了，然后人家成全了你的好命，你难道不觉得他是个好老师吗？那我当然觉得他是个好老师，哪怕他在当年的同事嘴里不是个好老师，但是在我的眼里、在学生接受的视角里，他就是个好老师。

任老师这次来西安还带有一个他个人的目的，一家出版社约他写一个十二万字的自传，他这次见到老学生以后就特别愿意提一个问题：你在大学期间跟我有关的印象最深的事情是什么？大家就像围绕一个主题讨论一样，虽然我在这些学生里跟他最熟，但是我也起到一个带头作用，我也讲了当年印象最深的事情。我刚才讲的只是一个起头，那是余光中的句子，我印象最深的是下面要讲的台湾地区顶级诗人洛夫的句子。他们两人在去年相继去世，而且都是九十岁整去世的。真正让我脑洞大开的是洛夫这一句——"左边的鞋印才下午，右边的鞋印已黄昏了"。关键是任老师讲得好，他为了让我们听懂，举的例子是李白的"朝如青丝暮成雪"。他说，这是我们东方人特有的时间观、时空观，我们东方人在这一点上是最敏感的，人活一世，草木一秋，我们对这种事情的感怀是最厉害的。我们东方人的头脑也许不善于因果论辩，不善于雄辩，但是我们擅长感觉，从古诗里就特别能体会我们东方的这种智慧——用风花雪月的印象来表示时间的流逝，来表现空间的变化，来表现我们的心灵，表达我们的情绪。他这么一讲，我就懂了，也可以毫不夸张地说，在这一瞬间我知道了现代诗该做什么。也就是说，现代诗尽管语言变了，但感知世界的方式，对永恒的追寻，这些东西跟古诗是一样的，同样可以创造出经典，而且还不是对古诗的重复。你有"朝如青丝暮成雪"的智慧，你不见得就有"左边的鞋印才下午，右边的鞋印已黄昏了"的智慧。所以，在那一瞬间我得到的东西很多。要知道，我们在知识面前也不是平均主义的，不是所有知识给你的启示都是平均的，在某些瞬间，在某些知识面前，你可能上了一大台阶，而在有些知识面前，你还是属于原地踏步。所以，我要说任老师的课让我印象最深的就是这个。我听明白了，我明白了现代诗的责任，它跟永恒的关系，它跟传统的关系，但是它又有责任往前走。

好，这是跟大家分享一下。所以，不论"这个少女很四月"，还是"我正在啜泣我自己"，就是要看表达效果。你想想一个人在啜泣他自己，不要再想着那种符合语法的表达了，一个人因自己的身世而啜泣，这是非诗的表达，真正的诗歌的表达就是直接说，我啜泣我自己。别光知道我唾弃我自己，照样可以啜泣我自己。

在我译完《旅馆失眠夜》之后，见到了另外一个译本，也没有更多的，他那个译本真是译到沟里去了。对于一个不写诗的译者来讲，这个话是不通的，他要把它搞通。那些不写诗的人在翻译的时候是很笨的，人家有一些句子你把它直译下来就叫妙，不需要你动太多脑筋的。但是不写诗的译者有很多障碍，他不知道那种表达是可以的。所以，对不写诗的译者来讲，翻译更困难，而且吃力不讨好。

诗歌的专业人才包括三种，诗人、诗评家、诗歌翻译家。诗人要懂诗歌的专业知识还需要说吗？我们说后两个角色。如果你要成为诗歌评论家，就一定要会写诗，也许你不一定是特别好的诗人，但是你一定要懂诗、一定要会写。诗歌翻译家也一样，你要搞诗歌翻译，你没有写诗的经验就不要做，你做完之后留下的全是笑话，全是反面例子。

好，下面讲希腊诗人赛弗里斯。大家是否记得 2004 年的雅典奥运会？雅典奥运会在体育上有什么标志啊？刘翔最顶峰的状态就是在雅典奥运会上，赢得了男子 110 米栏的冠军。中国女排逆转俄罗斯夺冠。这都是雅典奥运会上的亮点。我现在再给大家说一个雅典奥运会上的亮点，来引入这个诗人。在雅典奥运会开幕式上，有一个小男孩朗诵了一首诗，就是赛弗里斯的诗。因为雅典奥运会是在希腊举办的，赛弗里斯是他们国宝级的现代诗人。古希腊当然是圣贤辈出了，古希腊的名人太多了，但是人家知道要展示现代希腊，人家只展示现代希腊。我们北京奥运会开幕式跟这些国家比文化含量真是太弱了，你搞几个农民去打鼓，这些东西太没有文化了，你看看人家雅典奥运会上就知道朗诵赛弗里斯的诗（因为赛弗里斯去世了，只好请一个小男孩来朗诵），作为整个开幕式的一个开篇。我记得釜山亚运会是请韩国现代的第一诗人、也是诺贝尔奖的热门候选人高银亲自朗诵他的诗。在文化上，我们的路还遥远得很，甚至连这个意识都没有，我们不知道该展示什么。索契冬奥会的开闭幕式全是展示，开幕式展示了俄罗斯所有的二十多个文豪，诗人只有一个普希金，到闭幕式的时候又展示了二十多个诗人，我所讲到的俄国诗人全在里面，今天也会讲到一个。我们看赛弗里斯的这首诗——

拒绝

赛弗里斯

在秘密的海岸上
洁白像一只鸽子
正午时我们口干舌燥；

但海水是咸的。

在金色的沙滩上
我们写下她的名字；
但海风吹来
字迹消失。

怀着怎样的精神、怎样的心灵，
怎样的欲望和激情
我们活着我们的生命：一个错误！
于是我们改变了我们的生活。

刚才是"我啜泣我自己"，这里又出现类似的语法结构了——"我们活着我们的生命"。然后他说："一个错误！"这种表达其实是在说，生命是一个错误，人生是一场悲剧，从诞生开始到死亡结束。"于是我们改变了我们的生活。"当我们意识到了生命是一场悲剧，生命是一个错误的时候，我们才知道去改善自己的生活。

这就是赛弗里斯，1963年的诺贝尔文学奖获得者。如果希腊没有这样国宝级的诗人，那么希腊往昔的光荣就尴尬了。我们中国大概在很多方面都处在这样的尴尬之中。我不知道谁发明了一套这样的学说，说什么"四大文明古国"都失传了，只有我们的文明延续了下来，难道古希腊的传统没有留下来吗？今天第二个出现的诗人就是希腊诗人。

上一周为了配合维马丁的到来，我专门选了德语系的诗人，今天的课我是非常随意的，马上要出现第二个美国人了——纳什。过去你怎么认识美国的强大？除了经济上的指标，大家还有各种各样的窗口去认识美国的强大。我现在给你再添一个窗口，就是诗歌的窗口。你可以计算一下他们在这个窗口里面的团体总分，比如说一个国家每出现一个诗人记一分，最后算一下团体总分，你就知道什么叫诗歌强国了。

纳什被称为美国 20 世纪最幽默的诗人。这是一位以幽默为旗的诗人，幽默是他诗歌最大的特点。那些看到中国的现代诗人终于懂幽默了却诽谤他们写得像段子的同胞是多么可耻！你知道外国人是怎么看我们的吗？我在国外读诗的时候，把他们满场逗笑了，他们下来还要说，中国人的诗竟然很幽默。他们就认为中国人天生就不幽默。因为我自己的诗也比较幽默，我当然更喜欢去幽默细胞发达的国家，比如说英国。我在英国读诗都得返场鞠躬好几次，他们太懂幽默了，对幽默太敏感了。尽管别人是特别懂幽默的民族和文化，但现代诗写得幽默也不是与生俱来的，到了纳什这儿才把幽默作为旗帜举起来了，他是有创造之功的。当然，我们这个不懂幽默的民族，搞不清笑话、滑稽和幽默的区别，搞不清段子和真正的智慧之间的区别，也是情有可原的，但这也是必须改善的。连林语堂在"五四"时代都觉得幽默可以挽救国民性，可见林语堂他们已经发现中国人不懂幽默。俄罗斯人对苦难很敏感，他们经历了苦难就要说出来、写出来。那么，美国人对幽默敏感。在某种程度上，他们的主流民族是英国人的后裔，是英国文化的继承者，所以他们对幽默非常敏感。纳什就是以幽默见长的，我们读他三首短诗，希望能让你们会心一笑，然后在智慧上受到启示。你看看真正的幽默是段子吗？

萤火虫
纳什

萤火虫之光
是未被科学命名的事物
我想不出还有什么东西更叫人毛骨悚然
比飞行中周身带着一个身份不明的发光体
在一个人的屁屁上

最后出现了"屁屁"一词，我作为一个现代译者，译得非常有时代感。第二首——

我的梦
纳什

这是我的梦，
是我自个儿的梦，
我梦见它。
我梦见我的头发是梳理过的。
然后我梦见我的真爱把它搞得乱蓬蓬的。

这已经不仅仅是幽默了，我觉得是爱，充满了爱意。所以，真正的幽默是通达智慧的，不是恶谑，不是那种庸俗的笑话。最后一首——

奶牛

纳什

奶牛属于牛科动物家族；
一个结局是哞哞哀叫，另一个：牛奶。

你注意，诗歌就是简洁的艺术，即便是现代诗，也一个字都不能多。怎么把话说得艺术，即便是口语诗，也不要太直露，口语诗也可以说得很高级。你看纳什他们。口语诗人在中国是要强调的，因为中国人太害怕口语了。对别人来说，甚至在浪漫主义时代也都很口语化，所以，人家的语言是慢慢地发展的，人家经历的是渐变的过程。而我们必须急起直追，就只能突变，"五四"白话文运动就是一次突变，口语诗的诗歌运动也是一次突变。

今天的第四位诗人叫布劳提根。注意，讲到布劳提根的时候，大家做好思想准备，也许会出现一些不适的字眼或描述。当然，我前面已经预告过了，我们这个课一定要开放，只要是正式出版的，都在我们选讲的范围之内。我争取在退休之前，一直是一个相对开放先进的老师，不要是一个保守落后的老师。所以，布劳提根的某些可能带来不适的东西，希望大家能够正确地理解。这首诗叫《发现》，先听全诗——

发现

布劳提根

阴道的花瓣绽开
像克里斯托弗·哥伦布
甩掉他的鞋子。

难道还有什么事会更美丽吗
比一艘船的船头
触及一个新世界？

　　他不是在写哥伦布发现新大陆，而是用哥伦布发现新大陆这样的典故在写身体的探索。难怪年轻人都喜欢他的诗，美国的年轻人喜欢，中国的年轻诗人也喜欢。他的诗好像尤其是在帮助男孩探索一个新世界，探索人类的身体，探索女性的身体。我们前面说到纳什，别人的长处就是我们的短处，对于一个缺乏幽默感的民族来讲，比较注重幽默感的民族就可以给我们带来启示。那么，布劳提根给我们带来了另一种启示，对于一个身体麻木的民族，身体的敏感就是他所带来的好的东西，他能唤醒我们的身体意识。西米克给我们带来的是镜头意识，纳什给我们带来的是幽默意识，布劳提根给我们带来的是身体意识。你要意识到自己的身体。我们的身体没有任何部位是肮脏的，我们身体的任何部位都是平等而且神圣的。在某种程度上，布劳提根的《发现》何尝不是用现代诗所写的身体和生命的赞歌？我们鉴定一个诗人或者一个作家淫秽与否要看他的动机，而不是字眼。希望大家理解，我们的诗歌课也是文明课，我们其实都是在现代文明的道路上向前走。布劳提根的诗我们也选三首，你别光以为人家能写身体，无关身体的人家也能写。

最后一程
布劳提根

死亡的行动
就像搭顺风车
进入一座陌生的城镇，
深夜
天很冷
还下着雨，
你孤零零
再一次。

　　这写的是生命的暮年，生命的最后一程，写了很宏大的东西——死亡，但是它变成了几个很单纯的镜头。一座城镇，深夜天很冷，还下着雨，这大概是生命的暮年的景象。
　　第三首叫《美丽诗歌》，也是他流传度最广的一首——

美丽诗歌

布劳提根

我在洛杉矶上床睡觉时
还在想着你。

几分钟前撒尿时
我低头瞧了瞧我的小弟弟
无限深情地。

知道它已经到你体内
去过两回，今天才让我
感觉到它很美。

1967/01/15 凌晨 3 点

    这是美丽的诗歌，不是肮脏的。他看了自己的小弟弟，还无限深情地看。这就是我说的那种意识，我们身体没有任何部位是肮脏的，上帝创造我们每一个部位都是平等的、美丽的。而且你注意词与物的对应，在语言的王国里，没有哪些词先天就是美丽的，也没有哪些词先天就是丑陋的，就看你用得怎么样。我觉得这就是现代文明的意识。我们说有些诗人意识好，有些诗人意识差，说的就是这些东西。所以，有时候诗歌意识不仅仅是诗歌的意识，也是生命意识、文明意识。所以，做一个现代诗人哪那么容易的？有些人还以为自己懂点古诗就能顺理成章地成为一个现代诗人。还有些诗人对口语诗有这样的误解：口语诗不就是说几句话吗，谁不会说话啊？你说说看，看你说的是什么话？你能说出什么高级的话？

这又到了美国诗人这儿，属于口语诗就不用说了。西米克是口语诗人，纳什是口语诗人，布劳提根是口语诗人，他们的口语这个特质都不用说，口语都不是他们区别于别人的特点。他们跟赛弗里斯可以区别。赛弗里斯的诗句用的虽然不是我们认为的口语，但是平易近人。希腊传统文化多么古老，我过去认为既然是来自希腊传统的诗人，那一定是很高大上、很典故化的，恰恰不是，赛弗里斯平易近人。我觉得他的诗有点像歌谣一样，包括 2004 年奥运会上小男孩朗诵的诗，也有歌谣般的甜美。我不是成心要跟中国诗歌的落后势力作对，这些我都是随便选的，最后你看，没有一个诗人是晦涩的，没有一个诗人装神弄鬼。

我们下面要讲的斯特兰德也是一个美国诗人。美国说起来没有传统，其实它有传统，英国就是它的传统。它在英国的摇篮里成长，独立以后又不完全照搬，所以这个传统不会成为他们的负担。这个国家的人口又不少，人多意味着会有意外发生，会有天才诞生。美国就诞生了惠特曼。一个大师的诞生就完全改变了一个国家的诗歌风貌，在此之前他们还学英国，惠特曼以后美国人诗歌的窍一下就开了，他们有了自己的传统。

什么叫大师？什么叫巨人？就是一个人改变一切，一个人改变了走势。所以，在惠特曼之后，美国有了自己的传统，但它又没有古代传统那样沉重的负担。文化负担少的民族往往生命力更旺盛。文化和人的身体不总是促进的关系，一个博士没有一个运动员身体好，我们同学没有民工身体好，这是肯定的。有时候文化还会对身体造成障碍。美国刚好处在这两者之间，你说它没有文化吧，它也有，你说它文化负担过重吗，那没有。所以，它身体性很强，生机蓬勃，就带来了现代诗的发展。这在道理上是完全讲得通的。我们看斯特兰德的这首诗，同样是美国诗歌，你看它有多么丰富，又跟你前面看到的风格不一样。

别处

斯特兰德

我走进
怎样的光啊
还没有

强到叫人失明
或看不清
什么来临

我还能够看见
水
一条小船

男人站立着

他不是我认识的某人

这是别处
有怎样的光
四射，像一张网
照彻虚无

要来的
已经来到此处
在此之前

这是镜子
痛苦长眠在它里面
这是国家
无人访问。

　　突然又来了一首神秘的、超现实主义的诗歌，这就叫美国
诗歌的丰富性。他写了一个超现实主义的国家，写了这个国家
的状态，最后这个国家无人访问。在现实中不会出现这样一个
国家，只存在于诗人的潜意识中，用超现实的手法表现出来。
怎么理解超现实呢？超现实指的是对现实的超越。大家不要把
超越理解为回避，超越不是回避，超越是面对现实，但能够抵

达形而上，就是我能够体现出现实中的普遍意义，这才叫超现实。很多人对超现实的理解都有误差，包括中国写超现实诗的人。有些人就庸俗到以为胡言乱语就是超现实，以为胡写就是超现实。超现实其实是直面现实进行思考以后的超越。比如这首诗，他似乎写了一个更理想的国家，一个乌托邦；或者写了一个更可怕的国家，无人访问；或者是理想与可怕交织在一起的国家，这就叫超现实。

好，今天要讲的最后一位诗人是俄国诗人曼杰斯塔姆，总算离开美国，也离开希腊了。前面讲过，他跟阿赫玛托娃、茨维塔耶娃、帕斯捷尔纳克四个人为首构成了俄罗斯诗歌的白银时代。最晚去世的阿赫玛托娃是在 1966 年——我出生那一年——去世的；最早去世的是曼杰斯塔姆，1938 年死在西伯利亚的集中营里，贫病交加而死；茨维塔耶娃申请一个苏联作协食堂的洗碗工的工作都被拒绝了，女诗人"士可杀不可辱"，1941 年上吊自杀了；帕斯捷尔纳克 1958 年得了诺贝尔文学奖，迫于各种压力没有去领奖，两年后抑郁而终。这是他们四个人的结局。今天我们来学习一首曼杰斯塔姆的诗——

时代

曼杰斯塔姆

我的野兽，我的时代，他们试图
窥破你的眼底，

并焊接世纪之间
的脊椎骨
用血？创造的血
流自人类的生命
只有寄生虫不寒而栗，
当新世界放声歌唱。

像尚存的生命一样长久，
这种动物举起它的骨头，
沿着脊柱秘密的
航线，甩掉泡沫。
再来一次生命的加冕；
像一只羔羊，被牺牲，
软骨在新生的
时代的屠刀下

面对从监狱释放的生活，
开始一段崭新、专制
大众的棘手的日子
必须用一根长笛连接起来。
带着人类的痛苦
这时代的磐石这民众的巨浪，
金色探测器的嘶嘶声
由草地上一条毒蛇所发出。

新芽将破土而出，完好无损，

青青嫩枝指日可待，

但你的脊柱破裂

我美丽的、悲惨的时代。

无言地扮出鬼脸，你苦恼，

回视，虚弱，与凶狠的大白鲨在一起，

一种动物，一旦顺从易折，

你的爪子便会留下踪迹。

　　怎么理解这首诗呢？反抗的、控诉的、描述苦难的诗篇。这就是面对时代的苦难书写。这种诗带着一种更深层的痛苦，它不是一种简单地说"不"，而是一种更加发自生命、发自身体的愤怒。当一个时代结束以后，苏联的这些大师拉开抽屉，巨著就在抽屉里，世界级的诗篇就在抽屉里；这也说明了创作的严肃性，有些东西你只能当时写，你在事后回忆着写没用，你写不出那种力量。

　　我看过哈维尔的文章，他是当年享誉欧洲的捷克斯洛伐克社会主义时代的剧作家，后来成了解体以后的捷克的第一任民选总统。哈维尔在文章里说，他每写出一个注定发表不了的剧本，就打印十二份，分送给自己的十一个朋友，自己留一份。每一个朋友都有责任再打印十二份，再送给十二个朋友，就像老鼠会传销一样，越扩越大。他计算过，每次都是三个月以后警察来找他。三个月以后就已经扩得很大了，扩的范围越大，那些朋友就越不可靠，就会有人把他这个剧本交给警察，警察就会来把他抓走。抓走以后，就根据写的东西来判刑，通常会判多长时间呢？半年。然后，他在监狱里又开始继续写作，等到从监狱里出来，他又打印出十二份，三个月以后又被抓了。这就是捷克有责任心的严肃作家当时的写作的状态。

好，今天书上的就讲到这儿。因为上一周维马丁讲了一节课，我们同学的诗就没有讲。我先把上一节课本该讲到的同学补一下，然后再讲一位同学。我们先看姜倩这一首——

四月十六日

姜倩

沿海文艺少女写大海
内蒙威武壮汉写草原
江南温柔的可人儿写小桥流水
西域伶仃的大丈夫写大漠孤烟
怪异的是
北京时间二〇一九年四月十六日
一个陕北的女子
写道：
巴黎圣母院着火了

点评：《现代诗写作》课继续上着，继续收获着，到本诗作者姜倩，实现了全年级三个班都涌现了《新世纪诗典》诗人的平衡。本诗属于后现代之解构主义，不是微言大义，而是微词自嘲。在课堂上念时，她特别强调，是陕北话的着（zhuó）火，不是普通话的着（zháo）火，无意间又打了"没有口语诗，只有普通话写作"论者的脸。

这首诗我刚才点评得很清楚，她就是来个小讽刺。巴黎圣母院着火那天，她可能自己都觉得很奇怪，为什么满世界的诗人都在写这个题材，有的人找不到角度也在写。她就对这种不合理的现象来一个小讽刺，这就是这首诗的价值，属于后现代主义里的解构主义写法。我们同学掌握的诗歌技巧确实挺多的，我说的丰富性就是这样构成的。

好，我们再讲一个同学。这位同学叫白婧妤，好像是一班的。

无题

白婧妤

淅沥沥的雨滴
带落树枝顶端的落叶
就像一个姑娘与情人私奔
还没走远
马车就被摔得四分五裂

点评：妙喻成诗，属于修辞写作的范畴。《现代诗写作》课上的第八位入典诗人，我对他们有一点特别满意：他们不是一种风格，更不都是伊沙的风格，而是呈现出多种风格，拥有丰富的可能性。

她这首诗就是我说的修辞写作，就是用一个比喻写出雨滴的状态。很多人都写过雨滴，我看我们同学比好多著名诗人写得好。她说，雨滴跌落的时候，"就像一个姑娘与情人私奔／还没走远／马车就被摔得四分五裂"。真的是很有想象力，而且还有文化的含金量。咱们同学的潜力是很明显的，不是我故意要鼓励大家。

好，我们同学新写的诗作的朗读现在开始。剩下的时间能读几位就读几位吧。希望今天的朗读能够有所收获。

平等对待

张孝链

高台上站着八个女生

穿着泳衣

高矮胖瘦

黑白美丑

但是只要一躺下做好准备姿势

就会被水上滑梯的工作人员一脚端下

无一例外

不瞒大家说，课间她让我看的时候就把我逗笑了。容易引起我共鸣的是，我在童年时代有过同样的体会，游泳教练确实会把你蹬下去。有的人胆小，还犹豫呢，一脚踹下去了。后来你学会游泳之后，还挺感谢他们的。她这首诗不光是场面好玩，还捎带了这样一个意义，就是甭管高矮胖瘦、黑的白的，其实大家都是平等的。这首诗我现在就给你订货，直接打95分。但我感觉这首诗还可以再精彩一些，你想办法把过程描述得再搞笑一些，那效果就更好了。咱们今天是高开。

失眠

唐可心

失眠的时候

人一定是不正常的

同样一件事情

翻来覆去要想无数遍

每一遍又有些不同

比如想好早餐要吃包子

下一遍又决定要吃煎饼果子

又比如上一秒已经想烦了的事

下一秒又自动从头开始上演

想着早上要是没喝那杯咖啡

现在我是不是早就睡着了

但也不知道为什么

想着明天早上起来

还是想喝一杯

尽管努力想让自己的思维戛然而止

但脑子已经不是自己的了

那它到底是属于谁的呢

这个问题又开始循环了

今天头两首都不错。这一首待定，先给一个 90 分，如果最后确定被订货了，就升到 95 分。这首诗可以写得更絮烦一些，把它推向你纠结的极端，写到啰里啰唆为止。因为你要表现的是一种纠结，用啰唆的方式更能够体现那种纠结。这首反而不要遵守简洁原则，甚至搞得有点思路不清晰都可以，就是推到极致的时候，哪怕文字有点胡里八涂都可以。

父亲
叶慧敏

那个长发的诗人

总是奇装异服

目光呆滞地

站在学校门口和夜晚的体育场

学生们躲得远远的说他

是疯子和变态

我的父亲却对我说

我觉得他像迈克尔·杰克逊

有点意思！我先打 90 分。我再给你一个建议，你父亲出现得有点突兀，你前面再铺垫一下，比如说让你跟你父亲走到这个环境里去，这样就更自然了。她这首诗我觉得很可能会被订货，因为她写了一个诗人的处境，诗人的处境就是这么尴尬。当然，你父亲反而代表的是现代文化，因为他觉得这个人像迈克尔·杰克逊，你父亲反而带来了尊重。

乞丐的优雅
刘妮

等红灯的间歇
一个乞丐敲开了副驾的车窗
将手伸进来
不带一点表情
我顺兜摸出一张五元的面钞
还没递出去
他已经淡出了后视镜

结尾稍微有点遗憾，我暂时给一个 85 分。这首诗结尾没结好，我们以为有大戏要唱，结果你给淡出了，而这个淡出意义不大，构不成你说的优雅。

今天同学读诗的质量非常高，一首订货，两首准订货，另外一首也不错。咱们就说句实实在在的话，随着现代诗讲解的深入，我们读了更多的诗，我感觉咱们同学越来越适应、越来越明白，也越来越敢写了。

本讲授课时间为 2019 年 6 月 4 日

第十六讲　外国名诗 4

第十六讲也是第十六周。已经要进入倒计时状态了。老师都有一种学期的季节意识，确实一到 6 月份，本学期最后一个月，就是风扇大开的场景，讲课将经历炎热，大家听课也一样。

到了最后的三周，我觉得有一件事大家现在就要做了。同学读诗的环节，我们还将继续进行，今天还会请三四位同学上来读。没有平时成绩的，你抓紧最后的机会。不论你在课堂上读没读过诗，现在你都要为最后递交的一到三首诗做准备了。第十八周的下课时间，是你最后交卷的时间。

"外国名诗"到了第四讲。我们今天要讲的，还是在自然状态下选择的一些诗人。当然，我也希望每一个诗人都带来不同的特点，尤其是带来前面课程中没有出现过的诗型和风格，这是我在最后三周时更谨慎地选择诗人的出发点。

今天讲的第一个诗人叫肯明斯，有的译成卡明斯。他是一位形式主义的大师。形式主义在中国文化的语境中好像不是个好词，那是你误解了。你对形式主义有误解，有可能是中国式的二元对立思维造成的。有些人的思维就是这样，你强调一个，他就认为你忽略了对立面。形式主义是忽略内容的吗？从形式主义本身来讲，不包括这个信息，注重形式并非就轻视内容。所以，今天讲的第一个诗人就带来一个新的诗型。他是一个形式主义大师，无论广义的形式，还是狭义的形式，他都非常注重。所谓狭义的形式，就是一首诗在纸面上的分行排列；所谓广义的形式，当然指的是艺术手法的各种各样形式的表现。好，先欣赏他一首诗。你注意听，他很注重句断手法的使用，所以，他的句子不是很连贯。

啊，亲切自然的地球

肯明斯

啊，亲切自然

地球多久

被

宠幸一次

手指

好色的哲学家捏

和

戳

你

还有下流的拇指

被科学伸出

你的

美丽。多久
宗教把你抱
在他们骨瘦如柴的膝盖上
挤压一次并且

抖振你以为你威力无比地怀上了
上帝
（但
是真的

对无与伦比的
死亡沙发你的
合拍的
情人

你回答

他们只是与春天
在一起）

　　你看这首诗，不要以为它是形式主义，就忽略了内容，实际
上它的内容也很明显。它是在写我们的地球被文明所折腾，或者
说被文明所凌辱，一会儿被好色的哲学家调戏一下，一会儿又被
科学调戏一下。其实，它非常有内容，我想它应该是一种崇尚自

然、崇尚天人合一的思想，反对文明对自然的异化。如果把这种思想引申到现在的话，大概也就是环保主义者所表现的那种思想，从环境保护的角度来控诉现代文明。当然在他写诗的 20 世纪 60 年代，这样的思想在全球也只是一个开端。所以，它很有内容，同时又注重形式。大家注意，形式主义不是对内容的逃避和践踏，而是更强调形式的存在。

我有一个体会，如果一个诗人，青年时代没有做过形式主义者，没有做过艺术上的各种实验，日后不可能有大的出息。我们年轻时一定是愿意做各种各样的艺术实验的，一定是非常注重形式的，一个年轻人在艺术上应该更有勇气，胆魄更大。过去在《基础写作》课上，我给大家讲过与写作相关的素质——才、学、胆、识、力。其中一个是"胆"，胆肯定指的不是胆囊，而是另有所指，指的是"勇敢"。写作需要勇敢，而且写作的勇敢不是外在的，而是内在的。诗你敢不敢大胆地作？前面我们也讲了一些一般人看来比较出位的诗，那么你自己想一想，如果你是创作者的话，你敢不敢这样写？特别注重别人看法的人，在创作上肯定不会有大出息，刚想写一个什么东西，突然想到，我这么出位以后，别人会怎么看我？当然，也不是说你所有的东西都要抛掉，现在还允许你有这样的想法，但是最终，你抛得越快，离真正的写作就越近。

你在社会层面再能交往，看起来好像胆大无边、毫不怯场，在哪儿都是你的天下，但这不等于在写作中的勇敢。这样的人往往太注重别人的看法和感受，到写作中往往是一个瞻前顾后的人，考虑的东西非常多，成不了出色的写作者。假如你的孩子有社交恐惧症，社会性很差，在写作上我倒不担心了。我这么跟你说，如果一个写家，没有一点点自闭的话，恐怕也不会有大出息。有的人根本离不开社交场所，让他每天独处就像让他坐监狱一样，这样的人肯定不是写作人才。我儿子就是这种情况，他将来在社会上立足我可能有点担心，但是到写作上反而不担心了。这就是我作为父亲的心态、作为家长的心态。本家长了解写作，写作需要的是内在的胆大。莫言说，只要他写小说，就无法无天，在生活中他就是孙子，但在写作中他就是天王老子。他这话一点没夸张。

我觉得形式主义提供给我们的积极信息就是，敢于做艺术的实验，敢于做艺术的探索，敢于在艺术上翻新，追求创新的方向。这些都是形式主义带给我们的正面的东西。没有什么负面的东西，如果说有，那就是你对形式主义理解得不到位。

我年轻时看到达达主义之类的，也会玩一玩，什么叫达达主义？把报纸剪成碎屑，把单词随便拼贴一下，就是一首诗。我们老师在课堂上就是这么讲的。我真心感谢这些讲外国文学的老师，我也感谢我自己。我们在课堂上听他讲过以后，下来我们真的就做实验。反正宿舍里也不缺报纸，我们就剪一剪，拼贴一下，哎一首诗！虽然狗屁不通，但在某种语境里读，词意上也可以出现一种奇妙的效果。这些形式的探索，尤其在年轻时代，大家可以玩一玩、试一试，当然它不是写作的主流，也不是写作的大方向。

我今天第一个讲了肯明斯，我把他叫偏将。一支强大的军队里要有主将，也要有偏将，不能全是主将，当然也不能全是士兵，连将帅都没有。主将就是我们所说的大师，综合性上的大师，人文精神上的大师。偏将就是这种形式主义者，艺术探索上的践行者。

我上周也讲到美国诗歌的丰富多彩，你不要烦美国出现得多，你看每出现一个美国的诗人，都跟上一个不一样。

第二个不是美国人，但也来自一个文学和诗歌的大国，法国的大诗人瓦雷里。他在法国诗歌界大概是一个什么地位呢？刚刚我介绍了美国的一个形式主义者，一个实验诗歌的偏将，现在我给大家介绍的是学院派诗人。你不要以为一个写口语诗的老师就完全践踏学院派，完全不尊重学院派。我今天介绍一个正宗的学院派，他在法国一所大学做教授，是名教授、名诗人。狭义的学院派有一个硬指标，你本人必须得在大学里任教。如果你根本就不在中国大学里任教，就敢称自己是学院派，你不是笑话吗？当然，学院派也应该有自身的特点，比如说更注重学术，更注重学理，更注重诗歌的专业性，更注重诗学研究，这些都应该是学院派的题中应有之义。瓦雷里就是这样一个学院派的大宗师。

可能在我们本学期的课堂上，你见识了太多的口语诗、太多的反学院派，在我们欣赏瓦雷里的诗歌以前，你想象一下学院派应该写成什么样，然后我再读这首诗，看看跟你想象的一样不一样。

脚步

瓦雷里

你的脚步声，我沉默的孩子，

圣洁地，缓缓地落下
朝着我警醒的床，
接近，缄默而冷凝。

纯洁的人儿，神圣的身影，
多么温柔，你谨慎的脚步！
众神啊！……我能猜出的全部礼物，
来到我处，赤裸双足！

如果带着前进的芳唇，
你准备去安抚
我思想的居民
带着吻的食物，

不要催促这温柔的行为，
不论幸福存在还是不在，
因为我活着就是为了等你，
所以我的心啊只是你的裸足。

　　学院派是你想象的书呆子、老夫子那样的吗？所以，中国有
些人装学院派装不像，学院派也是正常写诗的，也是诗人。至少
我看到瓦雷里这首诗，首先想到的不是学院派，而是诗人，太诗
人了。

　　这个世界就是这样，越向北气候越冷，人的性格越冷，越往

南气候越暖，人的热情越高，这就是最简单的人种跟地域的相关性，相辅相成。我们前面讲过了德语圈的诗人，从日耳曼语系南移进入拉丁语系，诗人就热烈起来，像法国、意大利；往北，日耳曼语系就偏冷一点，严谨、思辨；再往北，北欧更冷，瑞典的特朗斯特罗姆，每一个意象都像冰块一样；然后到德国就思辨、严谨，继续南移，热烈就来了。一个教授如此地热烈，因为他是真正的诗人。

所以，什么是学院派？学院派诗歌不是那种写得狗屁不通的东西，不是写一句就要引经据典十句。我跟你讲，诗歌只要玩通了，都不是那个样子。那种让人读不懂，一句话需要引经据典解释十句的，就是末流诗人的骗术。今天我们通过瓦雷里，见识一下真正的学院派诗人，非常精致，非常注重技巧。实际上，他整体上是后象征主义、后浪漫主义的手法，但在技术上，他对意象的使用已经达到了信手拈来没有痕迹的地步。他开篇就是"你的脚步声，我沉默的孩子"，如果你能把脚步声通感为"沉默的孩子"，那就是有想象力的。写诗要有想象力，尤其是浪漫主义诗歌一定要有想象力。你看他对意象的灵活使用，比如"前进的芳唇准备去安抚思想的居民"。我告诉你，不会写诗的译者永远不敢这样译，因为他觉得这么译是不通的，一定会退回到比喻去，他会说"有思想的居民"。那意思就不对了，人家是说思想就像居民一样，不是"有思想的居民"。还有"吻的食物"，它一定也是这个结构——"名词 of 名词"。不是去亲吻食物，他把吻说成是食物，是可以吃的，这就是意象。他玩得精熟，意象连着出现，而且痕迹很小。

我们用瓦雷里把那种伪学院派的面具给揭了。你看瓦雷里的诗歌热情洋溢，更符合我们对浪漫主义诗人的想象。这种表达永远是动人的——"不论幸福存在还是不在"。好的文学、好的诗里面有这样一种话，它看起来不是最重要的，但却是最有味道的。它不是结论性的话，不是所谓的格言——格言在文学语言里是很低的。它不是那种结论式的话，而是那种有味道的话。"不论幸福存在还是不在"——没有结论。

这是一位学院派的大宗师，我愿意把他说成是超诺贝尔奖级别的诗人。他留下过这样一个佳话，或者说一个笑话。诺贝尔奖把很多有成就的诗人也折腾得够呛，有的人白等了一生，有的人得了以后万念俱灰自杀了。瓦雷里是等了一辈子没等来。有一年，在诺奖公布的那天，他起得很早，出门遛狗去了，回来后，他的女秘书告诉他，瑞典来电话了。大师特别兴奋，瑞典来电话了，那还能有什么事呢，瑞典对我来说就是诺贝尔奖吗？然后，女秘书告诉他，是瑞典的一个妇女基金会希望你能捐点钱。不但没有人给你送钱，瑞典的妇女基金会还希望我们学院派的大宗师捐点钱。大师非常沮丧。我说他是一个超诺奖的诗人，不是主观的价值判断，这也没什么神秘的，你就把诺奖里影响最小的诗人和瓦雷里比一比，就知道他是超诺奖的了。获得诺贝尔奖的不如他的诗人太多了。

我们用瓦雷里告诉大家什么是真正的学院派。有知识归有知识就行了，你有知识应该技巧更好，应该更透彻地表达思想，而不是因为你有知识就装得神神鬼鬼。中国诗坛上到处都是伪学院派。说句老实话，我觉得那些人根本没有诗歌才华，连合格的诗人都不是。

我不用知道瓦雷里是一名教授，他就是一个诗人，就是一个能够表现出法兰西民族的那种浪漫热情的诗人。用口语说，法国诗人是很骚的，波德莱尔以降的法国诗歌传统都是很骚的，包括他们浪漫主义的雨果。你想啊，世界上只有法兰西情人、意大利情人这种概念，没听说过德意志情人，也没听说过瑞典情人。什么意思呢？这就是大家说的理想情人，理想情人要热情。这就是文化，文化来自活的存在，来自人种。

真是对不起，美国人又来了——卡佛。如果你是一个合格的文艺青年，一定对卡佛不陌生，三四年前，一股卡佛热在中国持续了两三年，当时的文艺青年人人说卡佛，当然在文艺青年那儿流传的是他的短篇小说。这个小小的热潮已经有点过去了，现在如果你觉得你文艺青年做得不合格，可以去补这一课，把他的短篇小说找来，你看看他写得多么好。所以，卡佛是一个有小说家身份的诗人。他很崇拜我们讲过的布考斯基，和布考斯基一样爱写底层人民。在底层干过活儿、当过蓝领阶级的作家，一定是不会忘记底层人民的。他崇拜布考斯基，但他的诗跟布考斯基还是有距离的。相对来说，卡佛的短篇小说写得更好一点。布考斯基是短篇、长篇都写得很好。

好，我们读卡佛一首诗——

幸福

卡佛

起得这么早外面天几乎还黑着呢。
我靠近窗子，喝着咖啡，
这是一个早起的平常的早晨
通过思考才能充实。

当我看到这个男孩和他的朋友
走在路上
递送报纸。

他们戴着帽子穿着外套，
其中一个男孩的肩膀上有个书包。
他们如此快乐
他们并未说什么，这些男孩。

我想，如果需要，他们将会
彼此携手。
在这早起的早晨，
他们正一块儿做着这件事。

他们继续，慢慢地。
天空吐露鱼肚白，

虽然月亮还暗淡无力地悬挂在在水面上。

如此美丽，有一分钟，
死亡和抱负，甚至爱情，
并未介入。

幸福。它意外
降临。超越其上，真的，
每一个早晨都在谈论它。

　　这是典型的口语诗。口语诗不是说语言表面多么口语化，而是说它有自成一体的结构，往往就是生活的一个切片，里面有现实生活的真实场景，甚至有人物、有情节、有细节，就像短篇小说的一个片段。这就是口语诗的一种典型的结构。当然，也可以抓住普通的一瞬间，翻越到形而上的意义。他在普通人（送报纸的小男孩）最真实的生活场景中，突然领悟到幸福。口语诗歌的升华，不同于浪漫主义诗歌的升华，那种诗好像就是在该升华的地方升华，口语诗经常是在貌似不该升华的地方去升华。口语诗传递的世界观是，在我们以为最无诗意的场景里发现诗意，在看起来最无思想的平淡的风景中揭示思想。浪漫主义的世界观是，感情洋溢，然后升华思想。不同的风格，不同的艺术形式，代表的是不同的价值取向，不同的价值观、人生观、世界观，因为他们对世界的理解各有不同。

阿多尼斯——这个名字也不好猜是哪个国家的诗人。一下到了叙利亚。叙利亚是阿拉伯国家，说阿拉伯语。阿多尼斯现在也用阿拉伯语写作，其实他很早就离开叙利亚了。他早年从政，甚至当过阿盟的秘书长。中国诗歌界很多人对他的诗表现出不以为然的态度。刚好我也通过英文版转译了他两首短诗，我想让大家知道，他的诗并不像有些人说的那么差，但至于有多好，我也不敢说，我们可以从这两首诗来判断一下——

日子

阿多尼斯

我双眼困倦，倦于日子，
倦于素不留心的日子。
尽管如此，我必须钻孔
穿过墙壁，在日子的墙
后面，寻找新的一天

有吗？有这一天吗？

一首很有哲理的短诗，这有点像阿拉伯的文学传统，但同时他也很注重西方现代诗的意象技巧的使用。

道路的起点

阿多尼斯

他读每一天像读一本书
看世界像一只灯笼
在他暴怒的夜晚。
他看见地平线来到他面前
像一个朋友。
他读到方向
在诗歌和火焰的脸上

这首要更好一些，我觉得还不错。所以，译本够不够好很重要。有些诗人只要被译成外语就特高兴。但我在这儿给你泼盆凉水，不要被表面现象蒙蔽，万一给你译得很差呢，哪怕看到的人很多。然后人家会说，中国人原来写得这么差。翻译也是很有风险的，别瞎激动。阿多尼斯反过来就教育了我们，看了他的诗集，很多人就对他不关心、不在乎了，这就是平庸译本造成的。

好，这是阿多尼斯，他是住在法国的叙利亚诗人。我觉得他和瓦雷里丰富了我们今天讲的诗人的生态，在美国人的包围中总算还有其他的诗人。

沃伦——美国人又来了！但是每来一个美国人都带来新的东西，这位诗人的风格是什么样的呢？他是一个追求东方神韵、东方表达，甚至追求东方的"天人合一"思想的诗人。我们说有些人是趋西的，主张全盘西化，而他是趋东的，是面向东方的一个诗人。这种诗人在美国也不止一个，比如说庞德，庞德的诗是从我们古诗里受到启示发明的意象诗；比如说仍然在世的斯奈德，一个隐逸派的诗人，也是非常追求东方化。不论你在世界的哪个角落，只要你想当个隐者，想当个隐逸派的诗人，找来找去恐怕都要找到王维那儿去，天下所有的隐者最后都会找到大宗师王维。所以，你看美国的诗歌，各有其特点，非常丰富。我希望这就是中国诗歌的未来。不要光是人很多，风格却很单一，那势必有些人就是一个人的重复。我不希望是这个样子，我希望是像美国那样。

我们来欣赏沃伦这首诗。我觉得这首诗对他来讲也叫诗大于人，我前面讲策兰的时候提到过这种现象，就是一首诗比作者本人更出名。这首诗叫《尘世鸟儿》，其他译本又译乱了，啰里啰唆的，更复杂了，只有我译得这么干净——

尘世鸟儿
沃伦

它只是一只在夜间鸣叫的鸟儿，身份不明，
我携春水赶来，穿过身后岩石遍布的草地；
然而如此之静，我站立着，头上的天空并不比水桶中的
    天空更静。

多年过去，所有的地方和容颜都褪去了颜色，一些人已

经死去，

我站在辽远的大地上，夜深人静，终于确定

我怀念鸟鸣的沉静比某些日后注定衰败的事物，更多。

一首非常漂亮的诗！既有东方神韵，又有西方的精确表达，也有"天人合一"的思想，崇尚自然，复归自然。我想这种诗是今天在世界上还挺时尚的环保主义诗歌的源头，在美国 20 世纪 60 年代就写出来了，走在了时代的前列。

这一首诗，我在翻译时用力特别大，感觉是动用了自己所有的修养，包括古典文学的修养，因为要翻译的是一个西方的追求东方化的诗人，难免要动用自己的古典文学修养。我觉得有的地方译得很漂亮，比如说"我携春水赶来"。别的译本译不出那种东方的味道。

我上周也跟大家讲，一个诗人要有多渊博算是够？没有定数。我要具备多少知识算是够？不知道。那我反过来问你，你要做多大的诗人算是够？你也别以为"摸着石头过河"我走着看，我慢慢就做大了。世界上还有一个道理，你不想的事情是不会发生的，天上是不会掉馅饼的，你要计划，你要盘算。你要能说出你做多大的诗人是个够，我就能回答你需要多渊博。当然，渊博不是直接等同于大诗人，但可以让你绽放的点比较多。我在吸收知识的过程中，不会想到翻译的时候需要动用多少功力，我不是为了翻译才吸收这些知识的，但有一天你翻译的时候发现没有白学，所有的知识、所有的修养都用上了。这是一个需要你把全身的功力发出来才能够迎接的翻译的挑战，所以，这首诗是我在译作方面的得意之笔。下一首也同样是，当然又是美国诗人。

这个诗人叫兰斯顿·休斯。我写的是他整个的名字，因为有两个休斯，另一个叫泰德·休斯，是英国人，自白派女诗人普拉斯的前夫。兰斯顿·休斯被认为是美国黑人的"桂冠诗人"。

下面给大家朗读兰斯顿·休斯的一首代表作。这也是我把自身全部功力抛出来翻译的一首诗。这首诗倒也没有很多译本，我只在《美国现代诗选》中读到过赵毅衡的译本，他把标题按照原文直译成了《黑人谈河流》。我把它译成《黑人河传》。你根据正文比较一下，看看我的标题是否准确。我读一下我自己的译本。

黑人河传

兰斯顿·休斯

我知河流：
我知古老的河流像这世界，比人类的血液在脉管中的
　　流动
更古老。
我的灵魂已经长得深如众河。
我在幼发拉底河沐浴，当黎明年轻的时候。
我在刚果河畔建造我的小屋，它使我安然入睡。
我仰望尼罗河，在大河之上喂养金字塔。
我听见密西西比河在歌唱，当亚伯拉罕·林肯来到
新奥尔良，我目睹过它泥泞的胸膛全变成金制的落日。

我知河流：

古老而忧郁的河流。

我的灵魂已经长得深如众河。

要是配上爵士朗读，那就是一个节目了。大家放心，这个译本是最完美的。你看看翻译成《黑人河传》是否更能体现出整首诗的意思？他把与黑人有关的河流在全球范围内都写到了，当然，他最想说的是密西西比河，他最想歌颂的是亚伯拉罕·林肯，一个解放了黑人、最后被刺杀的伟大总统。所以，他这首诗实际上是一首颂歌。但是你看，别人的颂歌写得多么有生命感、多么有文化性。我觉得它特别像能够获得某种世界文学大奖的那种诗，可惜天下有识之士还是少。这首诗真是既有黑人性，又有世界性，既有文化性，又有生命力。这首诗的基调是很忧郁的，有黑人的那种忧郁，就像他们的面孔一样。所以我说，配上蓝调、配上爵士就可以变成一个节目。

好，今天书上的，我们就讲这些。下面再讲一位同学的诗。

闹

李依琳

农村入赘的上门女婿

在自己的婚礼上

被套了婚纱，描眉画眼地

推到太阳底下

啤酒肚的中年男人

不满意

要给他胸前塞上馒头

还要挽起裙摆下的裤脚

露出毛茸茸的粗壮小腿

并且说

这样才性感

点评：《现代诗写作》课上的第九位入典诗人。以我经验，校园诗人，谁越早摆脱学生腔、谁越早接地气，谁就越有希望。本诗写的是中国人见惯不惊的闹婚场面，在中国当新郎新娘都这么悲惨，这远远不是最惨的。

确实中国人有闹婚的风俗，要说结婚了咱们给人家热闹热闹也是应该的，当然也要有分寸，但有的就过了线了，就变成表现人性恶了。其实这个风俗本来就有一点隐患，它是让农村娶不上媳妇的光棍单身汉趁机发泄一下，有的人简直是无底线，很容易出事。给别人当伴娘，你也要小心点，现在就是祸害伴娘。

我们同学，作为一个90后的现代人，把这种风尚、陋习书写了出来。虽然她没有明确的批判，但显然她是有立场的，这也是一个现代诗人应有的立场——我写出这个丑陋的场面就等于让你暴露了。你看有出息的同学，就能够把自己的笔触伸到社会上去，而不是仅仅局限在校园范围内。

里尔克对青年诗人的警告是什么呢？不要写爱情诗。这话你怎么理解？按道理说，我越年轻爱情越多，既然爱情很多，我多写点爱情诗有什么不好呢？其实里尔克就是在提醒你，不要习惯性地抒情，要把写作当成一项专业的事情。

注意，情书和情诗不要相互替代，不要把情诗写成了情书，也不要把情书写成了情诗。情书是实用写作，你把它写成一首诗，万一对方没读懂，或者读的那个意思似是而非，你一下就抓瞎了。所以，求爱的时候要写情书，锦上添花的时候再递诗，就是已经追到、关系已经建立了，为了向对方展示你的才艺。这时候你再献上你的诗，证明你是文学青年，你是潜在的校园诗人，你还是潜在的未来的大诗人。

里尔克是说你不要动不动就写情诗，他可能担心青年人因为心里爱情多，容易情诗泛滥，有的人单相思也开始写了，就很容易抒情泛滥。所以，看到大家写社会上的事，我就很欣慰。注意，诗的笔触也要伸向社会，不要被校园的围墙所圈住。还有一点就是，要克服学生腔，其实口语诗是最容易克服学生腔的，像人自然地说话、正常地说话那样写诗，当然就容易克服学生腔。

下面的时间就让同学上来读诗。

甘立芳：这是我母亲节那天写的，还没有题目——

今天是母亲节

朋友圈被好友们对母亲的祝福

刷屏了

打开和母亲的对话框

聊天记录的截止时间是

上个星期天

通话记录的前排也找不到她的身影

好像很久没有联系了

再次打开和母亲的对话框

输入"妈，祝您母亲节快乐！"

又删除

输入"你在干吗"

发送

这首诗是写母亲节的，你说没有题目，稍微动点脑筋，题目就出来了，实在不行就叫《母亲节》嘛。大家不要怕起平淡的题目。诗人都知道这一手，有时候故意把题目起得很平淡，但我正文藏着厉害，我拿正文吓死你。诗人都是狡猾的。这首诗表达的当然是对母亲的情感，我肯定她的一点是，她能够通过细节来检讨自己，发现跟母亲的联系太少了。但缺点同时就出现了，就是写得比较材料化。你进到跟母亲的对话框里，看到那些材料化的东西，你没有把它提炼一下。如果提炼一下，你的语言就会更简洁一点，表达得就会更干脆利索一点。甘立芳这首诗我给80分。

小棉袄

马楠

女孩第一次把对象带回家

父亲夸奖男孩

一表人才真优秀

转头

在饭桌上

给男孩斟满了一杯热茶

对女儿说

谁也别想抢我的小棉袄

马楠这首诗完成得很好。因为大家的《基础写作》是我教的，我一看到大家的基础写作好，就以为是我自己的功劳。我发现好多同学哪怕诗不理想，但语言的基础都非常好，这是我最满意的一点，咱们到底是科班的。这首诗完成度非常好，非常圆满，从完成上来讲可以给满分，但我为什么没有订货呢？我觉得"小棉袄"这个说法有点滥了，在《新世纪诗典》推出来有些人会不以为然，会觉得这个典故太平常了，没有惊人的发现。所以，这首诗我给一个不订货的上限 90 分。要想订货呢，还要在出新、出奇这方面下功夫。

一千块
梁丹

上课的时候

爸突然在家庭群发起了红包

一个

两个

三个

四个

五个

接着他说

医保报销了

去给你买点吃的吧

　　好，订货！这首我直接就订货，95 分。其实，她在课间也给我看了，我在她面前装得很平静，但我心里很高兴。为什么这首就订货了呢？为什么这首我就不去计较新奇不新奇了呢？就因为情感的撞击力强，写出了中国百姓之苦。父亲发红包是因为医保报销了，这种事我们太熟悉了，就像我们家里或亲戚家里发生过的一样。在我的记忆中，不一定有父母报销了医药费请客的事，但父母发了奖金或工资后马上给我们一点奖励的记忆太多了。所以，这真是中国民生之疾苦。在一首小小的口语诗里，她还罗列了红包的个数，还有点简单的形式主义，但它是沉甸甸的，它的内在是很有冲击力的，所以，这首诗订货。

本讲授课时间为 2019 年 6 月 11 日

第十七讲　外国名诗 5

今天是第十七讲，也就是第十七周，意味着下一周就是我们的最后一周。最后一周最重要的事情就是交卷，课间就可以把卷子放在前面的桌子上，大家千万别忘了这件事。

今天已经是倒数第二次上课，还没有讲到的外国诗人，我也赶快做了一下盘点，就像我们讲中国当代诗人时的最后两节课一样，尽量不要留下遗憾。当然，我的出发点是让同学们写诗，什么样的诗能够给大家开脑洞，能够让大家马上写出来，而且写出好的、不一样的诗，我就讲什么样的诗。

今天第一个要讲的是加拿大女诗人阿特伍德，诺贝尔文学奖的热门候选人。前两年一个加拿大的短篇小说家获了诺奖，大家大吃一惊，因为大家一直以为阿特伍德会获奖。但是那个人一获奖，阿特伍德可能这辈子都没机会了，因为诺奖不会在短时间里再次颁发给同一个国家的人。阿特伍德已经是老太太了，可能就等不到了。但不管怎么说，她是世界级的，真正代表了目前加拿大诗歌的最高水平，所以，我们今天的课从她开始。大家知道，加拿大的语言构成并不简单，大部分地区是说英语的，但魁北克省是法语区。说到加拿大诗人的时候，要注明他是英语诗人还是法语诗人，阿特伍德是英语诗人。

好，我们来看阿特伍德的这首诗——

一个纸袋

阿特伍德

我造我的头，像过去常干的那样，
从一个纸袋外面，
将它拉下至锁骨，

描画眼睛在我的眼睛附近，
用紫色和绿色的刺
表示惊讶，
一个拇指形状的鼻子，

描画一张嘴在我的嘴附近
摸摸索索用铅笔，然后上颜色
淡淡的红色。

用这个新头，身体此刻
伸展，像一只长筒袜，精疲力竭
却能够再次跳舞，如果我造一条
舌头，我就能唱歌。

一张旧床单，适逢万圣节；

但怎么才能让它更恶劣或者
更吓人呢，这个大头针脸
正方形有头发的脑袋没有下巴？

像一个白痴，它没有过去
并且老是进入未来
通过它眼睛的槽，半瞎的
摸索，用厚厚的微笑，
永远快乐的触须。

纸头，我喜欢你
因为你的空虚；
从你的内部一些话
还是可以说出。

和你在一起，我可以拥有
不止一层皮肤，
一个单调的室内环境，一个有着
无数故事的剧目，
一个新鲜的开始。

怎么来评价这首诗呢？我想起了我的名言、我的创见——事实的诗意。有些同学已经把握住了，尤其是入典的同学，可能是把握得最好的，就是你去生活中找一个有诗意的事情、一个诗意的片段、一个诗意的往事，拿来写诗是最靠谱的。你看她这个诗意的往事是什么呢？我不知道咱们中国孩子有没有这种游戏，她是做了一个纸头，在纸头上画眼睛画胡须画鼻子，给自己套上，可能是万圣节用来吓人的。当然，阿特伍德现在是老太太了，她可能怀念的是自己童年时代、少女时代做的这个游戏。这件事情绝对是有诗意的。当然，诗意该怎么界定，这是最难的事情，这要靠你自己的感觉了。那我就问你，你觉得做一个纸头这件事情有诗意吗？我觉得是有诗意的，我觉得这个事情太有意思了。我有时候说"有意思"其实指的就是诗意，只是有些人没有意识到"有意思"里的诗意。有些人说"太好玩了"，其实也说的是诗意，只不过你没有意识到它是诗意。抓住一个事实的诗意写出一首诗，相对来说是最稳妥的。这是我的一个创见，在中国现在的诗歌理论界已经是名言了。

那么"事实的诗意"我是怎么想出来的呢？有一部分诗人以为诗歌就是玩语言，就是唯语言、纯语言的游戏，搞个词汇表拼来拼去，按照经典诗歌的那些名句仿制一下，就搞这种欺骗性的东西，对世间万物没有任何感应，从来没有在原生态的现场去感受到那个物。有的人写了一辈子诗，这种感受能力还几乎为零，就是搞语言拼接，拼接得有点像诗，那就是诗骗子。这些人写诗是很容易的，他不用去感受生活，不用去思考世界。我这个"事实的诗意"就是针对这种现象提出来的。你要真正地领悟了"事实的诗意"，谁再想骗你就不容易了，你一眼就看出根本就没有事实，根本就没有捕捉事实的诗意的能力，他就是搞一些语言的花招、语言的摆设，来欺骗一些不懂行的人。有些人就这么搞，也成了著名诗人。

　　阿特伍德这首诗是典型的事实的诗意，有这么个事往那儿一放，这首诗就跑不了了。下面是采用简洁还是繁复的手法来描述这件事，由你自选，是采用客观陈述的手法，还是适当加入一点主观情感，也由你自选。她基本采用的是分项描述法，眼睛怎么画，鼻子怎么画，她要一项一项写，还延伸到万圣节做的别的东西，动用了床单，甚至往纵深里走，我有了"不止一层皮肤"，还有面对纸头的抒情，"我喜欢你／因为你的空虚"。这就是她围绕事实的诗意所作的文章。有了那个事实的诗意，一半就有了，另外一半就看你作为诗人的写作能力了。显然阿特伍德并不想搞得太过简单，她想搞得繁复一点，向全面延伸，向纵深思考，写出了很漂亮的一首诗。

　　这就叫现代诗，现代人心目中的事实的诗意，现代人感知世界、思考世界的方式。这种诗不可能是19世纪以前的人写的，这就是时代。你写的诗要有时代感，一看就知道是你那个年代写出来的，这样在历史中才有价值。你的诗如果是对以往哪个世纪的诗的一种仿写、一种重复，那它就没有存在的价值。

　　马上进入到今天要讲的第二个诗人——秘鲁诗人巴列霍。

　　除了一个大国巴西是说葡萄牙语，加勒比海的一些岛国说英语以外，整个拉丁美洲全说西班牙语，因为它们大都是西班牙的殖民地。它们和它们的宗主国一起构成了一个辽阔的语言圈，所以，西班牙语是世界第二大语言。大家知道，世界上第一位的文学奖是诺贝尔文学奖，它的奖金是最高的，一千万瑞典克朗，大概可以折算成一百万美元。世界上奖金排第二位的文学奖叫塞万提斯文学奖，颁发的对象是全世界用西班牙语写作的作家。世界文学史上有一个概念叫"拉美文学的爆炸"，起源于 20 世纪 60 年代，持续了很长一段时间，以魔幻现实主义为主体风格的拉美文学突然崛起，这些西班牙语作家开始抢夺世界文学的荣誉，包括 1971 年获诺奖的大诗人聂鲁达，一直到近几年获诺奖的略萨，都是他们有代表性的诗人和小说家。一批世界级的当代文豪，崛起于拉丁美洲，而所有这些大师的前辈是谁呢？拉丁美洲的诗歌如此之强大，拉丁美洲的文学如此之强大，谁是先驱者呢？就是今天我们给大家讲的秘鲁诗人巴列霍。这个先驱者的命运是悲惨的。好多拉美的大师不仅获得了诺贝尔文学奖，还获得了塞万提斯文学奖，加一块儿就可以拿走一百五十万美元的奖金。所有获了诺贝尔文学奖的，哪怕你先前没有获得塞万提斯文学奖，大概塞万提斯文学奖也不好意思，也得给你一个。所以，只要获得过诺贝尔文学奖的拉美大师，全都获得过塞万提斯文学奖。没有获得过诺贝尔文学奖的大师，起码也获得过塞万提斯文学奖，甚至在声誉上超过诺贝尔文学奖获得者，比如阿根廷作家博尔赫斯，被称为"作家中的作家"。

我为大家描述了拉丁美洲现代文学如此的胜景，现在我们来到了它的先驱者、它的源头人物，秘鲁诗人巴列霍。他是贫病交加地死在了旅居的巴黎。我现在要为大家读的是一首预言诗，他预言了自己的死亡。这在文学史上不算奇迹，中国诗人中的很多自杀者，从海子到戈麦，甚至包括后来很年轻的 90 后诗人，都预言了自己的死亡。所以，千万不要乱写死亡，你写的时候觉得死亡离你很远，写着写着死神就被你唤醒，死亡就离你很近了，弄不好你还预言了自己的死亡。巴列霍这首诗标题就很有视觉感，咱们欣赏一下——

黑石在一块白石上

塞萨尔·巴列霍

我将死于巴黎，死在一场滂沱大雨中，

在我能够记住的一天，

我将死于巴黎——然后我不再动弹……

也许是个星期四，像今天一样，在秋天。

很可能就是星期四，因为今天，是星期四，

当我把这些诗句写成散文，然后我在我的肱骨上

用力，从来没有像今天这样，我转过身去，

用我全部的旅程，看到自己孑然一身。

塞萨尔·巴列霍死了，他们揍他，

他们所有人，他没有对他们干过任何坏事；

他们用一根棍子狠狠揍他，恶狠狠地

同样地用一根绳子，目击者是

星期四与肱骨的骨头，

孤独、雨水、道路……

　　他预言了自己的死期，星期四，而且是在秋天，这些都成真了。他的死因，他没有预言准，他不是被人打死的，而是得病死

的。因为是患病死的，他不可能设计自己的死亡，自杀者有可能设计自己的死亡。所以，这是一首典型的预言诗。语言是有灵性的，你不要乱用语言，尤其在死亡的话题上。我上节课讲了，里尔克敬告青年诗人，不要滥写爱情。我们也不要滥写死亡。有时候，有的诗人是为了显得自己深刻，大概写死亡最显得自己深刻，好像已经大彻大悟，但实际上你是装的。你可能觉得死亡离你很远，我刚才说到有些中国的诗人，海子在诗里面写"我被劈开的疼痛在大地弥漫"，"我被截成了两段，上段是《新约》，下段是《旧约》"，最后卧轨而死，被火车轧成了两段。海子说："我是众尸之王。"戈麦模仿他写："我不是众尸之王，我是众尸中最年轻的一个。"——好，海子二十五岁死，他二十四岁死，破纪录了！你就嘚瑟吧，你就瞎写吧，写着写着你自己长得就像死神了。我知道有些抑郁症患者真的是一心向死。有一个抑郁症患者就跟我讲，他每天起来唯一能引起他兴趣的话题，就是怎么样用最小的痛苦去死。他无数次翻到自己楼房的窗户上，跨在窗户上，想死是真的，但还是怕痛苦，想把痛苦减少到最低限度，所以，他整天纠结哪一种死法好。后来，我第二次见他的时候，他有点好了。大家知道，抑郁症也很难治愈，哪一天又犯了，又会纠结。如果你真的是一心向死，那就随便写，但你不要轻浮地去玩弄死亡。我的意思是，海子和戈麦写死亡的时候，他们并不想死。你要是轻浮地玩弄死亡，写着写着你离死亡就近了，就死神附体了。

我们在这儿谈论的是巴列霍，这个大师就预言了自己的死亡，这是文学史上的一个佳话。当然，这首诗也写得足够漂亮，而且是现代诗。当你看到世界诗歌是这个样子后，你还会当古诗控吗？世界诗歌都这样了，能用灵活、自由的语言，表达这么丰富的思想了，你还要回到七律、五言那种诗体中去吗？它表达的思想在某种程度上是受限的，你感知世界的方式也是很单调的，而自由体的现代诗表现世界的方式是那么丰富。你看每一个诗人表现世界的方式都不同，阿特伍德用一个纸头来表达跟世界的关系，巴列霍又是这么看待黑暗阴险的世界的。他虽然不是被人打死的，但是就他被漠视、被歧视的命运而言，他写的这些又何尝不是真的呢？这就是自由的现代诗表现世界的丰富性。

这是西班牙语的大师。先驱者往往命运都不太好。我觉得这样的先驱者将光荣地活在后人的记忆中。当然，每个人的幸福观都不一样，彻底的唯物主义者就觉得死后什么都没了，唯心主义者认为死后有灵魂。我既不唯物也不唯心，我是不可知论者。我一直以为自己是无神论者，其实是不可知论者，我也不知道有还是没有。你说哪一种对世界的认识更科学，有的人认为有在天之灵可以得到一点安慰，有的人认为什么都没有。所以，在唯物主义者看来，先驱者的命运尤其悲惨，你什么都感知不到，而只是为别人做贡献，文学艺术的道路就是这么残酷。但问题是，哪种事业的道路不残酷呢？科学、政治……哪一条道路不残酷呢？所以，人生的道路都是残酷的，除非你无所欲求。你无所欲求，就不会有胜利的狂欢，也不会有收获的喜悦。这就是在大家面前展开的人生。

默温——美国诗人又来了。我们这一百首诗就像是世界杯的决赛圈一样，在这儿我们念到名字的国家，它的国旗就升起了，哪怕它只有一个人，就像加拿大，就阿特伍德一个人，那枫叶旗就升起了。美国就是这么多人，你不能把美国那么多人缩成一个，让一个人代表，那叫不公平。所以，默温来了，而且他是今年 3 月才去世的，活了九十多岁。

默温又是我们上节课介绍过的沃伦那样的风格，就是西方诗人向东看，想写出以中国古典诗歌为代表的东方神韵。你不用替我们的祖先着急，人家西方人是膜拜我们祖先的，你还是替我们中国的现代人多操心吧。我们古典时代的伟大诗人都已经进入到世界诗歌的庙宇，屹立在众神之中，这是毫无疑问的。

现在，请大家欣赏我的可以打一百分的译本——

12 月之夜
默温

冷冷的山坡立于黑暗

树的南面摸起来很干

笨重的四肢爬进月光的羽翼

我来观察到这些

白色植物在夜里老去

最老的

头一个来到废墟

继而我听见喜鹊为月光醒着

流水流过

自身修长无垠的纤纤十指

今晚，再一次

我觅到一个独自的祈祷但并不是为人类

　　这里面有两个漂亮的句子。我们先看最后一句，这种句子叫
击穿之句，经常放在最后，一拳把人打翻——"我觅到一个独自的
祈祷但并不是为人类"。我要问大家，不是为人类，那是为谁呢？
像这种诗人一定是崇尚自然的，他在大自然的环境里，在山上的
树林之间觅到的祈祷一定是为了自然万物。这就叫西方的东方主
义，西方人面向东方追求的一般都是"天人合一"，一般都反对现
代化对自然的异化，就是我说的环保主义诗歌的前身，崇尚自然，
归隐田园，隐逸派的。这就叫击穿之句，表达了本诗整个的思想。

　　下面就是漂亮之句了，译出这样的句子我是非常得意的，咱
们再来欣赏一下。"继而我听见喜鹊为月光醒着"——这没有什
么，就是一般的诗意。下面一句，"流水流过 / 自身修长无垠的纤
纤十指"——这种深度意象派的技术表达是完美的，"流水"通的
是"十指"，意思是流水就像十指那样。这叫深度意象派，实际
上，在两个形似的事物之间是一种通感的关系。

　　下一位诗人大家一定认识，泰戈尔在中国大众中知名度应该
是排第一的，甚至超过人类诗歌之王莎士比亚。中国大众的接受
度有时候跟历史有关，他的诗被译得比较早，冰心奶奶的译本又

比较普及，而且他早年还来访过我们中国三次。他第一次来到中国时，惊动了中国整个的文化界，徐志摩是英语翻译，和林徽因一块儿全程陪伴。泰戈尔还做了月老，撮合他们俩，当时撮合成了，后来不长久，这都是文艺佳话。总之，泰戈尔大家很熟悉，但是我要提醒你们，冰心不仅译得气质不对，把老翁译成了小清新，性别也不对，关键是译得还不准。男译女、女译男，风险很大，译者与作者年龄落差大，风险也很大，这些忌讳她全犯了。接下来要读的他这首诗叫《生如夏花》，是一首短诗的名篇，你听听这个译本是不是你们过去认识的泰戈尔？有一个女诗人说，我译的这个泰戈尔才是长胡子的。

生如夏花
泰戈尔

生命，轻薄不止
轻浮不倦

一

我听见回声，来自山谷与心灵
向收割中的镰刀孤独的灵魂敞开
决绝地重复，但也是重复着最终
在沙漠绿洲中摇曳的福祉

我相信我是
生如夏花之灿烂
不枯、不败、火热、妖冶、放肆
心率和呼吸承担烦琐沉重的负载
百无聊赖

二

我听见音乐，来自月亮与胴体
辅之以极端唯美的诱饵，捕捉袅袅余音
充实紧张的生活，但也充实单纯
总有一些记忆遍布大地

我相信我将
死如秋叶之静美
盛而不乱，姿态如烟
即使枯萎也保留着傲骨和清风的肌肤
隐匿于世

三

我听见爱情，我相信爱着
爱是一池挣扎不息的蓝绿色藻类
仿佛落寞的微微爆裂的风

通过我的血管出血

多少年来坚守信仰

四

我相信所有人都能听见

甚至预见了分离，我遇见他们的另一个自我

一些没能把握的时机

离开后东行西走，至死注定不能返回无地

瞧，我戴在我头上的簪花，沿途一路盛开

常常错失某些事物，但也深受风霜雪雨的感动

五

般若波罗蜜，尽快尽早

生命美如夏花死如秋叶

还在乎拥有过什么

　　他的诗大家一听就知道什么叫东方了，整个的味道，整个的
表达方式，整个的思维方式，跟西方人完全不一样。我们通过文
化才能确证到东方、西方这种概念的存在。东方人确实不一样，
而印度是东方的一大代表，我们中国也是一大代表，阿拉伯也是
一个代表。泰戈尔是用孟加拉语写作的，孟加拉语是他的母语，

但印度的官方语言是英语，他也懂英语，所以，泰戈尔也是自己作品的三个英译者之一，参与了自己作品英译本的翻译。我想象可能是他对自己的英语水平还不够自信，所以找了两个帮忙的。

很多人以为《吉檀迦利》是泰戈尔专门写作的一首长诗，其实不是。《吉檀迦利》是泰戈尔把自己所有诗歌中最精彩的篇章集萃在一起，然后译成了英文，最后就敲开了诺贝尔奖的大门。实际上，《吉檀迦利》是孟加拉语的音译，意译的话应该叫《献诗》。我过去老以为是叶芝提携了泰戈尔，因为《吉檀迦利》英文单行本的长序是叶芝写的，后来一查诺贝尔奖的获奖表，原来泰戈尔比叶芝先获奖。所以，泰戈尔是一个东方诗人得到西方承认的典范。怎么样才能获得西方的承认？像泰戈尔这样语言跟人家是通的，自己还参与了翻译。反而是这些非母语的英文写作者，他在英语的使用上更小心谨慎。这大概是东方人的特点吧，泰戈尔英文的使用比英语是母语的人更细腻、更精确。他在语言上做得这么好，表达的内容又这么神秘，让西方人不能完全看透。所以，你要获得世界的关注，你最好是一个既熟悉又陌生的混杂体，而不是要么陌生，要么熟悉。泰戈尔就是体现了这种丰富性，他代表了我们的亚洲、我们的东方。

下一个又是诗歌大国的诗人，布罗茨基，1987 年诺贝尔文学奖的获得者，是诺贝尔文学奖获奖者里第二年轻的，第一年轻的是加缪，他们都是四十来岁获奖的，加缪好像是四十四岁获奖，布罗茨基好像是四十七岁获奖。但不要获诺奖太早，获诺奖太早活不长，这两个人一个是车祸，一个是病死。布罗茨基是苏联诗人，后被苏联驱逐出境，还留下了审判他的佳话。"你干什么的？""写诗！""你以什么为生？""写诗！"判的罪行是"寄生虫罪"，最后被赶出国去。布罗茨基后来在西方很努力，英语好到可以写文章，写了一部名著叫《小于一》，是一部随笔化的论著，对 20 世纪世界诗歌的诗学影响很大。但是他一直用俄语来写诗，也留下了名言："如果用英语写诗就是三流诗人。"所以，母语对一个诗人有多么重要，对于一个要冲顶的诗人，要想做世界第一流的诗人，一定要用母语写作。

这首诗叫《写于安娜·阿赫玛托娃诞辰一百周年》。他跟阿赫玛托娃什么关系？用我的话说，阿娃就是他干妈，这是一种文学教育上的亲缘关系。阿赫玛托娃晚年住在列宁格勒郊外的一个简陋的别墅里，那里成了文学青年拜访的圣地，布罗茨基有时候长期住在那儿。我说过，你要注意大师葬礼上的照片，很多很年轻的人都是日后的大师。托尔斯泰的葬礼上有一个最年轻的诗人，当时很多老头看他不顺眼，你那么年轻怎么有资格进到托翁的葬礼上。他是走他父亲的后门跑进来的，这个诗人就是日后的大师帕斯捷尔纳克。在阿赫玛托娃下葬的照片上，我看到了两个未来的大师——布罗茨基和纳博科夫，他们都站在墓穴旁，目送着棺材下葬。这就是俄罗斯文学的伟大传统，今天的年轻无名之辈就是明天的大师。这个传统真是太厉害了，让我心向往之。

好，我们来欣赏他写给他干妈的这首诗，实际上也是向俄罗斯的诗歌前辈们致敬，书写俄罗斯诗歌精神的一首诗。阿赫玛托娃生于 1889 年，所以，这首诗就写于 1989 年，我大学毕业那年。

写于安娜·阿赫玛托娃诞辰一百周年

布罗茨基

这磨难和诗页，这断发和宝剑，

这谷物和燧石，这喃喃低语和铮铮有声——

上帝拯救了所有的一切——尤其是爱与怜悯

的话语，作为他说出的唯一途径。

严酷的脉搏猛击着，血液的激流鞭打着，

铁锹均匀地敲在它们之中，通过温柔的缪斯产生，

因为生命如此独特，它们来自凡人的嘴唇

声音比草包牧师更清澈。

哦，伟大的灵魂，我正在海外向你

鞠躬，你发现了它们，还有那——你暗自燃烧的命运，

长眠于祖国大地，她感谢你，至少让她

得到了在聋哑的天空海洋中发言的礼物。

  这就是改革后的俄罗斯诗歌的风格，不再是叶赛宁那种歌谣般的咏唱，而是融合了西方人的技巧，又把俄罗斯人的特点发挥到极致。我特别爱读俄罗斯诗人的作品，读的时候口唇有快感，他们的言说能力太强了。诗歌还有这种言说的功能。我们刚说了事实的诗意，你不要脱离了事实的诗意而言说，但也不要只是提供一个事实的诗意，语言却很弱化，别忘了诗歌是语言中的语言。所以，我也爱翻译俄罗斯诗人的诗，翻译的时候也有快感，他们的诗有一种冲击力，你能感觉到那种内在的冲突。托尔斯泰说过，

文学家要在清水里泡三次，在血水里浴三次，在碱水里煮三次。文学就是这样，苦难出诗人，苦难出这种沉甸甸的大诗人。这就是俄语诗歌的魅力，在世界上永远有他们的一席之地，而且它跟西方不一样：我虽然跟你共享一个上帝，但是我不雷同于你，我表达方式总有我的独特之处，这就是俄国诗人、俄国文学的尊严。从前面讲的曼杰斯塔姆、阿赫玛托娃到现在讲的布罗茨基，我们能感觉到他们诗歌里共同的那种控诉的、雄辩的声音。这就是俄语诗歌的伟大。

莎士比亚不在 20 世纪范围内，我没有讲他，但我们也不能怠慢了他的祖国。狄兰·托马斯是威尔士诗人，其实也就是英国诗人，也是 20 世纪非常重要的一位诗人。北岛给《收获》杂志写"世纪金链"专栏的时候选择了九位诗人。他选择的诗人有我们讲到的策兰、里尔克、特朗斯特罗姆，还有今天的狄兰·托马斯。他也选了金斯堡，金斯堡是我们下一周课的压轴诗人。狄兰·托马斯是喝酒喝死的。前几年有一部叫《星际穿越》的电影，里面就有狄兰·托马斯的一首诗，作为那部电影的主题诗，反复出现了很多次。当然，我这儿讲的是另外一首，又是写死亡的——

死亡当无统治权

狄兰·托马斯

死亡当无统治权。

赤裸裸的死者会与风中

和西天月亮下的那人同在；

当他们的骨头被剔干净，当干净的骨头一去不返，

他们会拥有星星在肘边在脚面；

虽然他们疯了但是还会清醒，

虽然他们沉沦苦海但是还会重出海面；

虽然情人丢了但是爱情不丢。

死亡当无统治权。

死亡当无统治权。

在大海的缠绕物下面

他们长久躺着有风而不死；

扭曲在拷问台上，当肌肉失去控制的时候，

被绑向着车轮，但是他们宁折不弯；

他们手中的信仰被折成两半，

罪恶累累的独角兽将他们刺穿。

最终他们裂成碎片但却没有留下裂纹；

死亡当无统治权。

死亡当无统治权。

也许再也没有海鸥在他们耳畔哭泣

抑或海浪轰响着拍碎在海岸上；

曾经开花的地方也许再也没有一朵花儿开放

昂起头迎向暴风骤雨的打击；

虽然他们疯了并且死亡像钉子，

性格的锤头还是越过雏菊；

击破太阳直至太阳陨落，

死亡当无统治权。

　　他的诗被评价为浪漫主义在 20 世纪的一次回光返照，就是说
浪漫主义的风格又被一个酒鬼诗人带回来了。他的诗铿锵有力，
非常富于节奏感，所以，我刚才尽量读得快一点，试图传达出这
种节奏。

　　我发现有这样一种文学现象，美国诗人或者美国的文艺家，
如果你在美国长期出不了名，最好换个国家试一试，那就去英
国；如果你是英国人，在英国出不了名，换个国家试试，那就去
美国，这两个国家彼此成全了对方的大师。大家知道文艺界的披
头士，要去美国才出名，狄兰·托马斯也一样，也是在美国出名
的。有些诗人火的时候可以靠朗诵赚钱，狄兰·托马斯就是这样
的，待会儿还要讲一个这样的诗人。当然，你一定要足够火，你
的诗风一定要能吸引住人，别读起来像白开水，大家就不爱听了。
像狄兰·托马斯这样的诗，在现场读肯定有效果，还可以配点乐
器。金斯堡在朗诵的时候就敲手鼓，就像一场表演一样，可以售
门票的。

　　关于狄兰·托马斯，我也不说更多了，总之，这是一个充满
魅力的诗人。文学在向前发展的过程中，有时还会回光返照一下，
他就把浪漫主义带入了 20 世纪。

　　好，下一位是芬兰诗人索德格朗，也是北欧现代诗的先驱者

之一，一生穷困潦倒，贫病交加而死。她得了一辈子肺结核，现在看来都不是什么难病，但她四十来岁就死了。我们今天读她一首诗——

天性

索德格朗

我的身体是个谜。

好像过长好像这易碎的东西还活着

你会感觉到它的力量。

我将拯救世界。

那便是为什么爱神的血液淌过我的嘴唇

爱神的金币滚过我疲倦的卷发。

我只需要去看看，

厌烦或在痛苦之中：大地是我的。

当我筋疲力尽地躺在我的床上

我知道：在这虚弱的手中躺着大地的命运。

它是力量，在我鞋子里颤抖，

它是力量，在我衣服的褶皱间移动，

最终，它是力量，害怕没有深渊，站在你的面前。

这个诗人也有一种内在的力量。在索德格朗和狄兰·托马斯的诗中都能够感受到一种抗争的力量。索德格朗这个原因很清楚，因为自己得了一种病，她就是在向疾病抗争。有些人的抗争是没有目标、没有对象的，这就是命运，这就是宿命。狄兰·托马斯也在抗争，好像跟风车作战，我们能感觉到这种个人命运中抗争的力量，这也是现代诗不可或缺的一笔。这就是命运感很强的诗人。有的人一生风平浪静，没有故事；而有的人一生故事迭出，死后被大家反复念叨，成为传奇；但有的诗人，我们好像只是在读他的诗，并不太爱说他这辈子是怎么过的。这就是不同人的命运。以上两个诗人大概都是属于命运有传奇感的。

我过去说过这样一句话，大师的东西读多了，有的人可能就想当大师了。还有一种情况是，大师的东西读多了，有的人就不敢写了。中文系有好多人都是眼高手低，看了很多好作品，自己不敢写了。还有一种是，看到相当多的大师悲惨的命运以后，就没有走这条路的勇气了。你整天追的偶像都是精神层面很低级的成功者，把这样的人树成偶像你心里踏实，你希望有朝一日能像他们一样成功。但更成功的人在自己的有生之年活得像个失败者，我现在讲的这些大师一个个都是这样的，哪怕他不缺钱，也活得很痛苦，就像狄兰·托马斯这样，这就是大师的另一面。

好，讲今天课本上的最后一个诗人，勃莱，又是美国人，他们的好诗太多了。这个诗人还在世。刚才我说了，有的诗人可以靠朗诵谋生。成名以后，勃莱好像一直靠朗诵维生，总是有人听他的朗诵。我今天读的这首，应该说是他的第一名作，但我很难相信大众会喜欢。我觉得勃莱对我有格外的魅力，当年我上大学时在《美国现代诗选》里看到勃莱马上就喜欢上了他。为什么对我会有这样的魅力呢？大家可以帮我分析一下。我前面已经说过，美国人一来一定带来新的文体，勃莱代表的是超现实主义，不仅如此，还有其他的技术构成。大家来欣赏这首诗——

被埋葬的火车

勃莱

请告诉我关于这列火车：人们传说被雪崩
掩埋的——天下雪了吗？——那是
在科罗拉多州，无人目击它的发生。
有烟自蜷缩一团的火车头上

袅袅飘过冷杉树顶，火车头发出噪声。
所有那些正在读书的人——一些
在读梭罗，一些在读亨利·沃德·比彻。
还有正在抽烟的火车司机将头伸到外边。

我想知道什么时候发生的。是在上
高中以后，或是我们二年级的那年？
我们进入这个狭窄之处，然后我们听到声音
在我们上方——火车实在开得够快的。

搞不清接下来发生了什么。是你和我
还坐在那儿，在火车里，等待着信号灯
准备继续吗？或是真实的火车真的被埋葬；

> 所以到了晚上，一列幽灵火车出来了，然后继续
>
> 前进……

最后一句是 20 世纪的大名句——"一列幽灵火车出来了，然后继续前进……"勃莱是超现实主义大师，但是我说他不仅仅是超现实主义，他整个这首诗实际上玩的是结构主义。注意，不是解构主义。什么叫结构主义？他这首诗可能仅仅源于报纸上的一个新闻，看到在科罗拉多州有一列火车被雪崩掩埋了。好，你现在就开始写一首诗，勃莱就写成了现在这样，似假又真，似真又假，又现实又梦幻，跟自己的个人经历还有一些关系，而且他还试图还原了很多现场。看看你的写作有多大本事，拿一堆材料结构成一首诗，这就是结构主义。所谓的解构主义，是把某一个现成的东西，某一个约定俗成的东西，某一个很庸俗的概念性的东西，用一种方式把它的价值观拆毁，给它解构了。结构主义就是我拿材料来构成，我给你展示这个结构的过程。所以，我觉得他这首是用内在的结构主义手段写成的超现实主义的诗。

这就是勃莱，对大学时代的我来说，他充满了魅力，我不知道他对你是否有魅力。我一直在关注这个诗人，后来知道他跟特朗斯特罗姆有跨国的友谊，他们都是超现实主义的后意象派大师，一个在瑞典，一个在美国，一直保持通信的关系。两个人也是互译的关系，勃莱把特朗斯特罗姆的诗译成英文，特朗斯特罗姆把勃莱的诗译成瑞典文。我看过勃莱译的特朗斯特罗姆，他的译本不够准确，可能是因为好朋友之间，他自己个性又太强，他的翻译有自己的发挥。

好，现在我们讲两个同学的诗。这两个同学都出自三班。

错爱

宋静宇

同性恋 双性恋 双性人 变性人
恶心、污秽、令人作呕
死去吧
让他们去死吧
他们
头，悬在城墙头上
身，架在火刑架上

审判官和刽子手含着泪
那是他们旧时的情人

点评：中国内地首例诗歌写作课——西安外国语大学中文学院汉语专业《现代诗写作》班里涌现的第十位《新世纪诗典》诗人，加上已订货者已经更多，用我昨天在课堂上的总结说："已经挡不住了，越来越多的人摸清了行情，并且越来越适应，学诗热情变得更加高涨！"本诗是讽刺诗，建筑在现代文明的根基上，表明现代人的态度。

半颗桃子

王一渊

火在烧云
留在天边的一只眼睛
大地也寂寞
从前睡觉时外婆念的童谣
把好吃的都留给毛毛

点评：王一渊是《现代诗写作》班里涌现的第十一位《新世纪诗典》诗人，是《新世纪诗典》有史以来推荐的第一千位诗人，将这大节点留给诗歌班既是尊重这四个月来创造的奇迹，也是为了日后的回忆更美！以本诗为例，大家是否注意到，诗歌班的同学语言基本功都很扎实、语文基础都较好，因为他们的《基础写作》课也是我教的，后来还教过他们《文学创作与批评》，他们是我三种课一条龙带来的第一届学生，是西安外国语大学中文学院出产的精品。

时间非常紧张，下面同学开始读诗，能进行几位就进行几位。

黄金六十一秒

武胤秀

地震又来了

四川人在微博上七嘴八舌

跟全国人民报平安

有人调侃

地震预警倒计时

救我狗命

六十一秒足够长

但还会更长

这首诗和上个班的好几首情况一样，概况起来就是，诗意的浓度不够。"事实的诗意"这个事实不够强大，造成诗意的浓度不够。但值得肯定的一点是，从具体的现实出发来感受、来写诗，这是很对的，昨天地震，今天诗就出来了。这首诗我给一个 80 分。

合法年龄
霍晨蕾

深夜

电脑上的微信图标

突然闪动

点开看

是很久没联系的

初中同学

消息是

一封电子结婚请柬

我的第一反应是

掰着手指

算了算年龄——合法

霍晨蕾，你已经是第二次读了。这首诗我给一个 85 分。她这首诗的诗意浓度要高一点，但是还不够高。你看到人家结婚了，但在你的记忆中她还是昨天的孩子，所以，你算了算她的年龄是否合法，这是有诗意的，但浓度也还不够。

赶路
王雪

列车晚点了

候车大厅里的每一张面孔都透露出不安

买了联程票的我比他们每一个人都更急

上车后不断在心里默念

一定要赶上时间

我趴在座位上

看到窗外闪过的田野

绿得发亮

突然好想去放牛

没有压力

没有套路

根据我的智商

只放一头

多了我也数不过来

它吃草，我就在它身上睡觉

它走丢了

我也走丢了

　　她这首诗没有完全写好，如果写好的话，我觉得是很值得鼓励的。不按现实的常规走，到了火车上就任凭思绪飞扬，想去放牛就去放牛了，本来这个路子是非常好的，她在中间写得有点杂语化，自己还说到"套路"什么的。你把这首诗改得干净点，发给李海泉。我暂时给你一个 90 分。你这样的任着思绪走，非常值得鼓励，甚至对很多一线诗人都有启发。我们的一线诗人有时候写着写着思维就固定化了。

手感

周霜洁

黑板倒扣在白色的墙上

可以左右推动

像极了十年前老爸手上的时髦的滑盖手机

　　这首诗基本诗意的构成是，从黑板想到了父亲的滑盖手机，这是有诗意的，但它太小了，太基本了，诗只走了一步。我给一个 85 分。

熟悉的明信片

成睿

昨夜

我打开抽屉

整理物品

翻出一个盒子

打开它

里面是故友们送的明信片

祝福的话语

熟悉的名字

但那些人

已经好久不见

　　我觉得后面这两首有点像诗歌训练一样，还在自我训练诗歌的第一步，就是对诗意的一种感受方式，也存在着诗意的浓度不够的问题。我给一个 80 分。

　　　　　　　　　　　　　　本讲授课时间为 2019 年 6 月 18 日

第十八讲　外国名诗6

今天最重要的事情就是交卷子，我们班还有九个没有读过诗的同学，这些同学思想上要高度重视，现在就要考虑选一首出来，待会儿在课堂上读。根据整体的情况，最好每人都有一个平时成绩，这样比较稳妥一点。我们是以平时成绩占 40%，最后交的卷子占 60%，来给大家一个最终成绩。有三个同学有两个平时成绩，我们取平均值，算作他们的平时成绩。游戏规则先讲清楚，咱们执行起来就比较公平。

这是我们最后一次课，现在每一分钟都是可贵的。从 2 月 28 日第一次上课，到今天，一共是十八周的课，反而是星期二上课的同学这十八周上满了，星期四上课的同学上了十六周的课。情况就是这样的。

今天讲的第一个诗人是米沃什，他使用的语种绝对是一个小语种——波兰语，西外好像没有这个语种。他是 20 世纪波兰最伟大的诗人，在波兰的社会主义时期流亡到西方，在美国一所大学当了二十多年教授，晚年才回到他出生的波兰小镇，最后寿终正寝。他是 1980 年的诺贝尔文学奖获得者。米沃什在世界上知名度很高，但在得诺贝尔奖之前名气不大。诺奖就是这样，有些冷门诗人借诺奖提高了知名度，有些诗人本来就名震世界，诺奖只不过是一个追认而已。米沃什是前一种情况，一开始知名度并不是很大，所以，他在那一年获奖的时候，在大家眼里有点冷门。

我在这儿介绍他的一首诗，也是一首名作，国内有七八种译本。但凡名作就是译者竞逐的战场，大家各种译本来比高低。我看别的译本都把它直译为《礼物》，我译成了更符合中国人表达的《馈赠》。我的译风是比较灵活的，没有定规。我们来欣赏这首诗——

馈赠

米沃什

如此幸福的一天。

薄雾早早散去。我在花园里干活儿。

蜂鸟栖落在金银花上。

大地上没有任何东西我想占有。

我知道没有一个人值得我羡慕。

我遭受的一切无论怎样邪恶，我已忘却。

想到我是依然故我的人也并不令我难堪。

在身体深处，我感觉没有痛苦。

当直起身来，我看见碧海白帆。

显然这是一首晚年之作，是"夫子自道"，完全就是在书写自己的人生。他历尽磨难、迫害的一生，最终表达了一个人生的境界——"在身体深处，我感觉没有痛苦。/ 当直起身来，我看见碧海白帆。"这也是一种非常东方的表达，表达了一种人生的境界——"两岸猿声啼不住，轻舟已过万重山。"我想，人生境界比较低的人就会以怨报怨，我遭受了那么多的苦难，我必须讨还回来，我必须报复。他这是一种比较高的人生境界，就是我经历了，我消化了，我咽下去了，那么，我依然是一个美好、善良的人，我依然是一个正直的人。这种诗的主题大家比较好理解。米沃什有这样一首诗，我觉得他的荣誉就是靠谱的。要是没有这样一首诗的话，你何为诺贝尔奖获得者，又何为20世纪的大诗人呢？我感觉，大师晚年都是越写越好的。只有青春写作的，一般才是彗星式的天才诗人。你是不是大师，就看你能不能越写越好。真正的大师一定要在晚年的写作中再发一次光，一定要有晚年的智慧之作。经历了苦难，却能超越其上，这就叫智慧。这是一首大师之作，我们今天以这样一首诗来开篇。

波兰也是挺苦难的一个国家。"二战"前，这个国家曾经被苏联和德国各占一半，后来好不容易立国了，在"二战"时又被吞并了。就是这样一个苦难深重的民族，却为人类贡献了那么多的大师，咱们先不说文学，音乐界有肖邦，科学界有居里夫人，你想想他们对人类的贡献。

米沃什能够穿透国家、时代、历史给予他的这么多苦难的重压，写出这么一首诗，我觉得他这一辈子是圆满的，他的智慧经受住了考验，是一位真正的大诗人。

马上切入到以色列诗人阿米亥。一般的诗歌青年和一线诗人都知道阿米亥，他就代表着以色列的诗歌。他是2000年去世的，去世前也是诺贝尔奖的热门候选人。

我们看阿米亥这首诗，我把它称为另类情诗。今天有好几首诗都是写爱情的，大家别一说爱情诗就以为是徐志摩那个调子，世界大师写的爱情诗太有特点了。这首诗叫《失恋狗》，一听这名字就知道，肯定跟一般那种软绵绵的爱情诗不一样。

失恋狗

阿米亥

你离开我后
我让一只狗嗅一嗅
我的胸膛和我的肚子。气味将填满它的鼻子
然后出发去寻找你。

我希望它能撕扯下
你恋人的睾丸并咬掉他的阴茎
或者至少
将你的袜子带回来给我，衔在它牙齿之间。

这个太猛了，不但对情敌狠，对自己的恋人也是一往情深。这就是爆发力，来自生命的爆发力。我觉得阿米亥这首诗在某种程度上也表现了犹太人强悍的一面，生命很有冲力，很有激情，情诗也可以写得恶狠狠的。有些男生可能不愿意写情诗，在你眼里情诗只是徐志摩那一类的，你可能不好意思写，但你可以写写阿米亥这一类的，敢公然表达对情敌的这种忌妒之狠。这也给我们开了一个脑洞，情诗还可以这样写。

下面美国诗人又来了！即使在我们这六讲的名单里，这些世界级诗人的地位也是不一样的。庞德几乎可以说是 20 世纪人类最重要的诗人之一，甚至可以说他刷新了西方的现代诗，因为他发明了意象诗，创建了意象派。他从中国古诗里面领悟到了"意象"这个词。何为意象？意象就是"意"和"象"的合而为一，就是你的含义和你的形象要合在一起，而且它们之间没有从属关系，不是说"象"是为了表达"意"、"意"是为了促成"象"，它们两者是平等的关系，是合而为一的关系。这是庞德的一个发明，一下就超越了象征主义。象征主义还是某个形象象征着某个意思。这是庞德的创造，而且是从我们中国古诗里领悟到的。庞德不懂中文，但是庞德懂日文，他通过日文看的中国古诗，用日文看也挺靠谱的，因为日文偷了我们好多汉字。

庞德是一个文化巨匠，二十多岁就已经是很多旅居欧洲的美国诗人的领袖。他天生就是一个热心肠，做过很多好事。艾略特的《荒原》就是庞德帮助修改的，最后得了诺贝尔文学奖。庞德反而得不到。庞德有一个瑕疵是，他在"二战"中被墨索里尼所收买，帮助法西斯做宣传，战后给他判的是叛国罪，在监狱里待了十多年。有的大师在政治上也是很糊涂的，不是每一个人都能做到政治正确。

我们要介绍的庞德这首诗是 20 世纪文学史上的一个大名作，一个里程碑式的作品，意象派的典范。你要倡导一种诗派、一种诗学，光有一套理论没有用，因为你说服不了大家，你自己得有实践，把这个理论演示一下，庞德就做到了。你说是意象派的理论重要呢，还是这首诗重要？当然两者都重要，但这首诗不能缺少。这首诗在网上的版本就太多了，大部分都翻译成《地铁车站》，这时候他们没有采用直译，因为原文是用一个"in"打头的。我翻译成《地铁里》，我这时候为什么要直译呢？我觉得《地铁里》更能体现地铁是一个空间，不是只有站台。这首诗只有两行，却改变了世界诗歌的走向，所以，重要的作品不在长，有时候在精。大家仔细听这两行——

地铁里
庞德

人潮人海中面影的幽灵闪现
雨天里湿漉漉黑黝黝的枯枝上绽放出花瓣

这就是庞德式的意象诗。"面影的幽灵"又是我说过的 of 结构，不懂诗的人不敢这么译，你说它是幽灵的面影呢，还是面影闪闪烁烁像幽灵呢？都是，因为是意象嘛，它们两者是互相叠加的互为关系。我去日本的时候也写了一首仿作，虽然是模仿，但那个感受是直接的，来自日本的地铁现场。去过日本的人都感受过那种震撼，在公共场所看到的日本人简直像军人一样，日本人的那种守规矩、那种快节奏，一战争动员就是一支军队。这是日本给人的第一印象。第二印象我在那首诗里写了，就是在日本的地铁里，看到无数的贞子向你走来。你们看过日本电影《咒怨》吧？挺恐怖的感觉，每一个女孩都像贞子。我写那首诗也是受到他这个"面影的幽灵"的启发。

"面影的幽灵"，这种叫词意象。还有一种叫句意象。头一个句意象是"人潮人海中面影的幽灵"，第二个句意象是"雨天里湿漉漉黑黝黝的枯枝上绽放出花瓣"，就像电影的两个镜头一样切换、连接起来。我觉得如果把第二句拍成影像的话，要用高速镜头，就是所谓的慢镜头，让枯枝上的花瓣慢慢地绽放。第一个镜头是面影的幽灵闪闪烁烁的，第二个镜头是枯枝上的花瓣绽放。你就想象这两个镜头衔接在一起构成了什么样的含义，那么这首诗就是什么样的含义。那你就可以阐释了，第一句写出了在都市生活的重压下现代人的异化，人像幽灵一样活着。那么，第二句又表现了什么东西呢？就是即使在都市生活这样的重压下，生命也是存在的，在枯枝上绽放出了花瓣。我们从意义上分析，这首诗也是大师之作。当然从技术上说，那简直就是庞德的创造。西方人说，庞德为西方发明了东方。也就是说，只有通过庞德的眼睛看到的东方，西方人才有所收获。你不要以为每个人的眼睛都能发现新大陆，只有庞德指给他们看，他们才能看见。

庞德创造的意象诗，成了在口语诗出现之前人类现代诗的主流。到现在为止，一些年纪大的比较传统的人，还坚持认为意象诗是现代诗的主流。所以，庞德的贡献巨大。我们在这儿讲到的前三位诗人，头两位可以称为"小国大师"，第三位是一个超级大国的超级巨匠。"巨匠"这个词不说我说的，是艾略特说的。艾略特在《荒原》的题记里说，献给20世纪伟大的巨匠——庞德。他把庞德称为"伟大的巨匠"。庞德的确是人类诗歌的伟人。

今天真是巨星闪耀的一节课，下一位诗人是叶芝。我相信他在中国大众中的知名度仅次于泰戈尔，大家应该都知道他。按今天的说法，叶芝是爱尔兰诗人，但在他成名立万，甚至在他获得诺贝尔奖的时代，爱尔兰都还没有独立，都是大英帝国的一部分，所以，你也可以说他是英国诗人。他肯定是属于英国诗歌这个传统的。英国现在最高的诗歌奖是"艾略特诗歌奖"。艾略特本来是美国诗人，移居到英国以后获得了"诺贝尔文学奖"，所以，英国人把艾略特当成他们的诗人。哪些地区的人可以参加"艾略特诗歌奖"的评选呢？英格兰、苏格兰、威尔士、北爱尔兰，还要加上爱尔兰。爱尔兰已经变成一个共和国了，但"艾略特诗歌奖"评选时，还要包括爱尔兰，因为人家的诗歌传统还是同一个传统。所以，叶芝不仅仅是爱尔兰的光荣，也是英国的光荣。

他这首名作《当你老了》，我给大家提供的是我的译本。大家知道最早产生巨大影响的是"九叶派"诗人袁可嘉先生的译本，袁译本一个最大的硬伤是把"悲伤"译成了"皱纹"，还有"Love"的头一个字母如果大写的话，就不应该译成"爱情"了，而应该译成"爱神"，他好像也不知道。当然，要向袁可嘉先生致敬，我觉得他起调很准，跟原文非常吻合，但仅限于前三句。再好的译本都可以译得更好，我自己这个也译了很多遍，我认为是目前最好的了。咱们来欣赏我这个译本——

当你老了

叶芝

当你老了，满头灰白，饱含睡意，

在火炉旁打盹，取下这本书，

慢慢读，梦见你的双眼曾经有过

温柔的目光，梦见它们眼影深深；

多少人爱你风华绝代的豆蔻年华，

爱你的美，怀着假意或真情，

唯有一人爱你朝圣者的灵魂，

爱你沧海桑田的脸上的悲伤；

躬身于灼热的炉栅旁；

喃喃低语，有点伤感，爱神怎样逃走

踱步在头顶的群峰之上

将其脸隐藏在繁星之间。

这是一首世界诗歌史上的大名作，被认为是 20 世纪最伟大的情诗，也是最优秀的情诗。他爱一个爱尔兰搞民族运动的女领袖，但是一生未曾得到回应，就像阿米亥那首是一首失恋的诗一样，这首伟大的情诗是对一生未竟的爱情的表达。我跟大家说过，求爱的时候别递诗，诗的成功率是不高的。你要递情书，等到别人已经答应你了，锦上添花的时候再递诗。伟大的情诗往往不得逞，叶芝证明了这一点。

我们这门课志在培养三种诗歌的专业人才，也就是诗人、诗评家和诗歌翻译家。有些同学可能慢慢就会喜欢上诗歌翻译，你做得好的话，也会在诗坛上有一席之地，优秀的翻译家总是受欢迎的。我的翻译成果出得多了以后，经常有人请我译这个、译那个，根本应付不过来，大部分都要推掉，因为我除了翻译，还有写作的任务。

今天讲的第五位诗人是一位女诗人，茨维塔耶娃。名字里有"娃"的，一看就是俄罗斯诗人。中国的一线诗人喜欢把阿赫玛托娃简称为"阿娃"，把茨维塔耶娃简称为"茨娃"，非常亲切，表现了对她们的爱。就是这两个娃加上帕斯捷尔纳克和曼杰斯塔姆构成了俄罗斯诗歌的"白银时代"。帕斯捷尔纳克也被选掉了，可见要在我们课堂上占一席之地并不容易。

今天的课上情诗比较多，也是从大家这个年龄段的可感度来选的。茨维塔耶娃这首也是情诗。俄罗斯人写诗经常没有标题，出诗集的时候把第一行节略一下，再加个双引号，就变成了这首诗的标题。这是一首很精巧的情诗——

"亲吻额角……"

茨维塔耶娃

亲吻额角——抹去烦恼。
我吻你额角。

亲吻双眼——治愈失眠。

我吻你双眼。

　　亲吻嘴唇——熄灭最深处的渴望。
　　我吻你嘴唇。

　　亲吻额角——抹去记忆。
　　我吻你额角。

　　这一看就是女诗人写的，既有女性细腻敏锐的感觉，又有俄罗斯人从不缺少的浓烈的情感。我觉得俄语的诗歌，或者俄苏诗人所写的诗歌，有几点让大家印象非常深刻：第一点是写信仰的时候，那种坚定的东正教的信仰，他们是有殉道精神的；第二点是写爱情的时候，那种浓烈的感情，从来都是不缺少的；第三点就是写历史的苦难、现实的重压，那种反抗与控诉也是很有冲击力的。

　　现在我们讲巴勒斯坦的大诗人——达维什。他和阿米亥一样，都死在了 21 世纪初，不同的是，阿米亥是七十多岁死的，他是六十多岁死的。巴勒斯坦虽然到现在也没有正式建国，但它也是一个独立的行政机构，也有国歌，歌词就是达维什写的。我前面讲到过另外一个诗人，给他的国家也写了国歌，是谁呢？就是泰戈尔，印度国歌的词曲都是他写的。泰戈尔已经不只是文学的全才了，而是文艺的全才，也是画家和音乐家，所以照样可以作曲。好，我们讲达维什这首诗，一首字面非常简单、但情感非常深沉、含义非常丰富的诗——

巴勒斯坦情人

达维什

她的眼睛是巴勒斯坦的

她的姓名是巴勒斯坦的

她的裙子和忧伤巴勒斯坦的

她的方巾、她的双脚和身体巴勒斯坦的

她的话语和沉默巴勒斯坦的

她的声音巴勒斯坦的

她的出生和她的死亡巴勒斯坦的

　　一种非常简单甚至略显单调的语言，就像歌谣一样，却蕴藏着这个民族深厚而浓烈的情感。我们也不讳言，大诗人可以成为民族的代言人，可以成为国家的代言人。而且你也不要小看诗歌这个窗口，因为有达维什的存在，我对巴勒斯坦的尊敬度长了很多。这就是诗歌的力量。

　　这首诗网上也没有太多的译本，除了我的，大概就是北岛的。有时候事情做多了，尤其是做得非常认真，就会有一种疑惑，我这么认真，做得这么好，值得吗？如果欣赏者不行，你就会产生这样的疑惑。但是网上有一个陌生人，看了此诗的英文版，并对照了我和北岛的译本后，公开发言说，伊沙翻译的时候，有"是"就有"是"，没有"是"就没有"是"。什么意思呢？你看"她的眼睛是巴勒斯坦的／她的姓名是巴勒斯坦的"，有"是"，然后从"她的裙子和忧伤巴勒斯坦的"开始，下面都没有"是"。而北岛句句有"是"。这就是我跟北岛的区别。我太感谢这个人了，太感谢能看得这么细的人了，因为我自己的翻译就是这么细的，就是这么准的。如果谁都不知道的话，我觉得我做得再好也白费了。没有原文依据的人，看了我跟北岛的译本，甚至还会怀疑我是因为粗心把"是"给弄丢了。幸好有人看了原文，发现我竟然细到这种地步，也就知道谁的翻译更接近于真实的状态了。从这件事之后，我就告诉自己，你就按照你自己的标准去做一切事情。你要相信这个世上有高人在，能够看穿你，所以，你千万不要对自己降低要求，以为世界上都是外行。不要笼统地说："人在做，天在看。"你应该这么说，人在做，高人在看。这是我在翻译中的一个心得、一段心迹，分享给大家。

我刚才已经说了，今天真是巨星云集，平均水平可以说达到了世界最顶级，下面又是一个大诗人。前面我们讲过了拉美国家的诗人，现在我们来到了西班牙语的发源地，也就是那些拉美国家的宗主国——西班牙。西班牙在 20 世纪也有一位世界一等一的大诗人，他的名字叫洛尔加。在中国诗人里头有他的一个铁粉，可以说是他的一个汉语传人，他的名字叫顾城。顾城学习继承的就是洛尔加，顾城风格的主要构成就受到洛尔加的影响，从中也可以看到世界诗歌对中国的影响。我们这儿讲的也是洛尔加最知名的一首诗，它的原译是戴望舒先生。戴望舒是留法的，他是通过法语翻译成了《哑孩子》，我是通过英文翻译成《哑小孩》。大家欣赏一下我的译本——

哑小孩

洛尔加

小男孩在找他的声音
（蟋蟀王占有了它）

在一滴水中
小男孩在找他的声音。

我不想用它来说话，
我要用它打制一枚戒指
那样的话他或许会戴上我的沉默
在他纤小的手指上。

在一滴水中
小男孩在找他的声音。

（被俘的声音，在远方
穿上蟋蟀的衣裳。）

　　大家感受一下洛尔加的诗风，一种安达卢西亚歌谣般纯美的诗风。这是一首纯诗的典范。相对来说，纯诗是直取诗歌核心的一种诗风，不太能接受社会的芜杂信息，要的就是诗意的核。我们前面讲过的诗人瓦雷里就是纯诗的倡导者。所以，纯诗也是我们这里面的一种风格。你记住，瓦雷里、洛尔加代表的是纯诗。洛尔加是安达卢西亚民歌的受惠者，他就是受到这种民歌的影响。

我相信笔记记得好的同学，每一个诗人的诗风都特别记下来了，以后你再进一步研究这个诗人的时候，就能给你指引一个方向。当然，也不是说一个诗人一辈子就一种风格，但是他在某一阶段往往坚持一种风格，如果在同一阶段什么风格都要玩一玩的话，是无法达到一个比较高的精纯度的。也就是说，世界上有这么多的诗风，你目前感兴趣的可能只是其中的一种，但也许你老了就去玩你现在不喜欢的某种风格了，那么我现在就要去关注世界上的各种诗风，作为我的一种修养和知识储备。所以，我觉得笔记记得好的同学，就给自己留下了以后进一步探究的线索。

洛尔加三十几岁就被长枪党人杀害了，属于早夭的彗星式的天才。我往往不习惯把这样的诗人称为大师，我觉得他们更是天才，是世界诗歌史上的另一种存在。

这句话我已经说烦了，美国诗人又来了！佛罗斯特。佛罗斯特在美国待到三十多岁还没有成名，他这种新乡土风格的诗在美国不受欢迎，结果到了英国大受欢迎，等在欧洲成了名，又回到美国，美国人这才接受了。他的整体风格就是新乡土诗加哲理，下面这首诗就体现出来了。老译本大概翻译成《一条未选择的路》，我翻译成《此路未选》，你看看跟你印象中的是不是一个味道？

此路未选

佛罗斯特

两条路分叉于金黄的林中，
对不起，我不能脚踩两条路
作为行人，我站立良久
低头看其中一条好像通向远方好像我能够
到达它在荆棘之下蜿蜒而去的那个地方。

然后选择了另外一条，只是因为它美丽，
并且似乎更值得一走，
因为它长满了草渴望被踩踏；
尽管穿过那里
磨损度相差无几。

那个早晨，两条路都躺在那里
落叶中没有脚步将其踏黑。
哦，我把第一条留给了另一天！
但还是知道路通路，
我拿不准我究竟能否回来。

从此以后，时光荏苒，某个地方
我将长叹一声讲述这一切：
两条路分叉于林中，然后我……

我选择了鲜有人迹的一条，

于是便造成了全部的差异。

　　这是一个更准确的译本。我最怕中国人译哲理诗，中国人一译哲理诗就译成了格言，本来这首诗是非常绵延的语调，特别美妙，老译本没有译出来，就译成了一个简单的哲理。你注意，现代诗写哲理一定要把哲理藏起来，不要说得那么直露。

　　佛罗斯特是四次普利策奖获得者。你不给人家诺贝尔文学奖，是想削弱美国诗人，这代表了欧洲人对美国人的一种忌妒。你不给人家诺贝尔文学奖又能怎么样？美国也有它强势文化的一面，它有三大诗歌奖，最重要的就是普利策奖，佛罗斯特拿了四次。美国官方给他的最大荣誉是，肯尼迪总统在1961年的就职典礼上，请大师朗诵了一首讴歌美国精神的诗。这是他荣誉的顶峰。他曾是美国20世纪60年代真正的"桂冠诗人"，也就是这个民族最信任的诗人，连肯尼迪都要问佛罗斯特，要不要放了庞德？因为庞德还在坐监狱。肯尼迪是这么问的，对于那个不可理喻的人，我们应该怎么对待？佛罗斯特说，放了他。为什么佛罗斯特会这么说呢？因为他在美国出不了名，跑到英国去，是庞德出资帮他印刷了第一本诗集。庞德做的好事太多了，帮艾略特修改《荒原》，帮佛罗斯特出处女作，这就是领袖人物。人家为什么能成领袖人物？一般领袖人物都是古道热肠，人家能帮助很多人，人家能帮助别人成为大诗人，当然人家就是大师中的大师了。这是美国诗坛的佳话。

下一个诗人是奥登，在英国出不了名，去了美国出了名，也成为一位大师。跟里尔克一样，学院派知识分子特别尊崇他，把他的诗称为现代诗技巧的百科全书，说明他会玩所有的技巧，什么技巧都能玩通。这样的角色往往由学院派来承担，你学院派整天在那儿钻研的不就是这些东西？

好，我们来看奥登这首写给同性伴侣的挽歌：

葬礼蓝调
奥登

叫停所有的时钟，切断电话，
用一根多汁的骨头阻止狗吠，
喑哑钢琴，用低沉的鼓声
抬出棺材，让送葬者前来。

让飞机在头顶上呻吟着盘旋
在天空中涂抹一个消息：他死了。
让公共场所的鸽子的白颈环绕绉纱，鞠躬
让交通警察戴上黑色的棉手套。

他是我的北方，我的南方，我的东部和西部，
我工作的每一周，我的星期天休息，
我的正午，我的午夜，我的说话，我的诗歌。

我以为爱将持续直达永远，我错了。

此刻星星不需要了，熄灭每一颗，
收起月亮，拆除太阳；
倾倒海洋，横扫森林。
因为没有什么还是有用的，不论现在还是永远。

这首也是 20 世纪世界诗歌史上的大名作。奥登也是一个非常
受尊敬的诗人，他在理论上、技巧上建树都颇高。他在有一年的
诺贝尔文学奖评奖中曾经进入过前三名。在大家解密萨特为什么
拒奖的时候，泄露了那一年诺奖的前三名是萨特、奥登和肖洛霍
夫，但是诺贝尔文学奖没有第一名拒奖第二名替补的规定，所以
萨特一拒绝，那一年就空了，但是荣誉已经颁出去了，只是萨特
拒绝领奖而已。等到下一年的时候，肖洛霍夫就获奖了。所以，
奥登曾是一个无限接近于获诺贝尔文学奖的大师。

下一位就是我们整个十八周课的压轴诗人——金斯堡，也是
我精心选择的，因为我觉得他对 20 世纪世界诗歌的贡献，可以跟
庞德相提并论。而且他在全世界大众中的知名度也很高，可以说
是 20 世纪世界知名度最高的诗人。他到韩国出访的时候，副总统
级别的人出来接待。刚才说到，有的人是因为亚文化而喜欢上了
文化，我就觉得很悲哀。有的人之所以知道金斯堡，就因为他是
文艺青年，喜欢比如说音乐方面的鲍勃·迪伦，或者喜欢美国电
影方面的哪些东西，反而知道金斯堡，因为他是美国 20 世纪 60 年

代反文化运动尤其是嬉皮士运动的领袖。所以，现在文艺青年认识文化的途径比纯粹的文化青年还强一点。

金斯堡铸造了一个独特的文本叫作《嚎叫》，有四百多行，很长，我在这儿只能给大家介绍一些片段。此诗的题目，大陆版的译成《嚎叫》，台湾版的译成了《嚎哭》，台湾版一译就更软了，我译成狼嗥的《嗥》，更符合英文的原意。这首诗我介绍一下开头和结尾，再介绍一下脚注诗中的某些句子，让大家品尝一下人类20世纪的一首长诗名作。长诗成为精品是比较难的，据说这首诗他修改了八十多遍。我们先看开头——

嗥（节选）
为卡尔·所罗门而作

1

我目睹我这一代最优秀的头脑毁灭于疯狂，饥肠辘辘，
　　歇斯底里，赤身裸体，
黎明时拖着自己身体穿过黑人街区寻找够劲的一针，
生着天使脑袋的嬉皮士们渴望古老的天堂与闪闪放光的
　　发电机相连在机械的夜晚，
他们穷愁潦倒、破衣烂衫、眼窝深陷，高高坐着抽烟，在
　　冷水公寓飘过城市顶端的超自然的黑暗里，在爵士乐
　　里冥思，
他们向着天堂裸露出他们的脑袋在高架铁道下看到穆罕

默德的天使们蹒跚在

被照亮的屋顶上，

他们带着辐射般冷酷的目光穿过大学，在研究战争的学

　　者中间生出阿肯色州和布莱克式轻悲剧的幻觉，

他们被逐出学院因为疯狂和在骷髅般的窗户上发表猥亵

　　的颂诗

他们穿着内衣未剃胡子蜷缩在房间里，在废纸篓里焚烧

　　他们的钱并谛听极地恶灵穿墙而过，

……

　　这是开头，可以说是嬉皮士的颂歌，他把嬉皮士讴歌成美国的精英。这一代精英被时代毁灭了，他在控诉这个时代。我们再看结尾——

在罗克兰我和你在一起

那里有二万五千名疯狂的同志全体齐唱《国际歌》最后一节

在罗克兰我和你在一起

在那里我们拥抱和亲吻美利坚合众国在床单下面，美国

　　它整夜咳嗽不想叫我们睡着

在罗克兰我和你在一起

在那里我们触电醒来脱离昏迷，被我们自己的灵魂的飞

　　机，轰鸣在屋顶之上，它们来丢下天使般的炸弹，

　　医院照亮自己虚构的墙壁使其倒塌，哦，皮包骨的

　　军团跑到外边，哦，星空闪烁怜悯休克永恒的战争

在此发生，哦，胜利忘穿你的内衣，我们自由了
在罗克兰我和你在一起
在我的梦里，你湿淋淋从海边走来，流着泪旅行在穿越
    美国的高速公路上，在西部的夜晚，到达我的小屋
    门前

　　早期的口语诗就是这样的长句子，还是有点代言式的，登高
一呼式的，有一种像摇滚乐般的节奏。

　　金斯堡自己用诗来注释了这首诗，帮助你去理解，这种诗绝
对不是脏乱差。这首诗中间有很多性乱和吸毒的场面，在美国都
没人愿意印刷。在英国印刷后，运回美国时，在海关被查了。海
关把它起诉了，开始审判这首诗，审判的过程就成了宣传的过程，
结果就使这首诗获得了大众知名度。加上金斯堡本人也离经叛道，
赤身裸体在几十万人的场合朗诵，所以，它的大众知名度就非常
高。但是，他绝对不认为自己写的就是脏乱差，你看看他是怎么
来阐释自己的诗的——

《嗥》脚注（节选）

神圣的海洋神圣的沙漠神圣的铁路神圣的机车神圣的幻
    象神圣的错觉神圣的奇迹神圣的眼球神圣的深渊！
神圣的的宽恕！怜悯！慈善！信仰！神圣！我们的！身
    体的！受难的！宽宏大量的！
神圣的超越自然无比杰出的大智大善的灵魂！

这是他面对法院审判的辩词。这是一首成功的创作，我觉得它的跨越最远，但它同时达到了不朽。这就是修改了八十多遍的结果。

现在讲一首咱们同学的诗。这是最后一位了，因为其他人的还没有正式推荐。

新词

朱帆帆

早上打电话　无人接听

晚上接到回电

电话那头传来父亲的声音

我问起不接电话的缘由

他说忙着下芽子

我一愣

他说就是把种子种好

铺上薄膜

挂完电话

我便在朋友圈分享了这个新词

点评：《新世纪诗典》于"父亲节"以父亲为题设擂，昨日推出擂主唐欣杰作，24小时过去，公开挑战者中尚未有人胜出而入典，好，我们自降一档，推出副擂主朱帆帆同学——乃《现代诗写作》班的学生，其诗别开生面，如此写父亲绝妙至极，她这个副擂主，完全是靠本诗争得的，胜出恐又不易。

　　我后来果然没有发现比这首诗写得好的。这首诗妙就妙在角度太刁了，用父亲嘴里说的一个词儿来写父亲，而这个词儿真是太有感觉了。有时候语言的感觉你无法解释，"下芽子"这个词一下就唤起了全部的诗的感觉，也建立起了父亲的形象。这一首是我们同学被推荐的诗里面最好的之一，那么多人挑战都没法撼动它。所以，同学们真的不要小看自己，不要小看我们这一学期的收获，不要小看我们开大脑洞的效果。

　　最后是同学读诗，因为人比较多，我们以最快的速度来进行。

大厨

高萌

在思维的厨房里

我是一个名贯东西的大厨

所有食材都听我口令按顺序下锅

锅碗瓢盆发出清脆的碰撞声

饭菜的香气冲击着人的味蕾

红椒、大蒜、小葱和生姜的搭配俨然是一幅抽象派画作

待我肆意挥洒一番后

厨房才会变成原本的模样

但我想也许明天我真该学学

做菜的手艺

她这首诗就是把自己的思维比作做饭，这是有诗意的，只是这个诗意有点老套。现代诗有时候不直接做这种比喻了，我就做我的饭，我就说饭怎么做，然后让它代表的思想变成寓意，而不是明写出来。这首诗我给一个 85 分。

膨胀的时间

寻石路

看到一则启事，

招聘僧人，

研究生及以上学历优先。

这首诗写得很好，你发给李海泉，我考虑一下能不能订货。（李海泉：这首诗像一个段子，我觉得不太好。）有类似的段子？那谨慎一点，跟那个段子很雷同吗？（李海泉：那个段子就是招研究生学历的僧人。）那可千万不敢雷同！你不能借鉴段子，要是字面上一样的话，就被当作抄袭了。

豆花泡馍

党彬彬

每次回家，早上都会去吃一碗豆花泡馍

没有比隐在一群中年男女间吃豆花泡馍更减压的事情

看着蒸腾的水汽氤氲在面前

享受着劣质灯光下的人间烟火

只是吃饭，嘴也不擦

豆花泡馍我很好奇，但到现在我还没吃过，你这一说，我们今天就去吃豆花泡馍。（党彬彬：只有我的家乡才有。）是哪个地方？（党彬彬：宝鸡。）她这首写得挺有生活情趣的，我给一个 85 分。

查重

张海怡

期末

某科老师要求作业查重

瞬间

大家被作业铐住了手脚

随便一句话都可能被判为抄袭罪

幸哉善哉

如果强制老师查重

那这诗也被分析成了冰冷残酷的数据

查重这个东西比较复杂。我再次强调一下，抄段子或者借鉴段子都算抄袭。口语诗人本来是中国诗人里最不爱抄袭的，这个区域是最干净的，但后来人家发现很多东西都是抄段子，这也成了大家目前的一个困扰。我发现 00 后的小诗人也开始抄段子了，这可不对。她这首诗刚好说的也是查重，这个东西比较复杂，查重一方面也有好处，能帮助大家揭露一些偷懒的人，但也不能太机械，一旦变得太机械的话，可能就会有一些冤案。张海怡这一首，我给一个 80 分。

午睡

熊露蝶

下午三点　燥热
瘫在床上做一场梦
老旧教室里
风扇聒噪地叫
一只发黄的球鞋挂在窗外

热浪扭曲空气
柏油马路快要融化了
模糊的身影拉长又缩短
越走越远

我向前跑
我终于追上他们
我醒来
全世界只剩下我一个人

她这个梦倒是挺有梦味，从梦的标准来讲，我给一个 85 分。其实要把梦写好的话，有时候要有一点现实的质感，不要完全写飘了。

作为一个文科生

杨玉玺

第一次感受到科学家的伟大
是在大一的时候
出宿舍门右拐
用全自动洗衣机洗衣服

这首诗好像唤起了大家的共鸣，我给一个 85 分。我们内心里都有很多有趣的东西，有时候写得越诚实就越有趣，你越动脑筋反而越无趣了。

没有回答

刘婷

三岁的小表弟
拽着我的衣角
问我
人会死吗？
我说
会啊
他又问我

那为啥王婶总是叫周奶奶

老不死的？

王婶叫周奶奶老不死，这总不是段子吧？这首诗你发给李海泉，让我再看看，我先给一个 90 分。这首诗实际上是玩语言游戏，玩语言的味道，玩语言的意味，只不过是借小孩之口来玩。

滴眼药水
闫智

希希在玩发光的电筒

直照

自己的眼睛

然后跑入房间

抽屉里拿出眼药水

滴自己的眼睛

闫智这首诗倒是写得挺耐人琢磨，他也不是刻意追求那种效果，就是一种状态的直观的表述。我给一个 85 分。

最后，咱们都把卷子放到我讲桌这儿来，这就是交卷台。

本讲授课时间为 2019 年 6 月 25 日

致谢

本书作者和出版方，感谢诗人李海泉全程录制、直播了伊沙的现代诗写作课，感谢诗人李锋对书稿录入、整理所做的大量工作。

图书在版编目（CIP）数据

冰献给鹰：伊沙的现代诗写作课 / 伊沙著. —成
都：四川文艺出版社, 2022.5
ISBN 978-7-5411-6279-4

Ⅰ.①冰… Ⅱ.①伊… Ⅲ.①诗歌创作–研究 Ⅳ.
①I052

中国版本图书馆CIP数据核字（2022）第037269号

BING XIANGEI YING：YISHA DE XIANDAISHI XIEZUOKE

冰献给鹰：伊沙的现代诗写作课

伊沙 著

出 品 人　张庆宁
责任编辑　陈　纯
特约监制　里　所
特约编辑　胡瑞婷
封面设计　周伟伟
责任校对　段　敏

出版发行　四川文艺出版社（成都市锦江区三色路238号）
网　　址　www.scwys.com
电　　话　010-82068999（发行部）　028-86361781（编辑部）

印　　刷　河北鹏润印刷有限公司
成品尺寸　140mm×210mm　　开　本　32开
印　　张　15.5　　　　　　　　字　数　330千
版　　次　2022年5月第一版　　印　次　2022年5月第一次印刷
书　　号　ISBN 978-7-5411-6279-4
定　　价　59.00元

中国当代先锋诗歌现场

《新世纪诗典》书系：第一至九季　伊沙　编选
《汉语先锋：2019诗年选》　沈浩波　主编

磨 铁 读 诗 会